KB161319

프렘더

fremder

김자인 장편소설

파란

프렘더

ⓒ김자인 2020

초판1쇄 인쇄	2020년 3월 4일
초판1쇄 발행	2020년 3월 17일

지은이	김자인

펴낸이	박대일
편집	이문영 · 임유리 · 신지연 · 전보라 · 곽현주
교정	김미영
마케팅	임유미 · 손태석
디자인	박현주

펴낸곳	파란미디어
출판등록	2004년 9월 14일 제313-2004-00214호

주소	03992 서울시 마포구 동교로23길 14 국제빌딩 6층
전화	02.3141.5589 영업부 070.4616.2012 편집부
팩스	02.3141.5590
전자우편	paranbook@gmail.com
카페	http://cafe.naver.com/paranmedia
페이스북	http://www.facebook.com/paranbook

ISBN	978-89-6371-728-9(03810)

프렘더
fremder

김자인 장편소설

Fremder : 이방인

파란

차
례

프롤로그

이른 아침, 창밖을 보니 잿빛 하늘에서 쏟아지는 눈이 거리 위로 흩날리고 있었다. 눈은 하얗기만 한데, 세상은 검었다. 천천히 침대에서 일어난 여자는 다리에 엉킨 이불을 보며 문득 언젠가 제 손으로 이 지긋지긋한 무기력을 끊어 낼 수 있을까 생각했다.

적극적으로 죽음을 택할 정도로 동기 부여가 충분한 건 아니지만, 그렇다고 삶이 특별히 소중하고 행복한 것도 아니었다. 그저 기분 나쁜 뱀장어 한 마리가 마음의 밑바닥을 헤집어 놓는 것처럼 꾸준하고 성가신 우울함이 지긋지긋했고, 그걸 견디게 할 만큼 행복한 일이 전혀 없었을 뿐이다.

몸이 움직일 수 없을 만큼 무거웠다. 요리는커녕 밖에서 제때 끼니를 챙기거나, 전날 준비해 둔 깨끗한 옷을 여러 겹 껴

입는 과정조차 고통이었다. 이 상태로 나갔다간 달려오는 차를 피할 기력조차 없을 것만 같다. 이불 사이로 차갑게 식은 발가락을 꼼지락거리며 한나는 다시금 베개에 머리를 누이고 눈을 감았다.

꼬박꼬박 챙겨 먹는 약은 상태를 드라마틱하게 바꾸어 주지 않았다. 모든 일상이 무의미해 보이는 지금, 대체 무엇을 더 할 수 있을까?

어떻게 해야 이 지긋지긋한 무기력을 끊어 낼 수 있을까 몇 년을 고민했지만 답이 나오지 않았다. 머리가 복잡하다. 지금껏 살았던 방식이 스스로를 낫게 하지 못했다면, 이젠 다른 방법을 시도해야 했다. 정확히 어떻게 해야 할지는 모르겠지만, 일단은 수업을 째는 것부터 시작하기로 했다.

의사와 상담 끝에 먹지 않기로 한 수면제가 눈에 띄었다. 한나는 손을 뻗어 머리맡에 있는 약통을 바지 주머니에 넣었다.

오늘 저녁엔 혼자 기억이 끊길 때까지 술을 마셔야겠다.

그 뒤에 무슨 일이 일어나든 상관없었다.

1부

12월: 뼛속부터 느껴지는 감각

The feeling coming from my bones

The White Stripes — ⟨Seven Nation Army⟩

1.

Samstag. 21. Dezember 2019

00:08

'겨울 독일 날씨는 여전히 적응이 안 돼.'

6층 정도 올라왔지만 텁텁한 시야는 그대로다. 종일 내렸던 눈은 하루가 지나도록 녹지 않았고, 질척한 눈이 내린 뒤 세상은 그녀가 쓴 색연필처럼 뿌연 잿빛이었다.

흙먼지와 섞여 검게 물든 눈이 사람들의 구두 굽에 매달려 바닥을 온통 진창으로 만들었으나 그 누구도 신경 쓰지 않았다. 어차피 클럽 안은 어두웠고, 빨갛거나 노랗거나 파란 불빛 밑에서 잔뜩 취해 몸을 흔들다 미끄러운 바닥에 발을 헛디뎌도 저들끼리 자지러지게 웃을 뿐이었다. 미끄러지기 전에 옆이나 뒤에 있는 사람의 발을 밟아 중심을 잡는 사람이 여럿이었지만, 그 누구도 사과하지 않았다.

춤출 공간조차 제대로 확보되지 않을 정도로 사람으로 꽉 찬 공간은 답답할 만큼 후덥지근했다. 평소엔 클럽이라기보단 바에 가까운 가게였으나 오늘은 연휴 전 마지막 파티가 크게 열리는 탓에 분위기가 평소보다 더 달아올라 있었다. 바깥에 있는 건물들은 평소보다도 유난히 작게 보여서, 건물 안 사람들의 눈은 그 밑에 이성을 모조리 두고 온 것처럼 풀려 있다.

한나는 누군가 아주 오래전 토했던 자국이 다 지워지지 않은 벽에 몸을 기댄 채, 바로 맞은편 바 옆 구석에서 키스하는 커플을 응시했다. 남자는 여자의 목에 얼굴을 괴고 농담을 던졌고 여자는 바로 웃음을 터뜨리며 남자의 목에 팔을 더 단단히 감았다.

'저 사람들은 오늘 처음 만난 걸까, 아니면 원래 연인일까.'

연인이라면 함께 구태여 파티까지 온 것이 대단했고, 오늘 처음 만난 사람들이라고 생각하면 그것 또한 신기했다. 서로에 대해 아무것도 모르는 완벽한 타인과 저럴 수 있다니, 저것도 어쩌면 순전히 재능의 영역일지도 모른다.

눈을 돌리자 처음 들어왔을 때부터 눈에 띄었던 남자가 보였다. 그녀가 술기운에 처음 그를 보았을 때 느낀 것은 그의 얼굴 위로 간간이 내리쬐는 강한 조명이 그보다 더 잘 어울릴 순 없겠다는 것이었다.

'조각같이 생겼네.'

그의 얼굴은 잘 깎아 놓은 사과처럼 반질거렸다. 코와 미간이 곧고 잘 뻗어 있어서 그런지, 조각처럼 생겼다는 표현이 딱 들어맞았다. 조각처럼 잘생겼다고 하면, 너무 과한 칭찬같이 느껴진다. 잘생김을 표현하는 극상의 단어처럼 느껴져서 그런 걸까. 그러나 그녀가 그를 보고 조각 같다는 생각을 한 것은 그런 의미보다는 그가 생긴 방식이 정말 조각 같다는 뜻이었다.

'그리기 편하겠다.'

갈색 머리를 왁스로 넘겨 이마를 드러낸 남자는 날렵해 보이는 인상에 비해 큰 키를 스스로 제어하지 못하는 것처럼 휘청거렸고, 옆에서 부축하고 있던 여자는 힘에 부쳐 그를 바 근처에 버려두고 떠났다. 술에 취해 고개를 앞뒤로 흔들던 남자는 청바지 뒷주머니에서 지갑을 꺼내더니 바텐더에게 또다시 술을 주문했다. 저들끼리 이미 아는 사이인 듯, 잠깐 농담을 주고받더니 웃음을 터뜨렸다.

"좋겠다."

한나는 술을 진탕 마셔도 도저히 저 남자처럼 흐트러진 자신의 모습을 상상할 수 없었다. 그는 엉망이 된 자신의 모습에 아무런 수치심도 들지 않는 듯 편안해 보였다.

'어떻게 저럴 수 있지.'

반반하고 허우대 좋은 모습에 눈길이 자꾸만 그쪽으로 갔다. 흰 반팔 셔츠, 재킷과 청바지만 입었는데도 다른 사람과는 다른 무언가가 있었다.

자꾸 생각이 이상하게 이어지는 걸 보면 약 기운이든 술기운이든 올라오는 게 분명했다. 머리가 깨질 것처럼 아프고 눈이 자꾸 감긴다.

'방금 입으로 털어 넣었는데 벌써 효과가 올라오네.'

손에 들고 있던 샷을 바닥에 버리고 생각을 더듬었다.

'얼마나 여기에 있었던 거지?'

청바지 뒷주머니에 손을 넣어 휴대폰을 찾았다. 매끈한 솔기를 따라 손을 내려 엉덩이 윗부분을 더듬었지만 잡히는 것이 없었다.

"어?"

'설마 사라진 건가?'

정신이 확 들어야 하는데, 이상하게 꿈을 꾸는 것처럼 몽롱하기만 하다. 다른 쪽 주머니도 살펴봤지만 겉옷을 맡길 때 받은 옷 교환용 토큰만 잡힐 뿐 지갑도 사라져 있었다. 다행히 집 열쇠는 다른 주머니에 넣어 둬서 무사했지만, 잃어버린 물건이 너무 많았다.

"교통권, 지갑에 있는데."

엿 됐네.

사실 좀 더 심한 욕이 나와야 하지만 이상하게도 웃음이 새어 나왔다. 지갑에 현금은 고작 5유로 지폐 두 장만 있었지만, 은행 EC카드에 두 달 치 생활비와 월세가 다 들어 있었다. 뿐만 아니라 학생증과 100유로에 육박하는 한 학기 교통권, 보험 카드, 한국 체크 카드까지 모조리 없어졌다. 절차가 느리고 문서화된 독일에서 이 모든 카드들을 정지시키고 재발급할 생각을 하면 아까 먹은 술이 올라와야 했지만 실없는 웃음만 나왔다.

'별로 심각성이 와닿지 않는 걸 보면 내가 제정신이 아니긴 하구나.'

한나는 일단 벽에서 몸을 떼고서 천천히 주변 바닥을 살폈다.

간간이 바닥을 비추는 쨍한 조명에 의지해 열심히 찾았지만 진흙이나 침 자국, 조각난 술병, 끈적끈적한 맥주 자국만 보였다.

한숨을 쉬며 고개를 들자 바로 옆에서 벽에 기댄 채 휴대폰에 눈을 고정한 갈색 머리 남자가 눈에 들어왔다. 분명 방금까지만 해도 바텐더와 농담을 주고받으며 낄낄대던 그 남자였다.

'언제 여기로 온 거지?'

시선을 느꼈는지 남자도 한나 쪽을 돌아보았다. 한나는 그의 눈을 피하지 않고 빤히 쳐다보다가, 그가 든 휴대폰으로 눈을 돌렸다. 투명 케이스를 끼운, 액정이 반쯤 나간 구형 휴대폰. 그녀의 것이었다.

"어, 그거."

한나는 비명 비슷한 소리를 내며 남자의 어깨를 붙들었고, 그는 흠칫 놀라 뒷걸음질 쳤다. 그러다 중심을 잃고 넘어질 뻔했지만 그는 벽을 짚으며 다시 일어났다. 놀란 탓에 아까보다는 술이 깬 듯했다.

"뭐야?"

"이 휴대폰 내 건데."

베이스가 강조된 The White Stripes의 〈Seven Nation Army〉 리믹스 버전이 귓가를 미친 듯이 울리는데도 남자는 용케 한나의 말을 알아들었다.

"이거 땅에 떨어져 있었는데……."

한 단어씩 느릿하고 정확하게 말하는 그의 입술에 힘이 들어간 게 보였다. 남자의 손에서 휴대폰을 강탈해 오자마자 지문 인식으로 화면을 열어 보았지만, 화면은 잡음을 내는 줄 몇 개만 띄웠다가 이상한 소리를 내며 다시 검은색으로 꽉 찰 뿐이다.

액정이 나간 휴대폰엔 요란한 클럽 조명 밑 한나의 얼굴만 간헐적으로 비쳤다. 한나는 한 2초 정도 아무런 생각도 하지 못한 채 멍하니 휴대폰을 보고 있었다. 마치 이렇게 기다리면 잠에서 깨어날 것처럼. 하지만 귀를 울리는 음악 소리와 조명은 여전했고, 휴대폰 상태는 이미 돌이킬 수 없는 강을 지난 후였다.

"완전히……, 갔네."

머리로 한 달 생활비를 계산한 후 사설 수리비와 중고 교환비 중 어느 것이 더 나을지 재 봤지만 답이 나오지 않았다. 머리를 쥐어뜯는 한나의 상태를 걱정스레 보던 남자가 소음을 차단하듯 한나의 귀에 대고 말했다.

"아무래도 고장 난 거 같은데. 사람들이 막 밟고 다니는 거 보고 주웠어요."

"훔친 게 아니고요?"

싸늘한 한나의 말에 남자는 표정을 구겼다. 술김이었지만 괜히 오해받는 상황을 넘길 정도로 취한 건 아니었다.

"뭐요? 도와준 사람한테 뭔 헛소리야?"

"지갑도 사라졌거든요. 다른 주머니에 넣어 놨는데 둘 다 사라졌어."

"그 바지 주머니에 내 손가락 두 개도 안 들어갈 것 같은데, 그딴 데다가 지갑이랑 휴대폰을 넣었으니 당연히 떨어지지. 나처럼 이렇게 주머니 깊은 바지를 입으라고!"

남자는 바지 주머니를 자랑하듯 두 손을 깊이 찔러 넣은 후 양쪽에서 지갑과 휴대폰을 꺼내 흔들어 보였다. 어처구니가 없어진 한나가 헛웃음을 짓자, 그는 약 올리듯 다시 그 둘을 주머니에 쏙 넣었다.

"저기 바 앞에서 찾은 거야."

"바 앞 정확히 어디?"

"잘 기억 안 나. 세 번째 의자였나? 아마 그럴걸."

한나는 바 앞으로 가 의자 밑을 샅샅이 뒤졌다. 한참을 찾았지만 지갑은 그 어디에도 없었다. 비틀거리는 몸을 의자에 의지한 채 한숨을 내쉬는데, 사라진 줄만 알았던 갈색 머리 남자가 어느새 그녀의 앞에 나타났다.

"찾았어?"

그는 주위를 기웃거리며 물었다. 아까의 싸움을 잊어 보겠다는 듯 조심스러웠다. 한나는 감흥 없이 고개를 저었다.

"아니……."

아무렴 어떠랴 싶었다. 휴대폰이 사라졌든 지갑이 사라졌든, 그 무엇도 그녀의 기분을 더 나쁘게 만들지는 못했다.

희한할 만큼 무덤덤한 한나의 표정에 남자는 걱정스러운 듯 미간을 구겼다. 그는 한나를 유심히 보더니, 아까 장난치던 바텐더에게 샷 두 잔을 주문했다. 바텐더는 밀려 있는 주문이 많은데도 친한 남자의 주문을 먼저 받았다. 곧장 샷 두 잔이 나오고, 갈색 머리 남자는 한나에게 한 잔을 건넸다.

"마실래?"

도둑으로 몰리는 건 더 이상 사양하고 싶은지, 남자는 필요 이상의 친절한 어조로 다정히 물었다. 한나는 그의 꾸며 낸 상냥함에 웃음이 나올 것만 같아 손으로 입을 막았다. 하지만 그는 한나가 토하려는 것으로 오해하고 상체를 뺐다.

"못 마시겠어?"

남자는 걱정스레 물었지만 한나는 이상하게 그 말이 시비조로 들렸다.

"아직 더 마실 수 있어."

호기롭게 외치곤 샷을 목구멍에 털어 넣으려는데, 앞이 빙글빙글 돌았다. 남자가 한나의 손에서 샷을 빼앗았다.

"취한 것 같은데. 이건 그냥 내가 마실게."

"줬다 뺏는 게 어디 있어."

꼬인 발음으로 소리치는 한나를 무시하고서 남자는 샷을 들이켰다. 아까 그 누구보다 취해 보였던 남자는 이제 정신이 점점 드는 듯 멀쩡히 서 있었다.

"이거 맛없어서 주긴 좀 그랬어. 그나저나 넌 괜찮아?"

그는 다 마셔 버린 잔을 멀리 밀었다.

"소매치기당한 것 같아."

남자의 질문에 한나는 동문서답을 했다. 딱히 질문을 이해하지 못할 정도로 취한 건 아니지만, 나른하게 감겨 오는 눈과 씨름을 하자니 머리가 잘 돌아가지 않았다.

"같이 온 친구들은?"

"없어."

그 말에 남자는 눈썹을 들어 올렸다. 한나는 아무렇게 뱉은 말이 어쩌면 오해를 불러일으킬 수도 있다는 걸 뒤늦게 깨달았다.

"그냥 혼자 놀고 싶을 때 있잖아. 아무튼 지금 아무것도 없어서 그런데, 잠깐 전화 좀 빌려도 돼?"

"응."

"고마워."

그러더니 그녀는 자판을 한동안 뚫어져라 쳐다보기만 했다. 생각나는 번호가 없다. 외우고 다니는 번호가 없으니 전화할 사람이 있을 리 없었다. 딱 하나 기억나는 번호는 절대 누르고 싶지 않았다.

"여긴 시끄러우니까 나가서 거는 게 나을 텐데."

남자의 제안에 한나는 잠시 멍하니 앞을 보다 고개를 흔들었다.

"아냐. 전화는 됐고……."

"도와줄 사람 번호 생각나는 거 있어?"

"아니."

다시 휴대폰을 돌려주려던 그녀는 갑자기 생각이 바뀌었는지 손을 뺐다.

"나 문자 하나만 써도 돼?"

"마음대로."

한참을 고민하더니 조심스럽게 두 줄을 썼다.

[레온, 나 한나야. 갑자기 연락해서 미안. 나 지금 워터 하우스인데

휴대폰은 망가지고 지갑도 도둑맞아서 집에 갈 수가 없어. 만약 이 근처면 입구로 와 줄 수 있어? 한 시간만 기다릴게.]

"고마워."

그리고 손이 기억하는 번호를 눌렀다. 한나는 전송을 누르자마자 재빨리 메시지함에 들어가 보낸 문자를 지웠다. 휴대폰을 돌려주고서 인파를 뚫고 나가려 하자, 남자가 그녀의 팔을 잡았다.

"답장 보고 가야지."

"아마 답장 안 올 거야."

"그래도, 만약에 오면?"

"……안 봐도 돼. 그냥 앞에서 기다린다고 해 놨어. 답장이 오더라도 그냥 삭제해 줘."

한나는 갈색 머리 남자의 뒷말은 듣지도 않고 다시 몸을 돌려 자리를 피했다. 무슨 짓을 했는지 자각이 들자마자 갑자기 술이 깨고 정신이 들었다. 몸은 제멋대로 비틀댔지만 이상할 만큼 모든 게 또렷해서 괴로웠다. 이럴 때 기억나는 번호가 그거 하나라니, 착잡했다.

'대체 뭔 정신으로 문자를 보낸 거지?'

오늘따라 평소에 안 하던 짓을 많이 한 건 맞지만, 정신이 멀쩡하지 않은 상태에서도 문자는 미친 짓으로 느껴졌다.

겉옷을 챙겨 들고 밖으로 나가려다가, 마지막으로 한 번만 더 찾아보기로 하고 아까 들렀던 화장실을 살폈다. 세면대를 살폈지만 지갑은 보이지 않았다. 한나가 들어갔었던 칸에는 화장이 잔뜩 번진 여자가 더러운 바닥에 주저앉아 변기에 토를 쏟아 내고 있었다. 그 안도 살펴봐야 하는데, 토사물 냄새가 올라와 비위가 상했다. 뿐만 아니라 고통스러워하며 게워 내는 여자의 소리가 안 그래도 몽롱하고 어지러운 감각을 자꾸만 건드렸다. 간신히 욕지기를 참으며 줄에 서 있던 그녀는 결국 옆 칸으로 들어가려는 사람을 밀치고 들어가 고개를 숙였다.

"우웩!"

칸에 들어가기 무섭게 올라오는 토를 뱉어 내자마자 아직 소화되지 않은 약과 시큼한 술이 함께 쏟아졌다. 두어 번 더 토를 뱉어 내자 이젠 배가 완전히 빈 듯 묽은 물만 올라왔다. 기운이 빠져 진저리가 쳐졌다. 방금 뱉은 토 색깔도 구분이 안 간다. 저게 노란색인지, 초록색인지 고민하던 찰나 눈앞이 온통 하얗게 흐려졌다. 몸에 힘이 쭉 빠졌지만 이런 곳에서 정신을 잃고 싶진 않았다.

"안 돼."

몸에 밴 끔찍한 냄새에 부르르 떨며 세면대로 가서 얼굴을 정리했다. 상황이 끊임없이 나빠질 수 있다는 사실이 어이가 없어 웃음이 나왔다. 벽에 기대어 낄낄대던 한나는 순간 호흡 리듬을 잃고 기침을 했다. 숨이 막힌다. 화재 현장을 벗어나려는 사람처럼 비틀거리며 발코니 입구를 찾았다. 밖으로 나가는 그 몇 분을 견딜 만한 산소도 남아 있지 않은 것만 같다. 발걸음이 더욱 빨라졌다.

간신히 발코니로 나가자 사람들이 바람을 쐬며 저들끼리 모여 있었다. 차가운 공기가 뺨을 할퀴는데도 몸을 타고 흘러내리는 나른함은 사라지지 않았다.

　한나는 가슴 아래까지밖에 오지 않는 난간에 몸을 기댄 채 밤하늘을 바라보았다. 안개인지 구름인지 모를 두터운 층 때문에 별이 하나도 보이지 않았다. 그녀는 천천히 아래를 내려다보았다. 고작 6층인데 바닥까지는 아득하기만 했다.

　'이 정도 높이면 어디 부러지는 정도로 끝나진 않겠지.'

　문득 든 생각에 한나는 몸을 떨었다. 충동이었지만 동시에 아주 오랫동안 머리를 지배해 온 생각이었다.

　하늘에서 떨어지는 진눈깨비가 바닥으로 곤두박질친다. 어둠 속으로 빨려 들어가는 눈 알갱이를 눈으로 좇으며 한나는 한참을 아래만 멍하니 내려다보았다. 점점 수면제의 효과가 몸 구석구석 파고드는 게 실감났다. 잠에 취해 눈과 함께 떨어지면 고통이 크지 않을 것만 같은 어리석은 착각이 들었다.

　'눈은 아무 소리도 없이 바닥에 닿는데……'

　바람이 차다. 방향을 바꾼 바람에 머리칼이 마구잡이로 휘날리고 자잘한 눈 알갱이가 얼굴을 후려쳤다.

　바람을 타고 진한 연기가 코 안을 파고들었다. 고개를 돌려 흡연 구역 표시를 보자마자 지금껏 의식하지 않았던 옆의 남자들이 보였다. 한나는 미간을 찌푸리며 등을 돌렸다.

　"야, 저기 중국인이 얼굴 찡그린다."

　"네 겨드랑이 냄새 때문에 그래."

"독일어 할 줄 아는 거 아냐?"

"아니겠지. 못 알아들을걸. 중국어로 해 줘야 알아들어. 니 하오."

들려오는 독일어에서 다른 언어의 강한 억양이 느껴졌다. 살짝 뒤를 돌아보니, 스냅백을 뒤로 쓴 중동 계열의 남자와 팔뚝에 문신을 한 백인 남자 몇 명이 한나를 가리키고 있었다. 한겨울인데도 굳이 팔이 드러나는 민소매를 입은 남자들은 힐끗 봐도 멀쩡한 편은 아니었다. 그녀는 자신에게 하는 소리인 줄 알면서도 애써 무시하며 건너편 낮은 건물에서 나오는 불빛에 시선을 고정했다.

"지네 나라 말로 인사해도 씹네."

"네 암내 때문이라고 몇 번을 말해."

"태국인 아냐? 아님 베트남?"

"태국인처럼 안 생겼는데."

"네가 어떻게 알아. 태국 가 봤어?"

대마 기운이 올라오는지 저들끼리 별것도 아닌 농담으로 낄낄대더니, 그중 한 명이 한나에게 다가와 어깨를 툭툭 쳤다. 하는 수 없이 고개를 돌려 남자를 보니, 그는 합장을 한 채 고개를 숙이고 있었다.

"사와디카?"

"태국인 아니에요."

한나는 냉담하게 답하곤 다시 고개를 돌렸다. 그녀의 입에서 독일어가 나올 거라 생각하지 못했는지, 남자는 살짝 놀라더니 웃음을 터뜨리며 자기 친구들에게 소리쳤다.

"야! 태국인 아니라잖아!"

"미안해요. 못 알아듣는 줄 알고."

"같이 술 마실래요?"

낄낄대며 남자 서넛이 한나를 향해 다가왔다. 대마 냄새만 나는 게 아니라 술 냄새까지 풍겼다. 그녀는 본능적으로 뒤로 물러났다.

"아뇨. 괜찮아요."

사과할 필요도 없으니 그냥 옆에서 좀 꺼졌으면. 한나는 진심으로 그렇게 바라며 느릿하게 눈을 감았다가 떴다.

"사과의 의미로 이거 하나 줄게요."

그중 한 남자가 스냅백을 들었다 놓으며 말아 놓은 담배를 건넸다.

담뱃잎 말고 뭐가 또 들어 있겠지. 힐끗 보니 담배를 피울 때 쓰는 솜 필터가 아니라 속이 뻥 뚫린 대마용 종이 필터를 사용했다.

"필요 없어요."

"아, 사과의 의미라니까. 이거 좋은 거예요. 야, 불 가져와 봐."

"내 거 기름 없어."

"쓸모없는 새끼. 잠깐만요, 나 라이터 있나 좀 보고."

"필요 없다니까요. 담배 안 피워요."

조금 신경질적으로 반응하자 낄낄거리던 남자의 표정이 싹 굳었다. 급작스런 표정 변화에 소름이 돋았지만, 한나는 애써 위축된 티를 내지 않으려 어깨를 더 폈다.

"왜 호의를 무시해요?"

"나 흡연자 아니에요. 됐으니까 친구들이랑 피워요."

"내가 범죄라도 저질렀어요? 왜 남 호의를 무시하냐고. 그냥 얘기 좀 하자는 건데."

눈이 맛이 간 것 같다. 대마를 하면 평소보다 유순해진다는데, 그것도 아닌가 보다. 한나는 슬슬 뒷걸음쳤다. 갑자기 두려움이 증폭되어 온몸이 떨려 왔다.

맞아 죽는 걸 바란 건 아니었는데.

"그게 아니라……."

"여기에 있었네."

점점 분위기가 험악해질 때쯤 한나와 스냅백을 쓴 남자 사이로 누군가 끼어들었다. 한나를 위협하던 남자는 갑자기 끼어든 사람의 뒤통수를 보며 살짝 뒤로 물러섰다. 잘생긴 얼굴이 낯익었다.

'아까 그 갈색 머리 남자네.'

아예 집에 가려는 건지 그는 아까와는 달리 후드 티에 가죽 재킷 차림이다. 한나가 뭐라 답할 겨를도 없이 그가 자신의 휴대폰을 쓱 들이밀었다.

"답장 왔어."

답장이 왔다고?

"안 보여 줘도 된다고 했……."

그녀의 말을 무시한 채 그는 휴대폰을 눈앞에 들이댔다. 그의 큰 손에 쏙 들어오는 흰색 휴대폰 화면엔 잔뜩 금이 가 있었고, 액정 보호 필름은 산산조각 난 유리 가루를 매단 채 덜렁거렸다. 한나는 휴대폰을 받아 들고 갈라진 액정 사이로 글자를 간신히 파악했다. 눈에 초점이 잘 잡히지 않았다.

[나 지금 본가라서 못 가. 실비아한테 연락해 봐.]

"본가라고?"

멍하니 웅얼거리며 읊조리는 그녀의 목소리엔 힘이 없었다.

"너 괜찮아?"

남자의 우려스러운 표정이 눈에 잘 들어오지 않았다. 한나는 눈을 질끈 감았다가 천천히 떴다.

"내가 그래서 안 본다고 했는데……. 그냥 밖에서 1시간만 기다리면 걔가 늦게 봤을 거라고 합리화할 수도 있……."

한나는 들릴 듯 말 듯 어눌하게 푸념하며 고개를 숙였다. 갈색 머리 남자의 잘생긴 얼굴에 어딘지 모를 씁쓸함이 어렸다.

"앤 뭐야?"

모자 쓴 남자가 또다시 시비를 걸어오자, 그가 뒤를 힐끔 돌아보았다.

"아는 사람들이야?"

한나는 고개를 저었다.

"그럼 이제 가자."

몽롱한 시야 탓에 남자의 얼굴이 두세 개로 겹쳐서 커졌다가 작아졌다. 한나가 아무런 반응 없이 멍하니 서 있기만 하자 그는 그녀의 손을 붙잡았다. 그리고 텁텁하기 그지없는 플로어를 지나 바깥으로 한나를 데려갔다.

'따라가면 안 돼.'

그러나 이상하게도 한나는 그가 위험한 사람일 거란 직감은 전혀 들지 않아 잡힌 손을 그저 멍하니 응시했다. 점점 힘이 빠졌다. 하얀 천에 둘러싸인 것처럼 감각이 붕 뜨기 시작했다. 그 이후의 기억은 지나치게 흐릿해서 한나는 어쩌면 꿈일지도 모른다고 여겼다.

"⋯⋯너 이름이 뭐야?"

한나는 자신의 뇌가 말하라는 명령을 대체 언제 내렸는지 알 수 없었다. 제 입에서 나온 말인데 현실 같지 않았다. 남자가 살짝 고개를 돌려 한나의 얼굴을 응시했다. 차가운 푸른 눈에 가로등의 노란빛이 반사되었다. 냉담한 그의 눈에 자신의 얼굴이 잠시 비친 것만 같았다.

'정말 꿈인가.'

그녀의 사색을 뚫고 남자의 답이 침묵을 깼다.

"헤르만Hermann인데 친구들은 날 헤리Heri라고 불러."

'헤르만이라니. 저 또래 남자애 이름으로 안 어울려.'

한나는 그 몰래 쿡쿡거렸다.

"학생이야?"

"응. 심리학 공부해."

그녀의 질문에 헤리가 나직이 답했다. 그의 낮은 목소리가 귓가에서 울렸다. 두터운 구름 사이로 별 하나 보이지 않는 밤하늘, 싸늘한 길거리를 걷는 자신의 발, 옆에서 무어라 말하는 남자의 낮은 목소리, 후드를 벗자마자 드러난 잘 정돈된 갈색 머리, 돌바닥으로 시끄럽게 떨어지는 그의 동전, 그것을 줍는 남자, 헤리, 버스.

비연속적인 단어들이 그녀의 머릿속을 빙빙 맴돌았다.

"여기서 잠깐만 기다려, 한나."

그가 제 이름을 불렀다.

'내가 언제 이름을 알려 줬더라?'

시간이 얼마나 지났는지 느껴지지도 않았다. 익숙한 목소리가 들렸다. 남자가 소리쳤지만 무슨 말을 하는지 전혀 알아들을 수 없었다. 알아들으려 노력하는 것 자체가 고역이었다. 다시 구역질이 나와 한나는 아무렇게나 손을 뻗어 구석에 토를 뱉었다.

'아무것도 못 하겠어.'

그 생각이 들자마자 불이 꺼진 듯 사방이 암흑으로 변하고, 한나는 기억을 잃었다.

2.

Sonntag. 22. Dezember 2019
12:35

눈을 뜨자 보인 새하얀 천장에 한나는 아주 잠깐 꿈을 꾸고 있다고 생각했다. 익숙하지 않은 향기가 밴 푹신한 침대, 북슬북슬한 담요. 뻑뻑하게 열리는 눈을 깜빡이며 주위를 둘러보자 온통 엽서와 사진으로 도배된 벽과 바이에른 뮌헨 축구팀 로고가 박힌 깃발이 보였다. 어질러진 책상 옆, 이리저리 겹친 낱장 악보로 뒤덮인 키보드가 눈에 띄었다. 문 근처 구석엔 낙서로 가득한 연갈색 통기타가 지지대에 고정되어 있었다. 모든 게 낯설었다.

'여기가 어디야?'

목 아래까지 꼼꼼하게 덮인 부드러운 담요를 치우고 천천히 몸을 일으키자 눈앞이 핑 돌았다. 가슴 아래로 찌릿한 통증까지 덮쳐 한나는 다시 베개에 머리를 뉘었다. 심호흡을 한 후 다시 일어나는 도중 통증이 몸을 덮쳤지만 이번엔 예상을 하고 있었던 덕에 잘 넘길 수 있었다. 땅에 발을 대자 푹신한 무언가가 밟혔다. 고개를 숙이니 슬리퍼 한 쌍이 가지런히 놓여 있었다.

"……뭐지, 이게?"

아무런 기억도 나지 않았다. 대체 어쩌다 여기에 왔는지 더듬어 봐도 아무것도 생각나지 않았다. 잠이 들었던 시점도, 어제 대체 뭘 했는지 알 수 없어 마음이 심하게 요동쳤다.

'아니, 뭣보다 그게 어제가 맞긴 한가? 내가 하루만 잔 게 맞나?'

두려움에 침대맡 시계를 보니 날짜가 22일이었다.

"……21일에 뭘 했는지 기억이 하나도 안 나."

사이즈가 맞지 않는 남자 후드 티에 거대한 바지를 입고 있는 제 모습을 깨닫자마자 온몸에 소름이 돋았다.

'대체 옷은 언제 갈아입었어?'

후드 티를 당겨 프린팅을 보니 학교 로고가 크게 그려진 대학교 티라는 것을 알 수 있었다. 뺨을 두세 번 치고서 조용히 생각을 더듬어 봤지만 엄청난 두통과 함께 뚜렷한 공백만 느껴졌다. 무서움이 한층 짙어진다. 불면증 탓에 수면제를 복용하기 시작한 후로 잠들기 전 두세 시간의 기억이 사라지는 일은 흔했지만, 이렇게 모조리 없어진 건 처음이었다.

"진정해. 패닉에 빠지지 마."

'일단 여기가 어딘지 파악부터 해야겠어.'

가만히만 있을 순 없는 노릇이라, 한나는 자리에서 일어나 슬리퍼를 신고는 핑핑 도는 시선을 애써 고정해 방을 둘러보았다. 책상 위 맥북엔 환경 단체니 학교 로고니 하는 스티커가 덕지덕지 붙어 있고, 책꽂이엔 깎지 않아 뭉툭한 연필과 볼펜으로 휘갈긴 과제 몇 장, 소설책, 거대한 LP판 몇 장이 무질서하게 꽂혀 있었다. 침대 근처 구석에 덤벨 몇 개가 눈에 띄었다. 5킬로가 넘는 무게를 보아하니 방의 주인은 남자일 확률이 높았다. 의자엔 한나가 입었다간 품이 한참 남을 큰 재킷이 걸쳐져 있었는데, 어디서 본 듯한 옷이었지만 누구의 것인지 알 수 없었다. 위험한 곳은 아닌 것 같지만, 그렇다고 해서 마음이 놓이는 것도 아니었다.

아무리 봐도 또래 남자애 방 같은데, 와 본 적 없는 곳이었다. 바닥을 보니 제 것으로 보이는 겉옷과 술 냄새, 토 냄새가 진동하는 옷이 널브러져 있었다. 한나는 마치 생명 줄을 쥐듯 재빨리 자신의 옷을 들어 올려 끌어안았다. 청바지 주머니를 뒤져 봐도 소지품은 보이지 않았다.

어질한 머리를 붙잡고 천천히 방에서 나와 짧은 복도에 있는 문을 조심스럽게 열자, 푸른 수건이 널려 있는 화장실이 있었다. 자꾸 흘러내리는 바지를 손으로 추켜올리며 조심스레 화장실로 들어갔다. 바지 허리춤을 추켜올릴 때마다 자신이 화장실에서 나오는 중년 남자 같다는 생각을 떨칠 수 없었다.

세면대에 있는 남성용 면도기 세 개와 칫솔들을 보니 혼자 사는 집이 아닌 WG*인 게 분명했다. 한나는 여전히 잔뜩 긴장

---

* Wohngemeinschaft : 독일의 셰어 하우스 개념의 주거 공동체.

한 채 복도 끝으로 향했고, 자그만 거실에 놓인 회색 소파에 몸을 구긴 채 잠들어 있는 남자를 발견했다.

'집주인인가?'

햇빛을 반사해 연하게 빛나는 머리칼이 이리저리 뻗쳐 얼굴 위로 흘러내렸지만, 남자는 답답하지도 않은지 다리를 잔뜩 접고서 소파 등받이에 얼굴을 처박고 곯아떨어진 상태였다. 한나는 그의 얼굴을 자세히 보기 위해 조심스레 접근했고, 때마침 남자는 어깨를 꼼지락거리더니 깊게 숨을 내쉬며 고개를 한나 쪽으로 돌렸다.

"……."

나른하게 풀린 얼굴이지만 시선을 떼지 못할 만큼 잘생겼다. 입술을 살짝 벌린 채 곯아떨어진 미남을 넋 놓고 응시하는데, 불현듯 앞뒤가 끊긴 장면 몇 가지가 머리를 스쳤다.

'여기에 있었네.'

'헤르만인데 친구들은 날 헤리라고 불러.'

깔끔하고 나른하게 잘생긴 남자의 이름이 '헤르만'이라는 소리를 듣고 왠지 그 이름조차 세련되게 들린다는 속마음 또한 어렴풋이 기억났지만, 바로 어제 겪은 현실이 아니라 꿈꾼 것처럼 모호했다.

'응. 심리학 공부해.'

'무임승차하기 싫으면 내가 돈 빌려줄게.'

남자의 낮은 목소리가 그녀의 머리를 파고들었다. 저혈압 때문에 현기증이 일어 한나는 머리를 싸매고서 자리에 천천히 주저앉았다. 그나마 이름이라도 기억나는 게 다행이었으나 걱정은 해소되지 않았다. 정확히 어떻게 된 건지는 모르겠지만 일단 클럽에서 이 남자를 만났고, 지갑을 잃어버려 돈을 빌린 듯했다.

'근데 갑자기 왜 이 집으로 오게 된 걸까?'

이 남자가 자신의 옷을 갈아입혔을 수도 있단 생각이 머리를 스쳤다. 잠시 수그러든 두통과 불안이 휘발유를 부은 불처럼 마구 타올랐다.

'난 여기 왜 온 거지? 얘에 대해 아는 거라곤 이름밖에 없는데.'

갑자기 마음이 심란해져 멍하니 잠든 얼굴을 바라보는데, 시선을 느낀 탓인지 그가 몸을 꿈틀대더니 부스스 눈을 떴다.

"……."

쪼그려 앉은 그녀의 눈이 소파에 널브러져 있던 남자의 푸른 눈과 정면으로 마주쳤다. 당황한 한나가 아무런 말도 하지 못하고 입만 뻐끔대자, 그는 지친 기색으로 기지개를 켜며 외쳤다.

"이제야 정신이 들었나 보네."

잔뜩 잠긴 목소리가 목을 긁으며 올라왔다. 어제 들었던 깔끔하고 낮은 목소리와 너무 달라서, 얼굴만 아니었다면 타인이라고 생각할 정도였다.

"……뭔 일이 있었던 거야?"

진지한 한나의 질문에 헤리는 황당한 웃음을 짓더니 천천히 몸을 일으켜 세웠다. 남자의 부스스한 얼굴에 보조개가 파여 분위기가 달라졌다. 한나는 멍하니 그가 하는 모습을 볼 뿐이었다.

"기억 안 나?"

"너랑 나갔다가 길에서 쓰러진 것 말고는 아무것도."

느릿하게 고개를 가로젓는 한나를 보며 헤리는 미간을 구겼다.

"너 토하면서 쓰러졌었어. 그냥 취한 게 아니라 기절한 것처럼 보여서 응급차 불러서 병원 갔었는데, 네가 깨어나질 않아서 여기로 데려온 거야."

"병원?"

헤리는 무덤덤하게 고개를 끄덕였다.

"응급실. 너 잠깐 깨어났었어."

한나는 미간을 찡그리며 기억을 정리했다.

"내가 잠깐 깨어 있었다고?"

"어디부터 어디까지 기억나?"

"내가 저녁에 혼자 나간 거랑……, 지갑을 잃어버린 것까진 기억나."

"그리고 지갑이 없어졌다고, 네 휴대폰 주워 준 나를 도둑으로 몰고 막 소리쳤던 건?"

"……말도 안 돼."

헤리가 뭔가 자그맣게 중얼거렸지만 한나는 뒷말을 듣지 못했다. 그녀가 자괴감에 무릎에 얼굴을 파묻자 그는 잠긴 목소리로 덧붙였다.

"아직 더 남았어. 아무튼 집에 가려고 나가는 길에 네가 이상한 애들한테 시비 걸리고 있어서 내가 말을 걸었고, 같이 가게 됐어. 그리고……, 네가 지갑이 없다고 해서 내가 돈 빌려주려고 은행으로 갔거든. 잠깐 자리 비운 사이에 네가 갑자기 길에서 토하더니 쓰러졌어."

덤덤히 말하고 있긴 한데, 어쩐지 그의 목소리는 싸늘했다. 그 미묘한 냉기를 느낀 한나가 움찔하자, 헤리는 그 사실을 눈치챈 건지 못 챈 건지 모를 태도로 또다시 늘어지게 하품하며 기지개를 켰다. 후드 티가 위로 올라가 배가 살짝 드러났다.

"내가 또 토했다고?"

"검사해 보니 너 영양실조 상태야. 알고 있었어?"

"……아니."

무표정이지만 어딘지 힐난하는 듯한 그의 눈빛을 본 한나는 복잡한 감정을 느꼈다. 아무 말도 하지 못하고 가만히 그를 쳐다보다 시선을 돌렸다.

"그나저나 응급실이면 비쌌을 텐데. 비용은 어떻게 했어? 나 지갑도 없었잖아! 보험은?"

"네 신원이 불확실하다고 해서 그냥 다 내가 냈어. 영수증 보내 달라고 했으니까, 병원에 연락해서 주소지만 제대로 알려 줘. 그거 오면 네가 보험사에 따로 연락해 봐."

"고마워. 얼마나 나왔어?"

"그것까진 기억 안 나. 나도 취했었거든. 일단은 걱정하지 마."

"근데 병원에서 영수증 보내 줘도, 그 영수증에 내 이름이 없잖아. 보험사에 연락해도 소용없는 거 아냐?"

생각을 정리하다 말고 이마를 짚은 한나가 비뚜름하게 쳐다보며 묻자, 헤리는 잠시 침묵했다.

"어……, 그거. 네 이름으로 잘 접수됐어. 걱정 마."

"너 내 이름 모르잖아."

"네가 알려 줬잖아. 한나."

희미하게 그가 자신을 한나라고 불렀던 것이 기억나긴 했다. 하지만 기억이 사라진 탓에 헤리를 완전히 믿을 수 없었다. 한나는 헤리와 시선을 맞추기 위해 옆에 있는 의자를 끌어와서 소파 앞에 앉았다.

"내 성이 뭔데?"

"요트J, 우U, 엔N, 게G."

"철자 말고, 발음해 봐."

"……융."

한참 뜸 들이던 그가 '융'이라고 발음하자마자 한나는 표정을 굳혔다. 독일어의 J는 영어의 Y발음과 비슷한데, 한나가 직접 성을 말했다면 '융'으로 발음할 리 없었다.

"내가 쓰러지기 직전에 성을 '융'으로 말하고 철자까지 불러 줬어?"

"융 아니고 중?"

그의 말은 답이라기보단 질문에 가까웠다.

"중이라고?"

"아무튼 잘 처리됐어."

"내 성은 '정'이야."

"아, 그래. 정. 맞아, 정이었네. 내가 헷갈렸어. 나도 취했었거든."

"……이 옷도 내가 잠결에 갈아입은 거야? 난 또 아무런 기억도 못 하는 거고?"

한나의 조용한 질문에 헤리는 머리를 헝클더니 천천히 상체를 세워 소파 등받이에 기댔다.

"옷은 내가 갈아입힌 거 맞아. 네 토가 묻어 있어서 침대에 그 상태로 눕힐 수 없었어. 그것 말곤 아무런 일도 없었다고."

"기분 나빴다면 미안해. 난 그냥 아무것도 기억이 안 나서."

"너 중간중간 깨어났었어. 집 주소를 물어봤는데, 네가 내 말을 못 알아듣고 울다가 다시 잠들었어. 처치 다 끝난 다음에 네가 갈 곳이 없다고 중얼거리기도 했고. 너 거기서 소매치기 당한 건 기억나? 난 당연히 너한테 열쇠도 없을 거라고 생각했어. 입원도 생각해 봤는데, 네 신상을 모르니 서류 작업도 불가능하고 나도 입원비까지 한 번에 낼 돈이 없어서 데려온 거야."

소름 돋을 만큼 차분한 그의 태도에 압도된 한나는 이렇다 할 반박도 하지 못한 채 입을 다물었다.

"이 날씨에 밖에 쓰러진 채로 두고 왔으면 죽을 게 뻔하니까. 그게 다야. 이제 의심이 좀 풀려?"

"……고마워."

"천만에."

헤리는 자리에서 일어나더니 터덜터덜 걸어 주방으로 향했다. 냉장고에서 얼마 안 남은 주스를 꺼내 통째로 들이켜더니 상자에 페트병을 던져 두고 전기 포트에 물을 올렸다.

　허리에 한 손을 얹고 끓는 물을 응시하던 그가 침묵을 깨고 입을 열었다.

　"최소한 끌고 올 친구도 없었던 거야?"

　언뜻 들으면 다정한 어조였으나, 한나는 괜히 비아냥거리는 남자의 말에 담긴 의미를 모른 척할 수 없었다. 다만 어찌 됐든 도움을 받았기에 한나는 반발하는 대신 침묵했다.

　"하긴. 친구랑 있어 봤자 네가 집에서 가져온 네 약을 스스로 과다 복용하는 것까지 말릴 순 없겠지."

　헤리는 냉담한 눈으로 한나를 쳐다보다가 뒤를 돌아 찬장을 뒤지며 물건을 찾았다. 한나는 가만히 헤리의 등을 보다가 무덤덤하게 입을 열었다.

　"도와줘서 고마워. 그리고 기분 나빴다면 미안해."

　"나한텐 미안해하지 않아도 돼. 너 스스로한테 미안해해."

　"네 말이 맞아. 같이 갈 사람도 없는데 굳이 가서 술 마시고 뻗지 말았어야 했어."

　한나는 천천히 일어나 바지춤을 여몄다. 그리고 테이블에 놓인 볼펜을 들어 바닥에 굴러다니는 종잇조각에 이메일 주소를 휘갈겼다.

　"내가 병원에 따로 연락해서 영수증 받을 주소를 바꾸긴 할 거야. 근데 일이 꼬여서 너한테 가게 되면 이 메일 주소로 연락줘. 그리고 그거랑 상관없이 네 계좌 번호는 꼭 보내 줘야 해. 돈 들어오는 대로 바로 갚을게. 괜히 쓰러지는 바람에 너한테 신세를 너무 졌어. 도와줘서 진심으로 고마워. 그리고 일부러 짜증 나게 만들려고 한 건 아니고, 그냥 무서워서 그랬어. 무슨 일이 일어났는지 난 모르니까."

주방으로 가 그에게 쪽지를 건네고 화장실로 걸음을 옮겼다. 헤리는 아무런 말 없이 한나가 건넨 쪽지만 쳐다보았다. 한나는 화장실에 들어가 문을 닫은 후 한숨을 쉬었다.

"……후."

학교 로고가 박힌 옷을 벗고 이상한 냄새가 밴 제 옷에 주섬주섬 몸을 끼워 넣었다. 온몸이 두드려 맞은 듯 아프고, 높은 구두를 신었던 탓에 정강이 앞쪽 근육과 아킬레스건이 당겼다. 옷을 입는 것조차 힘든 사투가 되다니.

마지막으로 바지 지퍼를 올린 후 멍하니 타일을 바라보는데, 마음속 깊숙한 곳에서 끝을 모르고 박혀 있는 검은 액체가 목을 타고 올라오는 게 느껴졌다. 숨이 막혔다.

감당 못 할 일을 저질러 놓고도 후회는커녕 아무것도 느껴지지 않는 스스로가 끔찍해 그런 걸까? 헤리의 말에서 느낀 것처럼, 있는 힘껏 살아온 인생이 생각보다 찌질하고 별거 없어서 그런 건가?

한나는 두통이 가시지 않는 머리를 두 손에 묻고 고개를 숙였다. 머리칼을 쥐자 그 사이사이에 밴 술과 담배 냄새가 코 안으로 들어왔다. 아픈 머릿속에서는 헤리가 방금 꽂아 넣은 비수가 펄떡이며 생각을 헤집었다.

'친구랑 있어 봤자 네가 집에서 가져온 네 약을 스스로 과다

복용하는 것까지 말릴 순 없겠지.'

"분명 한심하게 본 거야."

그의 눈빛에 담긴 기묘한 냉기를 생각하면 자신에 대한 긍정적인 인상을 기대하는 게 더 우스웠다.

"……맞아. 누가 나한테 약을 먹인 것도 아니고."

그 말을 읊조리던 한나는 번뜩 든 생각에 고개를 쳐들었다. 다시 불안이 몸을 엄습했다. 문고리를 급하게 열어젖히자 문이 쾅 소리를 내며 벽에 세게 부딪혔다.

"한나, 나 너한테 할 말이……."

화장실 근처에서 서성이던 혜리는 한나의 기세에 당황한 듯 입을 닫았다.

"그 약, 내 거인 걸 너 어떻게 알았어?"

"뭐?"

"네가 방금 집에서 가져온 약 혼자 알아서 삼켜 놓고 왜 그러냐고 그랬잖아. 그게 원래 내 약인지, 아니면 내가 거기서 사 먹은 건지 네가 어떻게 아는데?"

"딱 봐도 마약 먹은 건 아닌 것 같고, 클럽에서 굳이 시판 약 살 일은 없을 테니까."

"감기약이든 뭐든 해롱거리게 해 주는 거면 굳이 마약 아니라도 주워 먹는 애들이 널렸는데, 그 약이 내 거라고 어떻게 확신했냐고."

전혀 설득되지 않은 듯한 한나의 태도에 혜리는 처음으로 당황해 몸을 굳혔다.

"너, 레온이랑 연락했어? 내가 보낸 메시지 주인 말이야."

헤리는 잠시 침묵했다. 둘러댈 말은 충분했지만, 거짓말을 하는 게 과연 의미가 있을지 고민하는 눈치였다. 이내 그는 체념한 듯 팔짱을 풀고 한숨을 쉬었다.

"응."

'역시.'

"문자 지워 달라고 했잖아."

"그 문자는 네 말대로 지웠고, 너 병원 데려간 다음에 걔한테서 메시지가 또 왔어."

헤리는 식탁에 올려 둔 휴대폰을 들고 한나에게 흔들어 보였다. 한나는 입술을 깨물었다. 머릿속이 새하얗게 변해 아무런 답도 할 수 없었다.

"네가 갑자기 쓰러졌는데 난 아는 게 없잖아. 그래서 그 번호로 다시 연락할 수밖에 없었어. 그 사람이 네 이름 철자 불러 줘서 접수한 거야."

"그럼 약 종류는……."

"내가 묻기도 전에 알려 줬어."

하얗게 질린 한나가 아무 말 없이 침묵하자 헤리는 시선을 돌렸다.

"근데 문자랑 다르게 걔 지금 본가라서 못 오는 건 아닌 것 같더라고. 수화기 건너편에서 이곳 전차 안내 음성이 들렸거든. 그래서 말하지 않으려 한 거야."

파리하게 질렸던 한나의 얼굴이 더 창백하게 변했다. 하루 내내 아무것도 먹지 못한 것은 둘째 치고, 온 세상이 핑글핑글 돌아 정신이 없었다.

"……또 다른 말은 없었어?"

"자기가 가면 좋을 게 없을 거라고 그냥 알아서 해 달라고 하던데."

'알아서 해 달라고?'

"그게 무슨 뜻이야?"

들릴 듯 말 듯한 목소리로 물었다.

'생판 남인 사람한테서 내가 쓰러졌다는 연락을 받고도 그런 소릴 했다고?'

다행히 한나의 작은 질문은 포트 알람 소리에 묻혀 헤리에게 닿지 않았다.

'무슨 뜻인지 잘 알고 있잖아. 넌 아무것도 아닌 거야.'

마음속 소리는 진실하다 못해 잘 갈린 칼끝처럼 날카로웠다. 손끝이 차갑게 식는다.

"한나? 괜찮아?"

"……."

아무런 답도 않고 그 자리에 서서 소리 없이 정면을 응시했다. 하지만 시야엔 아무것도 들어오지 않았다.

그런 여자를 보는 헤리의 눈에 근심이 서렸다. 헤리는 조심스럽게 한나의 어깨를 잡고서 자신이 덮고 잤던 푹신한 담요로 그녀를 둘둘 말더니, 따뜻한 컵을 건넸다.

손에 쥔 컵에서 올라오는 차 특유의 향과 김이 얼굴을 따뜻하게 감쌌다. 멍하니 찻잔 안을 보던 한나는 멍한 얼굴로 헤리를 올려다보았다.

"내 옷 더러워."

"담요야 빨면 돼."

"그래도……."

"한나, 담요보다 널 더 걱정해야지."

그 말을 듣자마자 한나는 무너지듯 자리에 앉았다. 담요를 쥔 손에 힘이 들어갔다. 몸을 둥글게 말고 멍하니 아래만 보던 한나는 몇 번 입술을 달싹였지만, 끝끝내 아무 말도 하지 않았다.

3.

Sonntag. 22. Dezember 2019

13:31

　아무래도 영양실조라는 의사의 진단이 꽤 충격이었는지, 헤리는 한나에게 점심을 먹고 가라며 당부했다. 고작해야 이십대 초중반인 남자의 요리라서 간단한 인스턴트 파스타나 냉동 라자냐 정도를 생각했는데, 헤리는 오븐 두 개를 전부 달구고도 모자라 부엌 식탁까지 동원해 밀히라이스[*]와 연어 구이, 크림파스타를 만들었다. 부엌과 거실 사이가 막혀 있지 않은 집 안은 금세 고소하고 향긋한 음식 냄새로 가득 찼다. 한나는 옆을 기웃거리며 도울 것이 없는지 보다가, 칼을 다루느라 정신 없는 헤리 옆구리 사이로 조심스레 수납장을 열어 나이프와 포크, 숟가락을 꺼내 식탁 위에 가지런히 놓았다.

---

* Milchreis : 우유와 쌀을 달게 끓인 죽.

"앉아 있어."

"도울 거 없어?"

"응. 금방 되니까 조금만 기다려."

어제 만난 사이끼리 할 만한 대화는 아닌 것 같지만, 오랫동안 알아 온 친구처럼 편한 분위기를 만들 줄 아는 헤리의 재능 덕에 한나는 불편함을 조금도 느끼지 못했다. 방금 전까지 서로를 몰아붙이며 했던 대화가 꿈인 것처럼 마음이 편했다.

소파에 앉아 무릎에 턱을 괴자, 후드 티에 한가득 밴 연어 향기가 한나의 코끝을 찔렀다. 그렇게 오래 굶고서도 배고픔을 거의 느끼지 못했는데, 풍미가 강한 향신료 냄새에 금세 배가 반응했다.

"다 됐다."

만족스럽게 외친 그가 찬장에서 허브 가루를 꺼내 음식 위에 뿌렸다.

"너 아직은 파스타 못 먹을 것 같아서 유동식도 만들어 봤거든. 밀히라이스 먹어 본 적 있어?"

"응. 좋아해."

"다행이다. 근데 유동식은 이것밖에 안 만들어 봐서 맛있을지는 모르겠네. 한번 먹어 봐."

헤리가 새 숟가락으로 밀히라이스를 조금 떠서 한나에게 건넸다. 한나는 잠깐 그가 건넨 숟가락 그대로 입으로 받아먹을까 고민했지만 결국 숟가락을 건네받았다. 한 입 입에 넣은 밀히라이스는 팔아도 될 만큼 맛있었다.

"너 요리 진짜 잘한다."

"고마워. 근데 다른 음식은 너무 기대하지는 마. 파스타 소스는 사서 썼어."

감탄을 내뱉는 한나의 말에 헤리는 어깨를 으쓱이며 대수롭지 않다는 듯 말했다. 하지만 장난스런 입꼬리가 살짝 올라간 걸로 봐서 뿌듯함을 완전히 숨기진 못했다.

"소스 사서 쓴 건 전혀 문제가 안 되는데. 난 뭘 요리하든 이렇게 재료 많이 써서 제대로 먹어 본 적 없어."

음식이 담긴 그릇을 건네받아 식탁 위에 올리자 그럴듯한 만찬이 완성됐다.

"와인 마실래?"

"와인을 집에 두고 마셔?"

맥주 아니면 예거, 중저가의 슈납스* 정도를 기대했던 한나는 진담 반 농담 반 놀란 척 웃으며 물었다. 헤리는 고개를 저었다.

"당연히 비싼 건 아니지. 요리할 때 필요해서 사 둔 게 있어."

"혹시 맥주……."

"아, 근데 너 어제 술 마시고 쓰러졌으니까 이건 마시면 안 되겠다. 취소. 넌 주스 마셔."

"주스?"

있는 힘껏 표정을 찡그리고서 항의의 뜻을 비쳤지만 씨알도 먹히지 않았다.

---

* Schnapps : 40도 이상의 증류주.

"안 돼."

"……알겠어."

뾰루퉁한 표정으로 주억거리자 헤리는 그 표정을 살짝 흘기더니 꺼냈던 와인을 아예 집어넣었다.

"나도 안 마실게."

한나는 턱을 괴고서, 냉장고를 닫고 식탁으로 다가오는 헤리를 빤히 쳐다보았다. 헤리는 와인 대신 꺼낸 오렌지 주스를 식탁에 올려 두었다.

"너 좀 신기해."

의자에 앉던 헤리는 한나의 무덤덤한 말에 고개를 들었다.

"뭐가?"

"잘 아는 사이도 아닌 나한테 이렇게까지 잘해 주는 거."

"너 아프잖아. 당연히 잘해 줘야지."

마찬가지로 무덤덤한 헤리의 답에 한나는 잠시 말을 잃었다.

아파서 잘해 준다고?

'내가 정신이 아픈 애라고 생각해서 일부러 더 잘해 준다는 건가? 노약자 배려하듯이?'

2, 3초간 아무런 반응도 하지 못했다. 하지만 침묵이 길어질수록 상황이 어색해질 건 뻔했고, 한나는 그런 상황을 원하지 않았다. 하긴, 그냥 술 취해서 어지간히 주정 부린 것도 아니고 약과 술을 동시에 먹고서 기절했는데 멀쩡한 사람 취급받길 바라는 것도 우스웠다.

"보통 아픈 애면 더 피하지 않나?"

애써 아무렇지 않은 척 밀히라이스를 오목한 접시에 덜며 중얼거렸다. 차마 헤리의 눈을 마주칠 순 없었다.

"왜?"

"글쎄. 아무래도 보통 사람이랑 좀 다르니까…… 어떻게 행동할지도 모르고."

"넌 보통 사람 아니야?"

"너 내가 먹는 약 뭔지 알잖아."

"그거 좀 먹는다고 바로 이상한 사람이 되진 않아."

코웃음이 들린 것 같아 고개를 들었다.

헤리는 음식을 덜며 한쪽 입꼬리만 올렸다. 분명 좋은 의미의 웃음은 아니었다. 한나가 빤히 쳐다보자, 헤리는 어깨를 으쓱이더니 말을 이었다.

"네가 아파서 잘해 준단 소리는 정신 건강 얘기가 아니라 몸얘기였어. 어제 의사가 너 영양 상태 안 좋다고 그랬거든."

"아."

괜히 민망해진 한나의 목소리가 한 옥타브 올라갔다. 목이 타서 주스를 마시려 했지만 손에 힘이 들어가지 않아 뚜껑이 헛돌았다. 헤리가 열어 주겠다는 눈빛을 하고 손을 내밀었지만 이미 뚜껑을 연 후였다.

"내 생각엔 다들 많든 적든 정신 문제는 갖고 사는 것 같은데. 자기 문제를 정확히 알고 치료하려고 노력하는 게 그냥 곪게 내버려 두는 것보다 훨씬 나아."

헤리의 눈은 한나가 따라 주는 주스를 보고 있었지만, 그의 시선은 마치 컵이 아닌 다른 곳을 보는 것처럼 흐렸다.

"그리고 네가 어제 조금 바보 같은 짓을 했다고 해서 널 피해야겠다는 생각은 안 했어. 내가 널 피해야 할 만큼 가까운 사이도 아니잖아."

헤리에게 딱히 큰 관심이 있는 것도 아닌데, 그의 한마디에 기분이 이상할 정도로 양극을 오가는 제 모습이 마음에 들지 않았다. 피해야 할 만큼 가까운 사이가 아니기 때문에 개의치 않는다는 헤리의 말엔 굵은 뼈가 있었다.

"그러니까 넌 오늘 식사 잘 하고, 잘 쉰다는 약속만 나한테 한 다음에 집에 잘 돌아가면 돼."

한나는 눈을 굴리며 피식 웃었다.

"그래, 뭐. 약속할게. 어차피 네가 그걸 확인할 순 없겠지만."

"왜 그렇게 생각해?"

"네 말대로 가까운 사이도 아니잖아. 앞으로 볼 일 없겠지."

"내가 너라면 그렇게 확신 안 할 것 같은데."

"왜?"

"이 도시 되게 좁아. 앞으로 한 번도 안 마주치고 살긴 어려울걸. 그리고 네 인상이 하도 강렬해서 난 네 얼굴 못 까먹을 것 같은데. 길 가다 마주치면 네가 다시 그런 이상한 짓 안 하나 묻고 싶어질 거야."

짧은 대화 속에서 이리저리 긴장을 죄였다 풀었다 하게 하는 헤리의 태도에 한나는 머리가 어지러웠다. 다시 보면 보는 거지, 가까운 사이가 아니라고 굳이 쐐기를 박는 이유는 대체 뭐며, 어차피 스치듯 지나쳐 봐야 창피함에 피할 생각만 잔뜩 할 한나에게 알은척은 꼭 할 거라고 확인시켜 주는 저의가 뭘까?

"그리고 너 나한테 빚졌잖아. 그 정도 약속은 해야지."

"도와줘서 정말 고마워. 사례는 할 생각이야. 또 병원비 보험 청구 제대로 안 끝나더라도 네가 낸 돈은 일주일 안으로 이체할게. 메일로 계좌 번호 꼭 보내."

"돈 얘기가 아니라, 너 나한테 목숨 빚졌다고."

"헤리. 네가 날 도와준 건 맞는데, 네가 나 못 본 척하고 갔다고 해서 내가 죽지는 않았을 거야."

코웃음을 치고서 밀히라이스를 떠먹는데, 헤리가 냉담한 표정으로 물었다.

"그걸 어떻게 아는데?"

"난 죽으려던 게 아니었으니까. 그날은 그냥……, 그냥. 평소보다 조금 더 피곤해서 그랬던 거야."

"너 그날 그 발코니에서 누가 툭 치고 가기만 했어도 앞으로 고꾸라졌어. 네가 떨어지는 동안 살고 싶어져도 돌이키지 못했을 거라고."

"……."

"네가 평소에도 생각 없이 약 먹고 술 마시고서 갈 때까지 간 채로 사는 걸 즐기는 사람이었다면, 넌 그 인종 차별주의자들 앞에서 내 도움 안 받았겠지. 걔네가 주는 조인트* 그냥 받아 피

---

* Joint : 대마와 섞어 만 담배.

웠을 거고, 날 따라오지도 않았을 거야. 딱 봐도 넌 원래 그런 건 전혀 하지 않고 살던 사람이었어. 안 그래?"

조목조목 따지는 헤리의 목소리엔 아무런 감정이 담겨 있지 않았다. 하지만 그의 눈에 비친 감정은 이상할 만큼 강렬해서, 한나는 시선을 피할 수 없었다.

"네가 그날 운 좋게 혼자서 발코니에서 잘 빠져나왔다고 쳐도, 혼자 집으로 걸어가다가 중간에 정신을 잃지 않았을 거란 보장은 없어. 이제 크리스마스 연휴 시작인데, 정신 제대로 박히고 멀쩡한 사람들이 그 새벽에 밖에 나와서 골목에 쓰러진 널 도와줄 거라고 생각해? 넌 아마 아침이 될 때까지 발견되지도 않았을 거고, 설사 네가 죽기 전에 누군가가 널 발견했다 해도 병원에 데려가진 않았을걸."

"헤리, 너 지금 오버하는 것 같은데."

"아니, 오버 아니니까 들어. 한나, 넌 그날 죽을 수도 있었어. 추락해서 머리가 깨져 죽었든, 얼어 죽었든, 토사물에 목이 막혀 죽었든, 아니면 이상한 사람한테 걸려서 그랬든, 지금 이렇게 앉아서 맥주 마시겠단 소리는 못 했을 거라고."

"내가 멍청한 짓을 한 건 사실이지만……."

"한나. 죽으면, 아무것도 없어."

"……."

"아무것도."

대체 그가 말하고 싶은 게 뭘까. 아니 바라는 게 뭘까. 한나는 혼란스러웠다.

그가 걱정하는 게 정말 내 안전이었을까? 한나는 헤리의 푸른 눈을 보며 곰곰이 생각해 보았지만 답은 나오지 않았다.

"다시는 그런 일 하지 않겠다고 약속해."

"우리 그런 약속을 할 만큼 가까운 사이 아니잖아."

"아까 그 말이 마음에 안 들었구나. 우리가 가까운 사이라고 하면 약속할래?"

그는 날카롭게 알아챘다. 한나의 불만이 어디에서 왔는지 깨닫자마자 헤리는 모르는 척하지 않았다. 어쩌면 무례할 수도 있는 그의 솔직함에 한나는 전의가 손가락 사이로 흘러내려 없어지는 것을 느꼈다. 더 이상 따지고 싶지 않았다.

대신 일부러 묻어 두었던 질문을 꺼냈다. 지금껏 매일 밤 혼자 고민하면서도, 그 누구에게도 하지 못했던 질문.

"넌 네 스스로가 편해?"

"무슨 뜻이야?"

"넌 네 자신으로 사는 게 편하냐고."

"……."

한나는 그가 제 질문을 이해할 수 있을 거라 기대하지 않았다. 체념 섞인 담담한 목소리가 헤리의 귀에 닿았다.

"난 안 그래. 내가 약속 못 하는 이유는 네가 한 말에 삐쳐서가 아니라, 정말 나도 날 모르겠어서 그런 거야. 내가 당장 내일 아침에 어떤 기분일지도 상상이 안 가. 아니, 어떤 기분일지는 아는데 그 농도가 어느 정도일지 가늠이 안 돼서 무서워. 이해돼?"

차마 헤리의 눈을 쳐다보지 못하고, 한나는 앞에 놓인 주스 잔을 쥐었다. 이런 이야기를 타인에게 털어놓는 건 난생 처음이다. 온몸에 오한이 드는 듯 어색하고 으슬으슬 추위가 밀려왔다. 마치 한나의 말을 막으려는 듯, 몸은 격렬하게 거부 반응을 일으켰다.

"내가 침대에서 일어나 샤워를 할 수 있을 정도로만 우울하다면 난 다시는 그런 선택을 하지 않을 거야. 근데 난 아침마다 차라리 위로 열어 놓은 창문이 내려앉아서 날 깔아뭉갰으면 좋겠단 생각을 해. 왜 내가 보통 사람이 아니냐고 물었지? 왜 사람들이 날 피해야 한다고 생각하냐고."

"……."

"난 내가 어떤 사람인지 이제 아예 몰라. 내가 당장 이 오후가 지나고 집에 가서 무슨 감정에 휩싸일지 지금의 난 알 수가 없어. 내가 날 모르는데, 무슨 선택을 할지 어떻게 알겠어? 너랑 약속해 봤자 고통이 오면 그걸 견디느라 네가 뭔 말을 했는지 다 잊을 게 분명한데, 내가 너랑 어떻게 약속을 해. 그런 간단한 다짐도 못 하는데 어떻게 보통 사람이 될 수가 있어."

한나가 쥐고 있던 주스 잔이 미세하게 흔들렸다. 처음 말해 본 자신의 감정에 한나는 숨이 차는 것만 같았다.

'대체 왜 그래? 뭐 때문에 그래?'

마음속 깊은 곳에서 솟는 질문에 명확한 답을 할 수 없었다.

'그냥, 나도 잘 모르겠어. 다 힘들기만 해.'

그게 그녀가 할 수 있는 대답의 전부였다. 너무도 많은 이유가 겹쳐 더 이상 명확한 몇 가지 이유로 정의 내릴 수 없는 절망이 그녀를 좀먹었다. 아침에 눈을 뜨고 침대 바깥으로 나가는 매 순간이 사투였다. 하루를 돌아보면 남은 기억은 한 줌도 없는데, 막상 방을 둘러보면 그날 간신히 풀어낸 과제 더미, 어쨌든 공부하기 위해 펼친 책, 엊그제 사 온 듯한 딱딱한 빵과 말라 버린 과일이 있었다.

무신경한 동기들과의 대화, 학생 식당에서 실없는 소리를 하며 먹어야 하는 소스가 분리된 파스타, 사람으로 붐비는 도서관에서 나는 특유의 꿉꿉한 냄새, 몇 년째 쓴 연필 사이사이에 낀 손때. 그 어느 것도 안정을 주진 못했다. 항상 보는 물건들조차 고통으로 다가왔다. 모든 게 괴로웠고, 남들은 아무렇지도 않게 보내는 일상을 힘들어하는 스스로가 싫었다.

하지만 그것보다 더 싫은 것은, 도망갈 곳이 없다는 점이었다.

"뭐가 널 그렇게 괴롭히는 거야?"

한참의 침묵 끝에 헤리의 목소리가 적막을 깼다. 한나는 여전히 그의 푸른 눈을 보지 못하고 주스 잔에 비친 자신의 눈을 빤히 응시했다.

"말했잖아. 난 내가 편하지 않아."

헤리는 아무런 말도 덧붙이지 않은 채 그녀의 얼굴을 응시했다. 침을 삼킨 그녀는 말을 끝맺기 위해 고개를 들어 그를 마주 보았다.

"이 모든 게, 편하지 않아."

2부

1월: 나비를 부수는 바퀴

The wheel that breaks the butterfly

Oasis — 〈Falling Down〉

4.
Freitag. 3. Januar 2020
18:53

끔찍했던 새해 전야Silvester와 새해 당일이 모두 무사히 지나 갔다. 창문 셔터를 내리고 사는 바람에 시간 감각은 잃었지만, 두꺼운 창문 사이로 매섭게 스며드는 사람들의 웃음소리와 새 해맞이 폭죽 소리에 점차 지치던 참이었다. 오늘은 그래도 새해 사흘째라 종일 고요했고, 방 벽과 천장에 붙여 놓은 야광별 스티커 사이에서 별자리를 찾다 보니 어느새 하루가 온전히 지나가 있었다.

한나는 책상 위에 도드라져 보이는 원통형 색연필 통을 응시했다. 오래된 색연필은 항상 보이지 않는 곳에 치워 놓고, 도저히 참기 힘든 감정이 올라올 때마다 꺼내 놓았다.

"그러고 보니 그림 안 그린 지도 오래됐네."

'내 시집에 네 그림이 들어가면 좋을 텐데.'

마지막으로 어머니의 웃는 얼굴을 봤을 때 들었던 말이다. 한나는 차라리 그때 그림을 보여 드릴걸 하고 후회했다.

"이렇게 모르는 사람처럼 살게 될 줄 알았다면……."

한나는 모로 누워 시선을 돌렸다. 전에 살던 세입자에게서 넘겨받은 구식 라디오엔 여전히 먼지가 쌓여 있고, 아마존에서 2주 전쯤 도착한 소포는 여전히 견고하게 포장된 상태로 방바닥에 널브러져 있었다.

한나는 이 연휴 내내 아무것도 하지 않았다. 연휴가 끝나자마자 내야 하는 과제가 생각났지만 놀라울 정도로 의욕이 나지 않았다. 마지막 학기가 머지않았기에 학사 논문 주제를 정하고 지도 교수를 찾아야 하는데, 한나는 졸업 학점 챙기는 것도 버거워 숨을 몰아쉬는 중이었다.

"이러다 정말 낙제하겠네."

그 말조차 한나를 자리에서 일어나게 하진 못했다. 그녀는 침대에 누운 채로 손을 허공으로 뻗어 자신의 마른 손목을 응시했다. 사물이 정확히 분간 갈 만큼 오랫동안 컴컴한 어둠 속에 숨어 있었기에, 손목을 지나가는 정맥까지 선명히 보였다. 오늘은 다행히 끔찍한 고통은 찾아오지 않았다. 그저 무기력에 그친 것이 감사해 한나는 진심으로 안도의 한숨을 내쉬었다.

배에서 꼬르륵 소리가 났다. 머릿속으로 냉장고 안을 그려 보았다. 새해 연휴 전에 사 둔 계란과 빵이 생각났다. 우유는 없었다.

"프렌치토스트나 해 먹을까."

슬슬 몸을 일으키려던 찰나 한참 동안 울린 적 없던 초인종 소리와 함께 누군가 문을 두드렸다.

"누구지?"

잔뜩 놀랐지만, 눈만 크게 뜬 채로 방문 건너 현관문을 응시했다. 아주 잠깐 고요함이 감돌던 방에 다시금 큰 소음이 퍼졌다.

"한나!"

익숙한 목소리. 목 안을 긁는 듯한 저음에 한나는 몸을 벌떡 일으켰다. 꿈인가 싶어 잠시 멍청히 현관문만 바라보니, 성마른 목소리가 다시 복도를 울렸다.

"대체 건물 입구 문은 어떻게 열고 들어온 거지?"

'남이 들어올 때 따라 들어온 건가.'

마음속 이성이 한나의 질문에 답을 해 주었다.

'문 열면 안 돼.'

절대 이번엔 옛날과 같은 일을 반복할 수 없었다. 한나는 마음을 다잡고 다시 침대에 앉았다. 하지만 쿵쿵 뛰는 심장은 진정되지 않았고 손이 미세하게 떨렸다.

쿵.

큰 소리가 나자 한나는 더 이상 참지 못하고 자리에서 일어났다.

"한나! 안에 있어?"

조심스럽게 잠금장치를 풀고 문을 열자, 몸을 일으키는 레온의 얼굴이 눈에 들어왔다.

"레온?"

"아, 신이시여, 감사합니다. 집에 있었구나."

한나의 얼굴을 보자마자 그가 그녀를 와락 안았다. 그의 품에서 옅은 맥주 냄새와 오래된 향수 냄새가 났다. 한나는 그를 마주 안지 않고 살짝 밀었다.

"네가 연락이 안 되니까 걱정했어."

이해할 수 없는 레온의 행동에 미간을 찌푸리자 그는 마지막으로 봤던 11월보다 길어진 금발을 신경질적으로 넘겼다. 게다가 머리 색도 예전과는 어딘가 달랐다. 일조량에 따라 색이 미세하게 달라지는 건 알고 있었지만, 그의 머리 색은 더 짙어져 있었다.

"……휴대폰 잃어버린 거 알잖아."

"새해 전에 잃어버렸으면서 아직도 안 샀어? 일단 들어가서 얘기하자."

"됐고, 왜 온 거야?"

"네가 쓰러졌다는 얘기 이후에 소식을 하나도 못 들었으니까."

한나는 단 한 번도 레온의 적극적인 모습을 본 적 없었다. 아니, 있어도 그 이유가 자신을 걱정해서였던 적은 없었다. 취한 건 아니었지만 그는 아무래도 평소와 조금 달랐다.

"레온, 그땐 내가 실수한 거야. 문자 잘못 보냈어, 미안해. 나 괜찮은 거 봤으니까 이제 가."

"그때 바로 못 가서 화난 거야? 왜 실비아한테 연락 안 했어?"

"그거 보내고 일 잘 해결돼서 걔한테 연락할 필요 없었어. 화난 거 아니고 피곤해서 그래. 그냥 좀 가."

"거짓말. 내가 안 가서 화난 거잖아."

레온의 손이 한나의 뺨을 감싸듯 올라왔다. 한나는 몸을 뒤로 뺐다.

"레온, 그만해."

"뭘?"

"너 또 이자벨라랑 싸웠어? 가서 걔나 달래 줘."

"지금 질투해?"

"레온, 꺼져."

한나의 단호한 태도에 레온은 그녀를 잠깐 의미 모를 눈빛으로 응시하다가, 주머니를 뒤적거려 휴대폰을 꺼냈다.

[나랑 헤어지고 싶으면 적어도 그딴 식으로 뛰쳐나가지는 말았어야지.]

[답장해, 빨리. 너 이미 내 메시지 확인했잖아.]

레온은 여전히 이자벨라를 애칭인 '이자'로 저장해 두고 있었다. 한나는 보일 듯 말 듯 입술을 비틀었다.

"아예 끝냈어, 내가. 이제 이자벨라는 나랑 아무 사이도 아니야."

메시지를 띄운 휴대폰을 한나의 정면에 들이댄 채, 레온은 몸을 현관문에 기댔다.

"그래서 나더러 어쩌라고?"

"너한테 당장 만나자고 하는 거 아니야. 그냥 네가 나한테 이자 얘기 안 했으면 좋겠어. 그런 걸로 걱정도 안 했으면 좋겠고."

"넌 항상 날 바보로 아는 것 같아."

"그런 게 아니야, 한나……."

레온은 표정을 흐리며 팔을 뻗어 현관문 윗부분을 잡았다. 고개를 숙인 그의 몸이 현관문 가득 들어찼다.

"내가 싫진 않지만 딱히 이자벨라랑 완전히 헤어질 만큼 좋았던 것도 아니었겠지. 걔랑 사이 나빠져서 잠깐 헤어졌을 때 딱 만나기 좋은 상대였던 것도 알아."

"……너 몸은 괜찮아? 병원 갔었다며."

화제를 바꾸려는 시도는 오히려 역효과를 냈다. 그날의 기억이 떠올라 더욱 비참해진 한나의 표정은 냉담함을 넘어 씁쓸해 보일 정도였다.

"그날 휴대폰 주인한테는 '알아서 해 달라'라고 했으면서 이제 와서 그게 궁금한 거야?"

"그런 뜻이 아니었어. 대체 그 새끼가 너한테 무슨 말을 했길래 네가 이러는 거야? 병원은 왜 간 거고?"

"그만하고 가."

"미안해, 한나. 용서해 줘."

처음으로 들은 말이었다. 한나는 울컥하는 모습을 보이기 싫어 있는 힘을 다해 마음을 눌렀다.

"갑자기 왜? 넌 내가 널 진심으로 좋아하지 않길 바랐잖아."

"아냐. 그런 게 아니었어."

"레온, 이젠 내가 싫어. 무서워."

"무슨 소리야?"

취한 척, 못 알아듣는 척하려는 걸까?

한나는 입술을 깨물었다.

"너랑 있기 싫다고."

"그날 내가 왜 너 데리러 못 갔는지 들었어?"

"아니. 근데 별로 알고 싶지 않아. 됐으니까 이제 가."

그를 밀고 현관문을 닫으려는데, 레온이 닫히는 문 사이로 물었다. 지금껏 눈치채지 못했는데, 그의 눈 주위가 벌겋게 달아올라 있었다.

"헤르만이랑은 어떻게 아는 사이야?"

대체 레온이 헤르만을 어떻게 아는 거지? 의문이 머리를 스쳤지만, 쓸모없는 말싸움으로 기운을 빼고 싶진 않았다.

"레온, 나 피곤하다고 했잖아. 가."

"걔 믿지 마, 한나."

이런 성격이 아닌데, 이 정도로 무너진 레온은 처음이었다. 대체 이자에게 무슨 소리를 들었기에 이 지경이 된 걸까? 그 슬픔을 자신에게 와서 토해 내는 남자가 역겨웠다.

한나는 참지 못하고 소리쳤다.

"그만해!"

"정말이야. 내 말 믿어, 이렇게 부탁할게."

"작작 좀 해, 레온!"

"……한나."

"내가 꺼지랬지. 그 정도 했으면 됐잖아! 내가 얼마나 더 해야 돼? 내가 징징대고 싶을 때마다 오면 달래 주는 사람으로 보여?"

"그날 못 가서 미안해."

그가 손을 부드럽게 올려 그녀의 뺨을 감쌌다. 한나는 몸을 굳혔다.

"정말 미안해."

"가. 이제 너 보고 싶지 않아."

뒤를 돌아 문을 닫으려는데, 그가 문 틈새로 조용히 읊조렸다.

"너 정말 나랑 다시는 안 봐도 돼?"

그의 질문에 한나는 도저히 참을 수 없어 입술을 깨물었다. 현관문 뒤로 누군가 열쇠를 돌려 문 여는 소리가 들렸다. 지금까지 지껄인 소리를 누군가 들었을지도 모른다 생각하니 얼굴이 화끈거렸다.

"한나, 말해 봐. 나 안 볼 자신 있어?"

더 이상 참을 수 없었다. 그녀는 레온의 멱살을 잡아당겨 거칠게 안으로 들여놓곤 문을 쾅 닫았다.

무기력하게 끌려온 레온의 눈에 담긴 감정을 읽을 수 없었다. 그를 밑으로 팽개치듯 놓는 한나의 몸이 부들부들 떨렸다.

"넌 항상 이런 식이야! 내가 널 찾을 땐 조금도 원하지 않는 것처럼 굴다가, 내가 떠나려고 마음만 먹으면 이러잖아! 그렇게 그날 거짓말까지 쳐 가면서 안 오기로 마음먹었으면, 내가 어떻게 되든 신경 쓰지 말았어야지!"

"워터 하우스엔 왜 혼자 간 거야? 왜 실비아한테 연락 안 했어? 왜 헤르만 번호로 연락했어?"

"뭐?"

"실비아는 네가 클럽에 간 줄도 모르고 있었어. 너 원래 그런 데 잘 안 가잖아. 그날 헤르만 부른 거야? 내가 안 가니까 걔가 너 데려간 거야? 어디서 만났어?"

"레온, 뭐라도 아는 것처럼 말하지 마. 넌 나에 대해 아무것도 몰라."

"나 너에 대해 잘 모르는 거 맞아. 네가 말하는 걸 싫어했으니까. 근데 나 이거 하난 확실히 알아. 너는 날 좋아해."

레온은 답인지 독백인지 모를 말을 읊조렸다.

"아니, 아냐."

"거짓말."

"제발 그만해! 난 너랑 있으면 숨이 막혀."

"그런데 왜 나한테 도와 달라고 했어? 날 보면 숨이 막히는데, 약까지 먹고 간 거기서 왜 나한테 연락했냐고."

레온은 이제 격양된 감정을 숨길 수 없는지 잔뜩 눌린 목소리로 물었다.

"넌 그날 내가 이자랑 있을 거 예상하고 있었어. 그게 싫어서 나한테 연락한 거 아냐? 이자랑 있지 말고 널 보러 와 달라고 말하고 싶었던 거잖아."

"괜히 넘겨짚지 마. 네 번호 말고는 외운 게 없어서 그랬던 것뿐이야."

"한나, 제발 좀 솔직해져 봐. 날 개새끼라고 불러도 부정 안 해, 그게 맞으니까. 아무리 나 나름대로 너한테 갈 수 없었던 이유가 있다 해도, 네가 날 개새끼로 보는 게 억울하단 생각은 안 했어. 근데 넌 내가 이렇게 다 버리고 온 상황에서도 아주 기본적인 질문에 거짓말만 해."

"내가 거짓말을 한다고? 너야말로 지금까지 나한테 계속 거짓말만 했잖아! 네가 나한테 단 한 번이라도 솔직했던 적이 있기나 해?"

신랄하게 뱉어 냈지만 레온은 조금도 타격받지 않은 듯 얼굴을 좀 더 가까이 들이댔다.

"알아, 한나. 그래서 사과하려고 왔어."

"왜 내가 그냥 혼자 정리하게 두질 않는 건데?"

한나의 목소리에 점점 포기가 차올랐다. 레온은 그 점을 놓치지 않았다. 그는 마치 이제야 속마음을 드러내는 한나를 보며 안심했다는 듯 작게 미소를 지었다. 하지만 한나는 그마저도 보고 있기 괴로워 등을 돌렸다.

"난 네가 그러길 바라지 않거든."

"넌 날 원하지 않잖아."

작게 뱉어 낸 말에 체념이 담겨 있었지만 레온은 느끼지 못한 것인지, 아니면 모르는 척하는 것인지 모를 태도로 한나에게 다가갔다.

"우리한텐 서로가 필요해."

이 와중에도 좋아한다는 단어는 쓰지 않는다. 그걸 깨닫자마자 눈물이 나올 것만 같았다.

"난 네가 필요해, 한나."

"제발 나 좀 그냥 보내 주면 안 돼?"

"아니, 안 돼."

"대체 왜 그러는 거야?"

"난 그냥 솔직해지려는 거야."

레온은 한나의 뺨에 맺힌 눈물을 쓸며 그녀의 눈을 바라보았다. 그의 눈은 짙은 동공이 선명히 보일 정도로 밝고 시린 회색이어서, 한나는 차마 그 눈을 마주치지 못하고 고개를 숙였다.

"네가 못 하는 말을 내가 대신 하는 것뿐이고."

"……."

"날 좋아하지 않을 순 있어. 하지만 내가 필요하지 않다곤 말 못 할걸."

"레온, 난 이제 지쳤어."

통하지 않을 반항을 한다는 생각이 머리를 떠나지 않았다. 한나는 두 손에 얼굴을 묻었다.

"나 다 정리했어. 그러니까 예전이랑은 다를 거야."

그의 말을 믿어선 안 되는 것쯤은 이미 알고 있다. 그러나 한나는 레온의 말을 완전히 부정할 수 없었다.

그와 있으면 불행했지만, 적어도 모든 감각이 마비가 된 듯 고통을 느끼지 않을 수 있었다. 하지만 레온이 떠날 때면 한나는 미뤄 놓은 고통을 한 번에 몰아 받는 것처럼 견딜 수 없는 늪에 빠져 헤어 나오지 못했다.

어딜 가도, 어떤 사람을 만나도 그들과 연결된 느낌은 없었다. 어느 모임을 가도, 아무리 신나게 이야기를 해 봐도, 굳이 모임을 만들어 사람들을 식사에 초대해도 결국 그 가볍고도 일시적인 만남은 가슴에 구멍을 뚫어 놓기만 했다. 타인의 흔적들로 가득 찬 자신을 한나는 언제나 불편해했다.

하지만 레온과 있으면 그런 불편함을 느낄 필요가 없었다. 그가 머무르는 동안만큼은 둥실둥실 떠오르는 불안을 잠시나마 묶어 둘 수 있었다. 정착이 아닌 구속의 무거움은 근본적인 고통을 없애 주진 않았지만, 적어도 마취제 정도는 되었다. 잠시나마 고통에서 해방되는 느낌은 편하고 달콤했다. 레온은 그녀를 찾았고, 필요로 했으며, 가끔은 중요한 사람으로 생각했다. 한나는 누군가가 자신을 계속해서 찾을 때 받는 안도감과 안정감을 포기하지 못했다. 그것이, 설령 헌신이 절대 불가능한 이십 대 초반 남자의 요구라 해도.

"난 떠나지 않을 거야."

한나는 레온의 말을 믿어서는 안 된다는 것쯤은 이미 알고 있었다. 하지만 레온이 등에 감겨 오자마자 몸을 감싸는 부드러운 안도감을 부정할 순 없었다. 그의 품은 넓었고, 그녀가 항상 그리워했던 그만의 냄새를 풍겼다. 심장이 땅으로 떨어진 것처럼 조여들었다. 자신의 등을 온전히 덮은 그를 마주 안지 않는 건 그녀가 할 수 있는 마지막 반항이었다. 하지만 레온은 개의치 않는 듯 한나의 목덜미에 얼굴을 파묻었다.

이건 기쁨일까? 아니, 그것은 차라리 절망에 가까웠다.

그녀의 안도는, 절망이었다.

5.

Mittwoch. 8. Januar 2020

13:52

멘자[*]가 문을 닫기 전까지 30분 정도밖에 남지 않았다. 2시 정각이 되면 음식도 다 치워 버릴 것이다. 한나는 가방을 고쳐 메며 걷는 속도를 올렸다. 수업이 있는 건물에서 멘자까지 평소 10분이 넘게 걸렸지만 오늘은 쉬지 않고 뛰다 걷다 해서인지 6분 만에 멘자 앞까지 도착했다.

"제시간에 왔네. 얼마나 뛴 거야?"

"토할 만큼."

숨을 헐떡이는 한나의 어깨를 실비아가 웃으며 두드렸다.

"밥은 먹을 수 있겠어?"

"이거 안 먹으면 오늘 저녁 8시까지 아무것도 못 먹어. 쑤셔

---

[*]   Mensa : 학생 식당.

넣어야지."

큰 배낭을 앞으로 돌려 습관적으로 지갑을 찾았지만 앞주머니엔 아무것도 없었다.

'아, 맞다. 지갑 없지.'

한나는 청바지 주머니를 뒤졌다. 두꺼운 패딩 때문에 후끈한 열이 빠지지 않아 이마 위로 땀이 흘렀다.

"찾았다."

간이로 발급받은 학생 카드는 종이 쪼가리에 이름을 휘갈기고 도장만 찍어 놓은 것이라 이미 꾸깃꾸깃해졌다. 아마 재발급된 카드가 우편으로 오기까지 일주일은 더 걸릴 것이다. 한나는 그때까지 이 종이가 버텨 주길 간절히 바랐다.

"너 오늘 수업 두 개밖에 없잖아."

"저번 학기에 통과 못 한 시험 있거든. 그거 지금 재신청해도 되는지 물어보러 가야 해."

"신청 기간 지났는데 그게 돼?"

"몰라. 그러니까 빨리 가서 설득해 보려고."

독일 대학교의 겨울 학기 종강은 대부분 2월 중순이지만 기말고사 기간은 과마다 조금씩 달랐다. 한나의 경우엔 모든 시험이 3월에 몰려 있었다. 기말 시험은 자동 등록이 아니라 1월쯤 따로 신청해야 하는데, 그래서인지 낙제를 해도 재수강보단 재시험 비율이 월등히 높았다.

실비아는 배낭을 다시 뒤로 메느라 낑낑대는 한나를 도와주며 등을 토닥였다.

"고생하네. 얼른 들어가자. 근데 너 크리스마스 전에 대체 뭔 일이 있었던 거야? 너 아버지 브레멘에 계셔서 거기 간다고 하지 않았어?"

레온이 올지도 모른다는 말을 하려던 찰나, 물어 온 실비아의 질문에 한나는 입을 다물었다. 대답을 해야 하는데, 대체 뭐부터 시작해야 할지 감이 잡히지 않는다.

"아, 그거……. 아버지한테 바쁜 일이 생겨서 그냥 여기에 있었어. 별일은 아니야."

"레온이 나한테 페이스북으로 너 큰일 났다고 연락했었어. 내가 그 계정 거의 안 보고 살아서 나중에야 봤는데, 그거 보고 얼마나 놀랐는지 알아? 게다가 그 다음 날 너한테 전화 왔었냐고 두 번이나 더 물어보더라니까?"

실비아는 레온을 대놓고 피했다. 그녀는 속을 알 수 없는 그를 절대 좋게 보지 않았고, 제일 친한 친구가 실망하는 모습을 보고 싶지 않았던 한나는 아직 실비아에게 레온과의 일을 털어놓지 못했다.

"나 휴대폰 망가졌잖아. 그래서 연락이 한참 안 됐었는데 그게 걱정됐나 봐."

"너랑 연락이 안 된다고 걱정을 했다고? 걔가? 말도 안 돼. 잠깐만, 너 걔랑 아직도 개인적으로 연락해?"

실비아는 놀라움을 숨길 생각도 하지 않고 질문을 퍼부었다.

"자주는 아니야."

선을 그었지만 연락을 하긴 한다는 소리다. 실비아는 냅킨을 서너 개 뽑으며 경악에 찬 얼굴로 한나를 바라보았다.

"제정신이야? 걔 친구들 약 한다는 소리 돌던데. 대마만 하는 게 아니라고 하더라고."

대마는 문제가 되는 약 축에도 못 낀다는 듯, 실비아는 손으로 강조하는 따옴표를 만들었다.

"레온은 약 안 해."

"걔가 안 하더라도 그런 애들이랑 같이 다니는 것부터가 문제지."

연락한다는 사실만으로도 이렇게 경악하는데, 대체 무슨 말을 할 수 있을까? 한나는 곤란한 눈치로 실비아를 쳐다보며 줄을 섰다. 실비아가 뭐라 뭐라 잔소리를 늘어놓는 동안 한나는 주위를 살폈다. 그러다 실비아 뒤편에서 자신을 보고 다가오는 레온을 발견했다.

"잠깐, 실비. 저기 레온이 와."

"뭐?"

화들짝 놀란 실비아가 뒤를 돌자마자 코앞까지 와 서 있던 레온이 인사했다.

"안녕, 실비아."

"어, 안녕."

"한나, 이제야 온 거야?"

레온은 실비아를 지나쳐 한나를 꼭 안아 주며 인사를 대신했다. 아직 남들이 보는 앞에서 레온과 친밀하게 구는 건 어색했다. 한나가 대충 포옹을 받아 주며 떨어지자, 레온은 이제 한나에게 어깨동무를 했다.

"무슨 얘기 중이었어?"

"네 얘기."

실비아가 딱딱하게 말하자 레온은 전혀 타격받지 않은 얼굴로 어깨를 으쓱였다.

"별로 좋은 얘긴 아니었나 보네."

한나는 그의 팔을 치우곤 줄어드는 줄을 따라 식판을 밀며 이동했다.

"당연하지."

"레온, 넌 안 먹어?"

한나는 둘의 말싸움이 시작되려던 순간을 무심하게 자르며 물었다. 레온은 실비아의 신경질을 여유롭게 받아치다가 한나의 옆에 가까이 붙었다.

"너 기다리다가 그냥 먹었어. 오늘 8시 반부터 수업이라 배고팠거든."

"한나를 기다렸다고?"

실비아는 뒷말을 흐렸지만, '네가 언제부터 한나랑 밥을 먹었는데?'라는 말을 하고 싶었던 게 분명했다. 한나는 최대한 보이지 않게 쓴웃음을 삼켰다.

"잘했어."

"언제 오는지 몰라서. 나 10분 전쯤에 다 먹었는데, 이럴 줄 알았으면 그냥 더 기다릴걸 그랬네. 너 휴대폰 대체 언제 살 거야?"

"몰라, 돈 없어. 이거 채식이에요? 콩고기?"

"네."

한나는 직원에게 묻고는 쌀과 콩고기 음식을 식판에 담았다. 레온은 놀란 듯 눈을 크게 떴다.

"너 콩고기 먹어? 언제부터?"

"얼마 안 됐어. 조금씩 채식 한번 도전해 보려고."

아직 고기를 소화하기엔 속이 멀쩡해지지 않았단 말을 하고 싶진 않았다. 채식주의를 말하자마자 헤리의 노트북에 붙어 있던 환경 보호 단체 스티커가 생각났다.

'그러고 보니 걔는 그 이후로 한 번도 본 적이 없네.'

무의식적으로 주위를 둘러보았지만 헤리와 비슷해 보이는 사람은 한 명도 없었다. 다행으로 여겨야 하나 고민하는 제 모습이 웃겨 피식거리는데, 문득 실비아의 시선이 느껴졌다.

식판과 음식 쪽만 응시한 채 덤덤히 답하는 한나와, 이미 다 먹었음에도 불구하고 얼쩡거리며 대화를 거는 레온. 실비아는 문득 이 둘 사이에 이상한 변화가 생겼음을 본능적으로 깨달은 듯했다.

"아, 이제야 알겠다."

실비아의 혼잣말에 레온과 한나가 동시에 고개를 돌렸다.

"뭐가?"

"이자 교환 학생 떠난다더니, 진짜 가는구나? 그래서 벌써부터 마음 놓고 여기저기 건드려 보는 거야?"

한나는 황당한 듯 웃음을 터뜨리는 친구를 멍하니 응시했다.

레온의 미간에 진한 주름이 잡혔다. 한나는 레온 쪽으로 고개를 돌렸다.

"이자 교환 학생 가?"

레온은 미묘하게 적대감이 담긴, 알 수 없는 눈빛으로 실비아를 쳐다보다가, 고개를 숙여 한나의 눈을 마주 보았다.

"아직 확실한 건 아냐. 근데 그러고 싶대."

"어디로?"

"정확히 어디인지는 몰라. 안 물어봤어."

"그렇구나."

한나는 아무렇지 않은 척 고개를 끄덕이며 탄산수를 집어 들었다. 그대로 계산을 하려다가, 자극적인 탄산수보다 생수가 나을 것 같아 바꾸었다.

"실비아, 나 이자랑 헤어졌어. 그러니까 그런 눈으로 보지 말아 줄래."

"어, 퍽이나."

"아, 말해 줘도 안 믿을 거면 말든가."

"누가 네가 연애를 하고 말고를 신경 쓴대? 그냥 네가 이러는 거 속 보이고 웃겨서 그래."

새침하게 받아치는 실비아의 목소리에 비아냥거림이 한껏 묻어났다. 레온의 미간에 잡힌 주름은 여전히 펴지지 않았다.

"넌 대체 왜 이렇게 날 싫어해?"

"몰라서 물어? 너 사람 가려서 사귀잖아. 간 보는 것도 잘하고. 좀 일관적으로 굴어라. 옆에서 보고 있으면 진짜 짜증 나."

"내가 언제 사람을 가렸다고? 그냥 편한 사람들이랑 있는 게 사람 가리는 거냐? 그렇게 따지면 너야말로 사람 가리는 거지."

"난 적어도 너랑은 다르게 일관적으로 굴 줄은 알아. 네가 사람 가리는 건 한나한테 하는 짓거리만 봐도 알지."

"그렇게 일관적이어서 제바스티안이랑 데이트했어? 걔는 나보다 뭐가 나은데? 걔도 네 기준에선 신성 모독자 아냐? 교회 안 가고, 머리 기르고, 창고에서 기타 치고, 대마도 하고."

"딱 한 번 따로 만난 것 가지고 오버하지 말아 줄래. 그리고 난 교회 안 가는 거 가지고 뭐라 한 적 없거든. 제 부모님 기분 나쁘게 하려고 일부러 코란 읽고 이슬람 기도원 가는 걸 뭐라고 한 거지."

"바스티가 진짜 개종한 건지, 아니면 부모님 열받게 하려고 그러는 건지 네가 어떻게 아는데?"

"개종? 바스티가 돼지고기 포기 못 하는 거 너나 나나 다 아는데 무슨. 개종이라고 둘러댈 거면 베이컨이랑 술, 담배부터 포기하라고 해."

"왜 자꾸 술이랑 담배 가지고 그렇게 과민 반응을 해. 너 파티 가서 바스티랑 조인트 피우는 거 봤거든? 넌 십자가 목걸이에 대고 회개했으니 깨끗하다는 거야?"

성호를 그으며 있는 힘껏 비꼬는 레온의 모습에 실비아는 눈썹을 꿈틀거렸다. 두 사람의 목청이 높아지려던 찰나, 한나는 계산대 근처에서 초콜릿과 사과 하나씩을 사서 그들에게 다가갔다. 사과는 좀 더 멀리 떨어진 레온에게 던지고, 초콜릿은 실비아의 주머니에 넣으며 그 둘을 떼어 놓았다. 다행히 레온은 아무와도 부딪히지 않고 사과를 잡았다.

"그만해, 둘 다. 레온, 너 2시 15분부터 수업 있다며. 빨리 가. 그리고 실비, 네가 오해하는 거야. 나랑 쟤 아무 사이도 아니야."

"아무 사이도 아니라니."

레온이 약간 발끈한 듯 한나에게 고개를 틀었다. 한나는 지금은 아니라는 듯 그를 모로 쏘아보곤 다시 접시로 시선을 돌렸다.

"실비아, 넌 바람 좀 쐴 필요가 있어. 어떻게 애가 항상 그렇게 공격적이냐?"

"너나 잘해."

실비아가 레온에게 손가락 엿을 날리자, 레온도 마주 엿을 날리며 사과를 베어 물었다.

"한나, 연락할게. 컴퓨터로 메시지 꼭 확인해."

"알겠어."

레온은 마지막으로 한나에게 눈짓으로 인사하곤, 계단으로 휙 사라졌다.

"진심?"

실비아는 도저히 믿기지 않는단 표정으로 눈을 크게 뜨며 한나를 노려보았다. 안 그래도 눈이 큰데, 이제 그녀의 얼굴에서는 눈밖에 보이지 않을 정도였다. 친구의 단단한 초콜릿색 눈을 마주하며 한나는 어깨를 으쓱였다. 자리를 잡느라 다행히

긴 눈 맞춤은 피했지만, 실비아는 집요했다.

"나 지금 진지해. 뭐야, 이게?"

평소엔 안 쓰는 이태리어 욕까지 입에서 튀어나오는 걸로 보아, 실비아는 보통 황당한 게 아닌 모양이었다. 한나는 등 뒤로 진땀을 뺐다.

"아무 사이도 아니라니까."

"내 눈 똑바로 봐, 한나. 아무 사이 아니라고?"

"그래."

"웃기네. 네가 쟤 좋아했던 거 내가 모를 줄 알아? 난 다 알고 있었어. 제바스티안이 나한테 데이트 신청했을 때 안 깐 것도 너 혼자 걔네가 여는 파티 가면 위험할 거 같아서 그랬어. 둘이 사이 좀 멀어진 거 같아서 안심했더니, 방금 뭐였어?"

"걱정하지 마. 나 쟤 안 좋아해."

"근데 왜 그래? 너도 쟤 쓰레긴 거 알잖아. 좀 쳐 내! 어울리는 애들 꼴도 그렇고, 이자벨라 같은 애랑 그렇게 오래 사귄 거 보면 모르겠어? 쟤 정상 아니라니까?"

"정상이 뭔데?"

한나가 쌀을 뒤적이다 말고 조용히 물었다. 실비아는 한나의 질문에 말문이 막힌 듯 잠시 침묵했다.

"이자, 걔랑 그렇게 오래 사귄 걸 봐 봐. 그렇게 감성이 푸석푸석하고 편협한 애랑 2년 가까이 사귀었다는데, 넌 그걸 보고도 별로 느껴지는 게 없어?"

"걔가 누구랑 사귀었든 내가 신경 쓸 건 아니지. 우린 그냥 친구야."

사실 엄청나게 신경 썼지만, 한나는 실비아에겐 말쑥한 표정으로 당당히 거짓말을 했다. 실비아는 잠시 발끈했다가, 한숨을 내쉬더니 등받이에 몸을 파묻었다. 그녀가 몸을 기대자 두꺼운 외투에서 바람 빠지는 소리가 났다.

둘은 한동안 아무런 대화 없이 식사만 했다. 주위에 빼곡히 앉아 있던 학생들이 사라지고 멘자 안이 텅 비기 시작할 즈음, 실비아가 침묵을 깼다.

"내가 처음 봤을 때의 너라면 레온한테 물렁하게 대하지 않았을 텐데. 그 할 말 다 하고 당당하던 아가씨는 어딜 갔나요?"

"걘 잠깐 외출 중이래요."

한나는 웃으며 고개를 저었다. 장난기 섞인 말이었지만, 한나는 그 속에 담긴 실비아의 걱정을 읽을 수 있었다.

"그래서, 크리스마스 직전에 무슨 일이 있었는지는 얘기 안 해 줄 거야?"

"나중에. 나 시험 사무소Prüfungsamt 닫기 전에 빨리 가 봐야 돼."

"말 안 해 주겠단 소리네."

실비아는 체념하듯 두 번째로 깊게 한숨을 내쉬었다.

"그렇게 얘기하기 싫다고 하니까 더 묻진 않을게. 근데 난 네가 걱정돼."

"고마워. 나 괜찮아."

진심이었다. 실비아는 달랐다. 한나를 진심으로 대했고, 그녀가 소외되게 두지도 않았다. 언제나 자신을 생각해 주는 사람이 있다는 것에 한나는 항상 감사했다. 하지만 그런 그녀에게까지 진실을 말할 수 없다는 게 슬펐다.

한나는 무의식적으로 주머니에 손을 넣어 휴대폰을 찾았지만, 주머니 속에서 덜그럭거리는 약통을 느끼곤 손을 뺐다. 이 약조차 실비아에겐 비밀이다. 레온도 알고, 심지어 처음 본 헤리조차 아는 사실을 실비아는 모르고 있다.

연휴 동안 브레멘에 간다는 것도 거짓말이었다. 연휴를 맞이하고도 아버지의 집에 가지 않는 이유를 설명하기 싫어 대충 간다고 답했던 건데, 실비아는 그녀의 사소한 말까지 전부 기억하고 있었다. 이런 좋은 친구에게 비밀을 갖다니 마음이 무거웠다. 한나는 작게 한숨을 내쉬었다.

"아무튼, 나도 이제 수업 들어갈게. 너도 시험 사무소에서 잘 해결하고, 다음에 보자."

실비아는 밥을 거의 먹지 않았다. 절반이나 남은 식은 파스타가 실비아의 식기 위에 엉켜 있었다. 한나는 죄책감을 느꼈다.

"응. 내일 봐."

"안녕."

"저, 실비아."

웃으며 손을 흔들고 등을 돌린 실비아를 불러 세웠다. 그녀는 눈썹을 들어 올리며 뒤를 돌아보았다. 한나는 친구의 깊은 눈을 응시하며 살짝 웃었다.

"너한테 고맙단 말은 항상 진심이야. 정말 고마워. 내 마음 알지?"

"당연하지. 나도, 한나."

씩 웃는 실비아의 얼굴이 가슴에 들어왔다. 실비아에게 모든 걸 털어놓을 수만 있다면. 하지만 언제든 관계를 끊을 수 있는 레온이나 헤리와 달리 실비아는 한나에게 너무 소중했다. 한나는 너무 소중하기 때문에 사실을 말할 수 없는 관계도 있다는 걸 요즘 들어 실감했다.

실비아가 아예 시야에서 사라진 뒤, 직원들이 음식을 정리하고 식기를 반납하라고 외치는 와중에도 한나는 자리에서 일어나지 못했다.

6.

한나는 새로 발급받은 카드를 찾으러 은행에 간 김에 통장 정리를 했다. 입출금 명세서를 뽑고 보니 웬일로 보험사에서 치료비를 빨리 보내왔다. 그걸 보자마자 한동안 바쁘게 사느라 잊었던 헤리의 얼굴이 떠올랐다.

"맞다. 치료비. 돌려줘야 하는데."

하지만 연락처가 없었다. 하물며 휴대폰도 아직 없었다. 한나는 한참을 고민하다 결국 중앙 도서관 컴퓨터로 메일을 확인해 보기로 했다.

'아마 걔도 돈 돌려받으려고 그 메일로 연락해 놨겠지.'

수업이 1시간 뒤에 있기 때문에 한나는 거의 달리다시피 도서관으로 향했다. 컴퓨터실은 이미 꽉 차 있었지만, 다행히 로비에 있는 검색용 컴퓨터 자리가 비어 있었다.

검색 프로그램만 깔린 것처럼 보이지만, 이 컴퓨터는 사실 명령어 몇 개만 집어넣으면 다른 웹 브라우저에도 접근이 가능했다. 한나는 몰래 주위를 둘러보며 얼른 프로그램을 멈추고 사파리를 켰다.

한참 방치해 둔 메일 계정에 들어가자 온갖 기차, 항공, 숙소 회사의 광고 메일이 스팸함으로 들어가지 않고 버티고 있었다. 한나는 날짜별로 분류하며 천천히 헤리의 메일을 찾았다. 하지만 아무리 스크롤을 내려도 그의 이름이 보이지 않았다.

"……뭐지?"

헤리를 처음 만난 작년 12월 21일까지 올라가 봐도 그가 보낸 메일은 그 어디에도 없었다. 한나는 다른 계정도 들어가 보았다. 하지만 헤리는 그 어디에도 연락을 보내 놓지 않았다.

"정말 안 보낸 건가?"

잠깐 고민하다가 인스타그램에 로그인해 헤리의 이름을 쳤다. 성을 모르니 동명이인만 우르르 떴다.

포기하려다가, 방법을 바꿔 페이스북에 로그인했다. 대학 페이지로 들어가 그 페이지에 '좋아요'를 누른 사람들 목록을 켰다. 헤르만을 치자 곧장 몇 명이 결과로 떴다. 그러나 그로 보이는 사람은 아무도 없었다.

'친구들은 헤리라고 불러.'

창을 닫으려는데, 갑자기 그의 목소리가 뇌를 비집고 들어왔다.

한나는 잠시 고민하다가 '헤리'를 검색했다. 그러자 곧장 계정 하나가 떴다.

Lermann Hutten(Heri)

"레르만 후텐? 이게 뭐야?"

일부러 모르는 사람의 검색을 막으려 성과 이름의 첫 문자를 바꾼 모양이었다. 웃음이 터졌다.

'그럼 원래 이름은 헤르만 루텐Hermann Lutten인가?'

게다가 프로필 사진은 더 가관이었다. 작은 동그라미 안의 헤리는 선글라스를 네 개쯤 쓰고 웃고 있었다. 얼굴은 잘 보이지 않지만, 짙은 머리 색과 양 뺨에 길게 팬 우물을 보니 그가 맞는 것 같았다.

한나는 그 동그라미를 클릭해 헤리의 페이지로 들어갔다. 프로필 사진 말곤 아무것도 보이지 않았다. 그 흔한 학교 이름도 써 놓지 않았다. 이 정도면 모르는 사람의 개인 메시지 수신은 당연히 막아 놓았을 것이다.

'그럼 어떻게 연락해야 하지? 일단 친구 신청을 해야 하나? 근데 얘가 내 이름이나 기억할까?'

"안녕, 한나."

누군가 헛기침을 하며 이름을 불렀다. 한나는 화들짝 놀라 사파리를 닫으며 뒤를 돌았다. 흥미로운 눈으로 인사를 건네는 남자는 다름 아닌 헤리였다.

'젠장!'

얼굴이 미친 듯이 타오르는 게 느껴졌다. 한나는 당장이라도 땅이 꺼져 자신이 사라질 수 있길 바랐다.

"응, 안녕."

애써 멀쩡한 척 고갯짓을 했지만, 이미 귀와 얼굴이 시뻘겋게 달아올라 효과는 없었다.

"여기서 뭐 해?"

그는 이미 답을 알고 있는 게 분명한 얼굴로 실실 웃었다.

대체 뭐라고 답해야 할까? 구구절절 처음부터? 아니면 변명부터? 스토커처럼 보이겠지만 사실 그런 게 아니라고?

'에라, 모르겠다.'

"너 나한테 메일 안 썼더라?"

"메일?"

의외의 말에 헤리는 눈썹을 들어 올렸다. 한쪽에만 멘 가방이 축 늘어져 불편한지 어깨를 움직여 가방끈을 정리하는 모습이 이상하게 그녀의 인상에 남았다.

"네가 나 대신에 낸 병원비 돌려줘야 하잖아. 그것 때문에 연락하려 했는데, 네가 나한테 메일을 안 썼더라고."

"아, 그거. 깜빡했네."

"응. 그러니까 오늘 안으로 계좌 번호 써서 메일 보내 줘. 난 이제 수업 있어서 갈게."

황급히 자리를 피하는 한나를 장난스럽게 보던 헤리는 쿡쿡 웃으며 입을 열었다.

"그냥 네가 내 페이스북으로 연락하면 더 빠를 거 같은데. 벌써 찾았잖아."

"아."

이젠 얼굴만이 아니라 온몸이 빨갛게 달아올랐을 것이다. 한나는 안 봐도 제 모습이 어떨지 알 것만 같았다.

"그래, 그럼. 그걸로 연락할게."

"응. 친구 신청 해."

"알겠어."

한나는 최대한 빨리 헤리에게서 떨어지기 위해 살짝 미소 지은 후 곧장 고개를 돌렸다.

"저기, 한나."

"응?"

출구를 향해 거의 뛰다시피 걷던 한나는 헤리의 부름에 걸음을 멈췄다. 다시 몸을 돌려 그를 보니 아까보다 더 큰 웃음을 짓고 있는 그가 보였다. 그날보다 덜 정돈된 헤리의 머리카락이 그의 깔끔한 이마 위로 이리저리 흘러내렸다. 두꺼운 재킷 주머니에 손을 꽂은 채, 그가 한나 쪽으로 성큼성큼 걸어왔다.

"오늘 수업 언제 끝나?"

"3시 반. 왜?"

잔뜩 빨개져서는 경계를 풀지 않는 한나의 모습에 헤리는 여전히 웃음을 참지 못하는 기색이었다. 손목시계를 보니 전차 시간이 얼마 남지 않았다. 시내에서 멀리 떨어진 곳으로 수업을 가야 하는 한나는 마음이 급했다.

"치료비, 돈으로 주지 말고 그냥 저녁 한 번 사 줘."

"저녁 한 번으로 모자라지 않아?"

"내가 얼마짜리를 먹을 줄 알고?"

장난스럽게 반문하는 혜리의 말이 진심인지 장난인지 감이 잡히지 않았다.

"근데 나 아직 휴대폰 없어."

"미리 약속하고 만나면 되지. 6시쯤 그 은행 앞에서 만날래?"

'그 은행?'

혜리의 의미심장한 말에 한나는 아주 잠깐 멍하니 있다가 반문했다.

"……내가 쓰러졌던 곳 근처 말하는 거야?"

"응."

"왜 굳이 거기야?"

"그 근처에 내가 좋아하는 음식점이 있어. 너도 좋아할 거야."

한나는 순간 네가 내 식성을 어떻게 아냐고 물어보려다, 그의 집에서 밥을 같이 먹었던 사실을 떠올리고 고개를 끄덕였다. 어차피 혜리에게 빚을 진 한나는 그의 제안을 거부할 수 없었다. 아니, 사실 빚은 핑계고 그의 다정한 눈빛 때문일지도 모른다.

"알겠어. 그럼 6시, 그 은행 앞에서 봐."

"그 거리에 은행 두 개 있는데, 어디 말하는 건지 정확히 기억나?"

왠지 놀리는 투가 다분한 말투다. 한나는 다시금 창피로 얼굴을 붉혔다.

"아니."

"도이체방크 아니고 슈파카쎄야."

"응, 알겠어."

"그럼 조금 이따가 봐."

"응."

한나는 재빨리 답하고 발걸음을 재촉했다. 헤리는 도망가듯 멀어지는 한나의 뒷모습을 한동안 바라보다가, 엘리베이터 안으로 사라졌다.

16:27

집으로 돌아오니 힘이 쭉 빠졌다. 한나는 매트리스에 엎어져 멍하니 옆쪽 책상을 쳐다봤다. 침대 틀 없이 매트리스만 깔아 놓은 탓에 책상 밑 발 받침용으로 쓰는 두꺼운 사전이 정면에 보였다. 시계를 보니 바로 준비를 시작해야 제시간에 도착할 것 같았다. 하지만 잔뜩 물 먹은 솜처럼 늘어진 몸을 일으켜 세우기 힘들었다.

"그냥 못 간다고 할까?"

하지만 휴대폰이 없었다. 컴퓨터를 켜서 헤리의 이름을 또 검색한 다음 못 간다고 할까 고민했지만, 굳이 그렇게까지 해서 취소하는 것도 우스웠다.

"으."

베개에 얼굴을 비비며 이불로 파고드는 한나의 얼굴엔 피곤과 무기력으로 생긴 그늘이 코 밑까지 늘어져 있었다. 그녀는 외출복을 입고 침대에 올라오는 걸 항상 혐오했는데, 진이 빠지니 그런 규칙을 지킬 힘도 없었다.

'근데 갑자기 밥을 사 달라니, 뭐지?'

꼼지락거리며 몸을 틀어 천장을 정면으로 바라보았다. 레온과의 관계가 확실히 정리된 건 아니지만, 어쨌든 서로 필요하단 걸 인정하고 천천히 데이트 비슷한 것도 하고 있었다. 한나는 이 상황에서 헤리와 밥을 먹는 게 왠지 찜찜했다.

"근데 찜찜할 게 뭐가 있어?"

헤리와 그렇게 잘 아는 사이도 아니고, 애당초 빚을 진 게 있으니 굳이 깊게 생각할 필요는 없었다. 다른 친구들과는 어쩌다 단둘이 만나 뭔가를 같이 해도 찜찜하단 생각을 단 한 순간도 해 본 적 없는데, 굳이 헤리와 만나는 걸 특별히 여기는 게 더 이상했다.

"온갖 쪽팔린 꼴 다 보여 준 상대를 만나는 게 찜찜한 거겠지."

그때 기억을 돌이켜 보면 어처구니가 없어 웃음만 나왔다. 토하고, 기절하고, 업혀서 응급실 간 주제에 잠만 잘 자다가 헤리의 집에서 신세까지 졌다. 뭔 정신인지, 일어나자마자 창피함에 도망치기는커녕 밥도 얻어먹고, 빨래도 시켰다. 알아서 해 준다고 다 시킨 제 모습이 황당했다. 게다가 필요도 없는 속내 애기는 또 왜 한 건지……. 얼굴이 화끈거려서 미칠 것만 같았다.

'이 모든 게 편하지 않아.'

"으악!"

다시 떠오른 창피한 기억에 한나는 이불에 얼굴을 파묻고 비명을 질렀다.

"대체 왜 그딴 소리를 한 거야! 돌았나 봐!"

확실히 그땐 평소보다 상태가 안 좋았다. 혼자 이겨 보겠다고 약을 마음대로 걸렀다가, 결국 버티지 못하고 다시 복용을 시작하자 호르몬 균형이 깨졌는지 일상마저 버거웠다. 이자에게 완전히 가 버린 레온 때문에 자기혐오는 악화될 대로 악화됐으며, 크리스마스 연휴 특유의 분위기 때문에 곪은 감정이 미친 듯이 터져 나왔다.

그땐 그렇게나 진지했는데, 상황이 조금 나아졌다고 제 입으로 지껄인 말을 이렇게나 창피해하다니. 한나는 그 발언과 더불어 자신의 모순이 너무 불편하기만 했다.

'아무래도 안 되겠어. 당장 메신저로 연락해서 못 간다고 해야 돼.'

한나는 수치심에 부들거리며 노트북을 켜곤 빠른 속도로 페이스북에 로그인했다. 파란 배너 속 동그라미에 새 메시지 개수와 새 친구 신청 알림들이 떴다.

한참 확인하지 않았던 메시지함은 친구들의 헛소리로 가득 차 있었고, 새 친구 신청엔 얼굴도 잘 기억나지 않는 지인들이 쌓여 있었다.

하지만 맨 위에 올라온 알림은 한나의 예상대로였다.

Lerman Hutten(Heri)님이 친구 신청을 보냈습니다.

"아, 젠장."

웬만해선 친구 신청 안 하고 버티려 했는데. 한나는 친구 신청은 아직 수락하지 않은 채, 메시지함으로 들어가 헤리의 메시지 요청만 수락했다. 곧장 그가 보냈던 메시지가 떴다. 약속 장소의 GPS 좌표가 찍힌 지도였다. 그리고 그 밑엔 그가 덧붙인 메시지가 있었다.

[6시. 기억나지? 네가 길 못 찾을까 봐 지도 찍어 놨어.]
[약속 취소는 불가능해.]
[그럼 조금 이따 봐.]

"얘 독심술하나?"

마치 마음을 읽은 것처럼 선수를 쳐 놓은 헤리의 메시지에 한나는 황당한 웃음을 터뜨렸다. 메시지 세 개를 곱씹어 보다가, 결국 체념의 한숨을 내쉬었다.

이불을 들춰 내고 자리에서 일어나 후드 티를 벗었다. 그냥 입고 갈까 했지만 점심에 먹은 슈니첼 소스가 묻은 데다가, 도서관 바깥으로 그녀를 불러낸 핏체가 고민 상담을 하며 줄담배를 피워 댔던 통에 온몸에서 담배 냄새가 진동을 했다.

옷을 벗어 봤지만 안에 받쳐 입은 티에도 냄새가 배어 있었다. 한나는 혹시나 싶어 머리카락을 당겨다 냄새를 맡고는 깨달았다. 문제는 옷이 아니라 머리카락이었다.

"이런 염병. 핏체 이 새끼가 또……."

바깥이고 바람도 많이 불어 괜찮을 줄 알았는데, 손이 누레지도록 담배를 말아 피워 대는 핏체 옆에선 바람도 소용이 없었다. 그냥 이대로 갈까 했지만, 이미 토사물 냄새가 나는 옷을 입고 신세를 진 적도 있는데 또 이런 꼴을 보여 줄 순 없었다. 결국 한나는 옷을 벗어 던지고 욕실로 향했다. 난방을 안 해 놓은 탓에 온몸에 닭살이 돋고 추위로 몸이 떨렸다.

따뜻한 물줄기에 몸을 지지다가 꽃향기 샴푸를 짰다. 한나는 머리에 밴 담배 냄새를 빼기 위해 있는 힘을 다해 머리를 감았다. 보디 샴푸를 짜려다 왠지 몸에 거품을 바르면 면도까지 하게 될 것 같아 포기했다. 안 그래도 없는 시간을 낭비하고 싶진 않았다.

세안제로 꼼꼼하게 얼굴과 목을 씻은 후 샤워기를 정리했다. 김으로 가득 찬 욕실이 답답했다. 큰 수건으로 대충 몸을 감싸고 나오자 싸늘한 공기에 소름이 돋았다. 전기장판을 켜 둔 매트리스는 믿을 수 없을 만큼 뜨끈뜨끈했고, 한나는 그곳에 앉자마자 유혹을 이기지 못했다. 긴 머리카락을 대충 수건으로 말아 올린 후 훈훈한 기운이 이는 이불에 몸을 파묻었다.

'아, 나가기 싫다.'

평소라면 좋아하는 음악을 틀어 억지로라도 몸을 일으켰겠지만, 노트북으로 이것저것 만져서 구태여 틀기도 귀찮았다.

"휴대폰을 빨리 사든가 해야지."

한나는 한숨을 내쉬며 느릿하게 몸을 움직였다. 속옷 훅을 채우고, 팬티와 청바지에 몸을 끼워 넣은 후 헤어드라이어의 따뜻한 바람을 만끽했다. 대충 마른 머리카락을 묶을지 풀지 고민하는데, 뒤에서 아직 켜 놓은 메신저의 알림이 울렸다.

한나는 옷장에서 긴팔 셔츠와 두툼한 남색 스웨터를 꺼내 목에 끼워 넣으며 매트리스 쪽으로 걸음을 옮겼다. 침대에 엎어져 노트북 터치 패드를 움직이자 화면이 도로 켜지며 메시지가 떴다.

[지금 집이야?]

메시지를 보낸 사람의 이름 옆에 초록색 동그라미가 빛났다. 겨우 메시지일 뿐인데, 레온의 이름을 보자마자 본능적으로 긴장됐다.

[응. 근데 이제 곧 나가.]

Leon Wedecker님이 영상 통화를 거셨습니다.

옷을 후다닥 마저 입은 뒤 이어폰 마이크를 찾아 노트북에 꽂았다. 수락 버튼을 누르자마자 레온의 얼굴이 화면 가득 들어챘다.

"안녕."

— 안녕, 나 너랑 연락하려고 페이스북 다시 깔았어.

"잘했어. 그런데 너 지금 어디야? 화면이 자꾸 끊겨."

— 도서관. 지금 너랑 통화 오래 하려고 밖으로 나가는 중이야.

"도서관은 웬일로 갔어?"

— 너 여기 올 줄 알고 왔지. 근데 네가 안 보여서 온 김에 공부하려고. 이제 슬슬 공부 시작해야 시험 겨우 통과할 거 같아. 수업을 너무 많이 빠졌어.

"잘 생각했네."

— 근데 너 아직 아무한테도 말 안 했어?

"뭘?"

— 우리 데이트하는 거. 앞으로 더 자주 같이 다닐 텐데, 그때마다 실비아 난리 치는 거 보기 싫어.

레온이 머리를 헝클며 어깨를 으쓱였다. 한나는 잠시 아무 말 없이 그를 쳐다보다가 한숨을 쉬었다.

"우린 데이트하는 게 아니라 그냥 가끔 만나는 거야."

— 그냥 가끔 만나는 거라고?

레온의 한쪽 눈썹이 올라갔다.

"우리 옛날에도 이런 식으로 만났잖아. 그때도 친구들은 하나도 몰랐는데 뭐 하러 알려. 난 이게 편해."

— 그때랑 지금은 다르잖아.

그의 말에 한나는 가슴 한구석이 아파 왔다. 결국 레온은 그때의 둘 사이가 친구들에게 숨겨야만 했던 일에 불과하단 걸 직접 인정했다.

그렇다면 굳이 지금이라고 다를 이유는 뭘까? 이자와 완벽히 헤어진 건 맞는 걸까? 그때처럼 슬쩍 다시 이자에게 돌아가는 건 아닐까?

"너도 네 친구들한테 말하기 싫은 건 마찬가지 아냐?"

— 난 말하고 싶은데.

레온은 지금껏 한나와 데이트를 하다가도 이자가 부르면 곧장 그녀에게 달려갔다. 이자와 완전히 정리했다곤 하지만, 그는 그녀와 장장 1년 반을 사귀었다. 한나는 갑자기 변한 레온의 모습이 과연 진심일지 의아했다.

그가 자신을 '여자 친구'로 받아들일 준비가 됐을 경우에만 이러는 건가? 그래서 지금까지 소위 두 번째에 불과했던 나한텐 이런 모습이 어색할 수밖에 없는 걸까? 아니, 내가 두 번째라도 되긴 했던 걸까?

한나는 혼란스러웠다.

"실비아가 걱정하는 건 어쩔 수 없어. 아무것도 모르는 실비아 눈에도 넌 헌신이 불가능한 인간으로 보이나 보지."

말이 생각보다 날카롭게 나갔다. 레온은 한나의 말에 잠시 침묵하다가 고개를 살짝 틀었다.

— 그럴수록 말을 더 해 놔야지. 너랑 나랑 친구 이상이란 걸 알려 놔야, 걔들도 내가 너한테 괜히 들이댄다고 생각하지 않

을 거 아니야.

"난 모르겠어, 레온."

— 한나.

"생각해 봐. 너랑 나랑 안 지 2년인데, 우리 관계가 좀 진전되는 것 같을 때마다 넌 항상 상황을 복잡하게 만들었잖아."

— ……나 지금 너 보러 가도 돼? 얼굴 보고 얘기하고 싶어.

"나 나가야 돼."

시계를 힐끗 보니 벌써 5시 반이 넘었다. 지금 출발해도 은행 앞에 6시까지 도착하는 건 무리였다.

— 누구 만나는 거야? 머리 아직 안 말랐잖아. 감기 걸려.

"친구."

— 친구 누구? 핏체? 실비아?

"아니, 네가 모르는 애."

— 그게 누군데?

"말해도 모르잖아. 한국인 친구야. 옛날에 살던 도시에서 사귀었던 친구."

순식간에 거짓말이 튀어나왔다. 레온은 잠시 아무 말 없이 한나의 단단한 눈을 빤히 응시했다.

— 알겠어. 돌아오고 나서 연락해 줘.

"응."

— 그리고 제발, 제발 빨리 휴대폰 좀 사. 연락 안 되니까 답답해.

"미니잡 다시 구하고 있어. 돈 생기면 살 거니까 인내를 가져."

— 으! 알겠어.

"공부 열심히 해."

— 고마워.

"그럼 끊는다."

— 저, 한나?

커서를 옮겨 창을 닫으려는데 레온의 다급한 부름에 한나는 노트북 터치 패드에서 손을 뗐다.

"응?"

— 보고 싶다는 거 정말 진심이야. 옛날과 다를 거라는 것도 진심이고.

"……그래."

대체 무슨 심경의 변화가 있었던 건지 이해할 순 없었지만, 한나는 일단 아무런 토도 달지 않기로 했다. 그 말을 마치고도 레온은 한참을 우물거리다 간신히 입을 열었다.

— 돌아오고 나서 꼭 연락해야 해. 네가 그때……, 연락했을 때 못 간 거 아직도 후회해.

참 희한하다. 당시엔 모든 세상이 컴컴하고 어두워서, 그냥 낭떠러지로 떨어지고만 싶었다. 아무런 의욕도 생기지 않았다. 그나마 레온에게서 거짓말이라도 좋아한단 소리를 들으면 그 답답하고 우울한 기분에서 구원될 것만 같았는데. 그에게서 비슷한 소릴 들은 지금, 한나는 아무런 희열도 느낄 수 없었다.

"괜찮아. 어쨌든 나 진짜 가 볼게."

— 돌아와서 연락해.

"그래."

그 말을 마치자마자 그녀는 레온과의 채팅 창을 닫고 헤리에게 메시지 하나를 보냈다.

[15분 정도 늦어. 레스토랑에 먼저 들어가 있어. 정말 미안해.]

이제 완전히 노트북을 닫으려는데, 곧장 헤리에게서 답장이 날아왔다.

[KP*.]

끝에 윙크 이모티콘까지 붙어 날아온 헤리의 문자를 보자마자 한나는 왠지 모르게 웃음을 터뜨렸다.

---

* Kein Problem : 문제없어.

7

Dienstag. 14. Januar 2020

18:13

해가 지자 낮과는 비교도 안 될 정도로 기온이 떨어졌다. 새해 초부터 영하로 떨어진 기온은 다시 올라갈 기미가 보이지 않았다.

전차에서 내리자마자 몸을 휘감는 찬 바람에 금세 몸이 얼었다. 1월 초에 내린 눈이 아직 녹지 않고 단단히 굳어 길가에 미끄럽게 달라붙은 탓에 한나는 더 느릿느릿 걸어갈 수밖에 없었다.

"늦어서 미안해."

"어서 와, 거북이."

거북이라는 소리에 한나는 눈을 흘겼지만 헤리는 넉살 좋게 웃었다. 헤리의 양 볼과 콧등은 추위로 사과처럼 붉었다. 푹 내려 쓴 모자 아래로 보이는 헤리의 푸른 눈이 한나의 얼굴에 꽂혔다. 추위 속에서 오래 기다린 건지 그는 몸을 조금 떨고 있었다.

"생각보다 빨리 왔네. 그래도 말한 시간보다 2분 더 일찍 왔어."

"계속 은행 앞에서 기다린 거야?"

"응. 너 레스토랑이 어딘지도 모르잖아. 휴대폰도 없고."

검은 털모자와 두툼한 재킷, 목도리까지. 헤리가 완전 무장을 했음에도 단번에 그라는 걸 알아볼 수 있던 것은 스스로 조금 기대했기 때문일까?

한나는 헤리의 미소를 보며 이상한 부채감이 들었다. 약속을 미루면서도 너무 무신경했다. 찬 바람에 목도리를 위로 올리던 헤리는 한나의 어정쩡한 미소에도 개의치 않고 환하게 마주 웃어 주었다.

"이제 가자. 춥잖아."

한나는 헤리의 빨간 손을 보며 주머니에서 핫 팩을 꺼냈다.

"헤리."

한나보다 약간 앞서 걷던 그가 뒤를 돌아보았다.

"이거."

핫 팩을 건네주자 헤리는 놀란 듯 잠시 굳어 있다가, 따뜻한 팩을 이리저리 만지기 시작했다.

"고마워."

손에 스며드는 따뜻한 기운에 미소 짓자, 헤리의 양 볼에 또다시 깊은 홈이 팼다. 그의 웃음은 전염성이 강했다. 한나는 자기도 모르게 그를 따라 환히 웃었다.

보폭을 일부러 한나에게 맞춰 느리게 걷는 헤리 덕에 그들은 인터넷 지도에서 예상한 시간보다 더 오래 걸려 레스토랑에 도착했다.

"여기서 먹자고?"

놀란 한나가 재우쳐 묻자 헤리는 고개를 끄덕였다.

고급스런 외관에 고풍스런 간판까지. 프랑스 요리 전문점으로 보이는 이곳은 딱 봐도 비싼 음식만 팔 것 같았다.

'돈 엄청 깨질 텐데. 어떡하지?'

잘못하다간 헤리에게 돌려주려 가져온 치료비까지 음식값으로 내야 할 판이었다.

하지만 어쩔 수 없었다. 손이 꽁꽁 언 헤리 대신 한나가 주머니에서 손을 빼 문을 열었다. 그런데 문은 꼼짝도 하지 않았다.

"안 열려?"

"응. 잠깐만, 여기 오늘 영업 안 하는 거 아냐?"

한나는 뒷걸음질 쳐 레스토랑 창문 쪽을 들여다보았다. 조명만 켜져 있을 뿐 의자가 모두 테이블 위로 올라가 있었고 조리실은 아예 열려 있지도 않았다.

"그럴 리가 없는데."

헤리는 잔뜩 당황한 얼굴로 휴대폰을 꺼내 이리저리 검색했다.

"이것 봐. 인터넷 홈페이지엔 영업한다고 떠."

한나는 헤리의 말을 흘려들으며 문에 조그맣게 적힌 글을 찬

찬히 읽었다.

수도 문제로 16일까지 쉽니다.

"여기 16일까지 쉰다는데?"

"아, 안 돼."

탄식하는 헤리와 달리 한나는 마음이 한층 가벼워졌다. 이런 고급 레스토랑에서 와인이라도 하나 시킨다면 영수증 꼴이 어떻게 될지 뻔히 보였는데, 다행이었다.

"어쩔 수 없지. 다른 데 가자."

"뭐 먹고 싶은 거 있어?"

"오늘 내가 너 사 주는 날인데 네가 먹고 싶은 거 골라."

한나가 지적하자 헤리는 아예 그 생각은 하지 않던 듯 눈을 크게 떴다.

"아, 그랬지. 음……. 너 속은 괜찮은 거야?"

"응. 안 괜찮으면 레스토랑 못 왔지."

"여기 수프가 맛있어서 데려온 거였어."

한나는 무심히 덧붙이는 헤리의 얼굴을 빤히 쳐다보았다. 그는 말해 놓고도 약간 민망한지 코를 훌쩍였다.

'너 아프잖아. 당연히 잘해 줘야지.'

무덤덤했던 그의 말이 다시금 떠올랐다. 한나는 무언가 말을 꺼내려다 도로 입을 닫았다.

"왜?"

한나의 시선을 피하지 않던 헤리는, 그녀가 아무런 말도 하지 않자 어색하게 침묵을 깼다.

"내가 너한테 빚 갚는 날인데 나 먹일 거 생각하지 말고, 네가 먹고 싶은 걸 말해 봐."

"사실 딱히 생각나는 건 없는데. 햄버거?"

헤리는 말을 뱉어 놓고도 웃긴지 낄낄거렸고, 한나는 허파에서 바람 빠지는 소리를 내며 몸을 틀었다.

"햄버거? 후회 안 할 거지? 와퍼, 아니면 빅맥? 아이리쉬 펍도 있어."

분데스리가 경기를 틀어 놓고 미친 듯이 소리 지르며 맥주와 햄버거를 먹어 대는 남자들 사이에서 저녁 시간을 보낼 생각을 하니 아찔했다. 한나의 표정을 읽은 건지 헤리가 쿡쿡거리며 웃었다.

"농담이야. 나 진짜 먹고 싶은 게 별로 없어. 너 혹시 채식주의자야?"

"아니."

"그럼 이탈리아 음식점 갈래?"

순간, 한나의 머리에 헤리가 만들어 줬던 연어 구이와 파스타가 생각났다. 사 먹는 것보다 더 고소하고 좋은 냄새가 났던 음식들. 그때 맡은 냄새가 아직도 코 밑에서 아른거렸다.

"나 파스타 좋아해. 그때 네가 만들었던 파스타, 정말 미치도록 먹고 싶었어."

그 유혹적인 냄새를 맡으면서도 속이 아파 한 숟갈도 뜨지 못했던 그때가 밤마다 사무치게 후회됐었다. 한나는 속으로 심각하게 고민했다.

'집으로 가자고 하는 건 너무 오버겠지? 근데 굳이 이탈리아 음식 먹을 거면 그때 헤리가 해 줬던 걸 먹고 싶은데…….'

"아니면, 혹시……."

한나의 고민을 읽은 것인지, 헤리가 조심스레 침묵을 깼다.

"정말 혹시, 너만 괜찮다면 그냥 우리 집 갈래? 내가 파스타 해 줄 수 있어."

"오늘 내가 사야 되는데?"

"재료 사서 들어가자. 그것만 네가 내. 요린 내가 할게."

헤리의 푸른 눈엔 조심스러움이 가득 담겨 있었다. 하지만 한나는 그 이면에 있는 기대도 함께 읽었다.

헤리의 집에 또 가도 괜찮은 걸까? 그가 자신에게서 뭘 기대하는 건진 잘 모르겠지만, 한나는 헤리의 진중함을 믿어 보기로 했다.

"좋아."

그리고 그의 요리 실력도.

❧

가는 길 내내 계속된 한나의 수다를 들으며 헤리는 작은 호응 말곤 아무런 말이 없었다. 긴장하면 말이 많아지는 한나로서는 헤리가 자신의 수다를 막아 주길 바랐지만, 그는 미소 지으며 해야 할 말만 했다. 헤리가 든 일회용 장바구니 안에서 식료품끼리 이리저리 부딪히는 소리가 났다. 그의 집 문 앞에 도착하자 한나는 초조함에 입술을 살짝 깨물었다.

"여길 또 오게 될 줄은 몰랐네."

헤리가 내어다 준 푹신한 실내화로 갈아 신으며 들릴 듯 말 듯 속삭이자, 헤리가 씩 웃었다.

"내가 이 도시 좁다고 했잖아. 정말 도서관에서 내 이름 검색하다가 나한테 들킬 수도 있다곤 생각 안 했어?"

"이 정도로 좁을 거라곤 생각 안 했지!"

"앞으로 소셜 미디어로 뒷조사할 일 있으면 도서관에선 하지 마."

"더 이상 스토커짓 안 할 테니까 그만 놀려."

한나가 농담을 받아치며 웃자, 헤리는 한쪽 눈썹을 들어 올렸다.

"오늘은 기분이 엄청 좋아 보이네."

추한 첫 만남을 만회해 보려 일부러 밝게 행동하는 것도 있지만, 사람을 만날 때만큼은 절대 기분을 대놓고 티 내지 않는 게 한나만의 규칙이었다. 헤리의 지적에 한나는 모르는 척 눈을 굴렸다.

"오해하지 마. 난 원래 잘 웃어. 그때는 내가 좀 맛이 가서 그랬어."

"오해 안 해."

"그럼 다행이고."

새침한 척 밝게 답하는 한나의 얼굴을 보며 헤리는 웃는 건지 마는 건지, 미묘하게 미간을 구겼다.

"나한테 겉옷 줘. 내가 걸어 놓을게."

한나는 고맙다는 인사와 함께 그에게 겉옷을 건넸다. 곧장 목도리와 겉옷을 정리하는 헤리를 지나쳐 천천히 부엌과 거실 쪽으로 향했다. 짧은 복도를 지나자마자 식기 부딪히는 소리가 점점 커졌다. 식당에 들어가자마자 우유에 만 시리얼을 퍼먹고 있던 살집 있는 남자가 한나를 보곤 눈이 휘둥그레졌다.

"누구세요?"

연휴가 지났으니 당연히 룸메이트가 돌아왔을 걸 예상했어야 했는데. 그때 헤리의 집에서 둘만 있었던 기억 때문에, 갑자기 다른 사람을 만나게 되자 한나의 사고 회로가 아주 잠깐 마비됐다.

"어……. 안녕하세요. 전 한나라고 해요."

그리고……. 그리고?

'필름 끊긴 절 댁 룸메이트분이 구해 줬거든요. 돈 갚으러 왔답니다? 아니면 헤리의 친구, 친구가 맞나? 어떻게 설명해야 하지?'

악수하려고 손을 내민 채 정지한 한나의 뒤로 모자를 벗은 헤리가 들어왔다. 그가 눌린 머리를 이리저리 헝클자 녹은 눈이 바닥으로 떨어졌다.

"데니스, 여긴 한나. 한나, 여긴 데니스. 내 룸메이트야."

"아……. 반가워."

데니스는 휴지로 입가에 묻은 우유를 닦으며 일어섰다.

"나도."

그의 인사에 한나도 어색하게 대답했다. 데니스는 한나의 어색한 손을 맞잡고 두어 번 흔들더니 의문이 가시지 않은 눈초리로 그녀를 빤히 쳐다보았다.

"근데 우리 어디서 보지 않았어?"

데니스의 말에 한나는 입을 다물었다. 차마 입이 떨어지지 않았다. 그녀가 아무런 말도 하지 않자, 데니스는 답을 기대하는 눈으로 헤리를 훑었다.

"학교에서 어쩌다 마주쳤겠지."

"아, 그런가? 그럴 수도 있겠네. 아무튼 너네 나 몰래 짰냐? 이스마일도 어제 여자 데려왔었는데. 나도 좀 슬퍼할 시간을 갖자."

데니스는 시무룩하게 말하더니 자리에 앉았다. 그러더니 한나의 어색한 웃음을 눈치챈 듯 손을 흔들었다.

"아, 널 만나서 싫단 소리가 아니야. 그냥 내가 요즘 좀 우울해서……."

"얼마 전에 여자 친구랑 헤어져서 그렇단 말도 해야지."

"야!"

헤리가 약간 놀리듯 말하자, 데니스는 얼굴을 시뻘겋게 물들였다. 민망한 듯 웃고 있는 데니스의 얼굴에 창피함이 잔뜩 묻어났다.

"네가 대놓고 싫은 티 냈으니까, 한나한테도 설명이 필요하잖아."

"걱정 마. 데이트 아니야, 데니스."

한나의 부정에 헤리와 데니스가 동시에 고개를 들었다. 한나는 갑작스런 시선에 당황하며 헤리를 응시했다.

"어……."

"얘 말이 맞아. 데이트 아냐. 그냥 저녁 해 주려고 데려왔어."

"네가 요리를 한다고?"

"응."

"근데 왜 지금까지 감자튀김이랑 뮤즐리*만 먹었냐?"

"뭘 사 오는 족족 너희가 내 거 다 처먹으니 그렇지."

"헤리, 잘 생각해 봐. 우리가 같이 먹어 주니까 네 몸매 관리가 수월한 거야. 그리고 새 건조기 우리가 샀는데 음식 정돈 좀 훔쳐 먹어도 되잖아. 너 옛날처럼 혼자 그 넓은 집에서 살다 보면 우리가 그리워질걸."

"어차피 그 집 열쇠도 뺏겨서 다시는 못 들어가."

"아버지 오셨었냐?"

"아니. 그냥 사람 보내서 뺏어 갔어."

헤리의 심드렁한 답에, 한나는 웃음을 터뜨리면서도 속으로 의아해했다. 그렇게 좋은 실력을 가졌는데, 친해 보이는 룸메이트는 헤리가 요리할 줄 안다는 것도 잘 모르다니.

"아무튼, 데이트든 그냥 저녁 식사든 즐거운 시간 보내라.

----

* Müsli : 우유에 말아 먹는 곡류.

난 다 먹었으니 들어간다."

"그래."

"한나, 너도 즐거운 시간 보내."

"고마워."

데니스는 시리얼을 말아 먹은 그릇을 대충 물로만 헹궈 건조대에 올려놓곤 방으로 들어갔다.

행주로 건조시키지 않으면 석회가 남을 텐데. 게다가 세제는 쓰지도 않았다. 한나는 속으로 나중에 저 그릇까지 같이 씻어야겠다고 생각했다.

"그럼 이제 시작해 볼까."

헤리는 찬장에서 재료를 꺼내며 한나에게 씩 웃어 보였다. 긴팔 소매를 걷자 단단한 팔뚝이 드러났다.

괜히 데이트 아니라고 손사래 쳤나? 한나는 아주 잠깐 후회했지만 이내 그 생각을 머리에서 지웠다.

✿

한나는 요리하는 헤리 옆에서 설거짓거리가 생기는 족족 열심히 그릇을 씻었다. 헤리는 재료를 손질하면서도, 계속 개수대 앞에서 꼼지락대는 한나를 종종 힐끗거렸다. 부탁하지도 않았는데 옆에서 양파를 썰겠다고 하다가 눈물을 찔끔거리며 이리저리 돌아다니는 한나를 보니 웃음이 나왔다.

"한나, 그냥 앉아 있어."

"아냐, 같이 해. 마늘 필요하지?"

"응."

"내가 다 다져 놨어."

흐뭇하게 도마를 가리키는 한나를 보곤 혜리는 잠시 말을 잃었다. 저렇게 해맑은 표정으로 칭찬을 바라는 사람에게 다진 마늘이 아니라 얇게 썬 마늘이 필요하다는 걸 말해야 하다니. 하지만 혜리는 굳이 요리를 망치고 싶진 않았기에 최대한 미안한 얼굴로 고개를 저었다.

"오늘은 얇게 썬 마늘이 필요해."

"그럼 이거 포일에 싸 놓을 테니까 나중에 필요할 때 써."

예상과 달리 한나는 전혀 타격받지 않은 얼굴로 서랍장 이곳저곳을 열며 포일을 찾았다.

"포일은 여기에 있어."

그가 프라이팬에 기름을 두르며 중앙 서랍을 열어 포일을 건네주자 한나는 씩 웃으며 고개를 끄덕였다.

"고마워."

한나는 아직 차갑게 언 탓에 둔한 손을 꼼지락대며 포일 귀퉁이를 자른 후 다진 마늘을 넣어 공 모양으로 만들었다. 새로 마늘을 까서 썰기 전 한껏 집중한 한나는 옆에서 혜리가 자신을 힐끗거리는 것도 눈치채지 못했다. 칼로 마늘을 쑤시는 것 같은데, 혜리는 그녀가 뭘 하는지 이해할 수 없어 물었다.

"뭐 해?"

"마늘 심 뽑아. 나 이거 뽑는 거 진짜 좋아하거든."

"왜?"

"깔끔하게 뽑힐 때 쾌감이 있어."

한쪽 구석에 연두색 마늘 심을 쌓아 둔 한나가 흐뭇하게 웃었다. 작게 콧노래까지 부르는 그녀의 모습에 헤리는 저도 모르게 미소 짓다가, 무언가 생각난 듯 표정을 굳혔다. 요리가 완성될 때까지 한나는 이것저것 질문했고, 헤리는 열심히 답해 주었다. 딱히 대단할 건 없는 대화였지만 어색했던 만남의 시작치고 둘은 죽이 꽤 잘 맞았다. 드디어 음식이 완성되고, 한나는 접시에 아무렇게나 음식을 담으려는 헤리의 손에서 프라이팬을 뺏었다.

"그렇게 막 담으면 기껏 한 음식이 아깝잖아."

"왜? 어차피 먹으면 똑같은데."

한나는 그를 슬쩍 밀어내고 최대한 신중히 음식을 담았다. 한나가 음식을 옮기는 동안 헤리는 식탁에 포크를 놓았다.

"네가 접시에 담으니까 더 맛있어 보인다."

"그렇지? 아무튼 요리해 줘서 고마워. 이제야 네 파스타를 먹어 보네."

밝게 웃는 한나의 얼굴을 보며 헤리는 살짝 마주 웃어 주다가 이내 눈을 내려 시선을 피했다.

"그사이에 무슨 좋은 일이라도 있었어?"

"왜?"

"그때랑 기분이 많이 달라 보여서."

헤리는 파스타를 앞접시에 덜며 덤덤히 말했지만 한나는 그가 레온에 대해 묻고 있다는 걸 본능적으로 알아챘다.

"그런 건 아니고, 네가 날 처음 봤을 때 내 상태가 유난히 안 좋았던 것뿐이야."

"그럼 다행이고."

좋았던 분위기가 살짝 가라앉았다. 한나는 파스타를 돌돌 말아 입으로 가져가다가 머리를 스치는 생각에 잠시 멈췄다.

"근데 뭣 좀 물어봐도 돼?"

"뭔데?"

"너 레온이랑 어떻게 아는 사이야?"

"어떤 레온을 말하는 건지 모르겠는데."

헤리의 목소리에 싸늘한 냉소가 담겼다. 뭔가 이상했다.

"그날 내가 연락한 애. 레온 베데커."

"몰라."

"그래? 걔 널 아는 것처럼 얘기했었거든."

"걔가 날 어떻게 아는지 몰라도, 난 걜 몰라."

아까 환하게 웃던 모습이 생각나지 않을 정도로 냉담하고 싸늘한 태도였다. 술 취했던 레온은 헤리의 말을 믿지 말라고 했지만 헤리는 레온에 대해 아무런 말도 하지 않았다. 아니, 오히려 언급할 가치조차 못 느끼는 듯 회피하는 모습이 이상했다. 한나는 아무 말도 하지 않고 입술을 깨물었다. 하지만 이내 어색함을 숨기기 위해 입꼬리를 올렸다.

"파스타 진짜 맛있다. 요리법 알려 줄 수 있어?"

"물론이지."

목소리는 상냥했지만 그의 표정은 여전히 굳은 채였다. 한나의 손에서 땀이 났다. 포크를 잠시 내려 두고 바지에 땀을 닦았다.

"그러고 보니 너 심리학과라고 했지? 요즘 수업엔 잘 들어가?"

"일어나는 대로 시간 맞으면 가. 너는 무슨 과야?"

"기계공학이랑 영문학. 요즘엔 영문학 수업 위주로 들어."

"엄청나네. 둘이 공통점 없지 않아?"

헤리는 휘파람을 불며 과장된 목소리로 말했다. 이제야 좀 풀린 분위기에 그녀는 속으로 안도의 한숨을 내쉬었다.

"어쩌다 보니 그렇게 됐어. 넌 부전공이 뭐야?"

"아직 없어. 별로 끌리는 게 없어서."

"그렇구나."

또다시 침묵. 한나는 그 몇 초를 견디기 힘들어 다시 말문을 열었다.

"그때 못 마셨던 와인 혹시 냉장고에 있어?"

한나는 부산스럽게 질문을 던지다가 헤리가 뭐라 답하기도 전에 자리에서 일어났다.

"아니. 목말라?"

"조금. 그럼 물 떠 올게."

"한나, 내가 조금 날카로웠다면 미안해. 근데 난 네가 아무 말 안 하고 있어도 이상하게 생각 안 해. 별로 말하고 싶지 않을 땐 하지 않아도 돼. 난 괜찮아."

헤리는 이미 한나의 바닥을 본 상태였다. 끔찍한 실수를 저지른 순간을 본 사람에게 더 이상 이상한 꼴을 보이기 싫어 긴장했던 한나의 모습을 헤리는 모르는 척 넘어가 주지 않았다.

"……그런 거 아니야. 그냥 목말라서 그래."

"그럼 내가 가져올게. 넌 손님이잖아. 앉아 있어."

헤리가 자리에서 일어나 음료수와 물을 가지고 올 동안, 한나는 아무것도 입에 넣지 못했다. 헤리의 이런 면모를 배려로 받아들여야 할지, 아니면 불편하게 느껴야 할지 감이 잡히지 않았다. 헤리에게 말리는 기분.

하지만 한나 또한 한 가지 확실한 사실을 깨달았다. 그는 냉담한 표정으로도 눈에 담긴 혐오를 숨기지 못했다. 헤리 또한 레온을 모를 리 없었다. 그 둘 사이엔, 무언가 있었다.

8.

Dienstag. 14. Januar 2020

20:31

오목한 접시에 담겼던 파스타는 포크질 몇 번에 이리저리 흩어져 면이 잔뜩 꼬였다. 헤리는 벌써 거의 다 비웠지만, 한나는 어색한 분위기에 깨작대느라 아직 반도 못 먹고 있었다.

"그래서 그날 울었던 게 그 남자 때문이야?"

"안 울었어. 울었더라도 걔 때문 아니야."

"정말?"

헤리는 제 질문이 집요하게 들릴 줄 알면서도 입을 멈출 수 없었다. 일단 지나치게 바뀐 한나의 태도며 붕 뜬 모습을 보니, 이상한 불만이 속에서 자라는 것만 같았다. 이 미묘한 불편함을 어떻게든 없애고 싶었다.

"아니라고 했잖아. 내가 그런 멍청한 짓 한 것도 레온이랑은 상관없었어."

성마르게 입 밖으로 답이 나가자마자 한나는 후회로 표정을 구겼다. 거짓말이라서 불편한 것도 있지만, 괜히 흥분하는 자신의 모습이 싫었다. 헤리와 있으면 자꾸 감정을 불필요하게 내보이게 되었다.

"그런 거면 다행이고."

다 먹은 접시를 살짝 앞으로 밀며 어깨를 으쓱이는 헤리의 새침한 표정에 한나는 더 화가 났다. 애당초 첫 만남 자체가 실수 때문이었던 사람과 또 만나는 게 아니었다. 후회가 잔뜩 담긴 한숨을 그 몰래 내뱉자 헤리는 아랫입술을 살짝 깨물고는 말했다.

"미안해."

"뭐가?"

"편하게 있으라고 해 놓고 자꾸 불편한 말 해서."

"……아냐. 네 눈엔 충분히 이상해 보였을 테니까 이해해."

"너 안 이상했어."

선명한 푸른 눈에 마치 꿰뚫리는 느낌이 들었다. 한나는 잠시 숨을 멈췄다. 헤리가 다시 입을 열었다.

"이상한 건, 네가 아니라 널 그렇게까지 만든 사람이지."

"무슨 뜻이야?"

"왜 사람들은 자신을 힘들게 하는 사람한테서 벗어나지 못하는 걸까?"

헤리는 음료를 들이켜며 흘러가듯 무심히 말했지만 정말 이상하게도, 그 말을 건네는 그의 눈 속에 담긴 감정은 그 어느 때보다 복잡해 보였다. 한나는 그가 무슨 생각을 하는지 완벽히 이해할 순 없었다. 그러나 최소한 그 말에 담긴 충고를 읽어낼 수는 있었다. 그에게 더 이상 말려들고 싶지 않았다. 한나는 그의 무심한 태도를 따라 하며 등받이에 몸을 기댔다.

"넌 레온을 모른다고 하는데, 왜 나한텐 네가 레온을 너무 잘 아는 것처럼 들리지?"

"글쎄. 널 보면 걔가 어떤 사람인지 예상돼서 말하는 것뿐이야."

"레온이 어떤 사람인지 날 통해서 느껴진다고?"

한나가 코웃음 치자 헤리는 살짝 미소 짓더니 어깨를 으쓱였다.

"너랑 만나서 굳이 걔 얘기만 하는 것도 웃기지만, 일단은 그래."

"네가 날 통해 본 레온은 어떤 인간인데?"

"지가 뭘 원하는지도 몰라서 주위 사람까지 혼란스럽게 만드는 사람. 약 중독일 확률도 꽤 높아 보이고, 여자관계도 분명 복잡할 거야. 그래서 네가 자꾸 사귀는 사이 아니라고 강조하는 거 아냐? 넌 걔한테서 안정을 바라지만, 그럴 수 있는 애가 아니니까 너는 아무 사이도 아니라고 말하면서 스스로를 설득하는 중일 거고."

헤리의 말은 정곡을 찌르다 못해 한나를 아프게 베었다. 그의 몇 마디에 쩍쩍 금이 가기 시작한 마음속 요새에 한나는 이를 사리물었다. 턱관절에 아프게 힘이 들어갔다.

"내가 잘 맞힌 거 같아?"

여유로운 목소리로 묻는 헤리의 푸른 눈은 도로 잔잔해졌다. 점점 한나의 속에서 뜨거운 감정이 올라왔다. 포크를 쥔 손이 미세하게 떨렸다.

"걘 약 중독도 아니고, 난 걔한테서 안정을 바라지도 않아."

"약 중독이 아니면, 담배 중독인가?"

"담배도 안 피워."

"정말?"

그는 레온의 역성을 드는 한나가 우습기만 한 듯 눈썹을 들어 올렸다. 속이 부글부글 끓지만, 흥분해선 안 된다.

"가끔, 술에 취하거나 파티에 가면 피우긴 하지만, 담배를 스스로 사진 않는단 소리야."

"의외네."

대체 뭐가 의외라는 건지. 한나는 도저히 참지 못하고 언성을 높였다.

"넌 걔를 본 적도 없으면서 뭐가 의외라는 거야? 대체 내가 이런 걸 너한테 왜 답해 주고 있는지도 모르겠다."

"네가 내 생각을 물어서 답한 것뿐이야."

"아예 알지도 못하는 사람에 대해 많이 아는 것처럼 굴어서 물은 거지. 원래 이렇게 아는 척하는 거 좋아해?"

"아니. 평소엔 다른 사람한테 관심도 없어."

헤리는 도로 냉소적인 태도가 되어 콧방귀를 뀌었다. 한나는 그의 오락가락하는 모습에 화를 참지 못하고 소리쳤다.

"그럼 그런 질문 그만해. 사실 내 생각이 정말 궁금해서 묻는 것도 아니잖아. 대체 뭘 말하고 싶은 거야? 네가 날 처음 봤을 때 내 모습이 한심했던 건 사실이야. 근데 그게 다는 아냐. 그런 짓 한 것도 사실 인생 살면서 처음이었어."

"난 그러려던 게 아니라……."

"저녁 고마웠어. 그날 실수한 것도 정말 미안했고, 오늘도 네가 원하는 대답 못 해 줘서 유감이다. 사실 오늘 너한테 치료비랑 신세 진 것도 같이 갚으려고 온 거였거든. 최대한 고마움만 전하고 가려 했는데, 그게 잘 안 되네. 미안."

한나는 자리에서 일어나 의자에 걸려 있던 자신의 가방을 뒤적거려 지갑을 꺼냈다. 그녀가 지갑에서 지폐를 꺼내기도 전에 헤리가 의자에서 일어나 한나의 손을 막았다.

"그러지 마. 오늘 재료값으로 그 치료비 다 갚았어."

"아니, 나 그날 네가 병원에서 얼마 썼는지 정확히 알아. 그리고 나 업고 오느라 고생도 했을 거고, 옷도 그렇고. 저녁은 어차피 네가 만들었으니까 갚은 것도 아니지."

고집과 울화가 뒤섞인 목소리로 답하며 지갑을 뒤지던 한나는 100유로짜리 지폐를 꺼내더니 동전 지갑에서 센트까지 탈탈 털어 식탁에 쾅 올려놓았다.

"한나, 도로 가져가."

"아니, 이거 네 거야! 너한테 괜히 돈 못 줬다가 두고두고 후회하기 싫어. 앞으로 볼 일 없으니까, 이렇게 잘 끝내자. 그날 있었던 일 다시 한번 사과할게. 추한 꼴 보여서 정말 미안했고,

네 집에서 신세 진 것도 정말 미안했어. 아, 크리스마스 연휴를 망친 것도 미안해. 다 미안하다, 정말!"

"너 내 크리스마스 연휴 안 망쳤어. 그리고 볼 일이 없을 거라는 말은 우리 둘 다 못 지킬 거 알잖아."

"뭐가 됐든! 도시가 좁아 터져서 마주치든, 아니면 재수가 없어 마주치든 서로 알은척하지 말잔 소리야! 내가 널 보면 미안하고 불편해서 알은척 못 하겠거든. 날 위해서라도 모른 척해 달라고."

한나는 겉옷을 찾기 위해 옆 의자를 이리저리 살피다가, 헤리가 아까 옷을 가지고 갔다는 사실을 기억하곤 성큼성큼 그의 방으로 향했다.

"한나, 잠깐만 기다려 봐."

"내 옷 어디에 있어?"

그의 방에선 여전히 헤리의 체향과 로션 향이 섞인 냄새가 났고, 그날보다 조금 덜 정돈된 상태였지만 바이에른 뮌헨 깃발과 기타는 여전히 그 자리에 굳건하게 서 있었다. 한나는 바닥에 쌓인 그의 옷을 옆으로 치워 놓고 열심히 자신의 코트를 찾았지만 그 어디에도 보이지 않았다. 아무래도 옷장에 걸려 있는 것 같은데, 헤리가 미묘하게 앞에 서서 길을 막고 있어서 옷장 문을 열 수가 없었다.

"잠깐만, 잠깐 내 말 좀 들어 줘."

"싫어! 더 말해 봐야 너한테 난 이상한 사람일 뿐이잖아."

"내가 말을 잘못했어. 너를 탓하려고 했던 게 아냐. 넌 기억 안 나겠지만, 너 병원에서 내가 그 남자앤 줄 알고 울었어. 어차피 너랑 나는 그날 헤어지면 이제 서로 만날 일이 없을 테니 나도 최대한 신경 안 쓰려고 했거든? 근데 오늘 멘자에서 네가 그 남자애랑 같이 있는 걸 보고 조금 화가 났어. 아니, 화가 났다기보다는, 마음이 안 좋았다고 해야겠지."

"뭐? 너 오늘 멘자에 왔었어? 아니, 잠깐만."

너무 많은 정보가 한 번에 홍수처럼 밀려드는 바람에 한나는 잠시 아무런 생각도 하지 못했다.

"내가 널 보고 레온이라 생각하고 울었다니, 대체 언제?"

"병원에서. 네가 먹은 약 때문에 기억이 안 날 수도 있지만, 나한테 와 줘서 고맙다고 울었어. 떠나지 말라고도 했었고."

창피함에 몸이 달아오르다 못해 힘이 빠졌다. 하지만 순간 헤리의 말에서 이상한 점을 느끼고 그에게 한 발짝 다가갔다.

"너 레온 모른다며? 걔가 레온인 건 어떻게 알았는데?"

한나의 눈에는 분노로 숨긴 수치심과 굴욕이 활활 타올랐다. 헤리의 푸른 눈을 정면으로 바라보면서도 그녀의 내면은 작게 웅크린 채 굳어 있었다. 검은 눈에 담긴 공포를 읽은 듯, 헤리는 잠시 고민하더니 한숨과 함께 고개를 돌렸다.

"헤르만, 대답해. 너 레온이랑 아는 사이야? 어떻게 알아?"

"걔 여자 친구 이자가 심리학과야. 강의 끝나고 이자벨라 데리러 왔을 때 가끔 본 적 있었어."

"근데 왜 모른다고 한 거야? 약 중독 운운한 건 또 뭐고?"

"난 너에게 레온 베데커한테 여자 친구가 있다고 말하긴 싫었어. 네가 그걸 모르고 있을 수도 있으니까, 그걸 굳이 말해서 너한테 더 상처를 주기 싫었다고. 그냥 네가 스스로 깨닫길 바랐는데, 다시 널 본 게 그 새끼 옆에 있는 거라서 짜증 났어. 네가 오늘 저녁 내내 그 새끼를 옹호하려고 드는 것도 짜증 났고, 널 그렇게까지 힘들게 만든 사람 옆에서 못 벗어나는 게 답답했어! 그래서 너한테 돌려서라도 말하고 싶었던 거야! 나도 알아. 기분 나빴겠지. 괜히 충고받는 느낌이었을 거야. 그래서 참으려 했는데 도저히 그게 안 됐어!"

혜리는 이제 도저히 감정을 주체하지 못하겠는지 격양된 몸짓으로 그녀에게 소리쳤다.

"그건 네 알 바 아니잖아."

"내 알 바가 아니라고? 그럴 거면 내 앞에서 약 먹고 실신하지 말았어야지!"

그 말에 한나는 잠시 말을 잃었다. 한나가 몇 년 동안 봐 온 사람들 중 혜리처럼 처음부터 누군가에게 깊은 관심을 기울이는 사람은 거의 없었기에, 그의 성격을 파악하고 받아들이기위해 시간이 필요했다.

"……걱정해 준 건 고마워. 근데 내가 울었다고 해서 네가 내인생까지 바꿔 줘야 할 필요는 없어. 이상해 보이는 거 아는데, 나도 내 나름대로 이유가 있었어."

한나의 단호한 태도에 혜리는 맥이 풀린 듯 어깨를 늘어뜨렸다.

"난 네 인생을 바꿔 주려는 게 아니야. 난 그럴 힘도 능력도 없어. 근데 너 거기서 죽으려 했잖아. 네가 만나는 그 새끼가 미친놈인 거 정말 몰라? 아니잖아, 알고 있잖아!"

"걔 때문에 죽으려던 거 아니라고 몇 번 말해. 그냥 인생이 너무 엿 같았어, 그게 다야!"

"이제야 인정하네, 너 그날 죽으려고 했던 거. 그 새끼가 유일한 이유는 아니었겠지만, 네가 안 하던 짓을 하게 만들 만큼은 영향을 줬을 거야, 안 그래? 너를 조금이라도 더 살고 싶게 만들 사람을 만나야지, 그런 쓰레기를 만나서 더 힘들어하는 건 말이 안 돼!"

"……."

"만약 아니라면……."

"네 말이 맞아."

소리 지르며 받아치던 한나가 갑자기 차분히 답하자 헤리는 당황한 듯 주춤거렸다.

"날 한심해하면서 그냥 신경 끌 수도 있었을 텐데, 이렇게까지 날 신경 써 줘서 정말 고마워."

한나는 그의 답이 돌아오는 걸 기다리지 않고 조용히 나머지 말을 이어 갔다.

"근데 헤리, 네가 오해하는 게 있어."

"……."

"난 내 상태가 더 나아지길 바라면서 걜 만나는 게 아냐. 걔가 나 때문에 망가질 일 없는 사람이라서 만나는 거야. 걘 내가 불행해해도 타격을 전혀 받지 않아. 네가 저번에 죽으면 아무것도 없다고 그랬잖아. 난 오히려 그걸 바랐어. 뭘 더 보고 느끼느니 차라리 죽고 싶었거든."

"뭐?"

충격받은 헤리의 얼굴을 보며 한나는 어쩐지 아픔을 느꼈다.

'아, 또 이렇게 이상한 사람이 되는구나.'

솔직한 속내를 얘기하면 마치 상상할 수 없는 이야기를 들은 것처럼 의아한 표정으로 바라보는 타인의 시선에, 한나는 자주 아팠다.

"내가 변하지 않으면, 내 옆에 누가 있든 난 불행할 거야. 나도 알아. 근데 난 스스로 바뀌어 보려고 노력할 힘도 안 남았어. 이미 다 써 버렸거든. 남들 앞에서 멀쩡해 보이는 척하는 것도 지치고 힘든데, 걔 앞에선 그나마 약 먹는 것까진 말할 수 있었어. 걘 날 보면서 특별히 걱정하지도 않지만, 그렇다고 비정상 취급도 안 해. 그래서 편했어. 그게 다야."

"네가 그렇게 힘들어하는 걸 알면서도 타격을 받지 않는 사람이랑 만나는 게 말이 돼? 그건 기생 관계야. 너한테서 원하는 건 다 얻어 가면서, 네가 말라 죽든 말든 신경 안 쓰는 쓰레기를 왜 옆에 두는데?"

한나는 아무런 답도 하지 않았다. 아니, 못 했다. 차분한 어조와 대비되는 그의 격양된 낯빛이 낯설게만 느껴졌다.

"걔가 있어서 그나마 행복해?"

헤리는 조용한 목소리로 진지하게 물었다.

한나는 헤리를 이해할 수 없었다. 대체 이 남자가 바라는 게 뭘까? 어차피 잘 알지도 못하는, 클럽에서 어쩌다 엮인 이상한 여자에게 왜 이렇게까지 신경을 쓰는 걸까? 그가 뭘 원하는지 파악하려 해 봤지만, 도저히 가늠되지 않았다.

"아니."

"그럼 그만둬."

"그게 말처럼 쉬운 게 아니야."

"왜?"

"그냥, 그냥 쉽지 않아. 나도 모르겠어. 그만 좀 물어봐. 모든 일이 수학처럼 답이 딱딱 떨어지진 않는다고!"

"너 걔 진심으로 좋아하네."

헤리는 마치 역겨운 것을 삼킨 듯 혐오감을 숨기지 못한 얼굴이었다.

"뭐?"

그의 말과 표정에 한나는 숨이 턱 막혔다.

"그거 인정하기 싫어서 이상한 말로 회피하고 있잖아. 안 그래?"

"……고작 두 번 만난 너랑 할 대화는 아닌 것 같다."

"어차피 넌 날 모르는 척할 거라며. 오히려 완벽한 타인이라 더 편하게 말할 수 있을 텐데?"

"넌 레온을 알잖아."

"난 그 새끼랑 일부러 대화할 만큼 비위가 강하지 않아."

헤리의 목소리에 담긴 분명한 증오에 한나는 살짝 몸을 움츠렸다.

"너 아직 대답 안 했어."

"······모르겠어."

잠깐의 고민도 허용하지 않겠다는 듯 밀어붙이는 헤리의 말에 한나는 점점 벼랑 끝으로 내몰리는 기분이었다. 하지만 헤리는 그녀의 눈을 피하지 않았다. 대답을 종용하는 시선에 한나는 목이 졸린 사람처럼 하얗게 질려 간신히 말을 이었다.

"걔가 옆에 있으면 숨이 막히는데, 걔가 아예 떠나 버리면 폐가 완전히 사라질 것만 같았어. 어차피 두 경우 다 끔찍할 거라면, 차라리 내가 덜 아픈 쪽을 택하고 싶었던 것뿐이야."

레온이 자신에게 미치는 영향을 이렇게 말로 인정한 것은 처음이었다. 당장이라도 뱉은 말을 주워 담고 싶었지만, 불가능했다. 정신이 아득해졌다. 너무 많은 이야기를 해 버렸다. 후회가 온몸을 덮었다. 자신이 뱉은 말에 스스로 질려 욕지기가 일었다. 헤리는 잠시 침묵하다가 옷장에서 그녀의 코트를 꺼내 어깨에 걸쳐 주었다.

"죽기 싫어서 만난 사람이 널 죽이는 사람이 될 때가 있어."

"······."

"결국 걔 때문에 더 불행해졌다면, 이젠 걔 없이 숨 쉴 방법을 알아봐, 한나."

9.

Donnerstag. 23. Januar 2020
16:03

라라의 초록색으로 물들인 머리는 어디에서나 튄다. 그렇게나 붐비는 도서관 앞에서도 한나는 라라를 곧장 발견했다. 새로 산 중고 휴대폰을 만지작거리던 한나는 귀에 꽂은 이어폰을 빼고 라라를 향해 손을 흔들었다. 이어폰 줄을 감는 도중 재생 버튼이 다시 눌린 것인지, Oasis의 〈Falling Down〉이 바깥으로 새어 나왔다.

나비를 부수는 바퀴를 멈춰 줘
내가 흘린 눈물은 비가 되어 바다를 이루고
신을 찾아봤지만 전혀 소용없었지
어딘지 알 수도 없는 곳에서 내 이름을 부르는 그에게
난 말했지

날 구해 줄 게 아니라면, 제발 내 시간을 낭비하지 말아요

정지 버튼을 누르느라 한눈을 판 사이 라라가 소리쳤다.

"한나!"

한나는 라라를 보며 씩 웃었다.

"오랜만이야, 라라."

"그러게. 연휴 끝나고 처음이지? 우리 뭐 먹으러 갈래?"

귀에 꽂은 담배를 빼 들고 주머니에서 라이터를 찾던 라라가 한나를 향해 무심히 물었다.

"글쎄. 멘자는 닫았고, 되너*는 질려. 커리부르스트** 먹을까?"

"좋아. 아, 너 라이터 있어?"

"아니. 나 담배 안 피우잖아. 그러고 보니 모리츠는 어디 갔어?"

"몰라. 오전까지만 해도 너 보러 같이 가겠다고 하더니, 한 시간 전에 갑자기 약속 있다고 사라졌어. 배고프면 오겠지, 뭐."

모리츠는 라라의 남자 친구로, 한나와 같은 기계공학과 학생이었다. 원래 굉장히 자주 보고 친했지만 모리츠는 저번 학기부로 학교엔 거의 나오지 않은 채 아르바이트로 연명 중이라 얼굴 보기가 통 힘들었다.

"걔는 잘 지내?"

---

* Döner : 유럽에서 흔하게 먹을 수 있는 터키 음식.

** Currywurst : 커리 소스와 소시지가 함께 나오는 대표적인 독일 길거리 음식.

"나도 요즘 걔 잘 못 봐. 얼마 전부터 일 새로 시작했던데, 뭔 일인지 나한테도 안 알려 줘."

라라는 바쁜 모리츠에게 불만이 많은지 미간을 있는 대로 찌푸렸다. 그 생각을 하니 더 담배가 당기는 듯, 초조하게 주위를 둘러보기 시작했다.

"아쉽네. 다음에 꼭 데리고 나와 줘. 그럼 이제 가자. 너무 배고파."

"그래. 늦어서 미안해. 잠깐만, 나 불 좀 빌리고."

라라는 주위를 휘휘 둘러보더니 어떤 여자를 보자마자 고개를 돌렸다.

"아, 젠장."

"왜 그래?"

"조용히 하고, 빨리 가자."

"너 불 빌린다며?"

"안 빌려도 되니까 빨리 가자고!"

갑자기 신경질 내는 라라가 이상해 한나는 고개를 돌렸다. 그러자마자 뒤에서 짙은 금발을 찰랑이며 오는 여자와 눈이 마주쳤다.

"안녕. 둘 다 오랜만이야."

다가오는 여자는 라라의 친언니 마리였다. 이제야 라라가 왜 그랬는지 이해가 갔다. '둘 다'를 강조하는 마리는 미소 짓고 있었지만 눈빛이 살벌하기 그지없었다.

"안녕, 마리."

한나는 그래도 어정쩡하게 마리를 반겼지만, 라라는 입술만 올려 미소 짓는 척하곤 눈을 돌렸다. 하지만 마리는 그런 동생의 반응에 조금도 흔들리지 않았다.

"한나, 넌 여전히 멋지네. 연휴 잘 보냈어?"

마리가 환히 웃자 그녀의 눈꺼풀이 묘하게 반쯤 감겼다. 졸린 듯 에너지라곤 없는 것 같으면서도 어딘지 생동감 넘쳐 보였다. 한나는 그런 마리가 좋았다.

"응. 넌?"

"꽤 괜찮았어. 쟤 때문에 할머니 눈치 보던 것만 빼면. 라라, 넌 크리스마스 연휴 동안 어디에 처박혀 있었던 거야?"

"말했잖아. 모리츠랑 있었다고."

"본가 놔두고 크리스마스에 모리츠 집을 가는 게 말이 되냐."

"왜 자꾸 캐물어, 이미 지난 일인데."

까칠한 게 고슴도치보다 더했다. 라라의 초록색 머리가 마치 선인장처럼 보였다.

"라라, 제발 말도 안 하면서 '내 마음 좀 알아주세요' 하는 짓거리 좀 그만해. 네가 아직도 열여섯 살인 줄 알아?"

"너야말로 어린애처럼 이것저것 들쑤시지 좀 말고 네 일에나 신경 써라, 제발."

"그렇게 네 맘대로 살 거면 나랑 다른 대학교를 가지, 굳이 왜 여기까지 와서 날 귀찮게 만들어. 할머니가 너 오는 거 기대하셨는데, 너 왜 안 오냐는 말에 네가 남친 집 다락방에서 뒹구느라 안 온다는 소리는 도저히 못 하겠더라. 일주일 내내 코빼기도 안 보이는 이유를 매번 갖다 대는 게 얼마나 힘든 건지나 알아?"

마리는 팔짱을 끼며 키가 반 뼘은 더 큰 여동생을 한심한 눈으로 쳐다보았다. 라라는 눈을 굴리더니 언니에게 중지를 치켜들었다.

"내가 여기서 공부하고 싶어서 왔다는데, 그게 왜 널 따라온 게 되냐? 그리고 대체 이 상황을 누가 먼저 시작했더라? 내 대학 첫 학기 때 언니가 나한테 한 짓 기억 안 나? 너만 집에 안 오면 난 들어갈 거야. 내가 오길 바라면, 네가 연휴에 집에 들어가지 마."

라라는 신랄하게 쏘아붙이곤 한나의 소매를 당겨 재빨리 자리에서 벗어났다. 마리는 그들을 따라오지 않고 그저 그 자리에 서서 동생의 초록색 뒤통수를 노려보고 있었다.

한나는 끌려가며 한숨을 쉬었다. 가끔씩 튀어나오는 라라의 어린 행동에 조금 질리던 와중에 자매 문제까지 신경 쓰려니 머리가 아팠다. 둘의 사이가 나쁜 건 알지만, 라라가 왜 그렇게나 언니를 질색하는지 이유를 모르니 마리를 마주칠 때마다 어떻게 대해야 할지 혼란스러웠다. 마리는 한나에겐 무척이나 친절했기에, 한나는 그저 중간에서 미묘한 표정으로 서 있을 뿐이었다.

"기분 잡쳤네."

커리부르스트 가게에 들어가자마자 라라는 맥주병 하나를 꺼내 열쇠고리로 한 방에 따 버렸다. 그리고 거품이 채 올라오기도 전에 병 주둥이에 입을 갖다 대더니 반병을 비워 냈다.

"너도 마실래?"

걱정스레 쳐다보는 한나를 무시하며 라라가 짐짓 밝게 물었다.

"그렇게 보지 마. 나랑 마리랑 사이 나쁜 거 한두 번 보는 것도 아니고."

"너 크리스마스 때 모리츠랑 안 있었잖아. 이번엔 본가 간다면서."

"대충 잘 있었으니까 걱정 마."

남자 친구인 모리츠와의 사이가 급격히 나빠지면서, 라라는 가끔 몰래 데이트에 나갔다. 잘은 모르지만 데이팅 앱까지 깔고 아주 적극적으로 새 남자를 구하는 모양인데, 모리츠는 일하느라 바빠 그녀가 뭔 짓을 하고 다니는지 몰랐다. 아니, 관심도 가지지 않았다.

'설마 크리스마스 연휴에 데이트 상대 집에서 잔 건 아니겠지.'

한나는 걱정을 하다가 스스로 그 연휴 동안 한 짓이 떠올라 쓸쓸하게 입꼬리를 내렸다. 지금 라라를 걱정할 때가 아닌데. 헤리에게 너무 많은 걸 들켜 찜찜했다. 그의 말대로 적당히 좁아터진 이런 대학 도시에서 그와 단 한 번도 마주치지 않고 지내는 건 불가능할 것이다.

한나가 고민하는 동안, 라라는 그새 주문을 넣고 곧장 나온 커리부르스트 두 개를 들고 자리로 돌아왔다.

"고마워, 라라. 여기 돈."

"별말씀을."

라라에게 마리와의 관계를 물어볼까 하다가 말았다. 안 그래도 기분 나쁠 라라의 심기를 자극할 필요는 없을 것 같았다. 한나는 결국 평범한 화제로 대화를 시작하기로 마음먹었다.

"그래서 요즘도 크로키 수업은 계속 가는 거야?"

"응. 너도 한번 와 봐. 너 그림 그리는 거 좋아하잖아."

"안 그린 지 한참 돼서 그림 그리는 법 기억도 안 나."

거짓말이었다. 작은 스케치북에 간간이 그리는 그림은 한나에게 일기와도 같았다. 가끔은 익명으로 만든 인스타그램 계정에 마음에 드는 그림을 올리기도 했다. 그것보다 더 가끔은 사람들에게서 그림을 사겠다는 메시지가 오기도 했다. 정말 돈이 급할 때면 한 장씩 팔긴 했지만, 그렇다고 해서 스스로를 예술가로 생각한 적은 단 한 번도 없었다.

중학생 시절 어머니가 선물해 준 파버카스텔 색연필이 몽당연필처럼 짧아질 때까지 쓰고도 새 색연필을 사지 못했던 것처럼, 그림을 사랑한다는 사실을 인정하고 싶지 않은 한나의 본심은 색연필 통에 갇혀 함께 녹슬어 갔다.

"그러지 말고 한번 들으러 와. 정말 재밌어. 이거 해서 진짜 좋은 게 뭔지 알아?"

멍하니 책상을 보며 추억을 더듬는 한나의 머릿속으로 쨍한 라라의 목소리가 파고들었다.

"뭔데?"

한나가 되묻자 라라는 상체를 잔뜩 앞으로 숙이곤 조용히 입을 열었다.

"알몸을 잘 보는 눈이 생긴다는 거야. 자고 나서 몸 꽤 괜찮은 남자애들한테 누드 크로키 모델 해 달라고 하면 거의 다 오케이하거든. 그거 모으는 재미가 쏠쏠해."

"모델 아니고 그냥 남자애들?"

"응. 클럽이나 틴더*에서 들이대는 바보들."

"그 남자애들이 네가 나체 그림 모으는 건 알아?"

탄성을 바랐던 라라는 기대 이하의 반응에 실망해 미간을 찌푸렸다.

"알든 말든. 걔네는 뭐 나 진지하게 생각해서 떡만 치고 연락 끊겠냐? 내가 몰래 사진 찍는 것도 아니고, 난 걔네 동의를 구한 다음 그냥 사라질 수도 있는 밤을 예술적으로 기록해 놓는 것뿐이거든."

"네 스케치북 모리츠가 보면 어쩌려고."

"뭘 어째. 수업 시간에 그린 그림이라고 하면 되지."

"걔가 그걸 믿을까?"

"응. 걔 바보라 믿어."

순식간에 내뱉은 라라의 말엔 묘한 경멸이 담겨 있었다. 그렇게나 서로를 아꼈던 두 사람이 이렇게까지 서로에게 무심하고 상처 주는 일을 아무렇지 않게 하게 되다니. 대체 라라와 모리츠 사이에 무슨 일이 생긴 걸까.

---

* Tinder : 데이팅 앱.

한나는 그들 사이엔 뭔가 특별한 게 있다고 믿었다. 하지만 현실은 생각보다 잔인했다. 항상 쿨하게 보이는 것에 집착했던 라라였으니 이런 행동을 해도 이상할 건 없었지만, 그래도 어딘지 씁쓸했다.

"그리고 네 생각처럼 상대가 그렇게 많지도 않아. 나도 그 정도로 쓰레긴 아니라고. 봐 봐."

라라는 툴툴대며 축 늘어진 가죽 가방에서 B4 사이즈의 크로키북을 꺼냈다. 한나는 라라에게서 공책을 받아 들며 플라스틱 포크를 입술로 물었다. 그리고 표지를 넘겨 한 장씩 그림을 살폈다. 종이를 넘길수록 라라의 실력이 느는 것이 한눈에 보였다.

"대박이다. 라라, 진짜 멋있어."

"감사. 나도 네 그림 좋아해. 너 요즘 그림 계정에 업데이트 안 하더라?"

라라는 뿌듯하게 웃으며 소시지 조각 하나를 입에 넣었다. 목으로 맥주 넘어가는 소리가 경쾌했다. 그녀는 한나의 그림 계정을 아는 유일한 친구였다. 실제 친분은 그렇게 두텁지 않지만, 라라는 한나가 그림을 그린다는 사실을 꽤나 인상적으로 받아들인 듯 항상 한나의 그림에 관심을 가졌다.

"응. 요즘 잘 안 그리거든."

뭐라고 덧붙이려던 라라는 순간 생각을 고쳐먹은 듯 고개를 흔들었다. 한나는 라라의 말이 끊긴 것도 모르고서, 음식에는 손도 대지 않고 그저 그림을 감상했다. 크로키북 페이지의 반절 정도가 지났을 때, 종이를 넘기던 한나의 손이 멈췄다.

"와."

눈을 팔로 가린 채 축 늘어진 남자 그림이었다. 짧은 시간 안에 그린 듯 형태는 온전치 않았지만, 뻗친 머리와 책상인지 침대인지 모를 틀 바깥으로 늘어진 손은 마치 살아 있는 사람처럼 자연스럽고 아름다웠다. 게다가 그 불분명한 선들 사이로 확실하게 그려진 옆구리의 날카로운 문신이 시선을 끌었다. 두꺼운 선으로 그린 윤곽과 달리, 밑 가슴과 갈비뼈 사이에 있는 문신은 아주 섬세했다.

"이거 진짜 좋다."

한나가 감탄하자 라라가 뿌듯하게 웃었다.

"아, 그거. 진짜 쩔지? 그 남자 몸도 좋고 엄청 잘생겼어. 사람을 막 홀려."

"이 문신은 장미 가시를 그린 건가? 뭔가 추상적이네."

"뭐 그렇겠지. 잘 몰라. 안 물어봤거든."

라라의 말을 들으며 한나는 종이를 한 장 더 넘겼다. 팔 사이로 드러난 얼굴과 우연히 마주친 시선으로 그린 그림이었는데, 얼굴을 집중적으로 그린 크로키였지만 이목구비를 모두 그린 건 아니었다. 하지만 그림에서 느껴지는 분위기가 라라 말대로 사람을 홀렸다. 지금까지 그린 다른 그림과는 확실히 달랐다.

'이 남자 좋아하는구나.'

좋아하지 않고는 이렇게 그릴 수 없다. 실제로 어떻게 생겼는지 궁금해질 정도로 그림에서 뿜어져 나오는 분위기는 매혹적이었다.

"이런 남자도 틴더 써?"

한나가 묻자 라라는 고개를 저었다.

"아니. 어쩌다 알게 된 사람이야. 최근엔 거의 못 보다가 얼마 전에 우연히 마주쳤어."

"그래서 계속 연락하는 중이야?"

"매일은 아니고, 뭐 적당히? 다시 보니까 더 멋있더라. 벗겨 놔서 그런가. 번호는 아직 모르고, 인스타그램은 팔로우 중이야."

결국 이 남자 때문에 모리츠와는 헤어지는 걸까? 라라 성격에 이렇게까지 빠진 남자를 두고 망설였을 리 없다.

"너 이 남자한테 정말 마음 있구나."

"뭐?"

한나가 농담하듯 묻자 라라는 소리치듯 반문했다.

"아니면 말고. 그냥 묻는 거야."

"절대 아냐."

"왜?"

"……몸이랑 얼굴만 보면 당연히 최곤데, 알고 보니까 마리의 친한 친구였어. 마리도 걔한테 마음 있는 것 같고."

"아, 그래서 포기한 거구나."

한나가 수긍하자 라라는 푸석푸석한 초록색 머리를 위로 올려 묶으며 코웃음 쳤다.

"뭔 소리야? 포기는 무슨. 오히려 반대야. 열심히 꼬신 다음 버려서 마리한테 엿 먹일 거야. 그러니까 진지하게 생각할 리가 없지."

"왜 그렇게까지 해?"

"나한테 묻지 마. 걔가 먼저 시작했으니까."

결국 둘 사이에 있는 게 남자 문제였던 걸까? 하지만 한나는 라라가 단순히 남자 문제로 마리를 싫어하는 게 아닌 것만 같았다.

"그럼 너 모리츠는……."

"아, 모리츠 얘기 그만. 걔가 연락이 돼야 관계를 이어 가든 말든 하지."

짜증을 내는 라라의 얼굴에 성가신 기운이 팍 서렸다. 한나는 더 이상 질문하기를 그만두고 소시지를 입으로 가져갔다.

"한나, 너무 복잡하게 생각하지 마. 남자 친구 있어도 끌리는 사람 생기면 한두 번 정도는 그래도 돼. 몰래 한번 자는 것도 솔직히 그렇게 나쁜 건 아냐. 요즘 안 하는 사람이 더 드물걸. 어떻게 사람이 한 사람만 보고 살아? 한눈팔 여지가 있으니 서로 더 잘하게 되는 거야."

라라는 한나를 향해 눈을 살짝 치켜뜨며 미소 지었다. 한나는 라라의 말에 대강 웃어 주었지만 도저히 진심으로 동의할 순 없었다. 라라의 '쿨한 척'의 한계는 대체 어디일까? 가끔 한나는 라라가 '쿨해 보이는 자신'에 취해 정신을 놓아 버린 건 아닐까 싶을 때가 있었다. 아니, 사실은 라라에게서 보이는 레온의 모습에 반감이 들었는지도 모른다. 한나는 애써 표정을 풀었다.

"그래서 이 사람이랑 또 만나기로 했어?"

"아니, 아직. 쉽게 넘어오는 편은 아닌 것 같아서 좀 조심스럽게 다가가 보려고. 그래서 말인데, 나 종강 전에 파티 열려고하거든. 거기에 이 남자 초대할 거야. 근데 나 혼자 준비하려니까 너무 힘들어. 실비아한테도 부탁해 두긴 했는데, 걘 네가 하면 같이 하겠대. 한나, 나 좀 도와주라. 그렇게 해 줄 거지?"

어쩐지. 한나는 쓴웃음을 지었다.

'핏체나 모리츠가 없을 때 나랑 개인적으로 만나려던 적 한번도 없었으면서 웬일로 같이 밥 먹나 했더니, 결국 부탁 때문이었구나.'

"……뭘 도와주면 되는데?"

"일단 장소가 문제야. 내 룸메이트들이 별로 안 내켜 하는 눈치라서, 넌 혼자 살고 집도 꽤 크니까 거기서 해도 될까 물어보고 싶었어. 그리고 마리 친구니까 마리도 초대해야 할 거 같은데, 그날 네가 내 언니 좀 설득해 줘."

고작 해 봐야 맥주나 음식 준비하기, 사람 초대하기 정도를 생각했던 한나는 잠깐 상황을 파악하느라 말을 잇지 못했다.

'얘가 뭐라는 거야? 장난치는 건가?'

한나의 벙찐 표정에도 라라는 동요 없이 그녀의 눈을 빤히 쳐다보았다.

"내가 부른다고 해서 마리가 올 것 같지 않은데. 그렇게 껄끄러우면 마리를 안 부르면 되잖아. 그리고 내 집, 안 커. 좁아서 파티 같은 거 못 해. 벽도 얇아서 옆집 사람들한테 소리 다 들릴걸."

한나는 어이가 없어 표정 관리도 하지 않고서 외쳤다. 당연하게 그녀의 집에서 파티를 열겠다는 말을 하다니, 어처구니가 없다 못해 기가 찼다.

"내가 방금 마리랑 그 남자랑 친구라고 한 소리 못 들었어? 난 그 남자만 초대 못 해. 아직 그 정도로 친하지 않단 말이야. 그리고 계속 마리를 데리고 다니란 소리가 아니라, 내가 그 남자랑 좀 친해질 때까지 언니가 나 방해 못 하게 묶어 둬 달란 소리야. 나중에 마리 표정 좀 보고 싶어서 그래. 그리고 네 집 나도 가 봤는데 안 좁아. 딱 적당하던데? 혼자 그렇게 넓은 원룸에서 사는 사람, 내 친구들 중에 너밖에 없어."

라라의 생각은 제 나이인 스무 살보다는 열네 살이 할 법한 것에 가까웠다. 단호히 거절하려는데, 새침하게 맥주를 마시는 라라의 빨간 손톱이 유난히 눈에 들어왔다. 마른 손가락에 낀 얇은 반지들도 눈에 띄었다.

라라가 사람 때리는 걸 본 적 있는 거 같은데. 순간 식은땀이 흘렀지만, 한나는 머릿속에 스친 장면을 지우며 말했다.

"그렇게 넓지도 않아. 부엌이 나뉘어 있어서 그래 보이는 거지."

한나가 완곡하게 거절하자 라라는 아무 대꾸 없이 소시지를 쑤시듯 찍었다.

"라라, 난 부탁 못 들어줘. 미안."

"……알겠어, 그럼."

라라는 화가 난 게 아니라 속상해 보였다. 한나는 팔짱을 끼고 탁자에 기대서 커리 소스에 마지막 소시지 조각을 비비는 라라를 빤히 쳐다봤다.

"너 그 남자한테 관심 있는 거야, 아니면 그냥 가지고 놀고 싶은 거야?"

"이미 말했잖아."

"나 이제 너 모리츠랑 사귀는 거 가지고 뭐라 안 할 거야. 그러니까 솔직하게 말해 봐. 정말 언니한테 복수하려고 이러는 거야? 그거 때문에 파티까지 열겠다고?"

라라는 한동안 말이 없었다. 한나는 고개 숙인 채 소시지만 쑤시는 라라를 응시하며 답을 기다렸다.

"……사실 그 남자 다시 보고 싶긴 해. 근데 구실이 없어서 그런 것도 있어. 아무래도 그 남잔 날 다시 보고 싶어 하는 것 같진 않아서……."

라라가 우물거리며 조용히 고백했다.

"마리를 부르는 건 걜 엿 먹이고 싶어서가 아니라, 그 남자를 파티에 데려올 사람이 네 언니밖에 없어서 그런 거지?"

한나가 파고들자 라라는 영 불쾌한지 아랫입술을 내밀었다.

"왜 이미 한 소리를 또 물어?"

"네가 거짓말하는 것 같아서. 솔직하게 말해야 도와주든 말든 하지."

한나의 지적에 라라는 잠시 말없이 그녀의 눈을 빤히 응시하더니, 고개를 흔들었다.

"젠장."

"말해 봐, 라라."

"내가 직접 물어볼 수도 있긴 한데, 아직 그렇게까지 관심 표현하고 싶지 않아. 그리고 언니는 항상 내가 관심 가졌던 남자랑 먼저 자거나 사귀었어. 이번에도 손 놓고 그렇게 되기 싫어."

순간 한나는 모리츠라도 정리하고 언니한테 질투를 하든가 말든가 하라고 쏘아붙이고 싶었지만, 기왕 라라를 도와주기로 한 참에 그녀의 기분을 상하게 하고 싶지 않았다.

"……그럼 이렇게 하자. 프레 파티만 내 집에서 해. 근데 밤 11시까지 다들 클럽으로 나가야 돼. 알겠지?"

"1시까지로 하면 안 돼?"

'아, 그냥 도와주지 말까.'

한나의 표정이 굳었다. 라라는 그녀의 눈치를 보며 어깨를 으쓱였다.

"그럼 12시 반?"

"……12시. 딱 12시 정각이어야 해. 더 이상 타협 안 돼. 그리고 다음 날 와서 다 같이 정리하는 것까지가 내 조건이야."

"꺅! 진짜 고마워, 한나!"

라라는 의자에서 뛰어내리듯 일어나 한나에게 안겼다. 한나는 높은 소리를 내며 기쁨을 표현하는 라라를 대충 마주 안으며 한숨을 쉬었다.

정리를 하러 돌아오라 했지만, 라라는 파티 다음 날엔 거의 매번 숙취로 뻗어 일어나지 못했다. 게다가 신발도 문제였다. 일일이 신발 벗고 들어오라고 해 봤자, 애들이 한번 취하면 그런 말도 소용없을 것이다. 결국 뒷정리는 오롯이 한나의 몫이었다. 바닥 청소까지 생각하니 앞이 막막했다.

'대체 왜 도와주겠다고 했을까.'

사실 한나는 라라와 그다지 친하지 않았다. 겹치는 친구들이 있어 같은 무리 안에 속하는 바람에 자주 만나긴 했지만, 그때마다 미묘하게 껄끄러웠다. 그렇기에 한나는 처음이자 마지막으로 라라의 부담스러운 부탁을 들어주고 과연 그녀와 친해질 수 있을지 보기로 했다.

이것도 안 통하면 예전처럼 어정쩡한 사이로 남으면 되겠지. 두어 번 더 라라의 등을 토닥여 준 후 그녀를 자리로 보냈다. 의자에 도로 앉은 라라의 얼굴은 흥분과 맥주 탓에 달아올랐다.

"그럼 일단 페이스북 이벤트에 올려야지."

"안 돼, 잠깐만! 아직 확실한 게 아무것도 없잖아! 다음에 올려."

한나의 제지에 라라는 잠시 생각하더니 휴대폰을 내려놓았다.

"하긴. 공대는 아직 종강일 제대로 모르지. 실습 기간 연장되는지 안 되는지 아직 몰라?"

"응. 화학과는 어때?"

"나 이번에 화학과 수업 하나만 들어. 영문과 수업 위주라서 네 시간표 기준으로 생각하면 돼."

"근데 그 남자 대체 누구야?"

조용히 고개를 끄덕이던 한나가 갑자기 고개를 쳐들었다. 쓸데없이 일이 늘어난 탓에 신경질이 나기 시작했던 것이다.

대체 얼마나 잘난 놈이기에 라라를 홀려서 이 지경을 만들었을까? 게다가 남자 친구 있는 여자랑 잔 것도 마음에 안 들었다. 물론 라라가 남친 있는 걸 숨기긴 했겠지만, 잘 알지도 못하는 여자와 금방 자 버리는 남자라니, 생각만 해도 기분 나쁘다.

라라는 한나가 화를 내는 건지도 눈치채지 못하고 신이 나서 인스타그램을 뒤졌다. 그러더니 금세 그 남자를 찾은 듯 미소 지었다.

"여기."

한나는 라라의 휴대폰을 받아 들고 프로필을 읽어 내려갔다.

Hummus von Lutten

'후무스* 폰 루튼?'

후무스는 장난으로 쓴 이름일 테지만 성인 폰 루튼은 있을 법해 보였다.

'어디서 들어 본 것 같은데.'

폰von이 붙은 걸 보니 귀족 조상을 둔 모양이다. 하지만 장난으로 써 놓은 것일 수도 있었다.

'이름부터가 병아리 콩 잼인데, 장난이겠지.'

대수롭지 않게 엄지로 스크롤을 내리자마자, 한나의 몸이 뻣뻣하게 굳었다.

---

* Hummus : 병아리 콩과 향신료를 섞어 으깨 만든 중동의 향토 음식.

'헤리?'

얼굴에 물감으로 잔뜩 낙서를 한 채 웃고 있는 사람들 중 마리와 어깨동무를 한 남자는 아무리 봐도 헤리였다. 축제 직후인지 왁스로 고정했던 머리가 잔뜩 헝클어졌지만, 색이 짙은 머리칼과 웃을 때 괄호 모양으로 파이는 뺨은 그대로였다. 바로 옆에는 길고 빽빽한 속눈썹 사이로 반짝이는 푸른 눈만 클로즈업한 사진이 있었고, 스크롤을 더 내리자 집을 찍은 사진 귀퉁이에 그날 신세 지며 누웠던 회색 소파가 눈에 띄었다.

'이게 지금 무슨 상황이지?'

"잘생겼지? 장난 아니지 않아?"

라라가 자부심이 잔뜩 담긴 눈으로 한나를 향해 눈썹을 들어올렸다. 한나는 충격 속에서 간신히 상황에 맞는 반응을 생각해 냈다.

"어…… . 얘가 그 문신 있는 애야?"

"응. 내가 왜 이 난리를 치는지 알겠지? 걔랑 인스타 교환하고 나서 내 피드에 있는 모리츠 사진 전부 보관함에 넣느라 진땀 뺐다."

'둘이 잤다고? 게다가 헤리랑 마리랑 친구였어?'

한나는 넋을 잃어 스크롤이 마지막까지 내려간 것도 모르고 계속 엄지를 움직였다.

"야, 너도 얘한테 반하면 안 돼. 이리 내놔."

"안 반했어."

"하기야 너한테는 레온이 있지. 걔랑은 잘돼 가? 걔 이자랑 깨졌다며."

이자벨라랑 진짜로 깨졌는지도 모를 일이었다. 한나는 자신이 헤르만을 만난 이후로 유독 이상해진 레온을 떠올렸다가 금세 머릿속에서 지웠다.

그래, 헤르만. 라라가 앞에서 찬양해 대는 그 주인공.

입술이 바짝 말랐다.

"아니, 별로. 잘될 만한 여지도 없어. 근데 이 사람 이름이 뭐야?"

얼굴로 이미 너무 확실해졌지만, 한나는 지푸라기라도 잡는 심정으로 물었다. 라라는 한나의 손에서 휴대폰을 빼앗아 가며 미간을 살짝 구겼다.

"거기 적혀 있잖아."

"후무스는 말이 안 되는 이름이잖아."

"별명인가 보지. 원래 이름은 헤리인가 그럴걸."

'역시.'

한나는 침을 삼키며 얼마 남지 않은 라라의 맥주를 빼앗아 들이켰다. 너무 충격을 받아 생각이 멈춘다는 게 이런 걸까. 차분히 숨을 고르는데 라라의 시선이 느껴졌다.

"너 괜찮아? 왜 그래?"

"괜찮아. 목말라서 그래."

머릿속에 경고등이 켜졌다. 라라가 헤리를 만나기 위해 파티를 여는데, 그 파티는 자신의 집에서 열릴 것이다. 하지만 얼마 전 헤리를 마지막으로 봤을 때 보인 추태와 그와의 첫 만남에서 저지른 일들은 아직 한나의 머릿속에 생생히 살아 있었고, 물어보나마나 헤리도 잊었을 리 없었다. 괜히 도와주겠다고 나선 제 입을 꿰매 버리고만 싶었다.

'미친, 진짜. 도시 좁다더니 정말 더럽게 좁네.'

한나는 멍청히 음료 진열대로 가 맥주를 하나 계산해서 들고 왔다. 라라는 초점이 어중간하게 죽은 한나의 눈을 이상하게 쳐다보며 그녀의 손에 맥주 따개 열쇠고리를 쥐여 주었다.

"너 갑자기 왜 그래?"

"……소시지가 너무 짜서."

"아, 하긴 그래."

라라가 고개를 끄덕이자마자 한나의 손에 힘이 들어갔다. 맥주병 뚜껑이 경쾌하게 빠졌다. 술은 입에도 대지 않는 한나가 맥주를 마시는데도 라라는 아무런 이상한 점도 눈치채지 못했다. 휴대폰 속 헤리의 사진을 확대하며 실실대는 친구를 보니 한나는 한숨이 절로 나왔다.

'지금 당장 파티 못 하겠다고 하면 안 되니까, 일단은 내일까지만 내버려 두고 바로 말해야겠다.'

대체 어떤 핑계를 대야 할지 머리가 아파 왔다. 안 그래도 낙제할 것 같은 과목이 많아서 스트레스를 받는데, 라라한테 댈 핑계까지 생각하려니 미칠 노릇이었다.

맥주를 쉬지 않고 들이켜 탁자 위에 쿵 내려 두자마자 취기가 돌았다. 이제 얼마 안 있으면 피부에 핏줄 모양으로 빨간 기운이 퍼질 것이다. 한나는 재활용 용기를 쓰레기통에 쑤셔 넣고 라라를 살짝 안았다.

"라라, 나 먼저 가 볼게. 학생 카드 재발급 아직도 안 돼서 사무실 닫기 전에 빨리 가 봐야 할 거 같아."

"빨리 말하지! 거기 5시까지 아니야? 얼른 가."

"오랜만에 봐서 좋았어. 다시 연락할게."

"응. 잘 가."

"다음에 봐."

골목을 빠져나와 버스 정류장으로 걸어가면서도 한나는 앞을 보기보단 생각을 정리하느라 바빴다.

'침착해. 헤리랑 라라랑 아는 사이라고 해서 당황할 필요 없어. 라라가 헤리를 많이 좋아하는 것 같아서 걱정이긴 하지만, 난 헤리랑 아무런 일도 없었잖아. 근데 왜 라라랑 잔 게 신경 쓰였을까? 다시 보게 될 줄 몰랐는데 이런 식으로 엮여서 그런 거겠지, 뭐. 그것보다 헤리랑 내 친구들이랑 만나게 되면 더 큰 일 나는 거 아냐? 걔가 친구들한테 쓸데없는 소리라도 하면 어떡하지? 게다가 걘 나랑 레온 사이도 알고 있다고!'

머리가 복잡해 터져 버릴 것만 같았다. 한나는 빠르게 걸음을 옮기며 머리칼을 쥐어뜯었다.

"대체 어떻게 이런 일이 있을 수 있어!"

애당초 그 클럽을 가는 게 아니었다. 작년, 9월부터 11월까지 한나와 만났던 레온은 갑자기 12월에 이자에게 돌아갔다. 크리스마스 연휴가 시작하자마자 레온과 이자가 서로의 본가에 들를 거라는 소식을 들었다. 안 그래도 브레멘에서 교수로 재직하며 제자와 함께 살고 있는 아버지를 생각하면 심장이 답답하고 절망스러웠는데, 이유조차 제대로 듣지 못하고 또다시 레온에게 일방적으로 차인 한나의 겨울은 지나치게 시렸다.

아무도 없었다. 도망치고 싶어 한국을 가도 어머니는 한나를 반기지 않을 게 뻔했다. 그녀가 살기 위해 떠난 그 순간부터 어머니는 딸을 배신자로 낙인찍고 연락조차 하지 않았다.

그 어디에서도 온전히 받아들여지지 못하는 자신의 모습이 치가 떨리게 싫었다. 모두가 고향으로 돌아가는 그 연휴의 시작점 앞에서, 한나는 그 어느 때보다 세상이 무서웠다.

뭐든, 누구든 만나야겠다 싶어 집을 나섰는데 연락할 사람이 없었다. 정말 아무도, 그 누구도.

술을 진탕 마시고 기억이라도 잃어 보고자 클럽을 갔지만,

그 많은 사람들 속에서 더한 고통을 느꼈다. 죽고 싶은 마음이 온몸을 타고 한나를 집어삼키기 시작했다. 헤리를 만난 건 행운이었지만, 동시에 엄청난 불운이나 마찬가지였다. 한나는 자신이 망가졌던 사실을 그 누구도 모르길 바랐다. 자신이 저지른 멍청한 짓을 매 순간 기억나게 만드는 사람이 같은 도시, 가까운 곳에 존재한다는 걸 도저히 받아들일 수 없었다.

헤리와 라라가 잘된다면? 자신의 친구들이 헤리와도 친해진다면? 계속해서 얼굴 볼 일이 생긴다면?

'내 상태를 알고 날 피한다면?'

"어떡하지. 정말 어떡하지."

생각만으로도 질식할 것만 같았다. 숨을 몰아쉴 수밖에 없었다. 대학 사무실에 도착하고 나서도 헐떡이는 숨은 잦아들 기미가 없었다.

"학생, 괜찮아요?"

파리하게 질린 한나가 걱정됐는지 직원 하나가 다가와 그녀를 부축하려 했다.

"네, 괜찮아요. 뛰어와서 그런 거예요."

"그런 거면 다행이고요. 줄이 꽤 기니까 일단 여기서 기다려요."

자신을 소파에 앉혀 두고 도로 멀어져 가는 직원을 보며, 한나는 순간 위로 올라오는 욕지기를 애써 내리눌렀다.

"괜찮을 거야."

작게 읊조리며 무릎 사이로 고개를 숙였다. 걱정할 필요 없다고 끊임없이 되뇌도, 이미 시작된 불안감은 한나를 타고 올라 사냥감을 문 뱀처럼 온몸을 조였다.

한나는 헤리가 그럴 사람이 아니라고 생각했지만 그에 대해 아는 게 없었다. 불안감이 증폭됐다. 이성적인 이유로 스스로를 안심시켜 보려 해도 이미 미친 듯이 뛰는 심장과 반사적으로 올라가는 긴장감을 없앨 순 없었다.

'아무래도 나, 정상이 아니야.'

걱정이 끊이질 않아 잠을 이룰 수 없고, 아침마다 침대에서 빠져나오는 것조차 힘들다는 그녀에게 의사와 상담사는 고향으로 돌아가 푹 쉬고 돌아오는 게 어떻겠냐고 물었다. 편한 곳에 가면 학업이나 일상에서 받는 스트레스를 잠시 떨치고 다시 일어설 수 있는 힘을 얻을 거라고 덧붙이며.

하지만 그들은 한나가 얼마나 무너져 있는지 몰랐다. 또한 지금 살고 있는 곳이 그녀가 발 디딜 수 있는 곳의 전부란 사실도 알 리 없었다.

언젠가 돌아갈 곳이 있는 유학생, 잠깐의 타지 생활로 우울해하는 외국인. 그것이 그들이 보는 한나의 전부였다.

19:02

"갑자기 웬일이야?"

연락도 없이 레온이 찾아왔다. 왁스로 깔끔하게 넘긴 금발이 형광등 빛에 반짝였다. 평소였다면 웃으며 반겼을 한나의 냉대에 레온은 마음이 상한 듯 입술 한쪽을 샐쭉 내렸다.

"연락했었는데. 확인 안 했지?"

"아, 응. 집에 오자마자 자느라고 못 봤어."

한나는 헝클어진 머리를 대충 손으로 빗으며 현관문에서 비켰다. 레온은 그녀가 틈을 내주자마자 안으로 들어왔다.

"레온, 신발."

"아, 맞다. 미안."

한나의 집에 드나드는 게 하루 이틀도 아닌데, 그는 아직도 신발 벗는 걸 잊곤 했다. 어차피 이런 사소한 것 하나하나 신경 쓸 정도로 죽고 못 사는 사이였던 적은 없지만, 오늘따라 그의 무신경한 점이 더욱 도드라져 보였다.

"오늘 어떻게 지냈어?"

그가 허리를 안으며 한나의 뺨과 목 언저리에 여러 번 입을 맞췄다. 한나는 어정쩡하게 레온을 마주 안으며 얼굴을 살짝 뒤로 뺐다. 레온은 한나의 움직임을 눈치채고 허리를 안은 손의 힘을 풀었다.

"왜 그래?"

"나 양치 안 했어."

"상관 안 해."

살짝 웃으며 레온이 다시 허리를 단단하게 잡았다. 한나는 마주 웃긴 했지만, 그가 입술에 키스하려 하자 얼굴을 살짝 돌렸다. 하지만 그녀가 무언가 말하기 전에 레온이 뺨 근처에 두세 번 연달아 키스했다. 그제야 그는 마음이 풀린 듯 그녀의 손을 잡고 매트리스에 앉았다.

"재시험 신청은 어떻게 됐어?"

"신청 기간 지나서 안 된대. 어떻게 해 줄 수 있는 게 없다고 하네."

"그럼 내년에 보면 되지. 너무 걱정 마."

"하긴 지금 신청해 놓은 과목들도 벅차서 그거까지 공부할 시간이 없긴 해."

"맞아. 좋게 생각해."

그가 다시금 한나의 뺨에 키스했다. 한나는 레온을 살짝 안아 주다 조심스럽게 매트리스에서 일어났다.

"뭐 마실래?"

"음. 너 커피 안 마시지?"

"응. 근데 모카포트*는 있어. 네가 옛날에 사 둔 거."

레온은 한나가 아직까지 그 모카포트를 가지고 있다는 게 놀라운지 살짝 입을 벌렸다.

"아, 그거."

"응, 그거."

버리려고 했던 건데, 아직 못 버린 레온의 물건 중 하나였다. 처음 친구 이상의 관계가 시작됐을 때, 레온은 한나와 계속 같

---

* Moka Pot : 에스프레소 추출용 주전자.

이 있을 것처럼 그녀의 집에 자신의 물건을 하나둘 갖다 놓았다. 그리고 얼마 있지 않아 갑자기 친구로부터 레온이 이자와 사귄다는 이야기를 들었다. 벌써 1년 반이나 된 이야기지만, 그때 느꼈던 감정은 한나에게 여전히 어제 일처럼 생생했다.

"……원두 가루는 없지? 그냥 물 마실게."

"있어."

작년 초겨울, 다시 그와 만나기 시작했을 때 한나는 또 희망을 품었다. 이자와 헤어졌다는 그의 말을 믿었다. 창고에 처박아 둔 모카포트를 도로 꺼내고, 그가 올 때를 대비해 원두를 사 두었다. 하지만 레온은 한나의 집에 몇 번 드나들다가 이자와 크리스마스 연휴를 함께 보냈다. 그것도 본가로 간다는 거짓말까지 하면서.

레온은 단순히 커피가 있는지 물었을 뿐이었다. 그리고 한나는 그에 답했을 뿐인데, 그 짧은 대화 안에 모든 감정이 응축되었다. 그는 아무런 말도 하지 않았다.

"여기서 기다려."

결국 침묵을 깬 건 한나 쪽이었다. 레온은 부엌으로 향하는 한나의 손을 잡고 자신의 무릎에 그녀를 앉혔다. 그리고 한나의 어깨에 얼굴을 묻더니 조용히 말했다.

"아냐. 내가 해 올게. 넌 뭐 마시고 싶어?"

"난 그냥 물."

"따뜻한 거? 차 마실래?"

"티백 없어."

"그럼 그냥 물 데워 올게."

레온은 그녀를 매트리스에 앉혀 두고 주방으로 향했다. 한나는 침대 머리맡에 놓인 노트북을 켜고 블루투스 스피커에 연결했다. 음악 앱을 열자마자 오늘 아침에 들었던 Tender의 〈Slow Love〉가 흘러나왔다.

누구도 내게 누군가를 진짜로 사랑하게 되는 게 어떤 건지 알려 주지 않았어
마음은 멈춰 있고 심장이 모든 걸 좌지우지한다는 걸 말이야
난 너에게 너무 사로잡혔어
고독 속의 느린 사랑

가사가 마음에 박혔다. 웅얼거리는 보컬 때문에 레온은 가사를 알아듣지 못한 것인지, 물을 올린 모카포트를 응시하고 있을 뿐이었다. 한나는 도로 매트리스에 누워 천장에 붙은 야광별을 멍하니 응시했다.

레온을 붙들어 안고 싶고, 불안한 감정을 털어놓고 싶었다. 그러나 그에게 말해 봐야 달라질 건 없었다. 게다가 헤리에 대해 이야기를 꺼내는 건 더 싫었다. 헤리 이야기가 나오면 이자 얘기도 나올 테니까.

"노래 좋네."

침묵을 깬 건 레온 쪽이었다.

"그렇지? 가사 정말 잘 쓴 거 같아."

"근데 혼자 있을 땐 듣지 마."

"왜?"

"그냥."

레온은 딱히 말을 덧붙이진 않았지만 한나는 그의 생각이 선명히 보이는 것만 같았다.

"이거 듣는다고 내가 밖으로 달려가서 차에 뛰어들진 않아."

"그런 말 안 했어. 그냥 네가 생각을 곱씹지 않길 바라서 그러는 거야."

레온은 단 한 번도 한나에게 이런 식으로 얘길 한 적이 없었다. 그녀가 약을 먹기 시작했을 때도 이렇다 할 반응조차 없었고, 이자에게 완전히 가 버리고 나서도 한나를 평소처럼 대했다.

"왜 갑자기 내가 듣는 음악이 어떤 건지 신경 쓰고 그래."

"네 취향이니까 내가 말할 권리는 없었던 것뿐이지, 원래도 네가 듣는 음악이 너한테 아예 영향이 없을 거라곤 생각 안 했어."

"나 이런 음악만 듣는 거 아냐. 그냥 랜덤으로 나오는 거라고."

"그 랜덤이 네가 지금까지 들어 온 음악을 기반으로 나오는 거잖아."

"너 오늘 이상하다."

헤리 같아.

그 생각을 하자 저절로 미간이 찌푸려졌다. 레온은 모카포트를 인덕션에서 잠깐 옆으로 치우더니 물을 들고 방으로 들어왔다.

"안 이상해. 자, 여기 물."

레온이 물을 건네며 도로 매트리스에 앉자 윗도리가 살짝 들려 탄탄한 허리가 드러났다. 은근슬쩍 드러내려는 건지, 일부러 동작을 크게 하는 것만 같았다. 한나는 그 모습을 외면하며 레온의 회색 눈에 시선을 고정했다.

"근데 너 라틴어 재시험 때문에 바쁘다면서, 오늘은 도서관 안 가도 괜찮아?"

"오늘 수업 다 쨌어."

"왜?"

"너 보고 싶어서."

"뭔 소리야. 너 수업 아침에 있잖아."

"사실은 너한테 이거 주려고 찾아다녔어."

레온은 잠시 자리에서 일어나 주머니를 뒤져 구형 스마트폰 하나를 꺼냈다.

"너 쓰던 공기계 다 고장 났다며. 이거 내가 옛날에 쓰던 거야. 너 새 휴대폰 사기 전까지 여기에 프리페이드 끼워서 써."

"안 줘도 돼."

평소와 달리 거절이 입에 붙은 한나를 보며 레온은 조금 마음이 상한 듯 입술을 살짝 내렸다. 하지만 한나가 눈치채기 전에 다시 미소를 지었다.

"내가 너랑 연락 안 되는 게 싫어서 그래. 너 보러 아침에 공대 갔었는데 못 찾아서 좀 그랬거든. 괜히 우울해져서 학교 아예 안 간 거야."

이번 학기엔 공학 수업보다 영문학 수업을 더 많이 듣고 있다는 걸 몇 번이나 말했는데, 레온은 전혀 기억하지 못하는 모양이었다. 한나는 자신을 보지 못해 우울해졌다는 그의 말에도 별 감흥이 없었다. 이런 말을 한 달 전에만 들었어도, 미친 듯이 설레는 마음 때문에 밤잠을 설쳤을 텐데. 신기할 정도로 차분한 자신이 희한했다.

"그럼 그동안 어디에 있었는데?"

"제바스티안이 실비아랑 데이트하는 거 옆에 껴서 방해했어."

"둘이 만나?"

한나는 경악을 감추지 못했다. 매트리스에서 벌떡 일어나자 레온이 그녀를 끌고 다시 침대에 누웠다.

휴대폰 없이 사는 동안 대체 얼마나 놓친 걸까? 평소 실비아의 성격을 생각하면, 절대 바스티와 만날 일은 만들지 않을 텐데. 한나는 고개를 가로저었다.

"말도 안 돼."

"바스티는 데이트로 생각하는 거 같은데, 사실 멘자 가서 밥 같이 먹는 거 말곤 실비아가 허락을 안 해서 별건 없어. 대학생 몇 백 명이 우글거리는 곳에서 분위기 잡아 봤자 소용없지."

"하긴. 제바스티안은 좀 아니야."

"왜?"

레온은 누운 채로 고개를 틀고 한나를 빤히 쳐다보았다.

"너무 줏대 없어."

"걔 실비아 정말 좋아해."

"맞아. 그래 보여. 근데 제바스티안이 '정말' 좋아하는 사람이 많다는 게 문제지."

한나가 웃으며 농담을 던지자 레온의 표정이 살짝 굳었다. 그의 회색 눈에 걱정이 서렸다. 잠시 침묵하던 레온은 한숨을 쉬며 몸을 일으켰다. 한나도 따라 일어났다.

"나 너한테 정말 말하고 싶었던 게 있어."

"뭔데?"

"내가 지금까지 이상해 보였던 거 알아. 너한테 그다지 좋은 사람처럼 보이지 않았던 것도 알고. 근데 나 정말 잘해 보고 싶어."

한나는 레온의 말을 건성으로 흘렸다. 그가 이렇게 말해도 와닿지 않는 이유는 단순히 그가 보인 우유부단한 모습 때문이 아니었다. 이자에게 휘둘린 건지, 아니면 정말 자신을 좋아하는 건지 모를 레온의 마음 때문도 아니었다.

한나가 레온을 만날 수 있었던 이유는 그가 어차피 떠날 사람인 걸 알기 때문이었다. 한나가 아무리 엉망이어도, 레온은 함께 진창으로 끌려가지 않고 언제든 그녀를 버릴 수 있었다. 모순되게도 레온의 그런 면모가 가장 큰 상처로 다가왔지만, 어찌 됐든 망가진 제 모습을 돌이켜 봤을 때 한나는 이런 관계가 스스로에겐 최선이라 생각했다.

하지만 그가 이렇게 진지해진다면 이야기는 달라진다.

"갑자기 그런 생각이 든 이유가 뭐야?"

"너한테 가지 못한 뒤에 네가 병원에 있다는 걸 들었을 때 느낀 게 많았어."

"그날 내가 헤르만이랑 있어서 그런 건 아니고?"

한나의 무심한 질문에 레온은 몸을 뻣뻣이 굳혔다.

"뭐?"

"이유는 모르겠지만 둘 사이 나쁜 거 같던데. 싫어하는 사람 한테서 그런 소식을 들으니 더 화가 난 게 아닌가 싶어서 그런 거야."

"네 착각이야."

"그래, 그렇다고 하자."

"나 걔 때문에 너랑 싸우고 싶지 않거든?"

"알아. 그러니까 하던 대로 해. 네가 안 하던 짓 하니까 갑자기 무서워진다."

"도대체 걔한테서 무슨 얘길 들은 거야?"

"내가 무슨 소릴 들으면 안 됐는데?"

그녀의 냉담한 대답에 레온은 지친 듯 한나를 뒤에서 안아 그녀의 목덜미에 코를 묻고서 고개를 저었다.

"그날 못 가서 정말 미안해. 너도 나 용서했잖아. 근데 갑자기 왜 그래?"

"네가 나랑 잘해 보겠다고 말한 게 무슨 뜻인지 생각해 보고 있었어."

"깊게 생각하지 마. 말 그대로야."

"네가 뭘 말하려는지는 대충 알겠는데, 그 말을 들으니까 지금까지 네가 나한테 한 행동이 진짜 별 의미 없는 거였다는 게 실감 나서."

한나의 말에 레온은 코웃음 치며 어깨를 으쓱였다.

"내가 너한테 한 행동이 별 의미가 없었다고? 솔직히 말해서, 한나. 너랑 나랑 2년을 알고 지내면서 내가 널 친구 이상으로 대한 시간은 다 합해도 5개월이 안 넘어. 그동안 난 너한테 강요한 것 하나도 없었어. 난 네 속도에 맞춰 주려고 했던 것뿐이야. 제발 드라마 그만 쓰고, 간단히 생각해."

한나는 입술을 깨물며 일어나 다시 주방으로 향했다.

"맞아. 5개월도 안 넘어. 근데 그게 이자벨라랑 깨지고 붙는 그사이에 일어났다는 게 문제지. 그리고 내 속도에 맞춰 줬다고? 넌 그냥 내가 지루해져서 이자벨라한테 돌아간 것뿐이잖아."

"한나."

"걔한테 이런 얘긴 하나도 안 했나 봐? 걔 지금 네가 이러고 다니는지 모르는 것 같던데."

레온은 한나의 말에 잠시 아무 말도 못 하고 있다가, 그녀를 쫓아 들어왔다.

"이자벨라가 이런 걸 왜 알아야 하는데?"

"그건 네가 더 잘 알잖아."

"넌 항상 빙빙 돌려 말하기만 해. 수수께끼 집어치우고 제발 제대로 말해! 제대로 표현도 안 해 놓고 남이 알아주길 바라지 말고."

이자 이야기가 나오자마자 핀이 빠진 수류탄처럼 변한 레온의 모습은 익숙했지만, 그만큼 한나에게 상처를 주었다. 그녀는 도저히 참지 못하고 소리쳤다.

"걔가 네 여신이나 마찬가지니까. 넌 걔 말이라면 뭐든 들으니까!"

"대체 그게 무슨 소리야?"

"괜히 모르는 척하지 마."

자기가 뱉은 말에 도리어 화가 치밀어 오른 한나는 감정을 제어하지 못하고 레온을 정면으로 쏘아보았다.

"네가 이자 앞에만 서면 주인 반기는 개처럼 구는 거 다른 사람들도 다 알아. 처음 들어 본 것처럼 얼굴 구기지 마, 레온. 내가 지어낸 소리 아니니까. 내 앞에서 네 친구들이 날 뭐라고 비웃었는지 알아? 이자 앞에 선 너한테서 살랑거리는 꼬리까지 보일 정도인데, 그런 널 끝까지 기다리는 내 비위가 놀라울 정도래. 넌 내가 그런 취급 받는 거 다 알면서도 아무 말도 안 했잖아!"

"걔네가 약에 취해서 지껄인 헛소리에 상처받지 말라고 내가 누누이 그랬잖아! 혼자서 만든 망상에 사로잡혀서 남이 흘리듯 뱉는 소리에도 집착을 하니까 병에 걸리지. 네가 그런 말도 일일이 진지하게 받아들이니까 우울증 약을 먹는 거야! 그걸 인정하고 제발 멀쩡해지려고 노력 좀 해 봐!"

"……뭐?"

지금껏 그에게 들었던 그 어느 말보다도 쓰라린 문장이 단어 하나하나 가시를 세운 채 한나의 몸에 박혔다. 그나마 타오르던 전의가 순식간에 재로 변해 아래로 후드득 떨어졌다.

"한나, 내 말은……."

"설명 안 해도 돼. 이해했어."

"······."

"너, 내가 네 쓰레기 같은 친구들 참아 가면서, 아니, 네 쓰레기 같은 짓거리 참아 가면서 왜 널 만났는지 알아?"

"네가 날 좋아하니까."

자신만만하지만, 그의 말에서 이미 부서진 관계를 애써 부정하려는 불안이 느껴졌다. 한나는 그가 저렇게 꾸며 낸 모습이 역겹기만 했다. 저런 얄팍한 자신감으로 속일 수 있었던 사람에 자신이 포함된다는 게 어처구니가 없을 지경이었다. 그녀는 헛웃음을 지으며 고개를 저었다.

"아니. 내가 널 만난 건, 네가 나한테 무관심한 만큼 거리를 지켰기 때문이야. 넌 날 사랑하지도 않았고 내가 슬퍼하든 말든 조금도 신경 안 썼지만, 날 아픈 사람 취급하진 않았거든. 난 네가 날 이상하게 생각하고 피하면 어쩌나 엄청 고민했어. 근데 넌 내가 약 먹는다는 소리를 듣고도 내 상태를 묻거나 걱정하지도, 호들갑을 떨지도 않았지. 그때 난 네가 최악은 면한 사람이라며 좋아했어. 네가 남한테 오지랖 떠는 것보다 자기 잘난 맛에 사는 새끼라 다행이다, 그렇게 생각했다고."

이 말을 하게 될 땐 울지도 모르겠다고 생각했는데, 의외로 한나는 건조하기 짝이 없었다. 하지만 눈만 그런 것이 아니라 목까지 타는 것 같아 그녀는 침을 삼켰다.

"난 널 좋아했지만, 내가 좋아했던 건 너의 등신 같은 면모가 아니라 날 이상하게 보지 않는 네 눈이었어. 그래서 네가 이자한테 매여서 날 뭣처럼 대해도, 너도 나처럼 나름대로 사정이 있을 거라 생각했다고. 남들이 한심하게 보는 관계를 이어 나가는 사람들한텐 다 사연이 있으니까, 너라고 해서 마냥 나쁜 사람으로 보지 말자고 스스로를 달래면서. 네가 나한테 상처를 주는 당사자였는데도 난 그딴 생각을 했어."

레온은 그녀의 말에 아무런 답도 하지 못했다. 이자와 사귄다는 말을 들었을 때도 담담해 보였던 한나의 눈에 분노와 슬픔이 적나라하게 보였다. 그제야 레온은 현실감이 돌아온 듯 파리하게 질리기 시작했다.

"네가 날 좋아하지 않는 걸 알면서도 괜히 상처받지 않은 척, 내가 널 망칠 일은 없겠다고 안심했던 적이 있어. 근데 이제 보면 이미 너나 나나 망가진 상태라 더 내려갈 곳이 없었던 것뿐일 수도 있겠다."

"한나, 내가 말하려던 건 그게 아니라…….."

"네가 갑자기 변하려고 노력하는 이유는 대충 알 것 같아. 근데 레온, 이미 우리 둘한텐 아무것도 안 남았어. 네가 이자한테서 진심으로 벗어나고 싶으면, 날 이용하지 말고 다른 사람을 찾아."

한나는 마지막으로 레온의 얼굴을 응시했다. 어금니를 사리문 남자의 창백한 뺨에 근육이 움직이는 방향대로 홈이 파였다.

"난 널 그 정도로 좋아하지 않아."

3부

2월: 입은 마음을 따라 주지 않고

My lips were slippin'

Alma — 〈Lonely Night〉

11.

Sonntag. 2. Februar 2020

11:12

머리가 깨질 것 같았다. 헤리는 숙취로 몸을 일으킬 수 없었다. 소파에서 잠들었는데, 어느새 바닥에서 뒹굴고 있는 자신의 모습에 어리둥절했다.

헤리는 저 대신 회색 소파에 늘어져 있는 마리의 등짝을 살짝 때렸다.

"야, 일어나."

"으."

숙취와 두통으로 정신을 못 차리는 건 마리도 마찬가지였다. 그녀는 몸을 이리저리 비틀다 다시 머리를 등받이에 박고 정신을 잃었다.

등허리를 까고서 곯아떨어진 마리를 보며 한숨을 쉬던 헤리는 결국 친구를 깨우는 걸 포기하고 도로 바닥에 누웠다. 사방에 널브러진 맥주병, 잘츠슈탕에* 조각들과 몸을 웅크리고 널브러진 룸메이트들을 보자 한숨이 절로 나왔다.

종강을 앞둔 토요일 밤, 도서관에서 저녁 6시까지 있다가 집에 돌아오니 친구들이 예정에 없던 술판을 벌여 놓고 있었다. 학기 말이라고, 헤리도 그들을 말리지 않고 함께 난리를 피운 게 화근이었다.

'이걸 다 언제 치우지.'

누운 채로 주위를 둘러봐도 자신의 휴대폰이 보이지 않았다. 헤리는 대충 고개를 돌리다가, 소파 밑에 들어간 마리의 휴대폰을 꺼내 시간을 확인했다. 벌써 정오에 가까운 시간이라니. 반나절을 통째로 날렸다.

"젠장."

머리를 쓸어 넘기며 휴대폰을 내려놓으려는데, 왓츠앱 새 메시지 알림이 떴다.

[안녕, 마리. 어떻게 지내?]

'한나?'

헤리는 몸을 벌떡 일으켰다.

'내가 아는 그 한나 맞나?'

헤리는 마리의 휴대폰 액정을 뚫어져라 쳐다보았다. 마지막

---

* Salzstange : 맥주 안주로 먹는 짭짤하고 긴 과자.

만남 이후 거의 2주가 넘도록 그녀의 소식을 접한 적이 없었다.

잘 지내고 있는 건가? 궁금증이 등을 타고 올라왔다. 뒤를 힐끗 보니 마리는 세상모르고 곯아떨어져 있었다.

휴대폰을 이리저리 만지자 화면 잠금이 풀렸다. 아예 비밀번호도 걸려 있지 않았다. 헤리는 상대방에게 메시지 읽음 표시가 뜨지 않게 하기 위해서 인터넷 연결을 모두 끊었다.

프로필 사진에 보이는 얼굴은 그가 아는 한나가 맞았다. 검은 머리칼 사이로 눈만 내놓은 채 웃는 사진이었지만, 헤리는 단번에 그녀를 알아보았다.

'왓츠앱을 쓰는 거 보면 휴대폰을 새로 샀나 보네. 아니, 컴퓨터로 하는 건가?'

남의 메시지를 훔쳐본 자신이 쓰레기처럼 느껴졌다. 그는 다시 인터넷을 연결시키고서 마리의 휴대폰을 도로 소파 밑에 넣었다. 하지만 또다시 진동이 울리자 헤리는 반사적으로 휴대폰을 주워 들었다. 대기 화면에 메시지 전문이 떴다.

[갑자기 연락해서 놀랐지? 라라가 너한테 우리 집에서 프레 파티 한단 소리 하지 않았어?]

'집에서 프레 파티를 한다고? 술 마시면 안 좋을 텐데.'

걱정이 앞섰다.

'마리는 초대받은 걸까? 혹시 레온 그 새끼도? 누구누구 초대받은 거지? 왜 마리는 파티가 있다는 얘기를 안 한 거야?'

평소에 파티가 있다 해도 그는 자주 가는 편이 아니었기 때문에 마리가 굳이 말을 하지 않았다는 걸 알면서도 짜증이 치솟았다. 짜증과 동시에 호기심도 동했지만, 더 이상 남의 메시지를 훔쳐보는 짓을 하고 싶진 않았다. 헤리는 소파 위 마리 쪽으로 휴대폰을 살짝 던진 후 제 폰을 찾았다.

액정이 나간 그의 휴대폰은 식탁 위 비어퐁 게임을 하던 컵 아래에 있었다. 액정 금 사이에 맥주가 낀 것 같았다.

"아."

안 그래도 수명이 간당간당하던 휴대폰의 처참한 모습에 헤리는 눈을 질끈 감았다. 그래도 아직 터치는 먹혔다. 그는 짜증과 안도의 한숨을 내쉬곤 인스타그램에 들어갔다. 마리의 계정을 타고서 그녀가 팔로우 중인 목록을 뒤졌다.

H Jung

성명란에 이니셜만 적혀 있었지만 헤리는 단번에 하나의 계정을 알아보았다. 왓츠앱 프로필과 똑같은 사진을 클릭하자 피드에는 아무것도 뜨지 않았다.

비공개 계정입니다.

"젠장."

결국 그는 혼자 해결하기를 포기하고 다시 거실로 나가 마리를 깨웠다.

"야, 일어나."

"꺼져……."

"마리, 일어나라고."

"아, 왜?"

간신히 몸을 일으켜 신경질적으로 머리칼을 뒤로 넘기는 마리에게 헤리는 숨 돌릴 틈도 주지 않았다.

"다음 주 파티, 너 갈 거야?"

"갑자기 깨우더니 뭔 소리? 다음 주에 무슨 파티가 있어."

마리는 잔뜩 잠긴 목소리로 쏘아붙이더니 다시 소파에 몸을 파묻었다. 헤리는 아무 말 없이 마리의 휴대폰 잠금을 풀고서 그녀의 눈앞에 가져다 댔다. 마리는 한나에게서 온 메시지에 눈을 크게 뜨더니, 곧 심란한 표정으로 고개를 흔들었다.

"아, 그거. 아니, 안 가."

"왜?"

"야, 나 아직 어제 마신 술도 안 깼어. 이 와중에 뭔 파티야."

"가."

단호한 헤리의 말에 마리는 담요에 묻고 있던 머리를 살짝 틀어 그를 올려다보았다. 그녀의 한쪽 눈썹은 의아함으로 잔뜩 올라가 있었다.

"너 모르는 사람 집에서 술 마시는 거 안 좋아하잖아."

"너희 다 졸업 직전인데 최대한 많이 놀러 다녀야지."

그의 말에 마리는 웃음을 터뜨렸다. 허파에서 바람 빠지는 소리는 비웃음에 가까웠다.

"갑자기 뭔 소리야. 나 거기 못 가. 그렇게 놀러 가고 싶으면 그날 애들이랑 같이 술이나 마시러 가든지."

"왜 못 가?"

"그거 라라 파티잖아. 걔랑 있으면 항상 싸워서 안 돼."

"라라?"

헤리가 미간을 찌푸리자 마리는 한숨을 쉬며 다시 몸을 일으켰다.

"내 여동생. 너도 알지 않아? 라라가 너 팔로우 중이던데."

"누굴 말하는지 전혀 모르겠는데."

"보면 알 거야. 보여 줄게."

마리는 자신의 휴대폰으로 인스타그램 계정에 들어가 라라의 피드를 확인했다.

"내 동생도 이 도시에서 학교 다녀서 너도 가끔 본 적은 있을 걸. 얘가 워낙 여기저기 많이 싸돌아다니거든. 근데 얘 그새 자기 사진 다 지웠네."

"네 가족인데 폰 사진첩에 없어?"

"나 동생이랑 사이 엄청 나빠."

마리는 한숨을 쉬더니 하나의 계정을 눌렀다. 비공개인 하나의 피드가 열렸다. 곁눈으로 마리의 손을 주시하던 헤리의 눈이 커졌다. 서른 개 남짓인 사진을 빠르게 넘기던 마리는 그중 라라의 사진을 찾아 헤리에게 건넸다.

"여기 있다. 왼쪽 초록색 머리."

"얘가 네 동생이라고?"

"응."

그는 아무런 말이 없다가 머리를 쓸어 올리며 상체를 폈다. 한 달 전쯤 누드 크로키 모델로 소소하게 돈을 벌 때 알은척하던 여자가 떠올랐다. 어디서 마주치지 않았냐고 물어 왔지만, 전혀 기억나지 않아 웃음으로 무마했었다. 그는 당시 벌거벗은 채 수건만 두른 자신에게 말을 거는 라라가 불편하기만 했다.

'근데 얘가 한나 인스타에는 왜 있는 거지. 설마 둘이 아는 사이인가?'

착잡한 헤리의 표정이 낯설어 마리는 미간을 구겼다. 하지만 그녀가 뭐라고 묻기도 전에 그는 도리어 질문을 던졌다.

"너랑 사이 나쁜데도 동생이 널 파티에 초대한 거야?"

"응. 나더러 오라곤 하는데, 걔가 나 파티에 초대한 건 이번이 처음이야. 아마 너 데려오란 소리일걸. 가 봤자 우리 둘 다 귀찮기만 해."

헤리는 마리 덕에 열린 한나의 피드를 보느라 정신이 팔린 것인지, 또 다른 생각에 골몰한 탓인지 그녀가 하는 말을 제대로 듣지 않았다. 마리는 초췌한 몰골로 수돗물을 따라 마시느라 그가 제 휴대폰으로 한나의 계정을 보고 있는 줄도 몰랐다.

1월. 눈 내림.

가장 최근 사진은 하얀 눈밭을 찍은 풍경이었다. 한나의 게 시물은 하나같이 글줄이 거의 없고 단출했다.

11월 1일. 개강 둘째 주. 도대체 언제 끝나?

강의 시간에 피피티를 찍은 사진 밑에 적힌 글을 보고 헤리는 살짝 미소 지었다. 하지만 더 밑으로 내려 작년 사육제 사진을 보자마자 표정이 확 굳었다.

2월 27일. 사육제 카니발. 소중한 사람들과.

그 글 위 사진에서 레온과 밀착한 채 어깨동무를 한 한나가 보였다.

'소중한 사람?'

이런 사진을 안 지웠다는 건, 아직도 레온과 함께라는 소리였다. 속이 불타는 것처럼 답답해졌다. 그는 최대한 표정을 관리하며 휴대폰을 마리에게 돌려주었다.

"왜 그래?"

"아무것도 아냐. 근데 우리 왜 못 간다고? 못 들었어, 미안."

"방금 말했잖아. 내 동생이 너한테 관심이 있다니까."

"무슨 소리야. 날 얼마나 봤다고."

어깨를 으쓱이는 친구를 잠시 응시하던 마리는 헛웃음을 짓더니 냉장고에 도로 주스를 집어넣었다.

"누구 좋아하는데 그렇게 긴 시간 안 든다."

"그렇다 쳐도 그게 왜 문제가 되는지 모르겠는데."

"네가 라라랑 잘되면 내 골치만 더 아파. 안 돼."

"네 동생이랑 나랑 잘될 일 없어. 난 그냥 이 파티에 가고 싶은 거야."

"그러니까 왜?"

마리는 이제 짜증을 냈다. 숙취로 인해 평소보다 인내심이 오래가지 않는 듯했다. 헤리는 그녀의 물음에 제대로 답할 수 없었다. 한나의 비밀 때문도 있었지만, 그 또한 자신이 왜 이렇게 한나에게 관심을 쏟는지 이해하지 못했기 때문이다.

"네 동생이랑 그 문자 보낸 애랑 많이 친해?"

"한나 말하는 거야?"

"응."

마리는 친구의 어색한 말 돌림 기술에 속아 넘어가 주겠다는 듯 눈썹을 들어 올렸다. 헤리는 최대한 멀쩡한 척을 하기 위해 노력했지만, 평소보다 긴장한 입매는 어쩔 수 없었다.

"아마 친할걸. 왜, 너 한나 알아?"

마리의 목소리가 날카로워졌다. 헤리는 어깨를 으쓱였다.

"아니. 근데 알아 가도 나쁠 건 없잖아. 나 다음 주에 그 파티 갈래."

"뭐 하러. 너 설마 한나한테 관심 있어?"

진지한 물음에 말문이 막혔다. 헤리는 몇 초간 답을 하지 못하다가, 목이 졸린 듯한 소리로 답했다.

"응."

"뭘 보고. 눈만 나온 왓츠앱 프로필 보고?"

"걔 피드 보니까 마음에 들어서."

"이거 보여 주기 전부터 파티 가겠다고 떼써 놓고 뭔 피드 타령이야. 걘 안 돼."

마리의 단호한 태도에 헤리는 눈살을 찌푸렸다.

"왜?"

"얘는, 그러니까……."

그녀는 답을 찾기 위해 어물거렸지만, 스스로도 그럴듯한 이유를 찾지 못한 듯 신경질적으로 머리를 헝클었다.

"그러니까……. 얘, 남자 친구 있을걸."

"그렇겠지."

헤리의 단답이 무서울 정도로 차가워서 마리는 순간 팔뚝에 닭살이 돋는 것을 느꼈다.

"헤리, 한나한테서 신경 꺼."

"네가 무슨 상관인데?"

마리는 잠시 어물대다가 답했다.

"……라라 앞에서 네가 다른 여자애한테 관심 보이는 거 별로 좋은 생각 같지 않아."

"그건 내가 알아서 할게."

"너 갑자기 왜 이래, 진심이야?"

"그만 좀 물어. 넌 안 가도 난 갈 거니까 위치나 알려 줘."

헤리는 툭 말만 던져 놓고 성큼성큼 제 방으로 향했다. 마리는 제 폰에 뜬 한나의 사진을 보며 표정을 굳혔다. 그다지 친한 사이도 아니라서, 이런 식으로 여럿이 모이지 않으면 한나를 만날 기회는 거의 없었다.

'일부러 안 가려고 했지만⋯⋯.'

헤리의 방과 제 휴대폰을 천천히 번갈아 보던 마리는 헤리에게 메시지 하나를 보냈다.

[좋아. 다음 주 토요일에 그 파티 같이 가. 대신 내 여동생한테도 무조건 상냥하게 굴어.]

몇 초 지나지 않아 곧장 답장이 도착했다.

[당연하지. 잘 생각했어.]
[그리고 또 하나. 한나한테 지나치게 접근하지 마.]
[걔 남자 친구 때문이라면 내가 알아서 할게.]

'무슨 뜻이지?'

알겠다는 것인지, 그냥 제 마음대로 하겠다는 건지 헷갈렸다.

'잘하는 짓일까?'

마리는 입술을 깨물었다. 머리를 굴려도 답이 나오지 않았다. 어쨌든 그와 라라를 붙여 놓고 일이 잘 흘러만 간다면, 자매의 우애를 다시 살릴 수 있을지도 모른다. 게다가 괜한 이유를 붙여 가며 한나와의 만남을 최대한 피했지만, 헤리의 고집덕에 그녀를 다시 볼 구실을 만든 것 같았다. 이 정도면, 지나치게 자책하지 않아도 될 것이다.

'이 정도면 나도 많이 노력한 거니까.'

그러나 입술을 깨물며 휴대폰을 내려놓는 마리의 표정은 끝까지 어두웠다.

✿

Samstag. 8. Februar 2020
20:23

헤리는 왁스를 바르다 말고 가만히 거울을 바라보았다. 바로 어제까지 마지막 과제를 마치느라 사흘이나 밤을 새우는 바람에 눈 밑이 퀭했다. 짙은 눈썹을 들어 올리자 방금까지 엎드려 자느라 생긴 빨간 자국이 더욱 눈에 띄었다. 습관처럼 왁스로 어두운 머리칼을 올려 이마를 드러냈지만, 빨간 자국 때문에 차라리 머리를 덮을까 고민했다.

한동안 거울 속 제 파란 눈을 응시하던 그는 한숨을 쉬며 왁스 통을 닫았다. 마약을 하다 재활 센터에 들어온 부랑자 같은 꼴이었다. 화장실에서 느껴지는 한기에 점점 더 피가 몰려 입술과 손끝이 빨갛게 변했다. 그는 항상 쉽게 붉어지는 자신의 얼굴이 싫었다.

'꼴이 말이 아니네.'

피곤에 쩐 모습 그대로, 몸이 물 먹은 솜처럼 무거웠다. 하지만 오늘 한나의 파티에 가지 않으면 크게 후회할 것만 같았다. 그는 마지막으로 셔츠 안에 무향 데오도란트와 옅은 향의 향수를 뿌리고서 화장실을 나왔다.

"준비 다 됐어?"

거실 소파에서 휴대폰으로 게임을 하던 데니스가 헤리 쪽을 쳐다보지도 않은 채 물었다. 하루 종일 밖에 있던 이스마일은 집에 언제 도착했는지, 데니스 맞은편에서 친구에게 보낼 보이스 메시지를 녹음 중이었다.

"응."

"우리 언제 출발할 거야?"

데니스의 물음에 헤리는 휴대폰을 꺼내 메시지를 확인했다.

"마리한테서 아직 아무 연락도 없어."

데니스의 휴대폰 화면에 '패배' 팝업이 현란하게 빛을 발했다. 그는 짜증스럽게 휴대폰을 내려놓더니 고개를 돌려 헤리를 쳐다보았다.

"아직도? 마리 말고 걔 동생한테 바로 연락하면 안 돼? 동생 파티라면서."

"나 마리 동생 연락처 몰라."

"구라 치지 마. 걔가 너한테 관심 있다고 하던데."

"그러든 말든 내가 관심이 없는데 번호를 어떻게 알겠냐."

"마리 동생이면 예쁠 거 아냐."

"관심 없다니까."

헤리가 무심히 답하고서 데니스의 어깨를 툭툭 치자, 그가 습관처럼 옆으로 비켜 소파에 앉을 자리를 마련해 주었다. 소파 등받이에 몸을 묻고서 눈을 감는데, 건너편에 앉은 이스마일이 메시지를 보낸 후 자신을 빤히 쳐다보는 것이 느껴졌다.

"왜?"

헤리의 물음에 이스마일이 미간을 찌푸렸다.

"헤리, 너 얼굴에 뭐 발랐냐?"

"뭔 소리야?"

헤리가 코웃음 치며 농담으로 웃어넘겨도 이스마일은 여전히 진지했다.

"평소보다 안색이 너무 좋은데."

"비꼬는 거지? 고맙다."

"아니, 너 얼굴에 생기가 돌아."

"과제 때문에 밤새웠어. 그렇게 말해 봤자 나 마리한테 먼저 연락 안 해."

"백작님 또 심술부린다."

"쉰네들이 잘못했습니다요."

데니스가 옆에서 킬킬대자, 이스마일이 따라 웃었다. 영지도 통치권도 권리도 뭣도 없지만 단지 이름에 그 흔적이 남아 있다는 이유로 친구들은 헤리를 비꼴 때마다 '백작님'이라고 놀렸다. 실상 그의 선조가 가졌던 작위는 백작이 아니었지만, 헤리는 반응하기도 지쳐 무시로 일관했다.

"근데 농담 아니고, 나 너 화장한 줄 알았어."

"도대체 아까부터 무슨 헛소리야."

친구들의 실없는 소리가 이어지자 안 그래도 빠져 있던 힘이 더 빠졌다. 헤리는 이제 소파에 몸을 완전히 파묻고 힘없이 고개를 틀었다.

"오늘 좀 달라 보인다고 했잖아. 안 그래, 데니스?"

"얘 말이 맞아. 너 좀 달라 보여."

"너무 피곤에 찌들어서 오히려 달라 보이나 보지. 아무튼 알겠어, 그만해. 너희가 안 그래도 마리한테 전화해 볼 생각이었어."

헤리는 친구들의 잡담을 차단하고서 갈라진 액정 틈으로 빠르게 비밀번호를 눌렀다. 마리의 전화번호를 누르고 연결음이 서너 번 이어질 즈음 익숙한 목소리가 귀에 꽂혔다.

— 여보세요? 헤리?

"마리. 파티 시작이 언제야? 주소 좀 보내 줘."

— 야, 너 마침 잘 전화했다. 우리 지금 준비 중인데 여기 공구가 하나도 없거든. 너희 집에서 공구 좀 들고 와 줘.

이게 대체 뭔 소리람.

오늘 주위 사람들이 하나같이 나사가 빠진 것 같았다. 헤리는 미간을 찌푸렸다.

"너 무슨 약 집어 먹었어?"

— 너희들 여기 와서 피우지 말라고 해 봤자 말 안 처듣고 담배 피울 거 다 알아. 화재 감지기 잠깐 해제해야 하니까 드라이버 가져와.

"우리 담배 안 피울 건데."

스피커폰으로 통화 중이라 대화를 다 듣고 있던 이스마일이 장난스럽게 소리치자 마리는 한숨을 내쉬더니 속사포처럼 쏘아붙였다.

— 내가 담배 피운다는 표현을 쓸 땐 타박*만 말하는 게 아니란 거 알잖아.

목소리만 듣는데도 잔뜩 가시 돋친 그녀의 표정이 한눈에 그려졌다.

"알겠어. 그럼 지금 당장 가면 돼?"

— 응. 근데 다 이렇게 일찍 올 필요는 없고 일단은 너만 와. 이스마일이랑 데니스 너희는 중앙역 24시 마트 가서 술 좀 더 사 와 주라. 맥주나 와인 말고 센 걸로.

"우리 초대 손님 아니었냐? 손님한테 왜 이렇게 시키는 게 많아."

데니스가 꿍얼대는 소리에 마리는 짜증을 참는 목소리로 툭 뱉었다.

— 오기 싫으면 말아라. 니들 먹을 술 직접 들고 오란 소리야.

마리는 아무래도 하기 싫은 파티를 동생 때문에 함께 준비하느라 짜증이 쌓인 듯했다. 헤리는 대충 말로 그녀를 달랜 후 전화를 끊고는 창고에서 작은 공구 세트를 꺼냈다.

"마리 오늘 지나치게 예민한데? 이상해."

"걔 원래 이상해. 근데 오늘은 유독 이상하긴 하네."

"이것저것 준비해야 하니까 짜증 날 만도 하잖아. 아무튼 너

---

* Tabak : 담뱃잎. 연초煙草.

넌 이제 중앙역으로 갈 거지? 마리가 방금 주소 보냈어. 이거 보내 줄 테니까 지도 찍어서 와. 도착하면 전화하고."

"오키."

데니스는 검지와 엄지로 동그라미 사인을 만들더니 자리에서 천천히 일어났다. 헤리는 그들을 보며 이유 모를 찝찝함을 느끼다가, 불현듯 한 가지가 생각나 친구들을 불러 세웠다.

"아, 근데 너희 파티 가서 거기 있는 동양인 여자애한테 알은 척하지 마. 처음 보는 척해."

"동양인? 우리가 아는 동양인이 있기나 한가?"

이스마일이 미간을 찌푸렸다. 데니스는 잠시 멍때리다가 눈을 크게 떴다.

"지금 가는 곳 설마 네가 그때 업고 온 여자애 집이야?"

"그게 누군데?"

"크리스마스 전에 쟤가 집에 여자애 하나를 업고 왔는데, 진짜 예뻤어. 이스마일 너도 그때 여기에 있었는데, 기억 안 나?"

"아, 걔. 우리 상전 마마께서 엄청 과보호해서 얼굴도 못 봤었거든. 너 그때 걔, 네 방에서 재우고 넌 밖에서 자지 않았냐?"

"어."

헤리는 더 이상 질문을 받기 싫다는 듯 짧게 끊어 대답했다. 괜한 음담패설을 받아 줄 기분이 아니었다.

"근데 그렇게 예뻐? 지금 우리 걔네 집에 가는 거야?"

이스마일이 흥분한 목소리로 소리쳤다. 헤리는 미간을 찌푸리고서 눈을 굴렸다.

"내가 이래서 말 안 하려 했었는데. 제발 가서 알은척하지 마. 걔는 애들한테 우리 집에 왔던 거 숨기고 싶어 해."

"왜? 그 여자앤 너랑 엮이기 싫대?"

"얼마 전에 너 없을 때 헤리가 걔를 또 데려왔거든. 근데 그때 그 여자애가 나한테 뭐라고 했는지 알아? 자기네 둘이 데이트하는 거 아니니까 오해하지 말라더라. 쟤가 그날 밤에 나가기 전에 거울 앞에서 얼마나 시간을 보냈는데, 여자애는 집까지 와서는 덤덤하게 데이트 아니라고 그러고. 진짜 웃겼어. 이스마일 네가 그때 헤리 표정을 봤어야 해."

데니스는 소파를 치며 낄낄댔고, 이스마일은 거의 하품하는 하마처럼 입을 벌리고 꺽꺽대며 웃었다. 헤리가 여자에게 까인 걸 본 적이 없어선지 그 둘은 어느 때보다 즐거워 보였다.

"제발 거기 가서 쪽팔리게 우리 집에서 봤다느니 그런 소리 하지 마."

"너도 진짜 졸라 대단하다. 그렇게 대놓고 까이고 지금 그 여자애네 가는 거야? 게다가 그 집에 너 좋아한다는 마리 여동생도 온다는데?"

헤리는 반쯤 체념하고서 헛웃음을 지었다.

"어, 맞아. 나 또 까이러 가. 그러니까 옆에서 재밌게 구경하라고."

"안 그래도 그럴 생각이다. 점점 재밌어지네."

데니스의 낄낄거리는 소리가 헤리의 귓전을 울렸다.

재킷을 걸치고 창고에서 꺼낸 작은 공구함을 들자 마음이 더

욱 무거워졌다. 헤리는 손에 든 공구함을 내려다보며 생각에
잠겼다.

'한나는 오늘 내가 자기 집에 가는 걸 알고 있을까? 마리가
말했을까? 마리는 나를 라라에게 붙여 보려고 더 일찍 부르는
걸까? 난 대체 왜 가는 걸까? 거기 레온 그 개새끼라도 오면 손
이 먼저 나갈 것 같은데, 어쩌려고.'

생각이 꼬리에 꼬리를 물고 끊어지지 않았다. 문을 열자마자
눈이 갓 내리기 시작했을 때 느껴지는 특유의 뭉근한 한기가
몸을 감쌌다.

"눈 오나 봐."

이스마일이 꿍얼대는 소리가 계단을 울렸다. 오늘 밤이 쉽지
않을 것만 같은 예감이 들었다.

12.

Samstag. 8. Februar 2020

20:41

"알았어. 실비아. 지금 문 열게."

실비아가 도착했다. 한나는 대문을 여는 버튼을 누른 후 전화를 끊었다. 바로 옆 부엌에서도 마리가 전화를 끊는 소리가 어렴풋이 들렸다. 도로변 차 소리에 말소리가 묻혀 자세한 건 듣지 못했다.

일기 예보에서는 오늘 하루 종일 맑다고 했는데, 오후 늦게부터 꾸물꾸물하던 하늘은 아니나 다를까 20분 전부터 눈을 뿌려 댔다.

"아, 눈 오네."

"그러게. 마리, 너 우산 있어?"

아직 동생인 라라는 도착도 안 했는데, 먼저 와서 돕는 마리를 보며 한나는 살짝 웃었다.

"아니. 근데 외투에 모자 있으니까 괜찮을 거야. 눈은 싫지만, 날씨가 이러면 아무래도 사람은 덜 올 것 같아서 그건 다행이다."

마치 한나의 생각을 읽은 듯 한숨과 함께 뱉어 낸 마리의 말에 안도가 담겼다.

"맞아."

"……혹시 나 오늘 자고 가도 돼? 음, 만약 눈이 안 그치면 말이야. 자전거 타고 왔는데, 날씨가 저 모양이라 밤늦게 혼자 가기가 좀 그러네."

마리가 맥주를 박스째 안으로 옮기며 넌지시 물었다. 왠지 그녀의 목소리가 조금 불안하게 들렸지만 표정이 보이지 않아 한나는 대수롭지 않게 넘겼다.

"당연하지. 근데 넌 놀러 안 나가게?"

"절대 안 가. 난 오늘 라라한테 빚 갚으러 온 거야."

"아마 집 엄청 더러워질 거 같은데, 그래도 괜찮으면 옆에 이불 펴 줄게."

"고마워."

마리는 씩 웃더니 콧노래를 부르며 주방 구석에 맥주 박스를 내려놓았다. 한나는 안줏거리로 사 온 과자를 그릇에 담으면서 마리 쪽을 힐끗거렸다. 형광등 아래에서도 그녀의 짙은 금발은 윤기 있게 빛났다. 얇고 푸석해지기 쉬운 금발의 특성을 생각해 볼 때, 좀 신기한 일이었다.

"마리, 너 샴푸 어떤 거 써?"

"응? 왜?"

"머릿결이 좋아 보여서."

갑작스런 질문에 마리는 당황한 얼굴로 잠시 생각하다가, 책상 옆에 둔 자신의 가방을 뒤지기 시작했다. 그러더니 반투명한 주황색 플라스틱 통을 한나에게 보여 주었다. 맥주를 옮기느라 힘이 들었는지 마리의 얼굴이 약간 달아올라 있었다.

"샴푸 때문은 아니고 헤어 에센스를 수시로 발라. 쓰다 보니 습관 돼서 계속 쓰고 있어. 색깔이 밝게 유지되게 도와주기도 한대."

"향기 되게 좋다."

"그렇지? 근데 이거 금발 전용이라 넌 아마 써도 안 맞을 거야. 그리고 이런 거 안 써도 네 머리카락은 항상 윤기가 나잖아."

"늘 너한테서 나는 향기가 좋다고 생각했는데, 이거였구나. 너랑 잘 어울린다."

한나는 진심을 담아 말했다. 마리는 아무런 답도 없이 휙 등을 돌리고 주황색 플라스틱 통을 도로 가방에 넣었다.

'오버했다.'

하지만 그녀가 마리에게 한 말은 진심이었다.

"사실 이거 써도 별 차이 못 느끼는 사람 많다는데, 네가 알아봐서 신기하다. 나도 바르면서 막 달라진 건 잘 모르고 있었거든. 향기 좋다는 말도 처음 듣네."

마리가 쑥스럽게 말하며 식탁 의자에 앉은 한나의 맞은편에 앉았다. 얼굴이 살짝 상기된 채 탐스런 금발을 귀 뒤로 넘기는 마리는 너무도 아름다웠다. 사실 그녀의 금발이 윤기가 나든 안 나든 그것은 중요하지 않았다. 한나는 사람들이 그 점을 굳이 짚지 않은 이유는, 알아채지 못한 게 아니라 딱히 외모를 화두로 얘기하지 않았기 때문이라고 생각했다. 하지만 이 이야기를 굳이 입 밖으로 꺼내지는 않았다. 대신, 마리를 향해 마주 웃었다.

✦

마리가 보낸 주소에 도착해 초인종을 누르기 전, 헤리는 깊게 숨을 내뱉었다. 긴장이 몸을 감쌌다. 시끄러운 차임벨이 울리자 문이 열렸다. 헤리는 공구함을 쥔 손에 핏줄이 도드라질 만큼 힘을 주고서 천천히 건물 안으로 들어섰다. 주머니에서 휴대폰을 꺼내 마리의 메시지를 다시 확인했다.

[꼭대기 층 4호.]

계단을 오르는 그 몇 분이 체육관에서 운동할 때보다 더 긴장되고 힘들 지경이었다. 심리적 압박이 이 정도로 클 줄 몰랐다. 한나가 던지다시피 하고 간 100유로가 주머니 속 지갑에서 그의 심장 박동과 함께 쿵쿵 울렸다. 하지만 결국 그는 꼭대기 층에 도착했고, 한참을 고민한 끝에 문을 두드렸다. 그가 세 번 노크하기도 전에 현관문이 벌컥 열렸다. 그 바람에 문 옆에 놓여 있던 작은 화분이 밀려 헤리의 발에 닿았다.

"누구세요?"

모르는 얼굴이었다. 그 한마디에서 옅은 이탈리아 억양이 느껴졌다. 헤리는 발로 화분을 제자리에 밀어 놓은 뒤 공구함을 들어 올렸다. 화분 밑 금속이 바닥에 긁히는 소리가 요란했다.

"마리 친구인데, 이거 필요하다고 해서."

"아, 그래? 들어와."

"고마워."

"반가워, 난 실비아야."

"아, 난 헤리."

실비아가 손을 내밀자, 헤리는 곧장 공구함을 왼손으로 옮기고 악수를 받았다. 그녀가 활짝 웃자 고른 치열이 드러났다. 검은색에 가까운 갈색 곱슬머리는 올려 묶어 둔 상태에서도 이리저리 얼굴로 흘러내렸지만 실비아는 전혀 간지럽지 않은 듯했다.

"반가워."

"실비, 누가 온 거야?"

익숙한 목소리가 귀에 들어오자마자 고개를 돌리니 한나가 멀뚱히 그를 쳐다보고 있었다.

"마리 친구. 헤리라고 한대."

"안녕."

"어, 안녕. 너도 왔구나."

라라 때문에라도 자신이 올 줄 예상했을 텐데, 조금 놀란 듯 보이는 한나의 표정이 마음에 들지 않았다. 헤리는 어깨를 으쓱이며 공구함을 바닥에 내려 두었다. 안으로 들어가려다가 실비아와 마리, 한나 모두 양말만 신고 있는 걸 보고 그는 운동화를 벗어 옆으로 밀었다.

"응. 마리가 오라고 해서."

"뭐야? 너희 둘이 알아?"

마리는 놀란 표정을 숨기지 못한 채 한나와 헤리를 번갈아 보았다. 헤리는 한나가 자신을 모르는 척할 줄 알았기에 마리의 질문에 적당한 답을 찾지 못해 어물거렸다. 하지만 한나는 대수롭지 않다는 듯 웃으며 고개를 끄덕였다.

"응. 옛날에 학생 식당에서 밥 먹다가 얘기한 적 있었어."

너무 자연스러운 거짓말에 그가 오히려 당황했으나 그녀의 말이 완전히 틀린 건 아니었다. 헤리는 한나가 어떻게 나오는지 계속 관찰하고 싶어 그녀에게 마주 웃어 주곤 마리에게도 고개를 끄덕였다.

"응."

"신기하네."

실비아는 마리의 반응에 동의하며 고개를 끄덕였다. 그리고 헤리를 머리부터 발끝까지, 조금 무례하다 싶을 정도로 신중히 훑었다. 그러곤 나름대로 합격점을 주고 싶은지 한나를 향해 미묘한 웃음을 지었다.

"근데 그 공구함은 왜 들고 온 거야?"

"마리가 화재 감지기 잠깐 해제해야 한대서 가져온 건데. 마리, 너 한나한테 미리 말 안 했어?"

"화재 감지기를 왜 해제해?"

마리에게로 두 쌍의 눈이 꽂혔다.

"애들이 담배 피우다가 화재 경보 울릴까 봐 내가 헤리한테 가져와 달라고 했어. 여기 발코니 없잖아."

"나, 내 방에서 담배 피워도 된다는 소리 안 했었는데."

그녀는 한나의 반응에 당황한 듯 어물거리다가 어깨를 으쓱했다.

"애들이 취하면 말 잘 안 듣잖아. 만일에 대비해서."

"클럽에 가서 취해야지. 여기서부터 꽐라 되면 나중에 못 놀아."

"그래서 화재 감지기 해제해, 말아?"

헤리는 공구함을 열다 말고 고개를 들었다.

"안 건드리는 게 좋을 것 같은데. 잘못 건드려서 울리면 벌금 물어야 하지 않아?"

실비아가 상황을 지켜보다 한마디 던졌다.

한나는 헤리에게 다가가 그의 손에서 공구함을 부드럽게 빼냈다. 그 과정에서 둘의 손이 닿았지만 언 사람은 헤리뿐이었다. 한나는 아무렇지도 않게 일어나 공구함을 주방 구석으로 치웠다.

"이건 일단 여기에 둘게. 너도 프레 파티 하고 클럽 갈 거지? 다음에 가지러 올래?"

헤리는 사실 프레 파티 이후에 어딜 가는지에 대해선 전혀 관심 없었지만, 너무도 당연하다는 듯 묻는 한나의 질문에 엉

겹결에 고개를 끄덕였다.

"헤리, 이스마일 담배 끊었지?"

마리가 걱정스레 물었다. 헤리는 코웃음을 치며 고개를 저었다.

"걘 폐암 걸려도 시샤* 피우면서 항암 치료 받을걸."

"담배 안 된다고 내가 문자 보내 놓을게."

마리는 휴대폰을 찾으러 도로 방으로 들어갔고, 실비아는 핏체에게서 온 전화를 받더니 밖으로 나갔다. 부엌에 둘만 남게 된 한나와 헤리는 한동안 어색하게 서로의 눈치만 봤다.

"저기, 헤리. 혹시 온다는 네 친구들, 네 룸메이트들이야?"

"응. 근데 내가 너 알아보는 척하지 말라고 해 놨어."

"고마워."

그의 눈치가 얼마나 빠른지 무서울 정도였다. 한나는 긴장이 풀려 식탁 의자에 주저앉았다.

"사실 네 친구들이 나 알아보고 이상한 소리 하면 어쩌나 싶어서 일주일 전부터 엄청 걱정했거든."

"나 오는 거 알고 있었어?"

"응. 사실 미리 너한테 연락할까 생각했었는데……. 그때 내가 너한테 너무 무례하기도 했고……."

'네가 나한테 더 이상 호의적이지 않을 거라고 생각했어. 오히려 내가 그 일을 약점으로 생각하는 걸 알고 내 비밀을 이용

---

* Shisha : 물담배.

할까 봐 겁이 났거든.'

한나는 뒷말을 삼켰다. 그녀가 미처 하지 못한 말을 듣기라도 한 것처럼 헤리는 고개를 저었다.

"아냐. 나도 네 개인적인 일에 선을 넘었잖아."

"사실 이번에 우리 집에서 프레 파티 하는 것도 어떻게든 막아 보려고 했는데, 라라가 너무 열의에 넘쳐서 도저히 말리질 못했어. 미안해."

"걔가 나 보고 싶어 한다며?"

헤리가 장난기 어린 말투로 묻자 한나는 허무하게 웃었다.

"응. 너도 알고 있었네."

"근데 난 걔 보러 온 거 아니야. 너 보러 온 거지."

갑작스런 그의 말에 한나가 눈을 크게 떴다.

"왜?"

헤리는 그녀가 놀란 건지, 불쾌해하는 건지, 아니면 좋아하는 건지 알 수 없었다.

"그냥. 잘 지내나 싶어서."

"레온한테 아직도 멍청하게 휘둘리는지 걱정됐어?"

한나의 신랄한 농담에 헤리는 작게 웃었다. 너무 엷은 미소라 괄호 모양의 보조개는 보이지 않았다.

"글쎄. 네 입으로 멍청하다고 말한다면 굳이 부정하진 않을게."

"걱정 마. 나 이제 걔랑 안 만나."

왜? 질문이 턱밑까지 올라왔다. 하지만 헤리는 아무런 질문도 하지 않았다.

"한나, 핏체가 전화 바꿔 달래."

문밖에서 언성을 높이던 실비아는 잔뜩 짜증이 난 채 한나에게 휴대폰을 건넸다. 휴대폰을 받는 한나의 얼굴이 잠시 걱정으로 흐려졌다.

"여보세요? 핏체? 너 어디야?"

― 한나! 진짜 미안한데, 나 친구 더 데려가도 돼?

뛰어오는 중인 듯 헐떡이는 남자 목소리가 방을 울렸다. 스피커폰도 아닌데 헤리에게까지 대화 내용이 선명히 들릴 정도였다.

"갑자기? 내 방 작아서 이 이상은 안 돼!"

― 딱 한 명만 더. 너 에이단 알지? 에이단 맥캔Aidan Mccann.

"네가 언제부터 걔랑 친구였어? 안 돼. 데려오지 마."

핏체의 입에서 레온의 친한 친구 이름이 나오자 한나의 표정이 굳었다. 하지만 핏체는 이미 약간 취한 듯 한나의 말을 가볍게 무시했다.

― 아, 그러지 말고. 어차피 한 명만 더 가는 거잖아. 레온이랑 내가 간다고 하니까 걔도 오고 싶다고 해서. 너희 풀 안 가지고 있지? 에이단이 좋은 거 가지고 있대.

"레온? 레온도 와? 무슨 소리야? 나 걔 초대 안 했어!"

한나의 표정이 파리하게 질렸다. '풀' 운운하는 소리는 아예 귀에도 들어오지 않는 듯, 그녀는 레온의 이름을 듣자마자 패닉이 온 모양이었다.

— 한나, 우리 벌써 너희 집 앞에 다 왔어.

수화기 너머로 남자의 쇳소리가 섞인 저음이 울렸다.

레온.

헤리는 최대한 감정을 누르기 위해 다른 곳을 쳐다보았다. 그러나 턱에 힘이 들어가는 건 감출 수 없었다. 문득 구석에 놓인 공구함이 눈에 들어왔다. 헤리는 본능적으로 공구함을 바깥으로 치워야 한다는 걸 느꼈지만, 그러지 않았다.

"네가 여길 왜 와?"

— 네가 보고 싶어서.

옆에서 핏체와 에이단이 낄낄대며 휘파람 부는 소리가 들렸다. 한나는 더 이상 그의 말을 듣지 않고 전화를 끊더니 재빨리 겉옷을 챙겼다.

"어디 가?"

"밑에. 초대 안 한 애들이 왔어."

헤리가 통화 내용을 다 들었을 거라고 생각지 못했는지 한나는 애써 둘러댔다.

"같이 가 줄까? 아니면 내가 대신 가도 되고."

"아냐, 괜찮아."

"한나, 너 얼굴이 하얗게 질렸어."

헤리의 만류에 한나는 긴장이 풀린 듯 의자에 주저앉았다. 겉옷을 쥔 그녀의 손이 살짝 떨리고 있었다. 한나가 뭐라 말을 하기도 전에 초인종이 울렸다.

"누가 온 거야?"

마리가 고개를 내밀었다. 마리도 방에 있었다는 걸 잊고 있었다. 지금 대화를 다 들었으면 어떡하지? 한나의 안색이 더욱 파리하게 질리기 시작했다.

"한나 친구들. 근데 초대한 건 아니래."

"뭐? 그럼 쫓아내! 우리 술도 별로 없어."

마리가 단호한 태도로 겉옷을 챙겼다. 그런데 그녀가 밖으로 나가기도 전에 현관문을 두드리는 소리가 났다. 소스라치게 놀라며 자리에서 벌떡 일어난 한나가 뭐라 답하기도 전에, 현관문 바깥에서 누군가 다시 두어 번 노크하더니 문고리를 잡아당겼다.

"한나! 나야, 실비아."

"너 왜 밖에 있어?"

"통화하느라 잠깐 나갔어. 밑에 핏체랑 다른 애들 와 있길래 대문 열어 주고 왔어. 문 좀 열어 줘! 추워 죽겠다."

"미친."

마리와 헤리의 입에서 동시에 욕이 나왔다. 한나는 한숨을 내쉬곤 문을 열었다. 실비아가 재빨리 방 안으로 들어오자 뒤에서 핏체가 활짝 웃으며 에이단과 함께 따라 들어왔다.

한나가 낭패에 젖은 얼굴로 실비아를 올려다보았다. 평소라면 레온 패거리를 알아서 쫓아낼 실비아가 이런 식으로 예상 밖의 행동을 하자, 없던 편두통이 생긴 것처럼 머리가 아파 왔다. 분위기를 읽은 실비아는 당황을 감추지 못했다.

"쟤네가 너무 당당해서, 난 네가 다 초대한 줄 알고……."

"한나, 오랜만!"

에이단이 영국 속어를 쓰며 뭐라고 빠르게 말을 뱉었지만 한나는 그런 말에 일일이 대꾸해 줄 힘조차 없었다. 한나의 눈은 실비아를 지나 핏체에게 꽂혔다.

"페터."

핏체의 본명을 낮게 부르며 쏘아보자, 그는 분위기 파악을 못 하는 건지, 아니면 일부러 그러는 척하는 건지 양손에 맥주를 들어 올리며 활짝 웃었다.

"나 술 가져왔어! 우리 많이 안 마실게!"

그리고 뒤이어 레온이 천천히 안으로 들어왔다. 그는 어딘지 뻐기는 듯한 표정으로 한나를 향해 턱짓했다.

"한나, 오랜만이야."

그가 포옹하려 하자 한나는 몸을 뒤로 뺐다.

"네가 여기까지 올 줄은 몰랐네."

"보고 싶었어."

익숙한 레온의 목소리에 반사적으로 몸이 긴장되었지만, 한나는 가슴 앞에 단단히 팔짱을 끼고서 마음을 다잡았다.

그런 한나를 향해 아무렇지도 않게 웃으며 다가오던 레온은 현관문 앞에서 누군가를 보고 몸을 굳혔다.

13.
Samstag. 8. Februar 2020
21:25

조용히 한나를 자신의 등 뒤로 보낸 남자의 푸른 눈엔 혐오가 담겨 있었다. 미간을 찌푸리던 레온은 이내 미묘한 웃음을 지었다.

"……뭐야, 이게. 한나, 쟤 뭐야?"

"너야말로 여기 왜 왔어?"

"말했잖아. 너 보고 싶어서 왔다고."

레온이 성큼성큼 다가오자, 헤리는 양손으로 그의 어깨를 밀쳤다.

"꺼져."

"넌 여기서 뭐 하냐, 헤르만?"

그는 밀려나지 않고 헤리 앞에 얼굴을 바싹 들이밀었다. 이미 술을 마시고 온 레온의 얼굴이 점점 화로 붉어지기 시작했다.

"그때 다 못 한 오빠 역할, 이제라도 하려는 거야? 그래?"

"닥쳐."

한나는 앞으로 뛰쳐나갈 것만 같은 헤리의 팔을 잡았다. 고개를 가로젓는 한나를 보며 헤리는 아무 말도 하지 않다가, 조용히 그녀가 이끄는 대로 뒤로 물러났다.

"레온, 어린애처럼 굴지 마."

"나 오늘 너랑 화해하고 싶어서 왔어."

"난 너 초대한 적 없어."

"진심이야?"

"내가 말하는 건 항상 진심이야. 그때 말한 것도 진심이고, 지금도 마찬가지야. 꺼져."

한나의 말에 레온은 그나마 짓고 있던 엷은 미소조차 지워버린 채 그녀에게 한 발짝 더 다가갔다. 그러곤 그녀의 눈앞에 휴대폰을 들이밀었다. 이자의 메시지였다.

[물론이지. 언제든지 다시 연락해.]

"자꾸 연락이 와."

"……."

"정말 내가 꺼졌으면 좋겠어?"

"구질구질해서 못 봐 주겠군. 꺼지라잖아."

그때 헤리가 레온의 휴대폰을 낚아채고선 통화 버튼을 눌렀다. 신호가 두어 번 울리기도 전에 수화기 건너편에서 여자 목소리가 울렸다.

— 레온?

레온은 그에게서 다시 휴대폰을 빼앗아 종료 버튼을 누른 후 헤리의 턱을 주먹으로 쳤다.

"뭐 하는 짓이야!"

한나가 비명을 지르며 헤리를 부축했다. 하지만 레온을 제대로 말리기도 전에 이번에는 헤리가 달려들어 레온의 아래턱을 그대로 가격했다.

"헤리!"

둘이 서로의 멱살을 쥔 채 바닥으로 쓰러지면서 탁자 다리가 부서졌다. 레온의 얼굴을 주먹으로 치던 헤리가 공구함으로 손을 뻗자 한나는 그 찰나에 그것을 빼앗아 가슴에 안았다.

"무슨 일이야!"

큰 소리가 나자 방에서 록 음악을 틀고 술을 마시던 친구들이 뛰쳐나왔다. 실비아는 이 광경을 보자마자 쓰러지는 탁자 위 식기가 떨어져 깨지기 전에 치우러 달려왔고, 에이단과 핏체는 욕을 갈기며 둘을 떼어 놓았다.

에이단의 턱을 팔꿈치로 치고서 빠져나온 헤리는 주변에 있는 빈 맥주병 하나를 벽에 쳐 깨뜨린 후 레온에게 다가갔다.

"그때 너를 죽였어야 했는데. 너 같은 쓰레기를……."

헤리가 레온의 멱살을 잡자마자 한나는 몸을 굳혔다.

"야, 야! 쟤 좀 말려!"

그나마 정신이 있는 에이단이 핏체에게 소리쳤지만, 핏체는 눈이 돌아간 헤리를 보며 우물댈 뿐이었다. 마리는 이스마일에게 전화를 걸며 헤리를 말로 진정시키려 했지만, 그에겐 아무런 말도 닿지 않아 보였다.

"헤리, 그만해!"

한나는 공구함을 마리에게 던지고 헤리의 등을 안았다. 힘으로 어떻게든 물러서게 할 참이었지만, 그의 단단한 몸은 꿈쩍도 하지 않았다.

"저리 비켜, 한나."

"왜 그러는지 모르겠지만, 정신 좀 차려. 제발!"

"비키라고."

헤리가 병을 들지 않은 손으로 한나의 팔을 풀자마자 레온이 그에게 달려들었다. 헤리가 병을 놓치고 쓰러지자, 한나는 그와 병 사이에 낀 채로 바닥에 넘어졌다.

"꺅!"

"미친!"

방에 있는 모든 사람들이 입을 막고 숨을 들이켰다. 중간에 몸을 틀었는데도 병은 산산조각이 나 한나의 왼팔에 박혔다.

"한나."

헤리에게서 충격으로 흔들린 목소리가 흘러나왔다. 그가 한나를 일으키려 하자 그녀의 몸이 꺾였고, 팔뚝으로 피가 흘러내려 옷소매를 적셨다.

"아!"

멍한 충격에 아무런 반응도 하지 못하던 한나는 심해지는 통증에 사색이 되어 몸을 덜덜 떨었다.

"이런 썅, 무슨 짓이야?!"

마리가 충격에 몸이 굳은 헤리를 밀치고서 한나의 팔을 살폈다.

"얼른 구급차 불러!"

"여, 여보세요? 지금 유리가 제 친구 팔에 다 박혀서……. 아, 주소. 잠시만요. 여기 주소가 어떻게 되지?"

떨리는 목소리로 침묵을 깬 건 실비아였다. 핏체가 급히 화장실에서 수건을 가지고 오는 동안, 레온은 입에 고인 피를 뱉더니 쓰러진 한나에게 다가갔다. 한나는 떨리는 목소리를 애써 눌러 가며 실비아에게 주소를 읊어 주었다. 헤리는 아주 잠시 넋이 나간 채 한나를 응시하다가, 핏체가 한나의 팔에 박힌 큰 유리 조각을 빼려 하자 다급하게 입을 열었다.

"안 돼!"

"뭐?"

"그 유리 빼면 출혈이 더 심해질 수 있어."

"지혈은 해야지!"

핏체가 참지 못하고 화를 내자, 헤리는 조용히 억눌린 목소리로 받아쳤다.

"저거 지금 막 빼면 신경을 건드리거나 혈관을 더 크게 찢을 수도 있다고. 병원에 가서 처리해야 돼."

"그렇게 잘 알면 네가 처리해, 이 미친 새끼야! 멀뚱멀뚱 쳐다보지만 말고!"

에이단은 헤리에게 엉겁결에 맞은 턱이 부어오르는지 보고 있다가 도저히 참지 못하고 싸움에 끼어들었다. 헤리는 대꾸하지 않았다.

"일어설 수 있겠어?"

레온이 한나를 일으키려 하자, 헤리는 본능적으로 손을 움직였다가 피가 뚝뚝 떨어지는 그녀의 왼팔을 보고서 입술을 깨물었다.

"아니."

한나는 레온의 손이 닿기 전에 어깨를 뒤로 빼고서 자신을 보고 있는 헤리에게로 눈을 돌렸다. 걱정과 공포로 물든 그의 푸른 눈은 한나의 어두운 눈과 마주치자 더 커졌다.

"헤리, 나 좀 도와줄래?"

"한나."

황당한 듯 자신을 쳐다보는 레온을 무시하고서, 한나는 꿋꿋이 헤리를 바라보았다.

"네 밑에 깔리는 바람에 발목도 돌아갔었거든. 혼자 일어나기가 힘들어서."

헤리는 입을 열어 답을 하는 대신 한나에게 다가갔다. 그리고 여전히 아무런 말 없이 한나의 부어오른 발목을 조심스레 살펴보다가, 그녀의 팔 밑에 손을 넣어 살며시 몸을 일으켜 주었다.

"피는 내가 흘리는데, 얼굴은 네가 더 파래. 알고 있어?"

헤리는 조용히 농담을 던지는 한나를 마주 보지 못했다.

"미안해."

숨이 턱 막힌 목소리로 그가 간신히 내뱉은 건 사과였다. 헤리는 입술을 깨물며 한나를 의자에 앉혔다.

"괜찮아."

"정말 미안해. 내가……, 정신이 나갔었나 봐."

"그래 보이더라. 근데 너 맞은 곳은 괜찮아?"

"응."

헤리는 여전히 파리한 낯에 간신히 표정을 띄우며 고개를 끄덕였다. 레온은 대화를 들을수록 열이 받는지 머리칼을 넘기며 한숨을 쉬었고, 결국 에이단이 말리는 것을 뿌리치고서 집 밖으로 나갔다.

"난장판이구면. 어이가 털린다."

에이단은 휘파람을 불며 방 안 소파에 털썩 주저앉더니 담배에 불을 붙였다.

"야, 담배 피우지 마."

실비아가 말렸지만 에이단은 들은 체도 하지 않았다. 화재 감지기가 울리면 어떡하지. 다친 와중에도 한나의 머릿속엔 그 걱정이 제일 우선이었다.

그 말대로 난장판이었다. 대체 왜 이렇게 된 걸까.

레온이 온 것부터가 문제였다. 아니, 프레 파티를 하겠다는 라라의 부탁을 들어준 게 화근이었다. 결론은 자신의 우유부단함이 또 화를 자초한 것이다.

'정작 라라는 여기 있지도 않은데.'

한나는 표정을 찌푸렸다.

"많이 아파?"

"아픈 것보단 담배 냄새가 싫어서."

팔이 조금이라도 움직이면 통증 때문에 지옥에 있는 기분이었지만, 한나는 애써 담배 탓을 하며 고개를 저었다. 한나의 소매를 걷어 조심스레 상처를 살피는 헤리의 낯빛이 아까보다 더 하얗게 질렸다. 그는 자잘한 출혈을 깨끗한 수건으로 막고 큰 유리 조각이 박힌 곳을 살폈다.

"정말 미안해."

"사과 그만해도 돼. 병원 가면 괜찮아질 거야."

어느새 마리가 한나의 옆으로 왔다.

"구급차 바로 온대."

"마리, 고마워."

"밑으로 내려가자. 걸을 수 있겠어?"

"응."

마리의 말에 한나는 일어나 걸으려 했지만 헤리가 어깨를 잡더니 순식간에 그녀를 들어 올렸다. 한나를 부축하고 있던 마리는 그 탓에 밀려 넘어졌다.

"야, 사람 안 보여?"

"미안, 마리."

"일어나는 것만 도와 달라고 한 거야. 나 혼자 걸을 수 있어!"

"너 못 걸어."

"옷에 피 다 묻겠다, 내려놔."

"그런 거 하나도 안 중요해."

그는 그 말만 뱉고선 실비아에게 턱짓했다.

"미안한데, 문 좀 열어 줘."

"아, 응."

실비아는 얼떨떨한 표정으로 문을 열었다. 핏체와 에이단은 미간을 잔뜩 찌푸리고서 서로를 응시했지만, 말없이도 생각이 통했는지 어깨만 으쓱일 뿐이었다.

"팔 조심해. 안 다친 쪽 손으로 내 어깨 잡을 수 있겠어?"

헤리에게 답을 하려 했지만, 문이 열리는 순간 보인 초록색 머리카락에 한나는 입을 다물었다. 마침 노크를 하려 했던 듯, 야무지게 주먹을 쥔 오른손이 가슴팍까지 올라와 있었다.

왼손에는 고가의 와인을 든 채, 라라는 눈을 크게 뜨고 한나와 헤리를 번갈아 보았다.

"이게 대체 무슨 일이야?"

라라는 상황 파악이 덜 된 듯 얼떨떨하게 물었다. 모두 당황한 듯 입을 열지 않았다. 길 너머에서 희미하게 들리던 구급차의 사이렌 소리가 점점 가까워졌다. 바로 밑에서 들리는 것처럼 사이렌 소리가 귓가를 울리자 그제야 한나는 간신히 입을 열었다.

"라라."

'딱 누구 때리기 좋은 위치네.'

노크하려던 손인 걸 알면서도, 한나는 괜히 침을 삼켰다. 헤리의 몸에서 나는 미묘한 향기가 그의 방에서 깨어났던 날을 상기시켰다. 라라의 표정을 보자마자 왜 불현듯 그때가 생생히 떠오르는지 모를 일이었다.

"……왜 아무도 전화 안 받았어?"

한껏 꾸민 라라는 헤리 품에 안긴 한나를 보고 표정을 구겼다. 당황, 그리고 의문이 잔뜩 담긴 멍한 표정에는 미묘한 짜증까지 올라와 있었다. 다친 한나의 왼팔이 헤리의 어깨 너머로 올라가 있어서 라라는 그녀가 다친 것을 아예 보지 못한 듯했다.

"그게……."

"내가 전화를 몇 번이나 걸었는지 알아? 마리, 핏체, 한나 너희 대체 휴대폰 안 보고 뭐 했어?"

"라라, 그 얘긴 나중에 하고 일단 우리 나가야 돼."

겉옷을 챙겨 뒤따라오던 마리가 라라를 말렸다.

"나중은 무슨 나중. 사람을 초대했으면 연락은 받아야지. 나 건물 앞에서 30분 넘게 기다렸어. 방금 레온이 나오는 바람에 문 열려서 간신히 들어온 거라고. 걘 내 말 듣지도 않고 그냥 가 버리던데, 무슨 일인지 설명 좀 해 줘. 얜 또 왜 안겨 있어?"

"라라, 그만 좀 해! 한나 팔에 유리 박힌 거 안 보여? 피 흘리잖아!"

마리가 참지 못하고 여동생을 향해 소리쳤다.

"뭐?"

"저리 비켜, 구급차 왔어. 내려가야 돼."

"야, 너 내 언니 맞아?"

라라의 외침에 마리가 뒤를 돌아보았다. 헤리가 걸음을 빨리 하는 바람에 한나에게는 마리의 표정이 보이지 않았지만, 그녀의 목소리엔 분노가 역력했다.

"구급차 왔다는 소리 못 들었어? 이 와중에도 그런 질문을 하니까 내가 너한테 잘 대해 줄 수가 없는 거야! 넌 시도 때도 없이 너만 생각하니까!"

마리는 그 말만 남기고 헤리를 지나쳐 아래로 내려갔다. 그제야 보인 단단하게 굳은 마리의 표정이 한나의 뇌리에서 쉽게 가시지 않았다. 그 와중에도 에이단이 부어오른 턱을 문지르며 쌍욕을 하는 소리와 핏체가 계단을 내려오면서 라라를 달래려 건네는 몇 마디 말이 좁은 복도를 가득 채웠다.

"라라, 전화 못 받아서 미안해. 난 오늘 네가 모리츠랑 있는 줄 알았어."

핏체의 위로에도 라라는 꼼짝하지 않았다.

"모리츠? 걔랑 너랑 무슨 사이라도 돼?"

에이단이 모리츠의 이름을 다시 읊으며 미묘한 미소를 짓는 것이 보였다. 한나는 헤리에게 안긴 채 모퉁이를 돌아 내려갔다. 마지막으로 다시 위를 쳐다보자, 라라의 냉담하고 차가운 시선이 자신에게로 쏟아지고 있었다.

14.
Sonntag. 9. Februar 2020
00:04

소란이 멎었다. 응급실까지 쫓아왔던 친구들은 줄이 길어 대기 시간이 길어지자 대부분 먼저 떠났다. 마리는 라라를 달래기 위해 가장 먼저 병원을 나섰다. 그나마 오래 남았던 인물은 에이단으로, 엄살을 부리며 헤리의 팔꿈치에 맞은 턱을 기어코 처치받고 갔다. 물론 치료비를 청구하겠다며 헤리에게서 번호를 받아 간 것은 말할 것도 없었다.

헤리는 그 정신없는 상황 속에서도 끝까지 남아 한나의 옆을 지켰다. 심지어 마리가 시킨 대로 술을 사러 갔다가 허탕만 친 데니스와 이스마일의 심기를 풀어 주기 위해 시내까지 갔다가 또다시 병원으로 돌아왔을 정도였다.

그의 옷깃에 묻은 한나의 피는 어느새 갈색으로 변해 있었다. 그의 푸른 눈은 처치를 진행하는 의사의 손을 지켜보았다.

의사는 굳은 피와 새 피가 섞인 한나의 팔에 깨끗한 거즈를 얹고 붕대를 꼼꼼히 감은 후 몸을 일으켰다.

"끝났습니다. 다리는 내일 정형외과에 가 보세요. 큰 유리 조각은 대부분 빼냈고, 작은 것들도 웬만해선 다 빠졌어요. 엑스레이상으론 더 이상 보이지 않는데, 혹시 아무는 와중에 통증이 느껴지면 주저 말고 병원으로 오세요. 진통제 드릴 거고 실밥은 한 일주일 뒤에 뽑으시면 됩니다. 굳이 대학 병원으로 올 필욘 없고 의사 사무실Arztpraxis에 가서 빼 달라고 하면 빼 줄 거예요. 유의 사항 뽑아 드릴 테니 나가서 잠깐만 기다리세요."

"네. 감사합니다."

"감사합니다."

둘이 동시에 외쳤다. 헤리는 슬쩍 웃는 한나를 보지 못한 채 의자에 올려 둔 짐을 정리했다.

"드디어 좀 조용해졌다. 그렇지?"

"응."

"벌써 너랑 병원에 온 것만 두 번째네. 다른 한 번은 내가 기억을 못 하지만."

장난기가 다분한 한나의 말에 헤리는 도리어 표정을 굳혔다.

"그러게."

"고마워, 헤리."

미안하다는 말을 꺼내려던 그는 한나의 말에 놀란 듯 큰 눈을 더 크게 떴다.

"뭐가?"

"끝까지 옆에 있어 줘서."

"내가 다치게 했잖아. 내 탓이니까 당연하지. 미안해."

"아까 왜 그랬던 거야? 레온을 위협하려는 게 아니라, 진짜로 죽이고 싶어 하는 것처럼 보이던데. 그때 진심이었어?"

한나의 질문에 헤리는 그녀의 검은 눈을 빤히 쳐다보다 고개를 저으며 시선을 돌렸다.

"……."

침묵이 길게 이어졌다. 한나는 헤리의 무릎에 놓인 자신의 겉옷을 들어 올렸다.

"말하고 싶지 않으면 안 해도 돼."

헤리는 아무런 답도 하지 않았다. 다만 그녀가 들어 올린 겉옷을 다시 받아 들고 가방을 챙겼다.

"내가 들게. 줘."

"너 팔 다쳤잖아."

"옷 정도는 들 수 있어."

"그냥 내가 들게."

"알겠어."

헤리는 발목에 부목을 댄 한나를 부축하려 했지만, 고개를 젓는 그녀를 보곤 물러났다.

"찜질하고 부목 대니까 걸을 만해. 너무 걱정 마."

긴 복도를 걷는 동안 둘 사이엔 아무런 대화도 없었다. 초록색으로 빛나는 비상구 알림판을 지나 환한 대기실로 들어서자마자 헤리는 그 자리에 멈춰 선 채, 절뚝이며 자리에 앉는 한나를 향해 입을 열었다.

"너한테 거짓말한 게 있어."

"뭔데?"

"나 베데커랑 아는 사이 맞아. 사실 모르는 척하는 게 편한 사이라서 모른다고 한 거야."

레온의 성을 부르는 헤리의 목에 보일 듯 말 듯 핏줄이 섰다. 씹어 뱉듯 발음하는 '베데커'가 낯설었다.

"그런 것 같더라."

한나는 그가 단순히 이것만 말하지 않을 것 같다는 느낌을 받았다. 대화가 길어질 것 같아 그의 쪽으로 완전히 몸을 틀었다.

"……어디서부터 말해야 할지 잘 모르겠는데."

피곤에 젖은 얼굴을 쓸어내리며 헤리는 느릿하게 한나의 옆자리에 앉았다. 아까보다 긴장되는지 다리를 늘어뜨리며 의자에 몸을 파묻는 그의 미간에 주름이 졌다가 금세 사라졌다.

"나 시간 많아. 천천히 해."

"이런 얘기 해 본 적이 없어서 어색할지도 몰라."

"괜찮아. 들을게."

나직한 한나의 말을 마지막으로 둘 사이엔 아주 긴 침묵만이 감돌았다. 의사가 처방전과 유의 사항을 가지고 돌아와 건네주었다. 한나가 보험 카드로 비용 처리를 끝내고 돌아오자, 헤리는 그제야 생각이 정리된 듯 입을 열었다.

"우리 부모님은 내가 두 살 무렵에 이혼을 했거든. 난 아버지랑 살았고 어머니는 아예 다른 도시로 떠났는데, 1년 정도 뒤에 나한테 이부여동생이 생겼어. 이름은 안야, 나랑 세 살 터울이 었지. 난 안야를 내가 열 살 되던 해에야 처음으로 봤어.”

“응.”

한나는 그의 긴 호흡을 기다리다가 조용히 고개를 끄덕였다.

“그때 여동생이 학교에 갈 나이가 됐는데, 걔가 오빠를 갖고 싶다고 했었나 봐. 그래서 어머니가 날 불렀던 것 같아.”

그는 잠시 말을 멈추더니 다리를 살짝 움직여 발목을 교차시 켰다.

“그때까지만 해도 난 내가 여동생은커녕 엄마도 없다고 생각 하고 자랐어. 그래서 처음엔 갑자기 나타난 그 애한테 별로 정 이 가지 않더라. 어차피 서로 멀리 살아서 자주 볼 수도 없었 고, 어머니를 보러 그 집에 갈 때마다 날 낳은 어머니가 내 가 족이 아니라는 게 너무 와닿았거든. 난 아버지랑 둘이 사는데, 걔는 아버지도 있는 데다 어머니까지 뺏어 간 것 같아서 너무 싫었어.”

헤리는 자신을 빤히 응시하는 한나를 쳐다보지 못하고 제 긴 다리에만 시선을 고정했다. 하지만 피곤인지 불안인지 모를 감 정으로 흐려진 그의 눈엔 아무것도 담기지 않았다.

“그래서 잘 못해 줬어. 사실 심한 말도 했었는데, 안야는 그 럴 때마다 화도 안 내더라. 걘 정말 착했어. 안야 친아버지는 걔를 때리면서 훈육했는데, 그렇게 맞고도 자기 아버지를 사랑 한다고 말할 정도였으니까. 나중에 내가 열다섯, 걔가 열두 살 정도가 되어서야 함께 남매다운 얘기도 해 보고, 어머니가 부르지 않아도 서로 1년에 한두 번씩 알아서 만났어."

가족 이야기를 꺼내 놓는 헤리의 얼굴에 고통이 어렸다. 이게 레온과 대체 무슨 관련이 있을까? 고민하던 찰나 한나는 문득 그가 모든 문장을 과거형으로 말하고 있음을 깨달았다.

순식간에 손발이 차갑게 식었다.

"안야가 열다섯 살 정도 됐을 때, 갑자기 나한테 남자 친구가 생길 것 같다면서 전화를 했는데……."

남자 친구라는 단어를 짓이기듯 내뱉는 헤리의 턱이 단단히 굳었다. 그는 더 이상 말하기 고통스러운지 입술을 깨물며 한숨을 내쉬었다.

"걘 자기랑 어울리지 않을 정도로 잘생기고 인기도 많은 애라면서, 믿기지 않는다고 기뻐했어. 나한테 어떻게 하면 쿨한 여자 친구가 될 수 있는지 묻기까지 하고."

"……응."

"그 나이대 '인기 많은 남자애들'이 어떤지 대충 아니까 안야에게 여러 번 경고를 했는데 들은 척도 안 했어. 난 그때 의대 예과 첫 학기라 너무 힘들었고, 방학 내내 간호 실습을 해야 해서 정신이 없었거든. 그래서 크게 신경을 못 썼어."

"……."

"더 변명하자면, 그맘때 아버지가 이혼 후 처음으로 여자 친구를 사귀기 시작하셨는데, 난 아버지가 사랑에 빠진 건 처음 봤었거든. 난 좋은 아들이 되고 싶었어. 짬이 나면 멀리 안야를 만나러 가는 대신, 셋이 모여서 저녁을 먹었지. 안야한테 나에게도 드디어 제대로 된 가족이 생긴 것 같다고 말했는데, 내가 그 말을 한 이후로 그 애한테서 연락이 오지 않기 시작했어."

헤리는 그 말을 맺은 후 입을 다물었다. 한나는 헤리의 얼굴을 보지 않은 채 바닥만 응시했다. 그가 말을 멈춘 이유는 보지 않아도 알 수 있었다. 한참이 지나고 나서야 헤리는 사이렌 소리를 울리며 병원 앞에 선 구급차의 불빛을 보며 입을 열었다.

"전화로 걔 말 들어 주는 것 말곤 할 수 있는 게 없었는데, 그마저도 끊긴 거야. 그런데도 난 그걸 이상하게 생각조차 안 했어. 그러다가 어느 날 어머니한테서 연락이 왔어. 안야가 약을 하는 것 같다고. 그때 걘 고작 만 열여섯이었는데."

"……."

"난 단순히 어머니가 대마를 뭉뚱그려 말하는 거라고 생각했고, 대수롭지 않게 넘겼어. 난 그 연락을 받고도 실습에 나가서 다른 환자들 수발이나 들었지."

줄곧 듣기만 하던 한나는 도저히 참지 못하고 그를 올려다보았다. 헤리는 단 한 방울의 눈물도 흘리지 않았지만, 목소리가 잠기는 것까지 숨길 순 없었다. 그는 이제 아무것도 없는 정면의 벽을 뚫어져라 응시했다. 마치 그곳에 죽여야 할 무언가가 있는 것처럼.

"간신히 시간이 나서 안야를 만나러 가니까, 이미 꼴이 말이 아니더라. 하루 종일 우울해하고, 두통에 시달린다면서 두통약을 열 개씩 먹으려 들고. 강한 수면제가 없으면 잠을 못 잤어. 식사를 못 하는 건 당연했고 혼자 두면 계속 울었어. 대마는 여전히 피우고 있어서 우리는 걔가 혹시라도 다른 불법 약에 손을 댈까 봐 외출도 막았지. 그게 오히려 독이 된다는 걸 머리론 알면서도……. 우울증, 자살 충동, 수전증……, 책에 적힌 정신 이상 증상들이 전에는 다 그저 그렇게 다가왔는데, 실제로 그걸 보니 도저히 담담하게 받아들일 수가 없었어."

"……."

"대체 안야가 왜 이런 상황까지 왔는지 미친 듯이 원인을 찾아내려 했거든. 처음엔 애를 방치한 어머니를 탓했고, 어릴 적에 안야를 때리면서 키운 망할 어머니의 남편을 원망했어. 그 후로 두 분 다 직장을 번갈아서 쉬며 안야를 같이 돌봤고, 나도 학교를 그만두다시피 하고서 그 애 옆을 계속 지켰는데도 상황은 전혀 좋아지지 않더라. 어린 시절부터 쌓인 문제가 쉽게 고쳐지지 않는 건 알아. 그런데도 아예 차도가 없다는 건 좀 심각한 문제였거든. 뭐가 문제일까 고민하는데, 어느 날 뭔가 이상한 걸 느꼈어."

그는 머리를 헝클고는 제 두 손을 맞잡았다. 핏줄이 선 양손에서 그의 분노가 느껴졌다.

"안야가 하루 종일 울 때마다 찾는 이름이 있었는데 그 새끼가 코빼기도 안 보였다는 거. 심지어 그 애가 손목 긋고 입원했을 때도."

여동생이 손목을 그었단 사실을 말하는 헤리의 몸이 부들부들 떨렸다. 문득 한나는 아까 병에 찔린 자신을 보고 메두사를 본 사람처럼 굳었던 헤리를 떠올렸다. 그의 옷깃에 묻은 자신의 피를 보며 한나는 현기증을 느꼈다.

"그게 레온 베데커였지."

예상했던 이름인데, 왜 이렇게 온몸에 오한이 들까. 절대 맞지 않길 바랐던 예상이 맞아떨어져 후회하는 점쟁이처럼. 모든 소음이 뒤로 밀려나고, 곧고 진한 이명만이 한나의 귀를 꿰뚫었다.

"안야 친구들을 수소문해서 알아낸 거라곤 그 새끼가 안야에게 대마를 권유했고, 안야는 걔 여자 친구는커녕 그냥 갖고 노는 사람들 중 하나에 불과했다는 거. 착실해 보이는 애한테 약 팔기 내기를 했는데, 그때 타깃이 안야였다고 했어. 안야를 설득하는 시간을 줄이려고 일부러 좋아하는 척하면서 접근한 거야. 그 개새끼는 학교를 졸업할 때가 되고 내기도 끝나서 이제 손 털고 싶은데, 안야가 후유증에서 벗어나지 못하니까 그 애에게 욕을 퍼붓고 연락을 끊고서 호주로 떠난 거였어. 내 동생이 학교도 그만두고 병원에서 괴로워할 동안 그 자식은 연락 끊고 놀고 있었던 거지."

"호주."

한나는 레온의 집에서 봤던 손바닥만 한 호주 국기와 시드니 오페라 하우스가 있는 엽서를 떠올렸다. 해변에 앉아 노을 지는 하늘을 바라보는 그의 사진도 있었다. 언제 호주를 다녀왔냐고 물을 때마다 그는 미묘한 미소로 화제를 돌리곤 했었다.

"그럼……. 너는 레온을 언제 처음 실제로 만난 거야?"

한나는 멍한 정신을 부여잡으며 간신히 질문을 뱉었다. 차마 헤리 쪽을 돌아볼 용기는 없었다.

"3년 전 1월, 안야 장례식에서."

한나는 숨을 멈췄다. 눈앞이 핑 돌고, 정신이 아득해졌다.

"아주 잠깐 눈을 뗀 사이에 결국 안야는……, 성공했어."

"……."

"그 애를 땅에 묻는 날에 누가 왔는지, 내가 어떻게 사람들이랑 대화했는지 하나도 기억 안 나. 근데 난데없이 나타난 그 새끼 얼굴은 잊을 수가 없어. 그 담담한 표정이 너무 역겨워서, 정신을 차리고 보니까 걔를 죽도록 때리고 있었거든."

몇 시간 전 레온이 헤리에게 했던 말이 떠올랐다.

'그때 다 못 한 오빠 역할, 이제라도 하려는 거야? 그래?'

대체 어떻게 그런 말을 할 수 있을까? 한나는 북받치는 감정을 이겨 내지 못하고 숨을 들이켰다. 허파에서도 통증이 느껴질 수 있다는 걸 처음 실감했을 정도로 따가운 숨이었다.

"1년을 그렇게 안야 옆에서 보내고 난 뒤에 더 이상 의대로 돌아갈 순 없었어. 모든 게 의미가 없어 보여서."

둘 사이엔 무거운 침묵만이 흘렀다.

"그렇게 옮겨 온 학교에 레온이 있는 걸 알고 나서 다른 곳으로 가고 싶진 않았어?"

한나는 간신히 침을 삼키고 물었다.

"입학하고 나서야 여기에 베데커가 다니는 걸 알게 됐는데……, 너무 화가 나서 정말 또 때려치워야 하나 고민했던 건 사실이야. 그런데 시간을 두고 생각해 보니까 그건 중요하지 않더라. 안야가 여길 진심으로 오고 싶어 했었거든. 아마 베데커랑 학교를 같이 다닐 생각으로 말했던 거였겠지. 그 애가 마지막까지 베데커와의 미래를 바랐던 건 받아들이기 힘들지만, 안야가 어른이 된 모습을 이곳에서 꿈꿨다면 난 그걸 대신이라도 이뤄 줘야 한다고 생각했어. 나한텐 그게 제일 중요하니까."

대신 이뤄 준다.

한나는 그 한 문장을 한동안 곱씹고 또 곱씹었다.

"……나한테도 대신 이뤄 줄 게 있었으면 좋았을 텐데."

"뭐?"

한국어로 읊조린 말을 알아들을 리 없는 헤리는 의아한 듯한나 쪽으로 고개를 돌렸다.

"이제야 모든 게 이해가 가. 말하기 힘들었을 텐데 괜히 부추긴 것 같아서 미안해……."

말을 마치지 못하는 한나를 향해 헤리가 나지막이 답했다.

"아냐. 내가 시작한 거잖아. 너한테 제대로 사과하려면 이것도 말해야 할 것 같았어."

"얘기해 줘서 진심으로 고마워. 네가 해 준 얘기는 조금도 새어 나가지 않게 할게. 걱정 마."

그는 간신히 입꼬리만 올려 미소를 지었다. 그러나 그마저도한나의 왼팔을 보자마자 금세 사라졌다.

"오늘 일은 정말 미안해."

"괜찮아. 네 얘기를 듣고 나니까 네가 왜 그렇게 화가 났었는지 정말 이해가 가. 내가 얼마나 한심해 보였을지도 대충 예상되고. 네 앞에서 약 먹고 쓰러지기까지 한 데다가 네 휴대폰 빌려서 연락한 사람이 하필 레온이라니, 얼마나 어이가 없었을까.”

한나의 건조한 자조에 헤리는 미간을 찌푸렸다.

“그런 생각 안 했어.”

“어쩌면 레온을 만나고 나서 벌어질 내 미래를 나보다 네가 먼저 알고 있었을 수도 있겠다.”

“…….”

“남들은 다 눈에 훤히 보이는 것 같던데, 왜 난 항상 이렇게 끝이 지저분한 게임만 시작하는 걸까.”

한나의 말은 누가 들어 주길 바라서 뱉는 거라기보다, 스스로를 향한 질책에 가까웠다.

“내가 오늘 이런 사적인 얘기를 한 이유는 널 탓하려고 한 게 아니라…….”

“날 걱정해서 한 말인 거 알아. 네가 해 준 말 새겨들을게. 진작 그만두긴 했지만.”

헤리는 딱히 이렇다 할 답을 하지 않았다. 한나는 헤리의 의자 팔걸이에 걸려 있는 제 겉옷을 빼고는 아주 잠시, 깔끔하게 떨어지는 남자의 콧잔등을 응시했다.

그녀는 잠깐 고민하며 바닥을 보다가 이내 결심한 듯 무릎 위에 놓인 헤리의 손등에 자신의 손을 포갰다. 헤리는 단단한 제 손보다 한참 작은 그 손을 잠시 보더니 한나 쪽으로 고개를 돌렸다. 바다처럼 깊은 시선이 그녀의 얼굴로 쏟아졌다.

“넌 안야한테 최고의 오빠였을 거야. 어떤 말을 해도 제대로 위로가 안 될 것 같지만, 이 말은 직접 하고 싶었어."

"글쎄."

건조하고 메마른 자조가 그의 얼굴에 피어났다. 한나는 손을 슬며시 내리며 다시금 바닥으로 시선을 돌렸다.

"진짜로. 나한테도 너 같은 가족이 있었다면, 정말 그렇게 생각했을 거야. 아니, 누구나 다 그렇게 느끼지 않을까."

"난 걔를 구하지 못했어."

"가장 가까워 보이는 사람도 어쨌든 내가 아니야. 사람이 다른 사람을 구하는 건 순전히 운에 불과하다고 생각해."

"……."

"물론 만약 이때 이런 말을 했으면 어땠을까, 이런 행동을 했다면 그렇게까지 되진 않았을 텐데 하고 생각하는 건 자유롭게 할 수 있겠지. 하지만 결국 변하는 건 없잖아. 일어난 일은 일어난 거고, 남이 한 선택은 내가 어떻게 바꿀 수 없어. 그러니까 넌 그 상황을 피하지 않은 것만으로도 대단한 일을 한 거야."

헤리는 다시 입을 다물고 정면을 뚫어져라 바라보았다.

"진심이야."

한나는 그 말을 뱉는 제 자신이 참을 수 없을 정도로 역겨운 위선자처럼 느껴졌다. 저 스스로는 지키지도 못했던 깨달음을 지금 그에게 뭐라도 되는 양 설명하고 있는 제 모습에 구역질이 날 정도였다. 도저히 헤리의 얼굴을 마주 볼 수 없었다.

15.
Freitag. 14. Februar 2020
18:17

하루 종일 기말고사 대체용 과제와 씨름한 후 어느덧 어두워진 창밖을 보니 공부할 의욕이 완전히 사라지고야 말았다. 한나는 허기를 달래기 위해 도서관 안 카페로 향했다. 샌드위치한 개와 주스로 식사를 하며 홀로 앉아 있던 한나의 앞자리에 쟁반 하나가 쑥 들어왔다. 레온이 멀끔하게 웃으며 그녀의 맞은편에 앉았다.

"안녕."

한나는 지난 주말에 있던 일을 아예 모르는 척하듯 한가하게 인사하는 남자를 빤히 응시했다.

"초콜릿이 들어간 크루아상이랑 티라미수 있어. 뭐 먹을래?"

"뭐야?"

"너 단것 좋아하잖아."

냉담한 그녀의 반응에도 남자는 넉살 좋은 태도를 유지했다.

"그날 내가 했던 말이 그렇게 이해하기 힘들었어?"

"일단 내 말을 들어 봐. 내가 그때 했던 말은……."

"네가 날 피해망상에 사로잡힌 사람 취급했던 거 말하는 거야?"

한나의 날카로운 말에 레온은 한숨을 내쉬었다.

"피해망상에 빠진 사람 취급한 적 없어."

"네가 원래 그렇게 생각했든, 아니면 그때 화가 나서 실언을 했든 이제 나한텐 별로 안 중요해."

"무슨 소리야?"

"내가 곰곰이 생각해 봤어. 그 2년간 이자벨라랑 마찰이 있을 때만 보험처럼 나를 찾던 네가 갑자기 변한 이유가 뭘까. 자존심 강하고 남한테 싫은 소리 못 듣는 네가 나한테 꺼지란 말을 듣고도 왜 굳이 관계를 개선하려 들까. 너 남한테 상처 주는 말을 했다고 잠 못 자는 성격은 절대 아니잖아."

한나는 그가 내민 쟁반을 옆으로 치우며 상체를 앞으로 숙였다.

"네가 휘둘렀던 여자들 중에 왜 유독 나만 길게 잡고 놔주지 않는지 궁금했는데, 넌 그냥 우울증 때문에 너한테 의존하는 날 좀 더 재밌어했던 것뿐이었어. 네가 오라면 오고, 가라면 갔던 재밌는 장난감이 사라지는 게 싫었던 거지. 왜냐하면 이자벨라에게 묶여서 자존심 상하는 일이 생길 때마다 너한테 휘둘리는 사람을 보면 기분이 좀 나아졌을 테니까. 안 그래?"

"내가 널 진심으로 좋아하게 됐단 생각은 아예 해 보지도 않은 거야?"

이자벨라 이야기가 나오자마자 레온의 표정이 삽시간에 굳었다. 그는 굳은 표정을 숨기기 위해 곧장 유들유들한 말로 받아쳤지만, 한나는 그런 시도조차 우습게 보였다.

"네가 나를 좋아한다니, 그거야말로 피해망상증 걸린 사람이나 할 법한 생각 같은데."

"한나. 그게 그렇게 이상한 일처럼 느껴져? 넌 충분히 멋지고 아름다운 사람인데, 대체 왜…….'

"헛소리하지 마. 네가 나에 비해 너무 과분해서 그렇다는 게 아냐. 네가 누군가를 좋아한다는 걸 믿는 거 자체가 피해망상 같다는 거지. 넌 너 말곤 그 누구도 좋아하지 않잖아. 아니, 너를 포함한 그 누구도 좋아할 수 없는 건가?"

말이 칼이 될 수도 있다는 소리를 어디선가 들은 적이 있었지만, 직접 마음먹고 칼을 내뱉은 적은 처음이었다. 레온의 턱에 힘이 단단히 들어갔다가 천천히 빠졌다.

"어디서 망할 심리 테스트 책이라도 얻어 읽었어?"

"아니. 지금까지 너한테서 보였던 걸 말하는 것뿐이야."

그가 간신히 분노를 참고 있다는 게 멀찍이 앉은 한나의 살갗에까지 생생히 느껴졌다. 하지만 그녀는 물러나지 않았다.

"넌 아파, 레온. 그걸 인정해야 네 남은 인생이 편해져. 네가 나한테 그랬지. 그걸 인정하고 제발 멀쩡해지려고 노력 좀 해 보라고. 너도 여자 후리면서 인생 허비 그만하고, 네 문제 스스로 돌아보면서 고칠 생각을 해."

그가 얼마 전 자신에게 했던 말을 그대로 인용한 후 자리에서 일어나려 하자, 레온이 그녀의 다친 팔을 강한 힘으로 잡아채서 다시 자리에 앉혔다. 그의 손에 눌린 붕대에 피가 스며들었다. 지금까진 아무리 화가 나도 폭력적인 모습을 단 한 번도 보인 적 없던 레온의 이 행동에 한나는 본능적으로 몸을 뺐다.

"방금 뭘 한 거야?"

"넌 내가 여자를 재미로 후리고 다닌다고 생각해? 장난으로 사람 휘두르는 걸 즐긴다고?"

"이거 놔."

"우리 대화 아직 안 끝났어. 내가 납득할 수 있게 떠들어 봐. 내가 아프다고 생각하는 이유가 뭔데?"

"너 항상 뒤끝 없는 게 좋다고 했잖아."

"너 때문에 그렇게 안 된 지 오래됐어. 그러니까 빨리 말해. 그 전까지 너 못 가니까."

"웃기는 소리 하지 말고 이거 놓으라고."

"내가 널 장난감처럼 여긴다고 했지? 그럼 넌 나를 왜 만난 거야? 그렇게 느꼈으면서 대체 뭘 바라고 만났는데?"

그녀가 항상 그에게 했던 질문이 이번에는 그의 입에서 짓이기듯 나왔다. 예상하지 못한 말에 한나는 몸이 얼어붙었다.

"너도 나한테서 뭔가를 얻었으니까 붙어 있었던 거잖아. 안 그래?"

"그러는 넌? 날 같잖은 장난 정도로 여기고 만난 게 아니라고 말할 수 있어?"

"젠장, 한나! 몇 번을 말해. 난 네가 좋아서 만났어! 제발 말 돌리지 말고 내 질문에 답이나 해. 네 말대로라면 넌 여자나 후리고 다니는 정신 아픈 놈이 부르면 오고, 가라면 갔던 사람이 되는 거잖아. 그런 쓰레기랑 만난 이유를 납득이 가게 설명해 봐."

"너한테 내가 필요해 보였으니까."

한나는 지금껏 질투든 짜증이든 미적지근한 애정 이상을 보인 적 없던 레온이 이런 반응을 한다는 것에 놀랐지만, 일단 당황이 가시자 예전처럼 담담한 표정을 꾸며 낼 수 있었다. 탁자 아래로 숨긴 그녀의 손이 묘한 긴장으로 파르르 떨렸다. 헤리에게 그런 이야기까지 들어 놓고도 레온의 말과 행동에 휘둘리는 자신이 죽도록 싫었다. 그가 다시 말했다.

"난 단 한 번도 너한테 강요한 적 없었어. 만나 달라고 빈 적도 없고, 같잖은 말로 널 꾀려고 했던 적도 없어. 난 그냥 너한테 한두 번 문자를 더 보냈을 뿐이고, 넌 그걸 무시하지 않았잖아. 아니, 오히려 뭔가 더 있길 바랐지."

"맞아. 나 너 좋아했어. 너한테 바랐던 건 미친 듯이 많았지만, 그걸 표현할 수 있을 정도로 너랑 가까웠던 적은 한 번도 없었어. 인정해. 이걸 듣고 싶었던 거지? 이제 좀 놔줄래?"

마침내 나온 한나의 긍정에도 레온은 만족할 수 없었다. '좋아한다'가 아닌 '좋아했다'는 그 한마디가, 자신을 마주 본 단단한 얼굴에서 느껴지는 이상한 한기가, 멀게만 느껴지는 감정이 목을 붙잡고 저 밑으로 질질 늘어져 있는 기분이었다. 토할 것만 같았다. 레온은 애써 욕지기를 삼키고 말을 이었다.

"한나, 난 그 누구에게도 관계를 강요한 적 없어. 매달린 적도 없고, 뭘 하라고 시킨 적도 없어."

한나의 미간에 주름이 잡혔다. 그는 그녀가 헤리에게서 무슨 얘길 들었는지 추궁하기보다 차라리 간접적으로 설명하는 쪽을 택한 듯했다.

"네가 들으면 어처구니없다고 웃을지도 모르지만, 사실이야. 애당초 사람을 좋아하는 성격도 아니었고, 항상 내가 원하는 것보다 많은 사람이 주위에 몰려서 그걸 즐겼던 적도 없어. 주위에 몰린 사람들을 머리 써서 이용해 먹을 정도로 부지런한 편도 아니야. 난 그럴 시간에 미술관에 틀어박혀서 그림이나 보는 걸 더 즐거워하는 사람이라고. 그건 네가 더 잘 알잖아."

레온은 확실히 남에게 끌리기보다는 남을 끄는 부류였다. 그는 젊고, 잘생겼으며, 체형도 좋았고, 쾌활한 데다 은근히 꺼려질 방종함조차 매력적으로 꾸며 낼 수 있는 사람이었다. 한나 또한 스스로를 부정했지만, 그의 그런 모습에서 눈을 떼지 못했던 적이 있었다.

"그래서 네 말은, 넌 가만히 있는데 사람들이 알아서 널 좋아했고, 너한테 집착했다는 거야?"

"좋아한 게 아니라, 이용할 가치를 본 거겠지. 난 항상 오해를 샀어. 적당히 친절하기만 해도 작정하고 추파 던지는 이상한 놈이 되고, 적당히 거리를 두면 재수 없는 새끼라고 욕을 먹었지. 여자들 말고도, 친하게 어울리는 남자들까지도 내 뒤에서 그딴 소리를 했어. 나한테 왜 그렇게 밤마다 친구들에게서 연락이 오는 줄 알아? 그 새끼들은 나 없이는 여자 번호 하나 제대로 못 따거든. 이자는 내 겉모습 말고, 그런 등신들 하나 제대로 떨쳐 내지 못하는 내 찌질함을 알고 접근했어. 그거 말고도 걘 내가 뭘 무서워하는지 누구보다 잘 알았고, 그걸 이용해 먹었다고. 그게 다야. 난 걜 좋아했던 적이 없어."

"요약하자면 이자만큼 널 잘 아는 사람도 없다는 거잖아. 천생연분이네. 싫다는 사람 기분 잡치지 말고 빨리 너 좋다는 사람한테 가, 제발."

"걘 사이코야, 한나. 걔가 처음에 나한테 접근한 것 자체가 협박이었어!"

왜 도와 달라고 말하지 않았냐고 묻고 싶었지만, 한나는 이미 그 질문의 답을 누구보다도 잘 알고 있었다. 어쩌면 그 점에서 둘은 쌍둥이처럼 닮았기에, 레온은 우울의 늪에서 허우적대는 한나 옆에 머무를 수 있었던 것일지도 모른다.

"이자가 같은 학과인 헤르만한테서 뭐라도 들었을까 봐 너 혼자 겁먹은 건 아니고?"

그녀의 지적에 레온의 낯빛이 밀랍보다 하얗게 변했다.

"뭐?"

"레온, 넌 남들이 널 일방적으로 이용해 먹은 것처럼 말했지만, 넌 그 우위에 선 느낌을 누구보다 잘 알아, 안 그래? 남이 널 찾고, 널 필요로 해서 안달하는 그 느낌을 평생 누려 왔으니까. 남자애들이 너를 필요로 했던 이유가 여자 때문이든 뭐든,

개네보다 네가 더 우월하단 생각 때문에 굳이 그 무리에서 나올 생각조차 안 해 봤잖아."

레온의 눈에 분노가 피었다. 그럴듯한 답을 하지 않곤 여기서 벗어날 수 없을 것이다. 한나는 그의 회색 눈을 똑바로 쳐다보다가, 고개를 숙이고 가방을 뒤지기 시작했다. 그리고 그가 예전에 건네준 스마트폰 공기계를 꺼냈다.

"널 다시 보고 싶지 않아서 택배로 보내려 했는데, 그냥 지금 가져가."

"내가 준 거잖아. 그건 네 거야. 갖기 싫으면 버려."

"버릴 거였으면 네 손으로 버려야지, 왜 나한테 준 거야?"

"너한테 버린 게 아니라, 난 네가 걱정됐던 것뿐이야!"

정말 자신은 무고하다는 듯 항의하는 레온을 보며 한나는 복잡한 심경이었다. 공기계의 데이터를 모두 지워도 클라우드는 자동 로그아웃이 되지 않는다는 사실을 몰랐던 걸까. 그 클라우드 내용을 확인하며 한나는 지독한 수치심을 느꼈었다.

레온은 그녀가 매달리듯 보냈던 메시지들을 클라우드에 저장해 놓고 폴더에 따로 관리해 두었다. 그것도 한나에게 상처가 되었지만, 가장 충격적이었던 것은 레온이 여러 여자들과 나눈 개인적인 대화와 사진을 캡처해서 다른 남자아이들과의 음담패설에 써먹었다는 사실이었다.

심지어 이자벨라의 사랑 표현조차 그들 사이에서는 놀림거리였다. 클라우드 속 저장된 파일 안에는 그녀와의 대화가 남자들 사이에서 오르내린 흔적은 없었지만, 그녀는 기록이 없다고 해서 레온을 믿을 만큼 바보는 아니었다. 게다가 그중 잠겨 있는 파일은 비밀번호를 알지 못해 열어 보지도 못했다.

'그 파일엔 또 얼마나 더러운 게 있을까.'

한나는 제가 뱉은 말들이 레온 무리에서 대체 어떤 조롱거리 가 되어 입에 오르내렸을지 너무도 선명히 상상할 수 있었다.

'휴대폰 속 내용을 보고, 알아서 꺼져 주길 바라는 줄 알았 는데.'

확고했던 결심이 살짝 흔들릴 정도로 그는 정말로, 진심으로 그녀에게 상처 줄 의도는 전혀 없었던 것처럼 보였다. 하지만 그렇다 한들 그의 본질이 달라지는 것은 아니었다. 한나는 입 술을 깨물었다.

"난 정말 널 이해할 수 없어, 레온."

"……사람은 원래 다른 사람을 완벽히 이해할 수 없어."

"난 널 믿고 싶었는데……."

들릴 듯 말 듯 작게 속삭이는 한나의 목소리에는 힘이 없 었다.

"한나, 도대체 무슨 생각을 하는 거야?"

그녀는 무언가 물어볼 것처럼 입술을 달싹였다. 레온이 준 공기계를 만지작거리는 한나의 손이 불안한 듯 떨렸다.

"너, 정말 나한테 해 줄 말 없어?"

한나는 마지막으로 기회를 주듯 레온에게 물었지만, 회색 눈 만 혼란스럽게 흐려질 뿐 그에게서는 아무런 답도 돌아오지 않 았다. 그녀는 한참 동안 그의 눈을 응시하며 답을 기다리다가,

공기계를 주머니에 넣고 자리에서 일어났다.

"네 말대로 이건 네가 나한테 준 거니까 일단은 갖고 있을게."

이 말이 이상할 만큼 의미심장한 이유는 무엇일까. 레온은
괜히 느껴지는 한기에 미간을 구겼다.

"한나, 가지 마."

"너랑 내가 앞으로 개인적으로 보는 일은 없을 거야."

"아니, 넌 날 보러 올 거야."

레온은 습관처럼 말을 뱉었지만, 평소와 같은 당당함은 없
었다.

"마음대로 생각해. 변하는 건 없으니까."

그는 마음속에서 솟아오르는 이상한 불안감을 외면하고자
그녀를 정면으로 쳐다봤지만 한나는 뒤돌아보지 않았다. 한나
가 카페를 나간 후 들이치는 바람 소리가 그의 귀에 꽂혔다.

16.
Freitag. 14. Februar 2020
19:05

레온을 만나고 나니 안 그래도 불안했던 가슴이 더욱 답답
해졌다. 하고 싶은 말을 다 뱉으면 그래도 후련할 것만 같았는
데, 우울과 함께 뒤섞인 불안은 그녀의 머리를 더욱 무겁게 짓
눌렀다.

게다가 애써 묻어 놓았던 문제들까지 같은 뿌리를 타고 뭉글
뭉글 올라오기 시작했다.

라라와 연락이 끊긴 지 벌써 5일째였다. 헤리에게 안겨서 응
급실로 갔던 날, 라라를 바람맞힌 이후 단 한 번도 그녀에게서
연락이 오지 않았다. 단체 채팅방도 쥐 죽은 듯 조용해서 마음
이 불안했다.

이왕 과감해진 김에 마음에 얹힌 짐을 최대한 덜어야 했다.
이 순간이 지나 또 무기력이 그녀를 엄습하면 무언가 나서서

할 생각은 나지도 않을 테니까.

[어디야?]

라라에게 메시지를 적어 놓고도 한나는 전송 버튼 위에 엄지 손가락을 띄워 놓은 채 한참을 망설였다.

곰곰이 생각해 보면 그녀의 이 불안감은 남들보다 한참 뒤처진 사회화 단계 때문이었다. 한국에 있는 동갑 친구들은 지금 대학교를 졸업하고 다들 더 성숙해지고 있는데, 여전히 대학교 안에 머무르고 있는 자신은 지지부진하게 졸업 걱정, 친구 관계 걱정만 하고 있을 뿐이었다. 고등학생 때도 귀찮아서 발 빼고 살았는데, 친구들과의 은근한 신경전과 신파극을 지금 와서 겪게 되니 머리가 아파 왔다.

어른도 아니고, 그렇다고 아이도 아닌 그 어중간한 경계에 서서 한나는 점점 자신의 자리가 좁아지고 있음을 느꼈다. 어떻게든 갈등을 풀어 보려 해도 좀처럼 유연한 답은 떠오르지 않았다. 결국 한숨으로 체념을 숨어 내며 메시지를 길게 이어 붙였다.

[시험은 다 끝났어?]

전송 버튼을 누르자 곧장 상대방이 확인했음을 알리는 푸른색 체크 표시가 떴다.

하지만 라라에게서 답은 오지 않았다.

"후."

[라라랑 같이 있는 사람?]

모리츠, 핏체, 실비아에게 그룹 문자를 보내자 곧장 답이 왔다.

[실비아: 나 걔랑 이번 주 내내 연락 안 돼. 모리츠 넌?]
[모리츠: 나도 안 되는데. 걔 내 연락도 안 받아.]
[핏체: 너도 모르는 사이 헤어진 거 아님?]

연락이 닿으면 말해 달라는 답장을 보내고 난 뒤, 한나는 최후의 수단을 쓰기로 했다. 좀처럼 쓰지 않는 페이스북 메신저를 열고 망설이다가, 애써 무시해 왔던 네 개의 선글라스를 쓴 프로필 사진을 눌렀다.

'남자 때문에 문제가 생긴 거면, 그 남자를 옆에 데려다주면 되지.'

이렇게까지 해야 할까 싶었지만, 그래도 약속한 입장에서 그런 식으로 라라와 마주쳤던 건 왠지 마음 한구석이 불편했다. 고의가 아니었다고 해도 말이다.

[헤리, 혹시 지금 바빠?]

보낸 지 몇 분 지나지 않아 헤리의 계정에 점 세 개가 떴다.

그가 무언가 쓰고 있다는 표시였다. 하지만 이내 그 점이 사라졌고, 곧장 한나의 휴대폰이 요란하게 진동하기 시작했다.

Lermann Hutten(Heri)의 통화 요청

당황하며 수락 버튼을 누르자 상대방 쪽에서 전차 지나가는 소리가 크게 울렸다.

"여보세요?"

— !@#!

"헤리? 뭐라고?"

— @$@!

"전차 소리 때문에 안 들려!"

— 너 어디냐고.

소음이 잦아들자마자 귀에 꽂힌 익숙한 저음에 한나는 순간 몸을 움찔했다.

"중앙 도서관 근처인데. 너는?"

— 나는 시내. 무슨 일이야?

그의 목소리에 걱정이 묻어났다. 한나는 민망함에 잠시 머리를 헝클다 과감히 입을 열었다.

"어……. 혹시 지금 시간 있나 싶어서."

— 지금?

"응."

— 있어. 왜?

"그럼 잠깐 만날 수 있을까?"

— 어디서 볼래?

"내가 그쪽으로 갈게. 정류장에서 만나."

— 알겠어.

"응."

전화를 끊자마자 한나는 맞은편에서 오는 전차를 타기 위해 길을 건넜다. 고작 두 정거장인 거리를 가면서 전차를 탄 이유는 다리가 아파서가 아니었다. 그를 기다리게 하고 싶지 않았다.

'날이 추우니까.'

그렇게 스스로에게 답하며 창밖을 내다보자 눈에 잘 보이지 않는 진눈깨비가 흩날리기 시작했다.

'이렇게까지 해야 할까.'

순식간에 도착한 시내역에 내리면서 한나는 잠시 고민했다. 안 그래도 그에게 진 빚이 많은데, 라라와의 관계를 조금 낫게 해 보겠다고 구태여 헤리까지 끌어들이는 것이 영 찜찜했기 때문이었다.

빨리 가겠다며 전차까지 탔던 방금 전과는 달리 그녀의 발걸음은 거북이처럼 느려졌다. 하지만 진눈깨비로 미끄러워진 돌바닥을 조심스레 걸으면서도 약속 장소로 향하는 발을 멈추진 않았다.

얼마 지나지 않아 한나는 맞은편 거리에 서 있는 길쭉한 남자를 발견했다. 걸음을 멈추고 건물 기둥 사이로 어렴풋이 보이는 그의 그림자를 멍하니 바라보다가, 자신이 있는 쪽을 향해 시선을 돌리는 남자와 눈이 마주쳤다.

그가 환하게 웃었다. 추위로 붉어진 그의 뺨에 괄호 모양의 우물이 팼다. 먹색 구름 사이로 흩날리는 진눈깨비가 속눈썹에 달라붙어 눈이 시렸다. 한나는 천천히 눈을 감았다 떴다.

그 자리에 서 있는 남자는 여전히 환한 웃음을 담은 눈으로 그녀를 응시하고 있었다. 단 한 올의 거부도 없는 눈빛으로.

'아.'

레온의 클라우드를 본 뒤 느꼈던 괴로움, 자기혐오, 불신, 간신히 뱉은 가시 돋친 말이 불러일으킨 불안, 불편한 친구들과의 관계, 고립, 미래에 대한 두려움, 과거에 대한 후회……. 그 모든 것이 땅에 부딪혀 녹아내렸다.

그제야 한나는 왜 자신이 그에게 연락을 했는지 깨달았다.

"안녕."

천천히 다가오는 한나를 향해 헤리는 조금 성마른 걸음걸이로 다가가 거리를 좁혔다. 그의 목소리는 습기 찬 늦겨울을 증명이라도 하듯 평소보다 차가웠다.

"안녕."

"잘 지냈어?"

"응. 너는?"

"그럭저럭."

그 말과 함께 씩 올라가는 입꼬리. 한나에게도 그의 웃음이 옮았다.

"커피라도 마실까? 춥다."

한나가 뭐라 제안하기도 전에 그가 코트 주머니에 손을 찔러 넣으며 물었다.

"그래."

'커피 마시러 가자'는 말은 데이트 신청할 때 많이 쓰는 말인데, 별다른 뜻이 없다는 걸 알면서도 이상하게 어색해지는 표정을 고치기 위해 그녀는 흩날리는 진눈깨비를 보는 척했다.

"어디 갈래? 도서관 카페로 갈까?"

"아니, 거기 말고. 거기 곧 닫잖아."

도서관 카페에서 방금 뛰쳐나왔는데, 거길 또 들어가고 싶진 않았다. 혹시라도 레온이 거기에 남아 있을 수도 있었다. 한나의 칼 같은 답에 헤리는 어깨를 으쓱였다.

"그럼 내가 자주 가는 곳이 있는데 거기로 갈래?"

"응, 좋아. 얼마나 멀리 있어?"

"이 근처야. 조금만 걸으면 돼."

한나는 고개를 끄덕이곤 그의 보폭에 맞추어 걸었다. 그녀보다 다리가 한참은 더 긴 그의 보폭에 맞추는데도 걸음이 빨라지기는커녕 오히려 평소보다도 느렸다. 일부러 느릿하게 걷는 그 느낌이 좋았기에 한나는 아무 말 없이 그가 향하는 방향을 쫓아갔다.

"여기야."

5분 정도 걸었을까. 헤리는 천천히 멈춰 서서 따뜻한 빵 냄새가 유리문 사이로 새어 나오는 카페를 가리켰다. 자주 지나다니는 길이었지만, 단 한 번도 발견하지 못했던 작은 카페였다. 은은한 노란 조명 덕에 진열대에 놓인 빵들이 한층 더 고소하고 신선해 보였다. 세련된 분위기는 아니었지만, 추운 겨울을 잊게 해 줄 수 있을 만큼 포근한 냄새를 풍겼다.

"들어가자."

헤리는 한나에게 문을 열어 준 후 익숙한 듯 카페 안으로 들어가 기둥 뒤 작은 공간에 딱 알맞게 들어간 테이블에 자리를 잡았다. 한나는 어색함을 티 내지 않기 위해 최선을 다하며 겉옷을 벗어 의자에 걸었다.

"팔이 왜 그래?"

소매를 걷어 놓은 탓에, 아까 레온의 손에 눌려 붕대에 스며든 피가 드러났다.

"응? 아, 이거. 아무것도 아니야."

한나는 재빨리 소매를 내리려 했지만, 헤리가 오른팔을 붙잡는 바람에 실패했다.

"피가 터졌잖아."

"응. 잘 안 낫네."

"5일이나 지났는데 아직도 피가 나?"

한나는 걱정과 의아함이 섞인 헤리의 눈을 마주 보지 않고 대충 웃으며 고개를 돌렸다.

"딱지 졌었는데, 내가 잘못하다가 상처가 덧났어. 너무 걱정 마."

"누가 눌러서 터진 것 같은데. 원래 상처 부위보다 핏자국이 작잖아."

"아침에 옷 입다가 소매 고무줄에 눌려서 그래. 저기 직원 온다. 너 뭐 먹을 거야?"

"한나. 이거 방금 터진 거잖아. 피가 아직 갈색으로 변하지도 않았어."

어떻게든 얼버무리려 했지만 전혀 통하지 않았다. 직원은 테이블 분위기가 심상치 않은 걸 눈치챘는지 다른 곳으로 가 주문을 받았다. 한나는 멀어져 가는 직원을 안타깝게 응시하다가 결국 포기하고 한숨을 내쉬었다.

"다친 거 모르는 친구가 팔뚝 잡아서 터진 거야."

"그게 다야? 그런데 왜 거짓말했어?"

"네가 괜히 신경 쓸까 봐. 자꾸 나 다치게 한 것 때문에 네가 미안해하는 거 보기 싫어서."

반쯤 사실인 변명이었다. 힘들 때마다 혜리와 마주쳤고, 그는 언제나 그녀를 도왔다. 어쩌면 한나는 자기도 모르는 사이 그에게 문제 해결을 기대하고 있는지도 몰랐다. 하지만 한나는 자신에게 그럴 권리 따윈 없다는 걸 너무도 잘 알았다. 그도 그런 의무 따윈 없었다. 더 이상 레온과의 이야기를 떠벌려 혜리의 속을 뒤집고 싶지 않았다. 사실은 그냥 마음에 묻어 두기로 했다.

혜리는 한나의 말을 모두 믿는 눈치는 아니었지만, 더 캐묻지 않고 고개를 끄덕였다.

"알겠어."

"여긴 뭐가 제일 맛있어?"

"커피 좋아해? 아니면 빵 먹을래?"

옆에 꽂혀 있는 메뉴판을 들추며 헤리가 물었다.

"나 커피 마시면 잠을 못 자서, 차가 좋아."

"카페인 없는 것 중엔 캐모마일이 제일 좋은 것 같던데."

"그럼 그걸로 할래. 넌 커피 좋아해?"

"응. 근데 맛을 구분할 정도로 잘 아는 건 아냐. 오늘은 나도 차 마셔야겠다. 홍차로 할래."

의미 없이 메뉴판을 뒤적였던 것치곤 아주 빠른 결정이었다.

"그래서. 무슨 일이야?"

그는 원래 있던 곳에 메뉴판을 꽂아 놓았다. 느릿하게 팔을 뻗은 헤리는 두껍고 부드러운 목 폴라 스웨터를 입고 있었지만, 한나는 순간 라라의 그림 속 헤리가 보였다. 외설적인 방향이 아닌, 아주 당연하고도 자연스럽게 그 그림이 헤리에게 오버랩 되자마자 한나는 자신이 그를 찾아온 이유를 피부로 느꼈다.

헤리는 한나의 눈을 빤히 응시했다. 한나는 그의 옆구리에 박힌 날카로운 가시의 잔상을 간신히 무시하며 입을 열었다.

"어……, 그러니까."

사실 라라가 그를 좋아하고 말고는 한나에게 중요하지 않았다. 헤리를 이용해서까지 라라와 친해지고 싶은 마음이 큰 것도 아니었다.

'너는 어떻게 그 일을 극복한 거야? 어떻게 그렇게 다정할 수 있지? 난 매일 아침마다 누군가 날 죽여 줬으면 좋겠다고 생각해. ……너도 그렇지 않아?'

"듣고 있어."

그가 탁자에 팔짱 낀 팔을 놓으며 올려다보자 한나는 숨을 천천히 내뱉으며 말문을 열었다.

"너한테 묻고 싶은 게 있어서 연락했어."

"뭔데?"

그때 웨이트리스가 다가와 아까 받지 못했던 주문을 받았다.

"홍차랑 캐모마일차 한 잔요."

"아, 그리고 브레첼*도 하나 주세요."

한나가 음료 주문을 하자마자 헤리가 덧붙였다. 문득 도서관 카페에서 레온이 미소를 지으며 들이밀었던 쟁반이 떠올라 한나는 미간을 구겼다.

"나 아직 저녁을 못 먹었거든."

멋쩍게 웃는 헤리를 향해 한나는 입술 끝을 올려 보였지만 그다지 설득력 있는 미소로는 보이지 않았을 것 같았다.

"아무튼, 뭘 묻고 싶었는데?"

"라라 있잖아."

"응. 마리 동생."

그게 다가 아닐 텐데. 하긴 그다지 상관없는 사람한테까지 잤다고 소문내긴 뭐할 수도 있겠지. 한나는 쓴웃음을 삼키며 고개를 끄덕였다.

"걔가 지금 오해를 좀 하고 있어서 연락이 아예 안 돼."

---

* Bretzel : 8자 모양의 빵.

"무슨 오해?"

"걘 나랑 너 사이에 뭔가 있다고 생각해. 우리 집에서 프레 파티 했다가 망한 날, 네가 날 들쳐 안고 있었잖아. 그걸 보고 걔가 오해했나 봐. 그래서 말인데, 네가 라라한테 연락 좀 해 줄 수 있을까 해서."

헤리는 감정을 읽을 수 없는 표정으로 한나를 빤히 쳐다보다 가 등받이에 몸을 푹 기댔다.

"걔가 오해한 건 그렇다 치는데, 왜 그런 걸 가지고 내가 걔 한테 연락을 해야 해?"

"……꼭 그래야 한다는 건 아니고, 혹시 그래 줄 수 있냐고 묻는 거야."

"라라가 네 연락을 안 받는 게 정말 그 이유 때문이야? 다른 애들한테 다른 이유가 없는지 물어봤어?"

"내 연락만 안 받는 게 아니라 다른 애들 연락도 다 안 받아."

"그럼 네가 나랑 있어서 그런 것만은 아닌 것 같은데."

"나도 알아. 그래도 할 수 있는 건 다 해 보고 싶어."

"굳이 그렇게까지 안 해도 될 것 같아. 걔도 스스로 문제 해 결이 어느 정도 되면 너희한테 먼저 연락할걸."

순간 어린아이가 되어 버린 것만 같아 한나는 얼굴을 붉혔 다. 민망함이 몸을 타고 흐르자 저도 모르게 날이 선 말이 튀어 나왔다.

"너는 라라 걱정 안 돼?"

"내가 왜? 내 친구는 마리지, 걔가 아닌데."

그의 말에 한나는 속으로 헛웃음이 나왔다. 섹스가 깃털처럼 가벼울 수 있다는 건 이미 알고 있었지만, 머리로 이해한 것과 마음으로 받아들이는 건 극명히 다른 일이었다. 한나는 헤리가 라라를 향해 이렇게 냉소적일 수 있다는 점이 생각한 것 이상으로 실망스러웠다.

"너 걔가 너한테 마음 있는 거 몰라?"

"걔가 나한테 관심 있고 없고는 내 책임이 아니지. 난 아무것도 안 했는걸."

호감을 받는 쪽엔 책임이 따르지 않는다.

한나는 레온을 떠올렸다. 헤리에게서 레온을 보게 되다니. 이상할 만큼 마음이 놓였지만, 동시에 그런 기분을 느낀 제 모습이 싫었다.

'난 사람들한테 나 좋아해 달라고 했던 적 없어.'

당연한 말이다. 하지만 한나는 그 말이 너무도 무책임하다고 생각했다. 그녀 또한 그런 말들로 누군가에게 상처를 준 적이 있음에도.

'정말, 넌 정말 네 행동, 말 한마디가 나한테 어떤 영향을 줄지 몰랐다고 할 수 있어?'

아주 오래전 누군가가 그녀에게 소리쳤던 그 한 문장이 뇌리에 박혔다.

"아무리 즐기는 관계가 판을 친다지만, 난 그걸 다 이해할 수 있는 사람은 아닌가 봐."

혼잣말처럼 작게 읊조린 말이었는데, 헤리는 그걸 놓치지 않고 듣고는 미간을 구겼다.

"즐긴다니, 그건 또 무슨 소리야?"

헤리의 물음에 한나는 그제야 사색에서 빠져나왔다. 그의 어두운 머리칼을 타고 녹은 눈이 흘러내렸다. 한나는 차마 그의 눈을 마주치진 못했다.

"혹시 걔가 나랑 잤다고 말했어?"

"……아니."

한 박자 느린 대답에 헤리는 숨겨진 의미를 이해했는지 오히려 허탈하게 웃었다.

"한나, 나 걔랑 잔 적 없어. 개인적으로 만난 적도 없는 사이야."

"너 옆구리에 문신 있지?"

말을 자르고 덤덤하게 묻는 한나를 보며 헤리는 당황한 듯 미간을 구겼다.

"네가 그걸 어떻게 알아?"

"라라가 네 문신 위치랑 모양을 정확히 알고 있었어. 너한테 크롭탑 입는 취향이라도 있는 게 아니면 이 상황이 설명이 안 되잖아."

"아."

한나의 추궁에 헤리가 난감한 듯 웃었다.

"대답이야 해 줄 수 있는데, 너야말로 이거 하나만 답해 줘 봐. 내가 라라랑 잤는지 안 잤는지가 너한테 중요해?"

"안 중요해. 근데 내가 라라 걱정하는 걸 네가 너무 한심하게 보는 것 같아서, 이러는 이유를 짚고 넘어가려고 했던 것뿐이야."

"한심하게 본 적 없어. 걔 때문에 네가 날 이상하게 봤다는 게 짜증이 난 거지. 생각해 봐. 난 걔랑 두 마디 이상 해 본 적도 없는데, 갑자기 관심 있는 사람이 나를 오해해. 너라면 화 안 나겠어?"

'관심 있는 사람?'

한나는 순간 잘못 들은 건가 싶어 미간을 구겼지만, 헤리의 표정은 너무도 평온하고 빈틈이 없었다. 그녀는 따져 물을 생각도 하지 못한 채 고개를 주억거렸다.

"그렇게 느꼈다면 미안해."

"사과를 원했던 건 아니고."

"그럼 아까 얘기로 돌아와서……."

한나가 말을 끝맺기도 전에 헤리는 성마른 태도로 답을 던졌다.

"난 가끔 크로키 모델 일을 해."

"응?"

"라라는 마침 내가 모델로 서던 날 수업을 들었고, 쉬는 시간에 옛날에 본 적 있지 않느냐면서 말을 걸어왔어. 난 기억 안 나서 대충 답하고 말았고. 그게 다야."

'크로키 모델?'

머리를 거치지 않은 반응이 입 밖으로 튀어나오려 해 한나는 순간 입술을 깨물었다.

"왜 그래?"

"아냐. 트림 나올 뻔해서 참느라."

"뭐?"

헤리에게서 황당함과 어처구니없음이 섞인 웃음이 터져 나왔지만, 한나는 그가 뭐라 말하기도 전에 질문을 던졌다.

"그 일은 어떻게 시작하게 된 거야?"

"전 여자 친구가 미술 전공이라, 나한테 근육이 잘 보인다고 종종 그림 모델을 부탁했었어. 처음엔 그 애 모델만 해 주다가, 딱 한 번 다른 모델이 약속을 펑크 내서 나갔던 적이 있거든. 그때 교수가 마음에 든다고 연락처를 줬고, 지금은 지인들 부탁이 있으면 시간 괜찮을 때 가끔 나가. 운동할 마음도 생기고 단기로 돈 벌기엔 좋아서."

'그럼 라라가 했던 얘기는 뭐였지? 거짓말한 건가? 왜?'

놀랍도록 싱겁고 별것 아닌 이야기에 한나는 갑자기 너무나 깊게 생각했던 제 모습이 민망해졌다.

"그렇구나. 무슨 운동 하는데?"

"별거 없어. 체육관에서 체력 운동 하는 거나 스키. 여름엔 수영도 해."

"아."

"오해는 다 풀렸어?"

대체 뭐가 웃긴 건지, 헤리는 아까부터 계속 웃음을 숨기지 못한 채 한나를 쳐다봤다.

"내가 너무 앞서 나갔나 봐."

"오늘 나한테 연락한 건 이 일 하나 때문이었던 거야?"

"……응."

또다시 반 박자쯤 늦은 답. 헤리의 한쪽 눈썹이 이마를 타고 쭉 올라갔다.

"난 좀 다르게 생각했는데, 의외네."

"왜?"

한나가 구체적인 질문을 던지려던 찰나, 여자 직원이 주문한 음료와 빵을 쟁반에 들고 나타났다.

"홍차는 저 주시고, 캐모마일은 저쪽에 주세요."

"네."

홍차를 놓는 여자의 눈이 헤리에게 오래 머물다 한나 쪽을 아주 잠시 스치고 지나갔다.

"더 필요한 건 없으세요?"

치아가 보이는 환한 웃음을 지으며 헤리에게 묻는 여자의 목소리가 발랄하게 올라갔다. 지나친 친절인 건지, 헤리를 향한 관심인 건지 긴가민가한 한나와는 달리 헤리는 직원의 의도를 정확히 느낀 듯했다.

그는 보일 듯 말 듯 미소를 띠곤 고개를 저었다.

"없어요."

"맛있게 드세요."

여자는 마지막까지 헤리에게 긴 시선을 보내더니 휙 돌아 다른 곳으로 사라졌다.

"난 웨이트리스로 일하면 너무 힘들어서 손님 얼굴도 잘 안 보이던데, 저 사람은 네가 진짜 마음에 드나 봐."

"그래 보여?"

작은 숟가락으로 차를 젓던 헤리는 진심으로 아무런 감흥이 없는지 어깨만 으쓱였다.

"넌 이런 게 익숙해?"

"익숙한 것보다는, 별로 신경이 안 쓰여."

"왜?"

"아까 말했듯이, 내가 어떻게 할 수 있는 일이 아니거든."

헤리는 무슨 생각을 하는 걸까? 이렇게 냉담하고 타인에게서 멀리 떨어진 사람이 죽기 직전의 자신을 건져 냈다는 사실이 믿어지지 않았다. 한나는 찻잔엔 손도 대지 않고 그 안에 몰아치는 작은 소용돌이를 응시했다.

한나의 표정이 사라졌다. 그녀는 지금 여기에 없었다. 헤리는 순간 이상할 정도로 강렬한 두려움에 사로잡혀 침묵을 깼다.

"무슨 생각 해?"

카페 안 주변 소음으로 어지러워도 그의 목소리만큼은 선명히 들렸는지 한나는 따뜻한 찻잔에 손을 대며 입을 열었다.

"넌 날 왜 도와준 거야?"

17.
Freitag. 14. Februar 2020
20:11

둘 사이에 정적이 흘렀다.

"……도와주고 싶었으니까."

머뭇거리며 나온 그의 답에 한나는 이맛살을 구겼다.

"내가 본 너는 남한테 무심한 성격 같은데."

"맞아."

"그럼 왜? 안야 때문이야?"

한나의 질문에 헤리의 얼굴에 피어 있던 작은 미소가 사라졌다.

"안야라니?"

"내가 처한 상황이 안야가 겪었던 일이랑 너무 비슷해 보여서 그런 거 아니냐고 묻는 거야."

"영향이 아예 없진 않겠지."

"다른 이유도 있었다는 말이네. 나중에 또 도와준 건 정신이 불안정한 내가 죽을까 봐 그런 거였어?"

한나가 자조하며 묻자 헤리는 미세하게 미간을 찌푸렸다.

"아니."

"그러면?"

"더 알고 싶으면 너도 내 질문에 답해 줘."

의외의 답이 튀어나오자 한나는 또다시 아랫입술을 깨물었다.

"뭐가 궁금한데?"

"넌 아직도 내가 불편해?"

그가 질문을 던지자마자 한나의 입술 끝이 미묘하게 휘었다. 헤리는 그 표정의 의미를 알 수 없어 속이 탔다.

앞에 앉은 여자는 대체 무슨 생각을 하고 있는 걸까? 알 것 같으면서도 알 수 없었다. 그리고 더 알 수 없는 것은, 그녀의 자그마한 표정 변화에도 극심한 감정 변화를 겪는 자신의 모습이었다.

"내가 네 앞에서 멍청한 짓을 했잖아. 미안하기도 했고 그래서 좀 어색해."

"나도 널 다치게 만들었잖아. 난 너한테 미안하지만, 그렇다고 불편하진 않아. 미안한 거랑 불편한 건 다르다고 생각해."

"……너한테 너무 의지하게·되는 게 싫어서 그래."

헤리는 간신히 솔직한 답을 내놓는 한나를 응시했다.

"왜?"

"사람은 유동적이니까."

혜리는 순간 그녀와의 대화에서 느꼈던 미묘한 점을 확실히 정의 내릴 수 있었다. 혜리는 말을 잠시 멈추곤 차를 마셨다. 달그락거리는 작은 소음이 나자마자 한나가 입을 열었지만, 혜리가 더 빨랐다.

"난 네가 신경 쓰여. 그래서 네가 나한테 먼저 연락했을 때 다행이라고 생각했어. 보고 싶었거든."

반은 충동적으로, 반은 걱정하며 내놓은 말이었다. 혜리의 걱정과는 달리 한나는 움찔 놀라지도, 피하지도 않았다.

"네가 먼저 연락할 수도 있잖아."

"그럴 순 없었지. 넌 날 불편해하잖아. 내가 너한테 보통 이상의 관심을 갖는 것 같으면, 넌 피할 게 뻔한데."

한나는 수긍도 반박도 하지 못한 채 또다시 입술을 깨물었다. 허물이 일어난 입술 사이로 작게 상처가 벌어지고 있었다. 혜리는 무의식적으로 손을 뻗어 윗니에 깨물린 한나의 아랫입술을 건드렸다.

"상처 벌어졌어."

"넌 어떻게 그렇게 멀쩡할 수 있어?"

검고 차분한 눈동자에 비친 자신의 얼굴이 낯설었다. 아니, 한나의 입에서 나온 질문이 낯선 것일 수도 있었다. 혜리는 그녀의 질문을 이해해 보려 했지만, 그 안에 담긴 속뜻을 알 수 없어 되물었다.

"무슨 뜻이야?"

"너도 소중한 사람을 떠나보냈던 적이 있잖아."

"……넌 누굴 떠나보냈는데?"

헤리는 한나가 정신 놓은 사람처럼 늘어놓는 푸념을 모른 척하지 않았다. 그녀가 다시 입술을 깨물었지만, 헤리는 또 엄지손가락으로 한나의 아랫입술을 쓸어내려 막았다.

"피 나."

"내가 가장 사랑했던 친구는 유서 한 장 안 남기고 만 열일곱 살 때 학교에서 목매달아 죽었어. 그걸 발견하고 신고한 게 나야."

건조한 한나의 입술에서 첫 문장이 날카롭게 튀어나왔다. 예기치 못한 말에 헤리는 표정을 굳혔다.

"부동산값 떨어진다고 기사는 나오는 족족 내려갔고, 사람들은 내가 장례식에서도 울지 않았다면서 날 이상한 사람 취급했지. 내 부모는 그 사실을 알고도 지들 문제에 파묻혀서 집을 매일 비웠어. 아직도 그 둘은 사이가 더럽게 나쁜데도 재산이 쪼개지는 게 싫어서 이혼은 차마 못 하고 서로를 탓하면서 불륜이나 저지르고 살아. 아버지와 사이가 틀어진 이후로 엄마는 날 소유물처럼 대했고, 나한테 당신이 못 이룬 것들을 대신 하길 강요했지."

"……."

"왜 여기로 왔냐고 물었지. 한국에서 엄마랑 살다가 도저히 못 참겠어서 아버지가 일하는 브레멘으로 갔는데, 아버지는 나보다 고작 네 살 많은 제자한테 악기랑 집까지 사 주고 반 동거하고 있더라. 한국으로 돌아갈 수도 없고, 그렇다고 브레멘에 있을 수도 없는데, 어릴 적에 우리 가족 셋이서 가장 행복했던 곳을 떠올리면 항상 독일이었어. 그래서 다른 도시로라도 옮겨 와서 남게 된 거야. 근데 아무리 발버둥 쳐도 옛날로 돌아갈 순 없더라."

헤리는 아무런 대꾸도 하지 못한 채 입을 달싹일 뿐이었다. 이미 식어 버린 차에서 풍기는 옅은 향만이 두 사람 사이를 메웠다.

"나도 너같이 잘 극복해서 살고 싶었는데, 아무리 애써도 그게 안 되더라고."

"나도 네가 생각하는 것만큼 잘 살고 있는 건 아냐."

"그래?"

한나의 얼굴에 미지근한 표정이 떠올랐다. 안도가 아닌 불신의 표현이었다.

헤리는 순간 죄책감을 느꼈다. 새해 직전, 클럽에서 그녀를 만났던 그날이 둘의 첫 만남이 아니라는 걸 한나가 알게 된다면 어떤 표정을 지을까. 손과 발이 물을 머금은 솜처럼 지나치게 무거웠다. 헤리는 애써 침을 삼키며 고개를 저었다.

"최대한 묻으려고 하는 것뿐이지. 그런데 그게 잘 되지 않을 때가 많아."

"넌 내가 만난 사람 중에 가장 솔직했어. 그것만으로도 난 고마워."

한나의 말에 헤리는 고통을 느꼈다.

솔직했나? 얼마만큼? 딱 보여 줄 수 있을 만큼만. 그게 솔직한 거라고 할 수 있나?

오히려 기만일 수도 있는 솔직함에 고마워하는 한나의 모습은 그를 아프게 찔렀다.

"……네가 날 너무 긍정적으로 봐 주는 것 같은데. 한나, 내가 너한테 그나마 솔직할 수 있는 건 내가 모든 걸 다 극복했기 때문이 아니야."

"그럼?"

"너라면 날 이해해 줄 수 있을 것 같아서."

그가 그날 한나에게서 본 것은 안야의 잔상이 아니었다. 그건 그가 항상 애써 묻어 두었던, 절대 누구에게도 말할 수 없었던 자신의 심연의 일부였다.

꽃

카페가 닫을 시간이 가까워 올 때까지 안에 남은 사람은 그 둘뿐이었다. 의자를 올리며 눈치를 주는 직원들을 힐끗 돌아보던 둘은 약속이라도 한 듯 계산서를 들고 동시에 지갑을 열었다. 계산을 하겠다는 한나를 만류하고서 꽤 큰돈을 팁으로 남긴 헤리는 한나의 겉옷을 챙긴 후, 그녀와 함께 일어나 바깥으로 향했다.

"도서관에 있다가 온 거야?"

책과 노트북 때문에 밑으로 축 처진 한나의 백팩을 보며 헤리가 넌지시 물었다.

"응. 기말 과제 때문에. 너도 시험 기간이지?"

"그렇긴 한데 난 도서관만 가면 부대끼는 게 싫어서 조별 과제 아니면 집에서 공부하는 편이야."

"신기하다. 난 집에서 절대 공부나 일 못 해."

작게 웃는 한나를 보며 헤리도 자연스럽게 따라 웃었다.

"근데 나도 요즘엔 웬만하면 밖에서 공부해. 친구들이랑 같이 살기 시작한 후부터는 집에서 놀기만 하거든."

"원래 같이 안 살았던 거야?"

"응. 저번 학기부터 같이 살기 시작한 거고, 원래는 혼자 살았어."

"어디서?"

오늘따라 질문이 많은 한나의 모습에 헤리는 씩 웃었다.

"대극장 근처에서."

대극장 근처라면 백화점, 그리고 대성당이 있는 거리와 이어져 있어 어지간해서는 셰어 하우스나 원룸이 나오지 않는 곳이었다.

"거기도 원룸이 나와?"

"어……. 아마 그럴걸. 잘 모르겠는데."

모호한 답에 한나는 미간을 찌푸리며 그를 올려다보았다. 그 표정의 의미를 알아챈 헤리가 재빨리 덧붙였다.

"난 원룸에서 안 살았거든. 그렇다고 집이 많이 넓진 않았어."

극장 앞에서 원룸이 아닌 가정집을 월세로 살려면 대체 얼마가 필요하지? 한나는 머리를 굴렸지만 방을 구하러 다닐 때 그런 호화스러운 옵션은 아예 제외했기에 가늠이 되질 않았다.

"난 거기 월세는 어느 정돈지 감도 안 잡히더라."

"나도 잘 몰라."

"너 거기서 살았다면서?"

헤리의 답은 한나의 머릿속 알고리즘에 전혀 없는 것들뿐이었다. 혼란스러움을 숨기지 못하는 한나를 보며 헤리는 곤란하다는 듯 미소를 지었다.

"음……. 난 월세 안 냈어. 가문 명의로 된 집이어서."

헤리가 지나치게 민망해하며 머리를 헝클자, 머리에 쌓인 진눈깨비가 흩날려 한나에게 떨어졌다. 하지만 한나는 그가 방금 뱉은 말을 곱씹느라 얼굴에 튀어 녹은 눈은 신경조차 쓰이지 않았다.

'가문 명의라고? 아버지 명의도 아니고 가문 명의?'

순간 한나는 헤리의 이름에 '폰von'이 들어간다는 사실을 떠올렸다.

"……그럼 성城 같은 거야?"

"아냐, 아냐. 그런 게 아니고, 그냥 가정집인데 가문 명의로 된 것뿐이야."

"아하."

"근데 나도 웬만하면 스스로 벌어서 살고 싶어. 그래서 지금은 내가 벌어서 월세 내고 있어. 그 집 열쇠도 뺏겼고."

1차 대전 패전 이후 독일의 귀족제는 폐지되었고, 기존에 있던 작위는 남았지만 통치권은 부정되었다. 그러나 재산이 몰수

된 건 아니었기에 은연중에 차이는 여전히 존재했다. 그걸 감안해도 '가문 명의 부동산'은 한나에게 생소하기 짝이 없었다. 게다가 실제로 '폰von'이 붙은 이름을 가진 사람을 처음 본 한나로서는 그의 입에서 나오는 모든 말이 현실과 동떨어진 듯 멀게만 느껴졌다.

"그렇구나."

멍하니 답하는 한나를 보며 헤리는 갑자기 초조해져 손을 비볐다. 춥기보다는 이런 얘길 듣고 한나가 그를 철부지로나 보지 않을까 걱정되는 마음 때문이었다.

"이제 집 가는 거야?"

전차 정거장으로 향하며 헤리가 물었다. 한나는 고개를 끄덕였다.

"너무 추워서 이제 그만 들어가야 할 것 같아."

마음 같아선 그와 더 있고 싶었지만, 오늘 너무 많은 일이 있었기에 침대에 아무 생각 없이 누워 있어야 다음 날 일어날 힘이 생길 것 같았다.

"데려다줄게."

"너도 춥잖아. 들어가."

"오늘 데니스가 데이트한다고 좀 늦게 들어오랬거든. 어차피 시간 남아서 괜찮아."

시리얼을 퍼먹으며 우울해하던 그의 모습이 떠오르자 한나는 웃음을 터뜨렸다.

"너희는 어떻게 친해진 거야?"

"데니스는 학교 친구고, 이스마일은 원래 모르는 사이였는데 데니스가 방이 빈다고 해서 같이 살면서 친해졌어. 데니스는 경제학 학사 마치고 심리학을 또 공부하는 거라 다른 신입생들보다 나이가 꽤 있었는데, 나도 그런 편이어서 가까워진 거야."

"그렇구나."

독일에서는 나이에 신경 쓰지 않고 친구를 사귈 수 있는 건 좋았지만, 가끔 체력이 안 따라 줘서 힘들 때가 있었다. 이런 차이를 혼자만 느끼는 것 같았는데, 헤리 덕에 소외감이 조금은 사라진 것만 같아 미소가 지어졌다.

"여기서 전차 타는 거 맞지?"

어느새 진눈깨비가 멎었다. 정류장에 도착한 한나는 우산을 접는 노인 옆을 슬쩍 지나치며 고개를 끄덕였다.

"응. 세 정거장 간 다음 버스 타고 가야 해."

"기억나."

"한 번 왔는데 벌써 외웠어?"

"응. 난 그날의 모든 걸 기억하거든."

헤리와 대화할수록 점점 한나의 목 안에 자리 잡은 이상한 덩어리가 커지기 시작했다. 그 덩어리는 딸꾹질이 날 때처럼 몸을 미세하게 떨리게 했고, 말을 할 때마다 몸을 긴장시켰다. 결국 한나는 전차가 올 때까지 아무런 말도 하지 못했다.

"저기 온다."

헤리가 먼저 전차 불빛을 발견하고 앞으로 걸음을 옮겼다. 한나는 그사이 숨을 고르듯 한숨을 푹 내쉬었다.

“응.”

문 열림 버튼을 누르고 사람이 거의 없는 전차에 올라탔다. 그제야 한나는 환한 전차 내부에서 자신의 얼굴이 헤리에게 얼마나 적나라하게 보일지 걱정되기 시작했다. 그녀는 목도리를 하고 오지 않은 자신을 원망했다.

‘헤리는 그냥 내가 자기 동생이랑 비슷한 일을 겪어서 그러는 걸 거야.’

레온과도 이런 식으로 아주 사소한 말에 혼자 들떠 열심히 착각을 하다 시작됐다. 한나는 지금 자신의 상태가 절대 더 이상의 착각과 실망을 감당할 여력이 없다는 사실을 아주 잘 알고 있었다.

‘들뜨면 안 돼.’

그녀는 마치 주문처럼 그 말을 속으로 계속 되뇌었다.

전차에서 내려 버스로 갈아타는 동안 둘은 별로 얘기를 나누지 않았다. 헤리는 사색에 잠겼고, 한나는 그의 옆모습을 살짝 훔쳐보다가 딸꾹질이 나올 것만 같아서 입을 다물었다. 어색한 침묵은 아니었다. 한나는 조용히 창문 밖만 보았다. 분위기를 띄우기 위해 실없는 소리를 하지 않아도 된다는 점이 마음에 들었다.

버스가 급정거를 하는 바람에 몸이 흔들렸다. 헤리는 문득 한나를 돌아보았다가, 그녀의 얼굴이 놀랐다기보다는 슬퍼 보인다고 생각했다.

대화를 이어 가기 위해 음악이라도 함께 들을까 했지만, 오래 쓴 아이폰이 결국 추위에 꺼지고 말았다.

"젠장."

"응? 왜 그래?"

작게 읊조린 소리를 들었는지 한나가 그를 돌아보았다.

"아, 휴대폰이 꺼져서."

"급한 전화면 내 휴대폰 쓸래?"

"아냐, 그냥 너랑 음악이나 들을까 했었어."

그 말에 한나는 엷게 미소 지었다.

"내 거로 틀어 줘."

헤리는 한나가 건넨 이어폰 한쪽과 휴대폰을 받아 들었다. 그는 잠시 고민하다 말고 음악 하나를 검색해 틀었다. 한나는 그가 돌려준 휴대폰 화면에 뜬 제목을 확인했다. Imagine Dragons의 〈Birds〉.

계절은 바뀌고, 삶은 너를 성숙하게 할 거야

꿈은 널 울게 만들겠지

모든 건 곧 지나갈 거야

모든 건 흘러갈 거야

사랑은 절대 죽지 않겠지

너도 알잖아, 새는 각자 다른 방향으로 날아간다는 걸

널 다시 볼 수 있기를 바라

　직설적인 가사에 묵직하면서도 감미로운 남자의 목소리가
얹혀 흘러나왔다.
　"이매진 드래곤스구나. 나도 이 노래 좋아해."
　"그래?"
　"응. 목소리가 정말 좋잖아. 가사도 잘 들리고. 난 네가 메탈
록이라도 고를까 봐 사실 조금 걱정했었어."
　한나는 괜히 농담을 던지며 머리를 쓸어 올렸다. 검은 머리
가 가르마를 타고 자연스럽게 흘러내렸다. 헤리는 멍하니 그
모습을 보다가 보일 듯 말 듯 고개를 흔들었다.
　"……."
　"근데 네가 사는 곳 정류장 이름이 뭐였지? 생각해 보니까
처음 너희 집 갔던 날엔 내가 의식이 없었잖아."
　침묵이 이어지려던 찰나 한나가 헤리에게 물었다. 조용히 말
했다고 생각했지만, 노래 때문에 목소리 크기가 잘 제어되지
않았다. 고요한 버스 안에 있던 몇몇 승객들은 그 소리를 용케
들었는지 이상한 눈초리로 헤리를 흘겨보았다가 다시 시선을
돌렸다. 해명하기도 뭐한 상황에 헤리와 한나는 서로를 어색하
게 쳐다보다가 결국 웃음을 터뜨렸다.
　"그렇게 말하니까 내가 널 납치라도 한 것 같네."
　한나는 자기가 생각해도 어이가 없는지 얼굴을 빨갛게 붉히
고선 미친 듯이 낄낄댔다.

"그러게. 미안해."

"사과할 것까진 없어. 전차 4번 라인에 음대역 있잖아. 거기야."

"거기도 시내랑 가깝네? 좋겠다."

"운이 좋은 편이었어. 월세도 위치 좋은 것치고는 싸거든."

"부가 비용 전부 합해서 얼만데?"

"300유로."

"와, 300유로? 난 시내에서 한참 떨어진 곳에 처박혀 사는데 600유로야."

한나의 말에 헤리는 미간을 찌푸리곤 의심 어린 미소를 지었다.

"왜 그렇게 비싸게 받지? 방이 커서 그런가?"

"주차장이 있어서 그런가 봐. 난 안 쓰는데, 차가 있든 없든 값이 포함되더라. 안 그래도 요즘 모아 놓은 돈이 다 떨어져서 방 새로 알아보고 있는데, 학기 중이라 매물이 없네."

위치나 상태에 비해 비싼 집값 때문도 있지만, 레온이 자신의 집 주소를 알고 있는 이상 그곳에서 계속 머무는 건 너무 명청한 짓이었다. 게다가 소포로 돌려주려 했던 공기계에 대해서도 오늘 홧김에 면 대 면으로 레온에게 말해 버린 것도 불안을 키웠다. 한나는 갑자기 레온의 서늘한 눈이 떠올라 입술을 깨물었다.

'당장 이사 가고 싶다.'

"상처 터졌어."

헤리가 또다시 손가락으로 한나의 입술을 쓸어내렸다. 아까 카페에서처럼 평범하게 주의를 준 것뿐이지만, 붙어 앉은 상태에서 훅 다가온 그의 얼굴이 너무 가까웠다. 추워서 차갑게 식은 헤리의 손에 입술이 닿자 갑자기 몸이 이상한 전류가 흐른 것처럼 떨렸다.

한나가 상체를 뒤로 빼자, 그는 민망한 듯 손을 내렸다.

"아, 미안."

"아냐. 우리 도착했다."

한나는 하차 버튼을 누르며 입술을 혀로 살짝 핥았다. 그 말대로 피가 터진 듯 입술이 따끔하고 혀에선 녹슨 쇠 맛이 났다. 서둘러 문으로 향하는 한나의 뒷모습을 보면서 헤리는 한숨을 참는 듯 입을 굳게 다물고선 머리칼을 넘겼다.

헤리는 타인에게 이렇게 적극적으로 관심을 가진 적이 거의 없었다. 사실 지금 자신이 이 정도로 한나의 반응에 일희일비하는 것조차 이해할 수 없었다. 처음엔 베데커를 엿 먹이기 위해서였지만 그조차 희미해진 지금, 한나가 자신을 피하지 않길 바라는 이 마음이 대체 왜 생겨난 건지 혼란스러웠다.

'한나 말대로 단지 안야와 닮아서일까? 단순히 후회와 미련이 남아서?'

버스에서 내린 후 한나의 집까지 고작 3분도 걸리지 않았다. 짧다면 짧은 거리였지만, 그사이 별다른 대화조차 없어 헤리의 마음이 무거워졌다. 침묵이 이렇게나 견디기 힘든 거였나.

"데려다줘서 고마워."

상투적이기 짝이 없는 말과 표정, 어색하게 올라간 입꼬리.
헤리는 애써 그녀를 따라 웃었다.

"내가 하고 싶어서 한 건데, 뭘."

"그럼 나 들어가 볼게. 안녕."

"안녕."

여전히 헤리를 쳐다보며 느릿하게 뒷걸음질로 가던 한나가
뒤를 돌아 대문을 열었다. 마지막으로 그녀가 자신을 돌아봤을
때, 헤리는 무언가에 홀린 듯 입을 열었다.

"한나."

"응."

다치지 않은 손으로 문을 붙잡은 그녀가 눈썹을 들어 올렸다.
헤리는 아주 잠깐 고민하다 툭 던졌다.

"나도 같이 들어가도 돼?"

18

Freitag. 14. Februar 2020

21:39

"응?"

전혀 예상치 못한 헤리의 말에 한나는 입을 벌린 채 아무런 반응도 하지 못했다. 헤리는 그 침묵을 이겨 낼 수 없는지 다급하게 말을 덧붙였다.

"아니, 내 말은, 네 집에 두고 간 내 공구함. 그거 가지러 들어가도 되냐고. 네가 가지고 와 줄 수도 있지만, 너 팔 아직 다 안 나았잖아. 그래서 그냥 여기까지 온 김에 그거 가지고 갈까 해서."

"아, 응. 물론이지. 들어와."

한나는 그제야 안도의 미소를 지었다. 헤리는 자신이 무슨 말을 했는지 기억이 잘 안 날 정도로 횡설수설했는데, 한나는 의외로 이 허술한 변명에 완벽히 설득당한 눈치였다. 헤리는 현관으로 다가가 한나가 받치고 있던 무거운 문을 대신 열었다.

나선형의 계단을 따라 앞서 걷는 한나가 층계참에 발을 디딜 때마다 불이 켜졌다. 벽 곳곳에 '조용히 올라가기'라고 적힌 종이가 붙어 있었다. 딱히 할 말이 많지도 않았지만 헤리는 왠지 그 종이를 보니 입이 바짝 말랐다. 그는 아까 한나가 그랬던 것처럼 혀로 입술을 축였다.

맨 위층에 도착하자 온통 어두컴컴했다. 헤리는 손을 휘저어 센서를 인식시키려 했지만, 전구가 나갔는지 불이 들어오지 않았다.

"저번에 놀러 왔을 땐 불 들어왔던 것 같은데."

"아, 사흘 전부터 안 들어오더라. 고장 났나 봐."

헤리는 휴대폰 플래시 라이트를 켜 바닥을 비췄다. 문 바로 옆에 놓인 작은 화분의 흙이 바깥으로 지저분하게 흩어져 있었다.

'잘 안 보여서 문 열다가 발로 찬 건가.'

어딘지 부자연스러웠지만, 헤리는 대수롭지 않게 넘기며 문고리를 비췄다. 한나는 엉거주춤하게 다치지 않은 오른손으로만 열쇠를 찾았다. 무거운 가방에 등이 눌리는지, 겉옷의 왼쪽 주머니를 찾는 손길이 유독 둔했다.

"한나, 가방 이리 줘. 내가 들고 있을게."

"아냐, 금방 찾을 수 있어. 잠깐만."

말은 당당히 했지만, 주머니 솔기에 열쇠고리가 걸리자 이리저리 힘을 주면서도 그녀는 열쇠를 꺼내지 못했다.

"잠깐 왼팔 좀 옆으로 들어 볼래?"

무심결에 그가 말한 대로 왼팔을 벌렸더니, 헤리가 단숨에 한나의 가방을 벗겨 제 어깨에 메곤 주머니에 걸려 있던 열쇠를 꺼냈다.

"짠."

그러고는 여전히 팔을 벌린 채 자신을 빤히 보고 있는 한나의 왼손에 열쇠를 쥐어 주었다.

"고마워."

"별말씀을. 그나저나 계단에서 조용히 하라던데, 빨리 열고 들어가는 게 낫겠어."

"아, 응."

헤리에게 가방을 맡긴 채 한나는 열쇠 구멍에 열쇠를 넣고 열심히 돌렸다. 힘이 들어가지 않는지 약간 떨리는 손으로 두어 번 헛손질을 하고서야 문이 열렸다.

"다친 팔 때문에 매번 이렇게 힘들게 집에 들어갔던 거야?"

문이 닫히자 헤리는 저번에 그랬던 것처럼 자연스럽게 신발을 벗으며 물었다. 목소리는 최대한 담담하게 꾸몄지만 아무래도 걱정을 완전히 숨길 순 없었다.

"그런 게 아니라……."

한나는 피식 웃다가, 헤리와 눈이 마주치자 고개를 돌렸다.

"그런 게 아니라?"

"그냥. 아무튼 네가 찾는 공구함 저기에 있어."

한나가 어색하게 머리칼을 넘기며 현관문 근처를 가리키자,

헤리는 주위를 둘러보다 신발장 근처 선반에서 포장을 뜯지 않은 전구를 집어 올렸다.

"전구 있네."

"아, 응. 집 관리인한테 말했는데 시간 없다고 자꾸 미루길래 그냥 혼자 해 보려고 샀어."

"내 공구함으로 혼자 해도 되잖아?"

헤리는 정말 아무런 악의 없이 순진하게 물었다.

성별 불문하고 웬만한 자전거나 전등을 제 손으로 뚝딱뚝딱 고치는 독일 친구들을 많이 봐 왔기에, 한나는 차마 공구 다루는 것도 서툴고 전등 안에 득실거리는 날벌레 사체가 무서워서라고 말하지 못했다.

"……음, 사실 고소 공포증이 있거든. 손이 천장에 안 닿아서 의자 놓고 올라갔더니, 계단 밑이 너무 깊어서 머리가 어질하더라고."

반쯤은 사실이었다. 헤리는 '아, 그렇구나'라고 간단히 답한 후 갑자기 위로 팔을 쭉 뻗었다. 천장이 높은 편인데도 그의 손이 천장에 닿았다.

"의자까지는 필요 없을 것 같고, 혹시 발돋움 있어?"

한나는 멍하니 헤리가 하는 행동을 보다가, 홀린 듯 부엌으로 가서 찬장 밑 하늘색 발돋움을 꺼내 왔다.

"고마워. 나가서 휴대폰으로 불 좀 비춰 줄래?"

너무도 자연스럽게 공구함과 전구를 챙기는 헤리를 보며 한나는 미묘한 간질간질함을 또 느꼈다. 한나는 손이 없는 헤리를 대신해 문을 열고 플래시를 켰다. 헤리는 망설임 없이 발돋움 위에 서더니 드라이버로 등 덮개를 열었다. 그 안에 득실거리는 날벌레 사체를 차마 볼 수 없어 한나는 고개를 돌렸지만, 헤리는 아무렇지도 않게 주머니에서 꺼낸 휴지로 안을 닦아 내더니 바닥에 놓았다.

"한나, 눈 떠."

한 5분 정도 지났을까, 그가 여전히 고개를 돌린 채 눈을 감고 있는 한나를 불렀다. 그녀가 조심스럽게 한쪽 눈을 뜨자, 계단과 복도가 환하게 밝아져 있었다. 게다가 등 안에 있던 벌레 사체도 싹 치워져 있었다. 그녀의 휴대폰 플래시 불빛은 헤리의 목에만 겨우 닿을 뿐 티도 나지 않았다.

한나는 플래시를 끄며 그를 올려다보았다.

"와."

살짝 어그러진 미소를 지으며 감동하는 한나를 보고 헤리는 발돋움에서 내려오며 웃음을 흘렸다.

"고마워."

"별일 아닌데, 뭐."

말하던 중 센서가 움직임을 인식하지 못했는지 다시 꺼졌다. 아무것도 보이지 않는 어둠 속에서 한나가 손을 움직이자 다시 불이 들어왔다. 바로 눈앞에 헤리가 있었다. 그의 미간이 미묘하게 찡그려졌다가 천천히 펴졌다. 그는 아까의 미소가 마치 상상이었던 것처럼 덤덤하고 차분한 표정으로 한나를 응시했다.

갑자기 형용할 수 없는 안도감과 이상한 불안이 동시에 몰아쳤다. 길었던 하루 안에 맞닥뜨렸던 일들이 그녀의 머리를 스치고 지나갔다.

차도가 없는 불면증, 다가오는 친구의 추모일, 그럼에도 3년이 넘게 찾아가지 못한 자신, 아버지의 외도, 어머니의 졸도, 답이 없는 공부 상태, 학기를 제대로 마치지 못할 경우 생길 비자 문제, 그런데도 도저히 살아나지 않는 의욕……. 그리고 클라우드 속에 잠겨 있던 레온의 밑바닥을 본 이후 혼자 앓으며 보냈던 시간까지 어깨를 짓눌렀다.

분명 불빛이 아예 없었을 때만 해도 아무렇지 않게 말할 수 있었는데. 등을 고치고 난 뒤 지독한 응달 속에 있었던 짧은 그 몇 초가, 그 이후에 보인 헤리의 파란 눈이, 어디 가지 않고 서 있는 그 모습이 한나의 마음을 뚫고 들어왔다.

어릴 적 안았던 커다란 곰 인형처럼 아주 부드러운 옷이 한나의 얼굴에 닿았다. 큰 품이 그녀의 상체를 폭 감쌌고, 곧 커다란 손이 등을 토닥이기 시작했다.

'왜 이러는 걸까?'

자문하자마자 한나는 축축해진 헤리의 어깨를 느꼈다. 미친 듯이 쏟아지는 눈물 때문에 앞이 안 보인다는 것도 모르고, 그의 옷이 젖었다는 사실을 더 빨리 깨우쳤다. 헤리를 밀어내려고 그의 품속에서 주먹을 쥐었지만, 차마 팔에 힘이 들어가지 않았다.

"괜찮아."

어떻게든 힘을 주려는 한나를 더욱 세게 안으며 헤리가 속삭였다. 낮은 목소리가 그녀의 얼굴을 타고 흘렀다. 센서가 또다시 꺼지고, 검은 어둠이 둘의 얼굴을 완전히 가리자마자 한나는 참았던 흐느낌을 입술 사이로 내보냈다. 힘을 주어 천천히 자신의 등을 쥐는 한나의 손을 느끼면서도 헤리는 아무런 말도 하지 않았다.

독일에 다시 돌아온 이후로 처음으로, 한나는 소리 내어 울었다.

"너 그림 그리는구나."

방을 천천히 둘러보던 헤리가 책상을 손으로 살짝 훑더니 조심스럽지만 확신에 찬 목소리로 말했다.

스케치북이나 색연필은 전부 서랍에 넣어 뒀는데, 어떻게 안 걸까. 한나는 겉옷을 정리하다 말고 놀란 기색을 숨기지도 못했다.

"어떻게 알았어?"

"책상에 색연필 가루랑 수채화 물감이 묻어 있어서."

"아……. 그냥 취미야."

혹시나 그림을 보여 달라는 소리를 할까 봐 한나는 붉어진 눈을 또록 굴렸다.

"보여 달라고 안 할게."

그녀의 마음을 읽기라도 한 것인지, 헤리가 씩 웃었다. 한나는 습하게 부은 얼굴을 한 손으로 쓸어내리며 마주 웃었다. 그의 웃음은 희한하게도 전염성이 강했다. 어색함을 무마하려고 언제나 남보다 먼저 웃는 게 습관이 된 한나로서는 색다른 경험이었다.

"그러고 보니까 저번에 왔을 때 네 방에서 신기한 걸 봤는데."

헤리는 한나가 옷 정리를 끝내는 모습을 확인하곤 천천히 벽을 따라 걸으며 전등 스위치를 찾았다.

"아, 여기에 있네."

마침내 스위치를 찾은 그가 불을 꺼 방에 짙은 어둠을 불러왔다. 그러자 벽과 천장을 수놓은 야광별들이 일제히 빛을 내며 밤하늘을 만들었다. 분명 제 손으로 붙인 별들이고, 밤마다 별다를 것 없이 봐 온 빛인데, 그가 창문 새로 들어오는 달빛을 받으며 자신을 향해 미소 짓자 한나는 머리칼이 쭈뼛 서는 것만 같아 숨을 멈췄다.

"내가 널 다치게 하는 바람에 이걸 볼 정신이 없었지."

"그땐 우리 전부 부엌에서만 있었잖아."

그가 매트리스에 앉자 한나는 그 옆으로 가 이불 위에 누웠다. 헤리는 한나를 바라보다가 그녀의 바로 옆에 함께 누웠다. 둘은 약속이라도 한 듯 동시에 고개를 돌리고 방 안 천장을 수놓은 야광별들을 응시했다. 한나는 퉁퉁 부은 눈으로 혹시 속옷 널어놓은 건 없었는지 다시 한번 휙휙 둘러보았다.

"아, 저거 전갈자리처럼 생겼다."

그가 손가락으로 천장 한구석을 가리켰다. 한나는 그의 시선이 닿는 곳으로 눈을 돌렸다.

"맞아. 인터넷 보고 별자리 몇 개 따라 해서 붙였어. 위치까지 정확한 건 아니지만……."

"어떤 거 붙였는데?"

"전갈자리랑, 처녀자리랑, 게자리."

독일어로 알고 있는 별자리 이름은 그 세 개가 다였다. 그 외엔 별 관심도 없었기에 들은 기억조차 나지 않았다.

'물병자리가 독일어로 뭐였더라.'

한나는 혼잣말을 중얼거리며 야광별 몇 개를 눈으로 훑었다.

"처녀자리나 게자리는 간단하게 생겼는데 전갈자리는 복잡하잖아. 왜 전갈자리를 붙였어?"

"그냥. 게랑 전갈이랑 갑각류라 비슷해 보이잖아. 친구랑 같이 있으면 좋을 것 같았어."

"너 게자리 맞지?"

헤리의 단언에 한나는 웃음이 터졌다.

"맞아. 어떻게 알았어?"

"난 전갈자리거든. 네가 전갈자리 성격은 아닌데 처녀자리 같지도 않으니까 게자리지."

"너 의대 다녔다면서 별자리 성격처럼 비과학적인 얘기를 해도 괜찮아? 두드러기 같은 거 안 생겨?"

한나가 장난스럽게 헤리의 스웨터를 들추는 시늉을 했다. 헤리는 낄낄거리며 머리를 쓸어 넘겼다.

"전혀 안 괜찮아. 오늘 자기 전에 알레르기 반응으로 코 막혀서 못 잘 거야."

"진짜 웃겨."

"나 숨넘어갈지도 모르니까 오늘은 네가 옆에서 나 잘 감시
해 줘야 해."

"그래, 그렇게 할게."

자고 가겠다는 말이 진담인지 농담인지 헷갈렸지만 한나는
왠지 오늘 그가 진짜로 자고 갔으면 좋겠다고 생각했다. 그와
있을 때만 느낄 수 있는 이 평온함이 절실했다. 하루가 너무 길
었다. 너무 길어서 숨이 막혔다. 헤리와 만난 저녁에서야 제대
로 하루가 시작된 것처럼 느껴질 정도로.

"처녀자리는 왜 붙였어?"

한나는 원래 하던 대로 '그냥'이라고 답하려다가, 잠시 말을
멈추었다.

"그 친구 별자리야. 아까 말했던……, 그 친구."

"아."

정적이 둘 사이로 스며들었다. 하지만 불안하고 불쾌한 정적
이 아니었다. 한나는 울어서 피로해진 눈을 감고 고개를 돌렸
다. 평소라면 들리지도 않았을 베갯잇 바스락거리는 소리가 오
늘따라 크게 들렸다.

"별이 가장 잘 보이는 곳이 어딘지 알아?"

헤리가 나지막이 물었다. 한나는 헤리 쪽으로 고개를 돌려
그의 옆얼굴을 응시했다.

"아니. 어딘데?"

"공동묘지."

"정말?"

독일의 공동묘지는 봉분이 없고 비석과 촛불, 유족이 가져다 놓은 꽃들이 흐드러져 있어 을씨년스럽지는 않았다. 선입견에서 벗어난다면 조용히 산책할 만한 곳으로도 느껴질 정도였다.

하지만 죽은 이들이 잠든 곳에 가서 별을 쳐다본다니. 한나는 상상해 본 적도 없었다.

"안야가 알려 줬어. 어렸을 때 그 애는 별을 정말 좋아했거든. 정확히는 별이 아니라 별자리 얘기를 좋아했지."

헤리는 상념에 빠진 눈으로 멍하니 천장을 쳐다보며 말을 이었다.

"어머니가 살던 곳은 작은 마을이라 날씨가 심하게 나쁘지 않으면 별이 잘 보였어. 나는 도시에서 자라서 별에 관심이 없었는데, 어느 날 그 애가 말해 주더라고. 조용한 묘지에서 보는 별은 항상 그 어느 때보다 빛난다고."

"너도 묘지에서 별 본 적 있어?"

"응. 정말 기분이 안 좋을 때, 아무도 만나고 싶지 않지만 외롭긴 싫을 때 있잖아. 거기서 멍하니 하늘을 보다 보면 기분이 조금 나아지더라. 난 그래서 내가 나중에 천문학자가 될 수도 있겠다고 생각했어."

그들의 대화는 일정한 주제 없이 툭툭 끊어진 채 흩어졌지만 그 어느 때보다 깊었다. 아니, 오히려 평소보다 더 일관된 대화인지도 모른다. 쓸데없는 곁가지를 쳐 내고 남은 말들만이 작은 매트리스 위를 채웠다.

"그런데 왜 의대로 갔어?"

"성적이 돼서."

간단명료한 헤리의 답에 한나는 씩 웃었다.

"와, 방금 되게 재수 없었던 거 알아?"

헤리는 그녀의 신랄한 평가에 낄낄대며 고개를 끄덕였다.

"그렇게 진로를 막 결정할 정도로 바보였다는 소리야. 직업 윤리 같은 걸 생각하기엔 멍청했고, 다른 친구들처럼 하고 싶은 게 뚜렷하지도 않았어. 성적은 높은데, 남들은 그 성적이면 법대나 의대 가는 걸 당연하게 생각하니까 나도 그런 식으로 선택했지."

한국에서 대학교에 진학했을 때 자주 들었던 말이었다.

'성적 맞춰서 왔어.'

그 말이 한나의 머릿속을 계속 맴돌았다. 선택의 유동성과 학생에게 가해지는 사회적 억압만 좀 다를 뿐, 소위 '성적 높은 학생들'이 모호한 꿈을 가졌을 때 나타나는 현상은 세계 어디를 가나 별반 다르지 않았다.

결국 사람 사는 곳은 어디나 비슷비슷하고, 그 안에서 나와 가장 비슷한 사람들의 선택과 조언에 의존한다. 그래서 한나 또한 흥미를 느끼지 못하는데도 기계공학을 다시 공부하는 건 지도 모른다. 한국에서도 하던 거니까, 이걸 포기하면서까지 새로 도전할 뭔가를 찾지 못해서. 어쩌면 다수의 인생은 이렇 듯 나태한 선택의 연속일지도 모른다는 생각이 들었다.

"넌 나중에 어떤 사람이 되어 있을 것 같아?"

"글쎄. 몇 년 뒤를 말하는 거야?"

"학교 졸업하고 나서."

한나가 막연히 물었다.

"사실 나 곧 졸업이라 대충 감이 잡혀야 하는데, 솔직히 말하면 아무것도 모르겠어."

헤리는 누운 채로 어깨를 으쓱였다. 그 바람에 매트리스가 꿀렁거리며 한나의 자리를 침범했다. 헤리가 매트리스 바깥으로 빠져나간 발을 까딱거리며 머리를 손으로 받치고서 한나를 내려다보았다.

"대학원 원서 쓰는 중이긴 한데, 합격 가능성은 정말 모르겠어. 무조건 대학원을 가야 하는 건 맞아. 심리학 학사로 좋은 직업 구하긴 힘들거든. 아무튼 다 떨어지면 데니스랑 같이 이스마일 삼촌네 케밥 가게에서 청소부로 일하기로 해서 실업 수당은 안 받아도 될 거야."

헤리는 얼굴을 쓸어내리며 멋쩍게 웃었다. 한나 또한 그의 말에 헛웃음을 터뜨렸다.

"너는? 졸업 후에 네 모습은 어떨 것 같아?"

"나는……. 나도 원래대로라면 올해 9월에 졸업하거든. 그런데 들은 수업 개수도 조금 아슬아슬하고, 논문 주제도 안 떠올라서 막연하기만 해."

한나는 잠시 고민하더니 입을 다물었다. 헤리는 아무 말도 하지 않는 한나 쪽으로 몸을 틀어 누웠다.

"졸업 후엔 한국으로 돌아갈 거야?"

그의 목소리가 낮게 가라앉았다.

"아니."

한나는 코웃음을 쳤다. 아까 전과는 다른, 쓸쓸함이 담긴 웃음이었다.

"독일에서 더 살 수 없게 되면 다른 나라로 갈 거야. 물론 거주 허가가 안 나오면 돌아가야겠지만, 버텨 봐야지."

"지치지 않아?"

헤리는 딱히 이유를 덧붙이지 않았지만, 한나는 그의 질문을 완벽히 이해할 수 있었다.

정착하지 못한 채 이리저리 떠도는 삶. 가족과도 편히 연락하지 못하고, 어디에도 기대지 못한 채 누군가에게는 당연한 호의를 자신은 바랄 수 없는 일상을 보내는 것. 그것이 힘들지 않느냐는 이 한마디.

누군가 해 주길 바랐던 질문이었지만, 단 한 번도 듣지 못했던 말이었다. 감정이 북받쳤다. 하지만 들키고 싶진 않았다. 헤리의 푸른 눈이 자신을 뚫어져라 쳐다보는데도 한나는 천장의 별에만 시선을 고정했다.

분명 야광별이라 밝기는 차이가 없을 텐데 유독 한 별이 번쩍이는 것처럼 느껴졌다. 전갈자리의 중앙별이었다.

"당연히 지치지. 그런데 난 어차피 어디를 가나 지쳐 있어서 괜찮아."

답을 듣고 헤리는 눈썹을 찌푸렸지만, 그가 뭐라고 말하기도 전에 이번에는 한나가 담담하게 질문을 던졌다.

"헤리. 대체 내 어떤 점이 너한테 흥미로운 거야?"

"그건 왜?"

그가 여전히 그녀의 옆모습에 시선을 고정한 채 물었다.

"난 딱 봐도……, 불안정하잖아. 거리를 둬야겠다고 생각하진 않았어?"

더 부정적이고 신랄한 형용사를 갖다 붙일 수도 있었지만, 너무 자기혐오에 빠진 사람처럼 보이고 싶진 않았기에 한나는 거기서 멈추었다.

"나도 너랑 다를 거 없어."

헤리는 천장을 정면으로 바라보며 몸을 돌렸다. 또다시 베갯잇이 바스락거리며 한나의 머리칼을 건드렸다. 그가 움직일 때마다 상쾌한 체향과 뭉근한 왁스 냄새가 풍겼다. 왁스를 발라 머리칼을 깔끔하게 넘겼으면서도, 그 정돈된 머리칼이 흐트러지는 건 조금도 신경 쓰지 않는다. 한나는 헤리의 그런 모순된 점이 좋았다.

"그리고 난 네가 그런 점을 보여 줘서 다행이라고 생각했어."

"왜?"

"틈이 있어야 더 친해질 수 있으니까. 틈을 보고 나면 상대방이 궁금해지거든."

"난 그렇게 생각해 본 적 없었는데……."

결함은 항상 부정적이라고만 생각했다. 한나는 일순 맥이 풀려 새어 나오려는 눈물을 막기 위해 천장의 별자리를 더욱 집

중해서 바라보았다.

한나는 안야가 만약 헤리와 비슷하게 강한 사람이었다면 어땠을까 생각했다. 만약 그랬다면 안야는 레온 같은 사람에게 휘둘리지 않았을 것이고, 마약을 시작하지도 않았을 테며, 극단적인 선택을 할 일도 없었을 것이다. 헤리도 안야의 바람을 대신 이뤄 주기 위해 이 도시의 대학으로 진학하지 않고 의대를 훌륭한 성적으로 졸업했을 것이다. 헤리와 그녀 사이에는 아무런, 아무런 접점도 없었을 게 뻔했다.

'나중에 환자와 의사로 만나는 게 아니라면 말이지.'

한나는 쓸쓸하게 웃었다.

과연 안야가 자신과 비슷한 사람이었다는 것을 고마워해야 하는 걸까, 아니면 헤리의 인생을 이렇게나 틀어 버렸다는 점에서 슬퍼해야 하는 걸까? 알 수 없었다.

헤리가 말했던 대로 틈은 사람을 끌어당긴다. 그리고 안야가 가지고 있던 틈은 레온을 끌어당겼다. 어렸던 안야가 그를 거부하지 않았던 이유는 의외로 간단할지도 모른다.

안야는 외로웠을 것이다. 아주 지독한 외로움과 전혀 아름답지 않은 고독은 그녀를 퍼석하다 못해 미치게 만들었을 것이다. 곁에 남은 사람이 좋은 사람인지 아닌지 따지는 게 무의미할 정도로.

사람들이 멍청한 선택을 하는 데에는 그다지 거창한 이유가 따르지 않는다는 사실을 한나는 남들보다 조금 더 일찍 깨우쳤다. 이 순간 우리를 이토록 불행하면서도 멍청하게 만드는 것은 불안과 외로움이며, 미래에 대한 기대 또한 결국 불안과 외로움에서 시작된다는 점을 그녀는 이미 알고 있었다.

하지만 한나는 그 틈을 통해 남이 자신을 헤집어 놓고 망치는 것을 너무 당연하게 받아들였다. 자신의 약점을 봤음에도 불구하고 긍정적인 목적으로 접근해 오는 사람들을 의심했고, 부당한 취급을 받는 걸 더 쉽게 수긍했다.

"내가 그날 네 여동생과 비슷한 모습이 아니었다면 난 여기에 없었겠구나."

그것이 한나가 생각해 낼 수 있는, '그가 왜 자신을 이용하지 않는지'에 대한 유일한 답이었다. 혼잣말처럼 내뱉은 말이었지만 고요한 방에선 매우 크게 울렸다.

"네가 안야와 똑같아서 내가 관심을 보인다고 생각해?"

헤리의 담담한 말에 한나는 사색에서 깨어나 그를 돌아보았다. 그는 약간 긴장한 듯 입꼬리를 올리며 한나 쪽으로 고개를 틀었다.

헤리의 뚜렷한 이목구비 위로 희미한 그림자가 졌다. 한나는 그의 눈을 보며 강력한 끌림을 느꼈다. 입술이 마르고, 아무런 생각도 나지 않게 되었을 때, 헤리의 이마가 자신의 이마에 닿는 걸 느끼자마자 한나는 숨을 멈췄다.

길고 단단한 손가락이 뺨과 턱을 그러쥐는 것이 느껴졌다. 부드러운 스웨터 소매가 목 언저리에 닿자 온몸에 전율이 일었다. 건조하게 갈라진 입술 새로 헤리의 혀가 닿더니 이내 부드러운 그의 입술이 느껴졌다.

그는 너무도 부드러웠다. 하지만 어떤 다급함이 속에서 그를 밀어붙이고 있었다.

　"그랬으면 절대 이렇게 못 했겠지."

　살짝 떨어진 입술 사이로 그의 낮고 허스키한 목소리가 울렸다. 따뜻한 손이 뺨에 닿자마자 한나의 얼굴은 어둠 속에서도 구분될 만큼 붉어졌다. 한나는 달아오른 표정을 숨기기 위해 그의 넓은 어깨를 안았다. 그녀가 목덜미 언저리에 코를 묻자, 마치 그 순간을 기다린 것처럼 헤리의 몸이 바스락거리는 옷깃 사이로 빈틈없이 감겨 왔다.

　입술 상처가 벌어져 생긴 아픔과 미묘한 감정의 소용돌이가 한나의 가슴을 부풀게 하던 그 순간, 누군가가 현관문을 주먹으로 친 듯 강한 파열음이 들렸다.

19.

Freitag. 14. Februar 2020

22:29

"한나! 나랑 얘기 좀 해!"

손잡이가 덜컹거리고 문 아래쪽을 발로 차는 듯 둔탁한 소리가 계속해서 들렸다. 하지만 그 소리도 남자의 격양된 외침보다 크진 않았다.

'레온?'

익숙한 목소리지만 말투가 예전과는 전혀 달랐다. 한나는 순간 환청을 들었나 싶어 귀를 바짝 세웠다.

"한나!"

그다. 심장이 쿵 내려앉았다. 안 돼.

"네 손으로 열기 싫다면 어쩔 수 없지."

문 건너편에서 술에 취해 꼬인 혀로 중얼거리는 말이 귀에 꽂혔다. 포기하고 갔나 싶었는데, 문고리가 다시 한번 당겨지더니 철문이 쿵쿵거리며 흔들렸다. 헤리는 긴장으로 뻣뻣하게 굳은 한나의 손을 꼭 잡았다가 놓더니 자리에서 일어났다.

"헤리, 가지 마. 문 안 열어 주면 알아서 갈 거야."

"……혹시 문 앞 화분에 열쇠 숨겨 놓은 적 있어? 아까 보니까 화분 흙이 파헤쳐져 있던데."

평정을 유지하는 척하지만 온몸을 떠는 한나와는 달리, 헤리는 이상할 만큼 차분했다. 헤리의 질문에 한나의 몸이 눈에 띄게 굳었다.

"응……. 옛날에 문이 자동 잠금인 걸 깜빡해서 열쇠를 집 안에 두고 문을 닫는 바람에 고생한 적이 있었거든. 그래서 예비용 열쇠를 화분 밑에 뒀었는데……."

말도 제대로 나오지 않았다. 아까 한번 눈물이 터져서 그런 건지, 아니면 비정상적인 상황에 평정심이 마비된 것인지 온몸에 오한이 들기 시작했다. 그녀가 부들부들 떨자 헤리는 담요로 한나의 어깨를 덮어 주었다.

"넌 여기에 있어. 경찰에 신고하고."

"레온일까?"

"응. 목소리가 그 새끼인데."

한나는 눈에 띄게 파리해져 이불 위로 주먹을 꼭 쥐었다. 오늘 있었던 일을 헤리는 모를 텐데. 그 생각이 들자 안 그래도 안야 문제로 힘들어할 그에게 레온과의 마찰을 넘겨 버리는 건 말도 안 된다는 생각이 마음에 쿡 박혔다.

"내 일이야. 내가 갈게."

헤리가 현관으로 튀어 나가는 한나를 말리기도 전에 문고리에서 달칵하고 자물쇠 열리는 소리가 울렸다. 한나는 잠시 움찔하면서도 발걸음을 늦추지 않았지만 헤리의 큰 보폭에 금방 따라잡혔다.

대체 이게 무슨 상황인지. 방금까진 별을 보며 시답지 않은 얘길 하다가 분위기에 휩쓸려 그와 입을 맞췄는데. 그 멍청한 짓을 제대로 음미하고서 후회하기도 전에 전 남자 친구라고도 할 수 없는 미친 인간이 주거 침입을 시도하고 있었다. 머리론 상황을 이해하면서도 두려움에 온몸이 마비되어 한나는 아무런 행동도 취할 수 없었다.

"얼른 신고해."

헤리가 한나를 뒤로 숨기며 재우쳐 말하자, 그녀는 간신히 손을 움직여 주머니에서 휴대폰을 꺼냈다. 그런데 머리가 하얗게 되어 경찰 번호가 떠오르지 않았다.

'112였던가? 아니야, 그건 한국 경찰 번호고, 여기선 응급 번호잖아. 그럼 뭐였지? 119? 제발, 제발 떠올라라. 아, 맞아. 110이었어.'

손을 덜덜 떨며 다이얼을 누르고 통화 버튼을 눌렀다.

"여보세요? 저, 여기, 제 집에 어떤 사람이 침입하려 하고 있거든요. 아는 사람이긴 한데, 아뇨, 그런 게 아니고요."

긴장한 나머지 독일어가 목구멍에서 턱 막혀 입만 벙끗대는데, 그 순간 문이 벌컥 열렸다. 문이 열리자마자 진한 대마 냄새와 술 냄새가 현관문에서 2미터나 떨어져 있는 그녀에게까지 훅 풍겼다.

헝클어진 금발과 충혈된 회색 눈. 비틀거리며 들어오는 남자는 낮에 만났던 그 사람과 동일인이라곤 믿을 수 없을 정도로 망가진 모습이었다. 한나는 공황에 빠져 숨을 멈췄다. 아무것도 귀에 들어오지 않았다. 경찰관이 자세한 사항을 묻는데 아무런 말도 알아듣지 못했다.

"한나, 우리 얘기해야 돼……. 저 새끼는 여기 왜 있는 거야?"

휘청거리며 거의 미끄러지다시피 들어오던 레온은 엎어질 뻔한 몸을 간신히 일으킬 때까지 눈앞에 누가 있는지도 알지 못했다. 꼬인 혀로 한나의 이름을 몇 번 더 부르던 그는 아무런 답이 돌아오지 않는 걸 느끼고 고개를 들었다. 서슬 퍼런 남자의 푸른 눈이 헝클어진 금발에 꽂혔다. 헤리는 레온에게서 시선을 떼지 않고 한나의 휴대폰을 낚아채 빠르게 상황을 설명했다.

"저와 제 친구가 집에 함께 있는데, 갑자기 제 친구의 스토커가 몰래 훔친 열쇠로 침입했어요. 주소는 하웁트 거리 52, 맨 위층 4호예요. 술인지 마약인지 한 상태라 제어가 안 됩니다. 빨리 와 주세요."

전화가 끊어지자마자 레온은 상황 파악이 됐는지 무시무시한 표정으로 헤리를 향해 걸음을 옮겼다.

"방금 뭐야. 경찰 불렀냐?"

"이거 주거 침입이야. 열쇠 내놓고 꺼져, 베데커."

"전부터 자꾸 좆 같게 끼어드는데, 한나랑 내 일이니까 너야말로 꺼져. 쟤가 내 전화 안 받은 것도 다 네가 옆에서 방해해서

라는 거 이미 알고 있었거든. 너만 아니면 이럴 일도 없었다고.”

“레온, 너 제정신 아니야. 그만하고 가.”

한나가 떨리는 몸을 팔짱으로 숨기고 쏘아붙였지만, 레온은 콧방귀를 뀌며 웃기 시작했다.

“제정신이 아니라고? 내가? 아니, 한나. 제정신이 아닌 건 저 새끼야. 저 미친놈이 머릿속에서 제 동생 일로 나에 대한 뭔 망상을 해 왔는지는 모르겠지만, 쟨 대학까지 여기로 옮겨 와서 이자벨라를 통해 날 감시하고, 이젠 너까지 나한테서 빼앗아 가려고 한다고! 그런데 넌 쟤가 얼마나 미친놈인지 알지도 못하면서 날 자꾸 밀어내잖아!”

한나는 헤리의 눈이 돌아가는 걸 보자마자 막아섰다. 그는 저 금발 남자를 공격하고 싶은 충동을 애써 참는 듯 주먹을 부들부들 떨었다.

“안 돼, 헤리. 제발.”

레온에게는 들리지 않을 만큼 작게 속삭이자 그가 이를 사리문 채 한숨을 내쉬었다. 한나는 등 뒤로 그의 손을 꼭 붙잡았다. 헤리가 심호흡하는 소리가 귓가에 생생히 닿았다.

“내가 널 밀어내는 건 네가 사람을 물건으로밖에 못 보는 데다가 거짓말까지 해서야. 내가 네 비밀 알게 된 것 때문에 불안한 건 알겠는데, 난 이제 너랑 정말로 관련되고 싶지도 않고 네 얘길 하고 다닐 생각은 더더욱 없어. 그러니까 제발 그만해.”

“도저히 너한테 말할 수가 없어서 그랬어. 네가 날 아예 보려고도 안 할까 봐 무서워서 그랬던 거야. 너도 알 거 아냐. 난 다른 여자애들은 중요하게 생각했던 적 없어. 그런데 너는 아니었다고. 난 단 한 번도 널 그 등신들 대화에 끼워 넣어서 망가뜨린 적 없었어. 진심이었어. 그래서 더 다가가기 힘들었어."

짓이기듯 뱉어 내는 말 사이사이 악과 물기가 배어 있었다. 술과 약 기운에 눈은 충혈되었지만 레온의 말과 눈빛은 그 어느 때보다 분명했다. 하지만 한나는 그 모습에 오히려 전에 없이 그가 두려웠다. 구슬리듯 여러 가지 말을 내놓는 지금, 레온의 눈에 담긴 것은 '광기'였다.

"네가 그냥 상황을 무마하려고 거짓말하는지 내가 어떻게 알아."

"젠장, 한나! 이해 못 하겠어? 넌 그만큼 나한테 중요하다고! 난 네가 필요해!"

"너한테 필요한 건 내가 아니라 상담사랑 의사야."

"아냐, 난 네가 필요해. 너도 내가 필요하잖아. 우린 안 끝났어."

도대체 왜 이러는 걸까? 그가 이 정도로 바닥을 보인 건 처음이었다. 자존심 세고 절대 마음을 쉽게 표현하는 법이 없던 레온의 예상외 모습에 한나는 뒷걸음질 쳤다.

"얼마 전까지만 해도 넌 힘든 일이 있을 때마다 날 찾았잖아. 내가 너한테 중요한 사람인 거 맞잖아……."

얼마 전? 죽는 게 차라리 낫겠다 싶어서 간신히 끊은 수면제 먹고 미친 짓을 벌였던 그때?

"야, 떨어져."

헤리도 같은 생각을 한 듯, 레온의 멱살을 잡아 벽으로 밀쳤다. 헤리는 구역질을 간신히 참는 것처럼 보였다.

"너. 얘가 널 마지막으로 찾았을 때 어떤 상태였는지는 알아? 하긴, 좆도 모르니까 또 이런 일을 저지른 거겠지."

또? 그 말을 듣자마자 레온의 미간이 좁혀졌다. 그는 방어도 채 하지 못하고 헤리가 날린 주먹에 턱 아래를 맞아 바닥으로 쓰러졌다. 그를 일으켜 세워 또다시 주먹을 휘두르려는 헤리를, 한나가 팔을 잡고 말렸다. 헤리는 화를 간신히 누른듯 머리를 헝클며, 쓰러져 콜록대는 레온에게 짓이기듯 말을 뱉었다.

"쥐새끼처럼 기어들어 올 기운으로 다른 사람 인생에서 꺼질 궁리나 해. 머리를 달고 있으면 누군가한텐 네 존재 자체가 고역이란 생각은 스스로 좀 해 보라고."

"한나……."

레온이 삼킨 뒷말이 한나의 귓전을 울렸다.

'너 죽으려 했어?'

그녀는 침묵했다.

레온을 만난 것 자체가 삶에 별다른 미련이 없기 때문이었지만, 그와의 만남은 그 생각을 점점 악화시켰다. 레온은 자신의 우유부단하고 회피적인 면모가, 안 그래도 망가진 한나를 얼마나 더 망쳐 놓았는지 전혀 알지 못했다. 아니, 알면서도 언제나처럼 모르는 척, 제 잘못이 아닌 양 발을 쑥 뺐던 것일 수도 있었다. 자신을 무너뜨린 사람에게 원망과 기대를 담고 마지막으로 연락했던 그 순간 한나를 휘감았던 자괴감과 슬픔을, 그는 몰랐다.

　헤리의 도움으로 간신히 자기 연민과 약 기운에서 깨어났을 때, 그녀는 전과 같이 레온을 대하는 것은 앞으로 절대 불가능하다고 느꼈다. 사람을 향한 기대는 그녀를 파괴하기만 했다. 그리고 한나는 그 고통을 더 이상 느끼고 싶지 않았다.

　평소 같았다면 그를 내쫓고 속에 든 이야기를 함구했을 것이다. 그러나 이번엔 달랐다. 한나는 그를 향해 마지막일지도 모르는 대화를 시작했다. 취한 레온에게는 더없이 희미해지겠지만, 그녀에겐 마지막 기회나 다름없었다.

　"이제는 아무렇지 않아."

　"난 정말 몰랐어, 네가……."

　"네가 날 그렇게 대하는데도 내가 아무렇지 않았을 거라 생각했다는 얘기야? 내가 사람이 아니라 장난감 같아서?"

　"그게 아니란 거 알잖아……."

　"네가 날 아무렇게나 대했던 그 모든 순간이, 나한텐 너에게 준 기회나 마찬가지였어."

　"알아. 그러니까 넌 나한테 다시 한번 기회를 줄 수 있잖아. 어렵지 않을 거야. 저 자식이 하는 말만 듣지 말고 제발 내 말을 들어 줘."

　"헤리가 무슨 말을 했든 그건 내 선택에 큰 영향을 주진 못해. 특히나 네 일에 대해선."

　제발 레온의 반쯤 돈 눈이 헤리를 향하지 않길 바랐기에 한나는 거짓말을 했다. 헤리의 이야기가 제 선택에 엄청난 영향을 끼쳤지만 그 사실을 솔직히 말할 순 없었다.

"너랑 헤리 여동생 사이에 무슨 일이 있었구나 싶었지만, 그렇다고 충격이 컸던 것도 아냐. 네가 과거에 얼마나 쓰레기처럼 살았을지 내가 전혀 예상 못 했던 건 아니거든. 대학생이 된 지금도 이런데, 십대 때라고 더 점잖았을 리는 없겠지. 너무 당연하잖아."

충혈된 레온의 눈이 한나를 응시했다. 그곳에는 오직 아집뿐이었다. 한 사람을 자살로 몰아넣을 만큼 레온의 인격과 삶이 피폐하다면 도망치는 것이 당연했다. 하지만 공포를 느끼면서도, 무너진 레온의 모습에 슬퍼하는 제 모습이 혼란스러웠다.

"내가 널 포기한 이유는, 네가 내 감정을 단 한 번도 신경 쓴 적이 없기 때문이야. 네가 지금 이러는 것도 결국 내가 받은 상처 때문이 아니라, 네가 필요로 하는 사람이 떠나서 그런 거잖아. 내가 너한테 왜 필요한 건진 아직도 이해가 잘 되진 않지만 한 가지 확실한 건, 너나 나나 서로한테 전혀 도움이 안 돼."

"아냐. 우린……, 나는……."

"미안하지만 난 이제 네가 나한테서 원하는 걸 줄 수가 없어. 저번에도 분명히 말했잖아."

그는 간혹 매우 달고 사랑스러운 말을 늘어놓았다. 그 간극에 한나는 언제나 불안에 떨었다. 레온의 다정함을 믿고 속을 내보였지만, 이내 한나를 지옥으로 밀어 넣는 그의 신랄함과 마주했다. 그 이상의 것을 요구하다 일방적으로 단절되고 싶진 않았기에 티 낼 수 없었다.

그에게 한 모든 애정 표현과 진심 어린 말이 한낱 맥주 안줏 거리로 그의 친구들에게 이리저리 퍼졌을지도 모른다는 불안 이 당연해질 즈음, 그녀의 자기혐오는 돌이킬 수 없는 강을 건 너 버렸다.

레온의 클라우드 속 수많은 사진들을 발견한 순간 올라왔던 욕지기가 다시금 입에 고였다. 쓴 물을 애써 삼키며 한나는 주 먹을 쥐고서 고개를 돌렸다.

끝도 없는 어둠이 어깨 위에 내려앉는 것만 같았다. 한나가 긴장을 참지 못하고 고개를 돌렸을 때, 긴장과 혐오로 단단히 굳어 있던 헤리의 눈이 경악으로 커지는 것을 보았다.

그녀가 곧장 뒤를 돌아보자, 방구석으로 치워 둔 부서진 탁 자 다리를 집어 들고 다가오는 레온이 눈에 들어왔다. 그는 성 큼성큼 걸어와 헤리를 향해 팔을 휘두르려 했지만, 한나가 레 온에게 달려들어 그를 넘어뜨렸다.

"악!"

한나는 참지 못하고 날카로운 비명을 질렀다. 레온의 위로 엎어지는 바람에 크게 다치진 않았으나 그녀는 부서진 탁자 파 편에 머리를 부딪혔다. 다쳤던 왼팔이 덧났는지 욱신거리기 시 작했고, 긴장감에 오그라들었던 배에서 심장 박동이 느껴지는 것만 같았다.

"한나!"

헤리와 레온이 동시에 소리쳤다.

탁자 다리를 꼭 쥐고 있던 레온의 손에도 큰 상처가 생겼다.

넘어지면서 못이 박힌 부분을 움켜쥔 탓이었다. 당황해서 파리해진 레온은 피가 흐르는 손으로, 머리를 부딪혀 신음하는 한나의 얼굴을 쓰다듬었다. 떨리는 손에서 나온 핏방울이 한나의 얼굴에 떨어졌다.

"꺼져!"

헤리는 레온을 거칠게 밀치고서 한나를 조심스럽게 살폈다.

옆으로 밀쳐진 레온의 눈에서 눈물이 쏟아지기 시작했다. 한나는 벌겋게 달아오른 제 눈에서도 눈물이 쏟아지는 것을 느꼈지만 흐느끼고 싶진 않았다. 레온은 철저히 혼자 슬퍼해야만 했다.

"대체 왜 그랬어?"

그러나 한나는 결국 참지 못하고, 마음속에서 언제나 맴돌던 그 한 문장을 꺼냈다. 말을 꺼내자마자 그녀는 무너져 내렸다.

"나한테 대체 왜 그랬어?"

레온은 그녀의 질문이 지금 이 상황을 의미하는 게 아니라는 것을 알았다. 그래서 더욱 답할 수 없었고, 다친 손으로 이마를 감싼 채 조용히 흐느꼈다.

'안야한테 왜 그랬어? 너를 조금이라도 사랑하고 싶었던 사람들한테 대체 왜 그랬어?'

차마 잇지 못한 말이 혀 아래에서 아주 빠르게 맴돌았다.

레온이 무언가 말을 하려는 듯 입을 달싹였다. 하지만 그의 속삭임은 좁은 도로를 가득 메운 경찰차의 사이렌 소리 탓에 전혀 들리지 않았다.

20.
Samstag. 15. Februar 2020
06:05

헤리의 아버지 페르디난트는 변호사로, 아주 유능하다 못해 로펌의 대표까지 맡고 있었다. 그런 사람이 토요일 새벽, 고작 폭행 시비 하나에 협소한 경찰서까지 와서 아들의 혐의를 변호하고 있었다. 헤리는 다른 변호사에게 연락했는데, 눈코 뜰 새 없이 바쁜 아버지가 갑자기 이런 작은 도시까지 직접 왔다는 사실을 매우 껄끄러워했다.

페르디난트는 한나 때문에 아들이 이런 상황에 처한 것을 몹시 못마땅해했다. 그녀가 숨 쉬는 것조차 마음에 들지 않는 듯 보였기에, 한나는 내내 그의 따가운 시선을 피하려 애썼다. 결국 보다 못한 헤리가 제 아버지의 눈이 닿지 않는 곳으로 한나를 데려가서 안심시켜 주었지만, 종종 안경 너머로 마주치는 중년 신사의 푸른 눈은 그녀에게 묘한 기시감을 주었다.

'헤리와 너무 닮아서 그런 걸까?'

이상하게도 한나는 그 냉정하고 적의 어린 눈빛을 마주친 적이 있는 것만 같았다.

페르디난트의 시선을 의식하며 살얼음판을 걷는 듯 냉랭한 부자 사이에서 마음 졸이길 몇 시간. 경찰에게서 받은 명함이 한나의 손 땀에 잔뜩 구겨졌을 즈음, 둘은 경찰서에서 나올 수 있었다.

"그건 뭐야?"

헤리가 한나의 손을 가리키며 물었다.

"아까 경찰이 준 명함. 혹시라도 이런 일 또 생기면 증거 잘 챙겨서 연락하래."

증거를 챙길 시간이 있기나 할까. 한나는 헛웃음을 지었다. 헤리도 같은 생각을 한 듯 애매하게 웃곤 고개를 숙였다.

"아버지가 자꾸 쳐다봐서 힘들었지. 미안해."

"아냐. 나라도 그랬을 거야."

면식도 없는 이방인 여자 하나 때문에 아들이 경찰서에 폭행 혐의로 끌려갔는데, 좋아할 부모가 어디에 있을까. 타당한 시선이었다. 너무 타당해서 아플 정도로.

'헤리는 항상 나를 돕는데, 난 막상 그가 이런 일에 처하면 아무것도 못 해 주네.'

"무슨 생각 해?"

한나의 침묵이 불안한지 그가 초조해하며 물었다. 한나는 잠시 침묵하다가 그의 눈을 응시하며 입을 열었다.

"……이런 일에 휘말리게 해서 미안해."

"네 탓이 아니잖아."

"넌 어떻게 그렇게 항상 차분해?"

"티가 덜 나는 것뿐이야. 그나저나 한나, 너 손이 아직도 떨리고 있어."

헤리는 그녀를 탓하기는커녕 여전히 너무도 다정했다. 게다가 그는 법적으로 구금할 명목이 없어 풀려난 레온이 집에 다시 찾아올지도 모른다며 잠시 머무를 곳마저 제공하겠다고 나섰다.

"어디?"

"내가 예전에 살던 곳."

"굳이 그러지 않아도 돼. 게다가 그 집 열쇠 뺏겼다고 하지 않았어?"

헤리는 흐르듯 했던 말을 기억하고 있는 한나를 보며 살짝 놀란 표정을 지었다.

"아까 아버지 오셨을 때 잠시 돌려받았어."

그의 아버지는 아들을 순순히 도와줄 위인으로는 보이지 않았다. 한나는 그가 열쇠를 돌려받기 위해 페르디난트와 무슨 대화를 했을지 궁금해졌다.

'좋은 말은 아니었겠지.'

"나는 지금 사는 셰어 하우스로 돌아갈 거니까 걱정하지 마."

"응?"

"나는 너 데려다주고 곧장 내 집으로 돌아갈게. 불편해할 필요 없어."

그녀가 머뭇대는 이유를 잘못 짚은 그가 다정히 말했다. 머리론 그의 제안을 거절하고 혼자서 싸구려 숙소라도 잡아야 한다고 생각했지만, 이미 모아 둔 돈이 바닥나기 시작한 데다 비자 연장 기간까지 다가와 목돈을 쓸 수도 없었다.

치열하게 내적 고민을 하는 사이, 한나는 집에서 챙겨 온 가방과 함께 대극장 옆 '폰 루튼 가문 명의의 집'에 도착하고 말았다.

"여기야. 네가 쓸 방은 저 안쪽 복도 끝에 있어."

한나는 헤리의 말을 들으며 간소하게 챙긴 백팩을 천천히 바닥에 내려놓았다. 다물어지지 않는 입을 애써 숨기며 침을 삼켰지만, 제 눈을 믿을 수 없었다.

헤리가 '그냥 평범한 가정집'이라고 해서 정말 방과 거실만 있는 곳일 거라 생각했다. 그런데 이제 보니 예상을 뛰어넘는, 지나치게 넓고 깔끔하며 고급스러운 집이었다. 심지어 이렇게나 비싼 구역에 있는데도 공간 활용이 사치스러웠고 화장실도 두 개였다.

현관으로 들어가자마자 보인 거실은 무척이나 커서, 한편에 티쉬키커*와 다트, 당구대가 있고 현대적인 소파와 50인치 텔레비전까지 놓았음에도 답답한 느낌이 전혀 들지 않았다. 바닥은 대리석과 비슷한 재질이었지만, 중앙에 감각적인 색의 부드러운 러그가 깔려 있어서 따뜻해 보였다. 어떻게든 좁은 공간

---

* Tischkicker : 테이블 축구 게임.

을 활용하려는 알뜰함 없이 복도까지 나 있는 이 집은 누가 봐도 지나치게 고급스러워서 숨이 막힐 정도였다.

"아무래도 안 되겠어. 나 그냥 실비아 집에서 잘게."

헤리는 가방을 도로 들쳐 메는 한나를 붙잡았다.

"왜 그래? 혹시 집이 추워서 그래? 난방 틀면 금방 따뜻해져. 여기 바닥 난방이거든. 기다려."

"그게 아니라, 난 이런 집 월세 낼 돈 없어."

시내 중심지, 백화점과 대극장이 있는 거리에 이런 크기의 집 한 달 월세를 내기 위해서는 못해도 세 달 치 생활비를 전부 바쳐야 할 게 뻔했다. 물론 둘이 사는 집이라고 본다면 가격은 절반이 되지만, 그래도 1000유로는 거뜬할 것이다.

파랗게 질린 한나의 표정이 보이지 않는지 헤리는 강경했다.

"낼 필요 없어. 그냥 편하게 지내."

"돈도 안 내는데 어떻게 편하게 지내?"

"어차피 월세 내는 집 아냐. 다른 친구들도 지낼 곳 없으면 여기서 지내곤 했어. 정말 아무것도 아니니까 걱정 마."

'가문 집이니까 당연히 그렇겠지만……. 이 집을 매매로 사려면 도대체 얼마가 들까?'

상상도 안 되는 숫자를 속으로 헤아려 보다가 괜히 위축되어 어깨에 힘이 빠졌다. 벌어진 현실적 간극에 몸이 쪼그라들어 달리 할 말을 찾지 못했다.

헤리는 한나의 가방을 부드럽게 채 가더니 안쪽 복도 끝으로 걸었다. 그는 쫓아가 말릴 겨를도 없이 방에 가방을 놓았다.

"자."

헤리의 말이 떨어지기 무섭게 한나는 가방을 도로 채서 현관문을 향해 달렸다.

"어디 가!"

성큼성큼 한나를 쫓아간 그는 그녀를 안아 올려 재빠르게 복도를 거슬러 달렸다. 갑작스럽게 몸이 허공에 뜬 한나는 발버둥을 쳤지만 헤리는 꿈쩍도 하지 않고 방으로 달려가 그녀를 침대에 장난스럽게 던졌다.

"너 눈이 지금 새빨개. 제발 이상한 짓 그만하고 자. 어제랑 오늘 힘들었잖아."

"잠을 자는 건 내 의지로 되는 게 아닌걸."

원래도 불면증으로 고생하는데 수면제는 없고, 지나치게 많은 일을 겪고 나니 심장이 아직도 미친 듯이 뛰어서 감당이 되지 않았다. 물론, 심장 박동이 귀에서도 느껴지는 건 어쩌면 그것 때문만은 아닐지도 모른다. 한나는 그에게 안기자마자 미친 듯이 커진 심장 소리를 애써 무시했다.

"그리고 남의 집에서 집주인 쫓아내고 내가 마음 편히 잘 수 있겠어?"

"내가 여기에서 자면 네가 편하게 못 쉬잖아."

"방 두 개인 것 같던데."

다른 방은 복도 끝 깊숙한 곳에 박혀 있었다. 안방처럼 보였기에, 한나는 왠지 그의 아버지 페르디난트가 그곳에서 튀어나올 것처럼 느껴져 시선을 돌렸다. 헤리가 굳이 말하진 않았지만, 그 방은 왠지 들어가선 안 될 것 같았다. 괜히 독일 동화 《푸른 수염》이 생각나 한나는 몸을 움츠렸다.

헤리는 시선을 돌리며 우물대는 그녀를 빤히 쳐다보다가 천천히 침대에 걸터앉았다.

"아직도 무서워? 여기선 아무 일도 없을 거야. 걱정 마."

한나의 떨리는 손을 잡자 냉골처럼 차가운 기운이 느껴졌다. 헤리는 제 손이 따뜻하다는 사실이 그 어느 때보다도 감사했다.

"무서운 게 아니라……."

혼란스러웠다. 헤리가 왜 자신에게 잘해 주는지, 이토록 신경 써 주는지 완전히 이해하진 못했기에 더 답답했다.

그때 키스했던 건 뭐였을까? 이렇게 언제나 확실한 선을 긋는 헤리의 속내는 대체 뭘까.

"그러면?"

"어차피 여긴 네 집이니까, 네가 없으면 손님인 내가 편히 못 있잖아."

"나도 여기 있고 싶어, 그런데……."

차분한 그의 목소리가 마음까지 스며드는 느낌이었다. 한나는 감정을 참아 내기 위해 눈을 감고 남은 한 손에 얼굴을 묻었다.

"그럼 있어."

한참 뜸을 들이다 입술 새로 나온 한나의 말소리는 아주 작아서, 고요하지 않았다면 듣지 못했을 정도였다. 형광등 아래서 색이 더욱 밝아진 헤리의 푸른 눈이 한나를 쳐다보았다.

"네가 있어야 내가 마음이 놓일 것 같아."

여전히 헤리는 아무 말도 없었다. 무언가 말을 하려다가 다시 입술을 깨무는 그를 보면서 한나는 자신이 선을 넘었음을 깨달았다.

"미안. 너무 징징댔지."

한나가 슬쩍 손을 빼자 헤리는 잡은 손에 더욱 힘을 주었다.

"그게 아니야. 난 그냥……. 난 혹시나 네가 아까 그 일 때문에 내가 옆에 있는 게 불편할까 봐 걱정됐거든."

"아까 일이라니? 아."

질문을 던지자마자 한나는 그가 말한 '일'이 무엇을 뜻하는지 깨달았다.

"헤리, 혹시 나랑 키스했던 것 때문에 내가 불편해?"

그녀의 역질문에 헤리는 손에 더욱 힘을 주며 시선을 내렸다.

"아니."

"혹시 후회하는 거야?"

"후회 안 해. 그냥 난, 너한테……."

그는 무언가 더 말하려 하는 듯했지만 결국 입을 다물었다. 한나는 제 왼팔에 감은 붕대를 힐끗 보았다. 붕대의 두께는 많이 얇아졌지만 그의 죄책감은 그만큼 깎이지 못했나 보다, 짐작하며 씩씩하게 고개를 들었다.

"내 왼팔도 이제 거의 다 나았어. 발목도 그렇고. 게다가 넌 날 구해 줬잖아."

헤리는 고개를 들어 한나의 단단한 눈동자를 마주 보았다.

그의 눈에 담긴 것은 어쩐지 슬픔에 가까웠기에 한나는 이유 모를 고통을 느꼈다.

"그러니까 나한테 미안해하지 마."

"……."

헤리는 복잡하게 얽힌 채 멋대로 튀어나오려는 뒷말을 간신히 억누르고, 한나의 뺨에 달라붙은 곧고 매끈한 머리칼을 쓸어 귀 뒤로 넘겨 주었다. 제 손끝과 한나의 부드러운 뺨에 이는 정전기 탓에, 헤리는 간신히 손을 뗐다.

"한나, 내가 거짓말한 것 때문에 화나지 않았어?"

"무슨 거짓말?"

그는 입술을 깨물고서 시선을 흐렸다. 생각을 정리하듯 그가 머리를 가로로 젓자, 가늘고 숱 많은 갈색 머리칼이 벨벳처럼 흔들렸다.

"내가 베데커랑 아는 사이라는 거. 너한테 모른다고 거짓말했었잖아."

"네 여동생이랑 관련된 일이었잖아. 너도 나랑 이렇게까지 엮일 줄 몰랐을 테니까 굳이 말하고 싶지 않았을 거라고 생각해."

"……넌 왜 베데커를 만났어?"

지금껏 묻지 못했던 질문을 간신히 뱉어 내자마자 헤리는 해방감을 느끼기는커녕 후회로 미간을 구겼다. 정작 묻고 싶었던 것은 '왜 좋아했느냐'였지만, 완곡하게 바꿔 말한 그 질문에도 스스로 상처를 입었다. 게다가 레온의 일로 고생하다 방금까지 경찰서에 있었던 한나에게 이 질문은 적절하지 못했다. 여러모로 후회뿐인 한 문장이었다. 한나의 답을 기다리는 그 몇 초가 너무나도 길었다.

그녀는 아주 잠시 생각하더니 의외로 담담한 표정으로 마른 입술을 달싹였다.

"처음엔 정말로 걔를 좋아했을지도 모르지만, 지금 돌이켜 보면 난 걔를 좋아했다기보다 걔와 나 사이의 관계에 더 빠져 있었던 것 같아. 난 아마 레온 자체를 사랑했던 건 아니었을 거야."

헤리는 헝클어진 한나의 머리칼을 다시금 넘겨 주고 싶었지만, 한나의 입에서 '레온'이라는 단어가 흘러나오자마자 반사적으로 몸을 굳혔다. 그녀가 그 인간을 여전히 다정하게 이름으로 부르는 게 싫었다.

"아마 레온도 지금 그런 상태겠지. 날 정말로 좋아하는 게 아니라, 그냥 그 관계가 줬던 작은 안정감이나 자신을 원하는 사람이 곁에 있다는 생각에 중독된 걸지도 몰라. 걔는 워낙 남이 자길 원하는 상황에 익숙해서, 계속 강아지처럼 기다릴 줄 알았던 내가 도망가려니까 더 반발하는 걸 거야."

"그 새끼가 무슨 생각을 하는지는 별로 알고 싶지 않아. 난 네가 걜 이해하려고 노력하지 않았으면 좋겠어."

그의 목소리가 한층 더 짙게 깔렸다.

"네 말이 맞아. 미안해. 듣기 거북했지."

순식간에 제 표정을 살피는 한나를 보자니 죄책감이 더 늘었다. 단순히 한나가 레온 베데커를 헤아리려 한다는 사실 때문에 화난 게 아니었다.

혜리는 한나가 자신과의 관계에서도 같은 생각을 하고 있을까 두려웠다. 하지만 그 두려움을 온전히 드러낼 수 없어 괜한 화를 내보였다. 한나는 그 사실을 전혀 알지 못했다.

"제발 나한테 미안해하지 마."

힘이 잔뜩 들어간 혜리의 손등 위에 작은 손이 포개졌다. 차갑기만 하던 한나의 손은 이제 조금 녹아 적당한 온기가 느껴질 정도였다.

"우리 둘 다 어제, 오늘 너무 피곤했잖아. 난 한나 네가 그냥 제발 쉬었으면 좋겠어."

횡설수설, 제 입에서 무슨 말이 나오는지도 몰랐다. 혜리가 혼란스러워하며 고개를 돌리자 한나는 그의 뺨에 살짝 손을 얹어 눈을 맞추었다. 혜리는 제 얼굴에 닿은 한나의 손이 가늘게 떨리는 것을 눈치채곤 그녀의 손등 위에 제 손을 포갰다.

"혜리, 고마워. 진심이야."

고맙다는 말인데, 그것도 그녀가 다정하게 눈 맞추며 속삭인 말인데, 혜리는 점점 더 깊은 구덩이로 빠지는 기분이었다. 한나는 그를 안정된 눈길로 바라보다가 커다란 그의 몸을 안아 주었다.

그녀를 마주 끌어안으면서도 도저히 해소되지 않는 불안함과 괴로움이 점점 그의 가슴을 조여 왔다. 하지만 그는 여느 때처럼 그 어떤 고백도 하지 못한 채 가느다란 몸을 더욱 꽉 안을 뿐이었다.

21.
Sonntag. 16. Februar 2020
01:54

헤리는 기분이 매우 좋지 않았다. 이 정도로 나쁜 상태였던 건 안야를 땅에 묻던 날 이후로 처음이었다. 한나 옆에 계속 있고 싶다는 본능적인 끌림과 자책감 사이에서 하루에도 수천 번씩 그는 벼랑 끝으로 내몰렸다. 도저히 안정되지 않는 마음과는 별개로 일상은 여전히 세금 고지서처럼 뒤를 쫓아왔기에, 헤리는 극심한 스트레스를 받으면서도 멀쩡히 구실하기 위해 있는 힘을 다했다.

시험공부를 하러 모인 친구들이 할당치를 끝내자마자 만들어 댄 예거밤*이 잔에 담겨 거실과 부엌 구석구석에 널브러져 있었다. 헤리는 깨진 잔 조각을 발로 차 모으며 발코니로 나갔

---

* Jäger Bomb : 독한 술 예거마이스터와 에너지 드링크를 섞은 음료.

다. 뒤늦게 올라온 술기운 때문인지, 아니면 끝없이 쌓이는 스트레스 때문인지 머리가 아파 왔다.

거실에 연결해 놓은 스피커가 갑자기 지직거리더니 아까와 다른 노래가 흘러나왔다. 허스키하고 매력적인 목소리의 여자가 자신을 마주 보지 않는 다른 여자에 대해 노래하며 슬퍼하는 가사였다.

난 내 진심을 숨기기로 마음먹었어
그런데 입은 마음을 따라 주지 않고
난 네게 모든 걸 말해 버리고 말아

'들어 본 적 없는 노래인데.'

힐끗 유리창 너머 방 안을 보니 이스마일과 마리가 휴대폰을 가로채기 위해 아웅다웅 얽혀 있었다. 마리는 이스마일이 틀어 놓았던 K.I.Z의 〈Spasst〉가 구리다며 자신의 음악을 고집했다.

"이미 네 노래 줄기차게 들었잖아! 언제적 독일 힙합이야, 이게."

"네 노래도 만만찮게 구리거든. 노래 제목이 뭔데, 이거? Alma의 〈Lonely night〉? 미국 거 그만 듣고 독일어 좀 듣자."

"이 가수 핀란드인이거든."

"아, 어쨌든 미국어로 부르잖아."

"멍청아. 미국어가 뭐야, 영어지."

둘은 계속해서 말싸움했지만 이스마일이 실실 웃는 것으로 봐서 심각한 일은 아니었다. 헤리는 거실 안을 응시하다 고작 자신의 허리 바로 아래까지 오는 난간에 기대어 담배를 말았다.

깔끔하게 만 담배 끝에 불을 붙이자, 성기게 구겨 넣은 담뱃잎이 주홍빛으로 타 들어가며 만든 재가 바닥으로 떨어져 내렸다. 헤리는 뒤축을 구겨 신은 신발로 반짝이는 재를 밟았다.

돌출된 발코니 끝에 앉아 쭉 늘어선 주택가를 의미 없이 내려다보았다. 칠흑 같은 어둠 속에서 그에게 닿는 것은 생활 소음과 집들의 노란 불빛뿐이었다. 아직 추운 겨울이어서 스웨터 한 장만 걸친 그가 숨을 내뱉을 때마다 두꺼운 연기가 공중에 길게 늘어지다 사라졌다.

이스마일과의 싸움에서 승리를 차지했는지, 발코니로 뒤따라 들어온 마리의 얼굴은 상기되어 있었다. 그녀는 헤리의 담배를 빼앗아 피우며 난간에 기댔다. 시험 준비를 위해 왔던 다른 친구들은 다 집으로 돌아갔지만, 마리는 끝까지 남았다. 헤리는 그녀를 구태여 쫓아내진 않았다.

이상하게도 그는 마리 앞에선 거짓말을 하지 못했다. 그래서 가끔 고해 성사를 통해 제 마음을 깊게 파 보기 위해서는 그녀가 필요했다.

"네 아버지는 이제 집으로 돌아가신 거야?"

"응. 당일 바로 돌아가셨어."

그는 짧게 답을 뱉어 내며 친구에게 도로 담배를 돌려 달라는 듯 손을 내밀었다.

"잘 피우지도 못하면서 갑자기 왜. 경찰서에서 도와 달라고 전화한 건 너면서, 정작 아버지 오시니까 바로 이러는 것도 웃겨."

"아버지한테 전화 안 했어. 난⋯⋯."

"아, 그래. 변호사인 대부한테 전화했겠지. 그분이 네 아버지 로펌에서 일하는 거 다 알면서 그게 비밀로 지켜질 거라고 믿었어?"

그녀의 예리한 말이 연기와 함께 헤리의 얼굴을 덮었다. 그는 미간을 잔뜩 찡그리고서 고개를 돌렸다.

"직접 올 거라곤 생각 못 했으니까."

"결국 직접 오셨으니까 네가 아무런 혐의도 없이 이렇게 풀려난 거지. 그 남자애 피 철철 흘리고 있었다면서."

헤리는 전혀 다행으로 여기는 눈치가 아니었다. 오히려 담담하기 짝이 없어서 경찰서에 다녀온 사실 자체를 잊은 것처럼 보였다.

"내가 팬 거 아니야."

'어차피 조사당할 거였으면 정말 내 손으로 패는 게 나을 뻔했지만.'

삼킨 뒷말을 듣기라도 한 건지, 마리는 혀를 차며 그에게서 눈을 떼고 추운 바람이 스쳐 지나가는 앙상한 가로수를 응시했다.

"아무튼. 아무런 탈 없이 나왔으면 됐지, 왜 똥 씹은 표정이야. 아버지랑 또 싸웠어?"

"싸우긴, 뭘. 그냥 일방적으로 훈계나 들었지."

"부당하다 싶으면 너도 마주 얘기를 해. 대충 얼버무리면서 네, 네, 하다가 이딴 식으로 우울해하지 말고."

"말해 봤자 그 사람은 어차피 이해 못 해."

아버지를 완벽한 타인으로 칭하는 헤리의 얼굴엔 아무런 표정이 없었다. 양 뺨이 붉어진 것 말고는 평소와 다를 게 없어 보였지만, 마리는 그가 완전히 취했다는 것을 눈치챘다. 자신의 이야기를 최대한 마음에 숨겨 놓는 그의 성격상 이런 고해성사 분위기는 취하지 않고서야 절대 나오지 않았다.

"……여전히 이해를 못 하시더라. 안야를 죽인 거나 마찬가지인 새끼를 아버지도 똑똑히 봤을 텐데, 내가 왜 화가 났었는지 전혀 이해를 못 한다고."

들릴 듯 말 듯 모호한 헤리의 말은 그의 입 안에서만 맴돌았지만 마리는 그것을 놓치지 않았다.

"슬픈 일이지만, 안야가 네 동생이어도 네 아버지한텐 남이나 마찬가지니까."

"그건 나도 알아. 그래도 내 감정이 어떨지 한 번쯤 상상해 볼 수도 있잖아."

조용한 목소리로도 마음 깊은 곳 어딘가에 묻혀 있는 분노와 좌절을 모두 숨길 순 없었다. 마리는 그 모든 감정을 혼자 감당해 내는 그를 보며 슬퍼지려는 제 감정을 애써 참았다.

"한나랑은 어떻게 된 거야? 혹시 잘되고 있는 거야?"

어정쩡한 미소로 묻는 친구의 모습에 헤리는 더 착잡해진 표정으로 고개를 돌렸다.

"나도 모르겠어."

"모르다니, 그게 무슨 뜻이야."

"내가 뭘 원하는지 모르겠단 소리야."

"……너 오늘 필요 이상으로 솔직하다."

"네가 물어봤잖아. 알고 싶어서 물은 거 아냐?"

그는 허파에 바람이 빠진 것처럼 고개를 숙이곤 낄낄 웃었다. 웃는데도 고통스러워 보이는, 정말 이상한 모습이었다.

"왜 웃어?"

"아냐. 네가 아니라 이스마일이나 데니스한테 말하면 무슨 반응을 보일지 생각해 봤어. 아마 헷갈리면 먼저 자 보라고 했겠지."

마리의 표정이 심각하게 굳었다. 헤리가 한숨을 내쉬자 입김이 허공으로 퍼졌다. 그는 입꼬리를 간신히 올린 채 말을 이었다.

"걔넨 내 친구들이지만 가끔 진심으로 사람을 짜증 나게 해."

"그 얘긴 그만하자. 아무튼, 너 한나한테 관심 있는 거 아냐? 내 휴대폰으로 한나 인스타 비공개 계정 훔쳐보던 열정은 어디로 갔어."

마리가 눈썹을 이마 쪽으로 올리며 말했다.

"관심은 당연히 있지. 너무 많아서 탈일 정도로."

"그럼 뭐가 문젠데."

어쩐지 차갑게만 들리는 친구의 목소리였지만 헤리는 사소한 변화를 눈치채기엔 너무 깊은 우울함에 함몰되어 있었다.

"그 관심이 정말 걔를 위한 건지 모르겠거든. 걘 이제 날 진심으로 믿는 것 같은데, 난 내가 그럴 만한 사람인지 모르겠어."

헤리의 말에 마리는 잠시 침묵하며 담배를 빨더니, 갑자기 생각난 것처럼 화두를 꺼냈다.

"라라한테 들어 보니까 너 학생 식당에서 유독 자주 보였다던데. 네가 내 친구인 걸 알고 나니까 더 자주 보여서 눈에 익었다고 하더라."

"너, 네 동생이랑 안 친하다더니 별 얘길 다 했네."

갑자기 바뀐 화제에 헤리가 심드렁하게 눈을 감았다 떴다. 마리는 완전히 몸을 틀어 헤리의 낯을 정면으로 응시했다.

"다 네 덕분이지. 얼마 전부터 걔가 너 때문인지 나한테 좀 친절하거든."

"그럼 나한테 고마워해야지, 왜 이렇게 날을 세워?"

"그게 네가 라라랑 걔네 친구들 근처에서 꽤 얼쩡거렸다는 말로도 들려서."

"그럴 수도."

무료한 목소리였다. 헤리는 세 모금째 연기를 뱉는 마리의 손에서 담배를 도로 건네받곤 입으로 가져가는 대신 빗물받이용 잼 통에 빠뜨렸다.

"너 워터 하우스에서 한나 처음 본 거 아니지?"

"우리가 워터 하우스에서 만난 건 또 어떻게 알았어?"

"데니스가 말해 줬어. 너 혼자 걔 관찰한 지 꽤 됐으면서 나한텐 한나랑 거의 초면인 것처럼 연기 엄청 잘하더라."

이 세상에 비밀은 없다더니. 헤리는 지긋지긋한 듯 눈을 굴렸다.

"학교 음식이라면 진저리를 치면서 애들 따라 멘자에 간 건한나를 보려고 그랬던 거야?"

직설적이다 못해 비난처럼 들리는 마리의 말에 헤리는 허탈한 웃음을 터뜨리며 어깨를 으쓱였다.

"글쎄."

"말 똑바로 해, 헤르만. 괜히 얼버무리지 말고."

그녀의 단호한 말에도 헤리는 뭐가 우스운지 조그맣게 웃다가 고개를 끄덕였다.

"응. 그러면 안 돼?"

"도대체 왜?"

"베데커가 걜 진심으로 좋아하는 게 보였으니까. 그 꼴이 짜증 나서 자꾸 시선이 갔어. 행복해하는 꼴이 역겨웠거든. 내 동생은 죽었는데 그 새끼는 행복해지다니, 그 꼴은 절대 못 보지."

평소라면 결코 털어놓지 않을 말이었다. 하지만 예거밤의 힘을 빌려 프로젝트를 얼른 완성시키려 했던 멍청한 생각 때문에 술이 완전히 깨지 않아, 입 밖으로 나오는 소리를 제어할 수 없었다.

마리는 창백하게 질린 얼굴로 헤리의 턱을 쥐어 올리고선 그의 눈을 들여다보았다. 취한 헤리의 눈엔 초점이 없었다. 마리는 혀를 차며 그의 얼굴에서 손을 뗐다.

"네가 이자를 도와줬던 게 그거 때문이었구나. 레온이 좋아하는 사람이 이자가 아니란 걸 알아서?"

마리의 어처구니없어하는 헛웃음에 헤리는 음울한 미소로 화답했다.

　"난 걔 도와준 적 없어. 이자가 가진 불안을 조금 더 자극했을 뿐이야. 걔가 좀 요구하는 게 많고 집착하는 면이 있어도 고작 레온 베데커 같은 새끼 때문에 정신이 무너질 애는 아니잖아? 걘 잘생긴 남자 좋아하니까 됐고, 베데커는 불행해 보였으니까 나나 이자벨라한텐 최적의 선택이었지."

　"난 네가 한나를 좋아하는 줄 알았는데."

　"……안 좋아해. 아니, 좋아해. 젠장, 모르겠어."

　헤리는 무언가 답을 하려다 그만두고 입술을 달싹였다. 고개를 숙이고 아무런 반응 없이 고요히 침묵하는 남자를, 마리는 복잡한 눈길로 쳐다보았다.

　"지금까지는 그냥 거슬리는 거라고 생각해 왔어."

　헤리는 들릴 듯 말 듯한 소리로 속삭였지만, 마리는 그의 말을 똑똑히 듣고 눈을 커다랗게 떴다. 갑자기 화가 끓어올라 그녀는 난간을 세게 붙잡았다.

　"네가 레온 베데커를 증오하는 건 상관없는데, 너 때문에 한나가 피해 본다는 생각은 안 들었어?"

　"들었어."

　"그런데도 그 삽질을 하셨다? 그래 놓고 이제 한나랑 개인적으로 알게 되니까 좋아하는 게 맞는지 헷갈린다고? 네가 듣기엔 이게 정상이야? 뭔 싸구려 드라마를 쓰고 있어."

　"이상한 거 나도 알아."

"진짜 넌 쓰레기야. 한나가 이걸 알면 정말 뭐라고 생각할까."

그녀는 한숨을 쉬며 헤리의 손에서 담배 가루와 페이퍼, 필터를 빼앗아 담배를 말기 시작했다. 입술을 깨문 마리는 왠지 지나치게 심란해 보였지만, 헤리는 전혀 눈치채지 못했다.

"네가 생각해도 그래?"

마리는 불을 붙이다 말고, 머리를 숙이고서 웅얼대며 묻는 헤리 쪽을 돌아보았다.

"뭐가?"

"네가 생각해도 나 쓰레기냐고."

"야, 이거 불 이제 안 붙는다. 다른 라이터 없어?"

"그거 어제 산 거야. 다시 해 봐."

헤리는 느릿하게 일어나 마리 앞에 바짝 붙어 섰다. 바람을 막으려는 듯 넓은 어깨를 웅크리다 말고, 머리가 아파 오는지 마리의 정수리에 이마를 댔다.

"빨리 불 붙여."

"알겠으니까 좀 떨어져."

진저리를 치며 자신을 밀어내는 마리를 보며 헤리는 머리를 털 듯 고개를 저었다.

"……한나도 날 그렇게 생각할까?"

"당연한 거 아냐? 네가 숨기니까 모르는 것뿐이지. 넌 네 여동생을 그렇게 만든 남자애만 족친 게 아니라, 한나까지 엿 먹인 거야. 레온 베데커가 쓰레기긴 하지만, 엄밀히 말해서 한나까지 갖고 놀려는 것 같진 않았거든. 너만 가만히 있었어도 한나는 아무런 상처도 받지 않았을 텐데. 어떻게 보면 여기서 가장 큰 피해자는 걔라고. 게다가 넌 한나한테 솔직히 말해 주지도 않았잖아. 겁쟁이 새끼."

마리의 말은 헤리가 느끼는 불쾌함의 뿌리를 그대로 묘사한 듯 정확했다. 그가 이제껏 필사적으로 외면했던 뭉근한 죄책감이 드디어 제대로 나타난 느낌이었다. 한나가 기대하는 자신의 모습과, 실제로 그가 가졌던 추잡한 적의의 간극이 너무도 컸다.

"나도 이걸 바랐던 건 아니야."

한나와 이 정도로 가까워지길 바라지 않았다. 그녀를 알게 되길 바라지 않았다. 아니, 어쩌면 바랐을 수도 있었다.

2년 전, 베데커 옆에 있던 한나를 학생 식당에서 처음 발견했을 때 그녀의 첫인상은 최악이었다. 레온 베데커가 믿을 수 없을 만큼 행복하게 웃고 있다는 게 그 이유였다. 그리고 환히 웃는 그녀도 진심으로 행복해 보인다는 것, 그래서 눈부셨다는 것 또한 싫었다.

'어떻게 레온 베데커 같은 인간을 좋아할 수 있지? 누가 봐도 쓰레기에 평범하게 살 줄 모르는 놈인데, 눈이 없나? 왜 그 새끼를 행복하게 만드는 거냐고.'

헤리에게 한나는 전혀 사랑할 수 없는 인간을 사랑하는 별종이자, 레온 베데커의 영원한 불행을 바라는 자신의 가장 큰 장애물이었다.

하지만 단 하루를 기점으로 그 모든 것이 바뀌었다.

그날, 예기치 않게 워터 하우스에서 한나를 마주쳤던 날, 헤리는 안야의 기일을 앞두고 극도로 우울했다. 크리스마스 연휴를 맞아 친구들은 모두 기쁜 마음으로 고향으로 돌아갔지만, 가정이 망가진 그에게 연휴는 고통과 인내의 시간일 뿐이었다. 코가 삐뚤어질 만큼 술에 취해도 고통은 사라지지 않았다. 그래서 그는 고통을 없애는 대신 어떻게 하면 본가에 가지 않아도 될 정도로 취할 수 있을까 고민하며 샷을 비웠다.

기억이 나지 않을 만큼 마셨지만 그 희미한 기억 속에서 한나가 제게 말을 걸었던 그 순간만큼은 선명했다. 그리고 그녀를 본 충격에 술기운이 달아났을 때, 자신과 비슷한 냄새를 풍기며 발코니에 서 있는 그녀의 뒷모습이 보였다.

자신이 절대 밖으로 꺼낼 수 없었던 모습을 한 채 멍하니 아래로 떨어지는 눈을 응시하던 여자. 그 모습을 봤을 때의 느낌은 결코 말로 형용할 수 없었다.

"그럼 정신 차려. 그만두라고."

마리의 일갈이 사색을 뚫고 들어왔다. 헤리는 그녀의 냉담한 눈을 똑바로 응시했다.

"……아직 베데커는 내가 갔던 바닥의 반도 안 갔어. 너라면 지금 그만둘 수 있어?"

"싫으면 그러고 살든가. 하긴, 어차피 시작부터 그랬던 이상 너랑 한나 사이엔 미래가 없을 테니 별 차이가 없으려나."

"……."

"네가 겪은 일이 아무것도 아닌 건 아니지만, 그렇다고 네 행

318

동을 모두 정당화할 수 있을 거라고 생각하지 마. 지금은 네가 똑똑하게 행동하는 것 같겠지만, 결국 망하는 건 네 쪽이 될 테니까."

마리의 말에 반박할 수 없었다. 헤리는 푸른 눈으로 그녀를 빤히 바라보았다. 마리가 미간을 구기며 뭐라고 하려던 찰나, 발코니 창이 벌컥 열리더니 이스마일이 들어왔다.

"뭐야, 뭐야? 나 뭐 놓친 거야? 너희 둘이 왜 이렇게 가까이 붙어 있어? 술 마셨다고 둘 다 분위기에 취한 거야?"

"쓸데없는 소리 하지 마, 이스마일. 만날 사람이 널렸는데 내가 얠 왜 만나."

마리가 헤리의 너른 가슴팍을 밀어 적정 거리를 만들었다. 힘을 빼고 있던 헤리는 종이 인형처럼 밀려 벽에 기댔다.

"나도 너 싫어, 마리."

"그것 참 듣기 좋네. 계속 그 마음 유지해라."

냉랭한 분위기에 이스마일은 몇 초간 민망하게 둘을 번갈아 쳐다보았다. 그러다 정신이 든 듯 헤리의 어깨를 붙잡았다.

"야, 너희 발표 준비도 거의 끝난 거 같은데 놀러 나가자. 데니스도 깼어."

"어디로? 전차, 버스 다 끊겼을 텐데. 나 지금 취해서 자전거도 못 타."

헤리가 머리를 헝클며 몸을 곧추세우자 이스마일과 눈높이가 달라졌다. 그는 도로 난간에 걸터앉아 이스마일을 쳐다보았다.

"네 옛날 집. 극장 근처니까 걸어갈 수 있잖아. 데니스 말로는 거기에 티쉬키커랑 다트, 미니 바 있다던데. 그 집 너희 가족 거라 들어갈 수 있지 않아?"

"안 돼."

그가 고개를 저어도 이스마일은 포기하지 않고 큰 소리로 데니스를 불렀다.

"야, 데니스! 이리 와 봐! 헤리 설득하는 것 좀 도와줘!"

"진짜로 안 돼. 나 얼마 전에 경찰서 가서 아버지 여기로 오셨잖아. 아버지가 지금 거기서 묵고 계셔서 못 가."

그가 진지하게 말하자 기대에 찼던 이스마일과 달려오던 데니스는 어깨를 축 늘어뜨렸다.

"나도 지금 제정신 아니기도 하고……. 또 우리 아직 시험도 안 끝났어."

헤리의 장황한 변론이 마침표를 찍자 데니스와 이스마일은 실망하지 않고 휴대폰을 찾으러 부엌으로 떠났다. 시내까지 우버 택시로 얼마나 내야 할지 검색하는 듯했다.

"아버지가 거기서 묵고 계셔서 안 된다고?"

마리는 필터 근처까지 태운 담배를 잼 통에 지져 끄며 눈썹을 올렸다.

"너 방금 아버지 본가로 가셨다고 했잖아."

"응. 본가에 계셔."

"그럼 방금 한 말은 뭔데?"

"거짓말."

거짓말을 한 사람치곤 당당하고 전혀 거리낌 없는 태도였다.

마리는 황당함에 혀를 찼다.

"진짜 넌……. 너랑 제일 친한 애들한테까지 그렇게 비밀이 많을 건 뭐야? 네가 대체 뭔데?"

방금 대화 탓에 마리는 평소보다 더 가시가 돋쳐 있어 신랄하기가 이루 말할 수 없었다. 헤리는 최소한 이 일은 그녀에게 해명해야겠다고 생각했다.

"한나가 거기 있어."

한나의 이름이 나오자마자 마리의 표정이 싸늘하게 굳었다.

"한나가 거긴 왜? 어떻게? 너 그 집 열쇠 뺏겼다고 했잖아."

"베데커가 또 걔네 집까지 찾아갈 수도 있어서 내가 거기로 데려갔어. 열쇠는 아버지한테 부탁해서 받았고."

마리의 눈이 의심과 불신으로 가늘어졌다.

"왜 그런 눈으로 봐. 너도 네가 사는 기숙사 배관 막혀서 공사할 때 그 집 빌렸잖아."

"네 아버지가 그 열쇠를 다시 주실 만큼 너그러운 분도 아닐 텐데."

"……곧 졸업 학기니까 논문은 좀 편하게 쓰고 싶다고 했지."

"그런데 베데커가 '또' 집으로 찾아가다니? 너 아버지 부르고 경찰서 간 게 베데커가 한나를 스토킹해서 그랬던 거야?"

"오늘따라 이상하게 질문이 많네. 스무고개는 여기서 끝."

헤리는 마리를 지나쳐 거실로 들어갔다. 마리는 그의 뒤통수를 노려보다가, 휴대폰 속 한나의 전화번호를 누르고 한참을 망설였다. 헤리 앞에선 애써 담담한 척했지만, 그가 술에 취해 늘어놓는 얘기를 들으며 그녀는 전에 없이 경악했다. 휴대폰을 쥔 손이 미세하게 떨렸다.

'알려 주면? 그럼 한나가 이 얘기를 받아들이기나 할까?'

게다가 전 남자 친구라고 말할 수도 없는 인물 때문에 집도 못 들어가는 한나에게 마리는 아무런 도움도 줄 수 없었다. 만약 헤리의 속내를 알려 줘서 그녀가 그 집에서 뛰쳐나온다면, 그 뒷일은 감당할 수 없을 것이다.

엄밀히 말하자면, 일방적으로 도와줄 순 있겠지만 적당히 서먹한 지인이 도움을 주겠다고 할 때 아무런 의심조차 하지 않는 사람이 어디 있겠는가. 마리는 괴상한 사람으로 오인받고 싶진 않았다. 아니, 더 정확히는 한나에게는 이상한 사람이 되고 싶지 않았다.

"그만해."

스스로를 힐난하며 마리는 입술을 씹었다. 그녀는 머리를 감싼 채, 겨울바람이 이 짐을 덜어 주길 바라며 발코니에 한참을 서 있었다.

22.

Sonntag. 16. Februar 2020
10:45

수일이 지난 것 같은데, 밤은 고작 두 번 바뀌었다. 헤리가 있던 날은 그렇게나 푹 잤는데, 그가 사라졌다고 이렇게 밤잠을 설치다니 스스로도 어이가 없었다.

'사람 하나 때문에 잠을 자고 못 자고가 결정되다니.'

하지만 헤리가 더 이상 '그저 사람 하나'가 아니라는 것은 한나도 서서히 인정하고 있었다. 결국 뜬눈으로 아침을 맞이했지만, 정적을 견딜 수 없어 휴대폰으로 노래를 틀었다. 랜덤 버튼을 누르자마자 플레이리스트에서 빼놓았던 노래가 흘러나왔다. 잔잔하기만 한 전주에도, 별다를 것 없는 담담한 가수의 목소리와 가사에도 마음이 이상하게 요동쳤다.

헤리가 없는 이 넓고 고급스러운 집도 엄청난 부담이었다. 그와 함께 있을 땐 편하기만 했는데, 헤리가 나가자마자 괜히 엇혀사는 객식구처럼 매 순간이 좌불안석이었다.

"제발 방 좀 빨리 구해졌으면."

어떻게든 빨리 새집을 구하고 싶어 집 구하는 사이트에 올라온 매물에 되는대로 메시지를 보냈지만, 답은 거의 오지 않았다. 이미 집주인에게 이사를 가겠다고 연락해 놓은 터라 마음이 급해졌다.

'하긴 고작 그제 이사하기로 결정해 놓고 지금 집을 찾아봤자 나올 리 없지.'

오랫동안 화면을 봐서 그런지 눈이 빠질 것만 같아 휴대폰을 내려놓았다. 커다란 침대에 누워 천장을 바라보면 익숙한 야광 별이 아닌, 무섭도록 하얗기만 한 천장이 눈에 들어왔다.

'대체 헤리는 이 큰 집에서 혼자 뭘 하며 지냈던 걸까?'

군데군데 이름 모를 작가의 미술품이 걸려 있는 이 집은 헤리가 지금 살고 있는 곳과는 너무도 달랐다. 손때 묻은 기타도, 널브러진 과제 풀이도, 표지가 해진 책도, 관심 있는 단체의 스티커가 붙은 맥북도, 엽서도, 사진도, 그의 향이 묻은 침대보도 없다.

한나는 심장이 목 위로 튀어나올 것만 같아 몸을 둥글게 말았다. 그가 보고 싶다. 너무도 보고 싶다. 단순한 호감이라기엔 너무 컸고, 연애 감정이라기엔 지나치게 일방적으로 그에게 의지했다.

이 감정은 대체 뭘까. 한나는 염치없이 또다시 헤리를 보고 싶어 하는 자신의 모습을 깨닫고, 차라리 제 몸이 아예 땅 밑으로 꺼져 다시는 위로 올라오지 않길 바랐다.

눈을 감고 이 복잡하고 어지러운 생각들이 사라지길 간절히 바라고 있는데, 갑자기 휴대폰 문자 알림이 울리기 시작했다.

[한나, 너 집 내놓는다고 했지? 나 당장 들어가도 되냐? 이번 달 남은 3주 치 월세 내가 낼게.]

[이 하우스*에서 더는 못 살겠어. 소시지 달린 새끼들 진짜 위생 관념 끝장난다.]

[진짜 말이 돼? 음식물 쓰레기 당번이 지 차례 쌩까고 놀러 나갔다고 아무도 청소를 안 하는 게 말이 되냐고! 나 이번 겨울에만 바퀴벌레 세 번 봤어.]

[그리고 수도관 또 막힘. 샤워하면 수챗구멍에서 가지각색 머리카락이 위로 올라와. 멋지지? 근데 그게 다가 아님. 제일 멋진 건 이거야. 이것 좀 봐.]

무시하려 했는데 핏체의 메시지는 끝없이 휴대폰을 울려 댔다. 짜증이 솟구쳤지만, 그래도 그의 수다 덕분에 의미 없는 우울한 시간이 끝났다.

한나는 허파에서 바람 빠지는 소리를 내며 메시지를 확인했다. 그가 마지막으로 보낸 것은 하우스 관리인이 A4로 출력해 보낸 장문의 공지였다. 한나는 눈을 가느다랗게 뜨고서 손으로

---

* Verbindungshaus : 선배들의 기부금으로 운용되는 친목회 전용 하우스.

이미지를 확대해 글자를 읽어 내려갔다.

자랑스러운 베타 친목회 분들에게 알립니다.

우리 하우스는 18세기 말에 지어져 19세기 초부터 선배들에게 물려받은 유서 깊은 건물인 만큼, 연식이 매우 오래되어 각별한 주의가 필요합니다.

반복된 경고에도 불구, 결국 수도관이 작년에 이어 또 막혔습니다. 이에 우리는 더 이상 수도관 상태가 화학 약품으로 처리할 수 없는 지경에 이르렀음을 인정하고, 대대적인 수리 공사를 의뢰했습니다. 지난주부터 1동 건물을 시작으로 수리를 진행 중인데, 수도관을 막히게 한 것은 용해되지 않는 음식물 쓰레기, 머리카락뿐만이 아니었습니다.

여러분.

"정액은 물에 용해되지 않습니다!"

이 점은 반드시 숙지하십시오. 제발, 샤워하면서 자위하지 마십시오. 수도관에 흘러 들어간 정액이 우리 건물의 수도관을 막는 주범이 됩니다.

처음 계약했던 조건보다 한 건물의 수리 기간이 길어지면서, 과연 다음 학기 개강 전까지 2동까지 수리를 마칠 수 있는지 확실치 않게 되었습니다.

지금 우리가 할 수 있는 것은 이 상태를 더 나쁘지 않게 만드는 것뿐입니다.

그러니 다시금 당부합니다.

변기나 하수구에 음식물을 버리지 마십시오. 샤워 후 체모는 물로 대충 없애지 말고, '손으로' 정리하셔야 합니다.

또한 다시 한번 강조하자면,

★ 매우 중요

"샤워실에서 자위하지 마십시오!"

2층 화장실을 이용하는 마누엘 슈타인캄프, 니클라스 콜, 페터 예거 군은 특히 이 사항을 숙지하시길 바랍니다.

베타 하우스는 회원들에게 언제나 1인 1실의 쾌적한 개인 공간을 제공합니다. 은밀한 공간을 찾기 위해 굳이 샤워실로 가지 않아도 된다는 뜻입니다. 그러니 이 점 반드시 염두에 두시길 바랍니다.

우리 하우스는 학생들의 성향과 자유를 지켜 주기 위해 매우 애썼습니다. 하지만 이러한 문제가 계속 지속될 시, 규칙을 엄격히 운용할 수밖에 없습니다.

쾌적한 생활을 위해 모두 협조하길 바랍니다.

— 관리인 —

한나는 순간 제 눈을 의심하며 다시 공지를 읽어 내려갔다. 관리인이 절절히 풀어 쓴 호소가 그녀에게까지 닿는 듯했다. 처음엔 멍했다가, 나중엔 어처구니가 없어서 미친 사람처럼 웃음이 새어 나왔다.

[저기 적힌 페터 예거 설마 네 이름이야?]

[어. 진짜 짜증 나. 이걸 대문이랑 부엌 곳곳에 다 붙여 놨어. 이런 건 그냥 개인 메일로 보내도 되는 거 아냐? 애들이 하루 종일 놀려 대서 탈모 오는 줄 알았음.]

[이거 가짜야, 핏체. 진짜 공지 사항 아닐걸.]

[뭐?]

[네 친구 중 하나가 장난친 것 같은데. 정액이 수용성은 아니지만 그렇다고 배관을 막을 수준으로 쌓이진 못해.]

[뭐???!!!!!!!! 그냥 장난이라고?]

[그래.]

[아 미친!!!!! 진짜 나 나가서 살래. 바퀴벌레도 그렇고, 소시지 놈들 선을 못 지켜.]

[값싸고 사람들도 쿨하다면서 좋다고 할 땐 언제고. 그 바퀴벌레 네 거 아냐?]

[토 나와. 한나, 그런 말 하지 마. 아무튼 나 네 집에 들어가도 돼?]

[응, 근데 당장은 안 돼.]

마저 답장을 적는데, 채팅 창에 온라인 상태로 떠 있던 핏체의 프로필이 갑자기 사라지더니 통화가 걸려 왔다. 음성이 아닌 화상 통화였다. 한나는 한참을 망설이다가 카메라를 끄고 전화를 받았다.

"갑자기 왜 화상 통화를 신청해?"

— 집 좀 보여 달라고 하려고 그랬지. 근데 너 지금 어디야? 화상 통화 못 받아?

한나는 침을 꿀꺽 삼키며 주위를 휙휙 돌아보았다.

"응. 지금은 좀 그래."

— 어딘데?

"……그냥 다른 친구네 집."

거짓말은 아니지만 딱히 정직한 말도 아니었다. 헤리와 내가 친구였던가. 걔도 날 친구로 생각할까?

— 너 이렇게 급하게 방 빼면 어디서 살려고. 코딱지만 한 도시에서 집이 금방 구해져?

"아니. 그래서 나도 걱정이야."

— 네 집 좀 비싸긴 해도 좋던데. 아무튼 판다면 나야 좋지만. 당장 다음 달에 지낼 곳은 찾았어?

한나는 아무런 답도 하지 못했다.

정말로, 다음 달부턴 대체 어디로 가야 할까? 레온 때문에 벌써 월요일에 있을 시험 공부는 반도 하지 못했다. 꾸역꾸역 교재를 여기까지 가져오긴 했지만, 손 하나 까딱하지 못한 채 벌써 40시간을 흘려보냈다.

"아니."

— 목소리에 왜 이리 힘이 없어?

"나 살 곳 못 찾으면 비자 연장 때 거주지 증명을 못 해서 문제 생길 수도 있잖아. 학교에서 쫓겨나기라도 하면 당장 추방될 수도 있고. 막막해서 그래."

— 야, 왜 이렇게 극단적이야. 너 아직 비자 기간 남았잖아. 그 전까지 거주지 등록 가능한 집 분명히 있을 거야. 너무 걱정 말고, 너 이번 학기만 지나면 졸업 학기니까 이것만 넘겨. 그럼 논문만 쓰면 졸업이잖아. 여기서 학사까지 딴 사람을 무작정 추방시키겠냐? 그러니까 일단은 시험 통과에 온 신경을…….

"나 아무래도 학교에서 쫓겨날 것 같아."

― 쫓겨나긴 누가 쫓겨나. 너 다음 학기면 학사 논문 쓰잖아. 게다가 네 성적을 내가 아는데.

한나가 멍하니 뱉은 말을 그저 장난으로 여겼는지 핏체가 코웃음 쳤다. 하지만 절박함에 한나의 목소리는 계속 떨렸다.

"그건 첫 두 학기 때 성적이지. 나 지금 거의 벼랑 끝에 몰렸어. 주요 과목 한 번만 더 낙제하면 진짜 큰일 날지도 몰라. 사실 과를 바꾼다고 해서 졸업까지 잘할 수 있을지도 모르겠고, 공부하는 것만으로도 이렇게 지쳐서 힘든데, 이거 그만두고 직업 교육을 받는다고 해서 상황이 더 나아질 것 같지도 않아."

― 워, 진정해, 진정. 한 번에 하나씩만 생각해 보자. 너 지금 이렇게 불안해하는 게 정확히 뭐 때문인지 말해 봐. 아직 이번 학기 첫 시험도 안 쳤잖아, 안 그래?

"시험이 월요일인데 공부를 하나도 안 했어. 대체 뭔 정신으로 아무것도 못 하는 건지도 모르겠다. 집 문제도 걸려서 머리가 터질 것 같아. 라라랑도 이상하게 사이가 꼬였고, 그걸 돌이키려고 노력해 봤는데 자꾸 내가 처음 결심이랑 다른 짓을 해서 상황을 더 복잡하게 만들고 있어. 나 대체 왜 이럴까?"

― 월요일에 시험이라고? 종강도 안 했는데 무슨 시험을 봐? 혹시 람 교수 수업 1차 시험이야?

"응."

― 그러면 어차피 3월 말에 2차 시험 한 번 더 치잖아. 나중에 보는 시험이 더 중요할걸. 너무 걱정하지 마.

애써 자신을 안심시키려는 핏체를 짜증 나게 만들고 싶진 않았기에, 2차 시험 준비도 전혀 되어 있지도 않고, 3월 말까지 영문학 시험 대체 과제 세 개와 컴퓨터 공학 개론 시험도 함께 준비해야 한다는 사실은 굳이 말하지 않았다.

— 그나저나 너 집은 대체 왜 빼는 건데?

"……개인적인 사정이 있어."

— 돈 문제야?

"그렇지, 뭐. 월세가 600유로나 되니까."

한나는 차마 자세히 말하지는 못하고 대충 얼버무렸다.

— 그러게 왜 애초부터 그런 비싼 집을 구했어?

무신경한 핏체의 말에 한나는 발끈했다.

"학기 초에 대학 도시에서 외국인 신분으로 방 구하는 게 얼마나 힘든지 알아? 네가 집주인이면 그냥 독일인 세입자를 들이지, 신원 확인도 안 되고, 일정한 수입도 없는 외국인을 선택하겠냐? 그나마 이거 구한 것도 난 운이 좋았던 거라고."

게다가 외국인은 학생 대출조차 받지 못했다. 핏체는 진지하게 동의를 표하더니, 다시금 질문을 던졌다.

— 그나저나 라라랑 사이가 왜 꼬여?

핏체는 한나의 집에서 했던 프레 파티의 진짜 목적을 모르고 있었다. 한나는 이마를 짚으며 고개를 저었다.

"아무것도 아냐. 그냥, 그냥 하는 소리야."

사실 라라는 핑계였다. 라라를 구실로 구태여 헤리를 만났다가, 레온과 최악의 상황까지 간 모습을 그에게 들켰다는 것이 그녀를 미친 듯이 괴롭게 만들었다.

한나에게서 더 이상 아무런 답이 없자, 핏체는 평소답지 않은 진지한 목소리로 말을 이어 나갔다.

— 한나, 공부 때문에 너무 힘들면 그냥 낙제해. 학교에서 쫓겨나도 괜찮아. 비자 문제가 걸리겠지만 걱정 마. 어디선가 위장 결혼 할 사람을 구할 수 있을 거야. 정 못 구하겠으면 나한테 4만 유로만 내. 그럼 내가 영주권 나올 때까지 결혼해 줄게.

"넌 이 와중에 농담이 나와?"

어처구니없는 이야기를 진지하게 하니 웃을 수밖에 없었다. 한나의 목소리에서 웃음기가 묻어 나온 것을 핏체는 놓치지 않았다.

— 맞아, 농담이야. 근데 우린 네가 힘들지 않았으면 좋겠거든. 그래서 공부하느라 힘든데 비자 때문에 그 공부를 놓을 수 없는 상황에 더 괴로운 거라면, 네가 좀 더 행복해질 수 있는 선택을 하길 바라.

핏체의 말에 한나는 감정이 올라왔지만, 변한 목소리를 들키고 싶지 않아 조용히 듣기만 했다.

— 사실 우리는 네가 생각하는 것보다 너한테 관심이 많아. 네가 한국에서 잘만 다니던 대학교를 때려치우고 여기 왔다는 말을 했을 때, 사실 왜 온 걸까 묻고 싶었지만 우리 다 가만히 있었어. 왜냐하면 네가 스스로 말해 주기를 기다렸거든. 그렇다고 말해 달라는 건 아니야. 그냥 네가 말하고 싶을 때 망설일 필요는 없단 소리 하고 싶었어.

"……."

— 너 요즘 엄청 힘들어 보였거든. 네가 말하기 싫어해서 모른 척하긴 했지만, 일부러 숨기진 마. 남자 문제 같은 것도 좀 말하고. 아, 너 혹시 아직도 제바스티안이랑 만나냐?

"제바스티안이랑 만나는 건 실비아야."

한나는 울먹거리다 말고 코웃음 쳤다. 잘 나가다가 이렇게 한 번씩 틀려 주는 게 바로 핏체였으니.

— 그런가? 아, 너한테 관심 보이던 애는 레온이었지. 맞아. 그래, 걔. 그 새끼 그거, 만나지 마.

왜 모두가 이런 말을 할 때 자신은 대수롭지 않게 생각했을까? 막상 이런 식으로 큰일을 겪고 나서야 다른 사람들의 말이 귀에 들어오다니, 자신의 자기방어력이 진심으로 개탄스러웠다.

"왜?"

— 너도 요즘 모리츠가 도통 우리랑 안 어울리고 일만 하는 거 알지? 너무 걱정돼서 알아보니까, 모리츠가 그 무리한테서 약을 산 적이 있었어.

"모리츠 약 해?!"

한나는 경악으로 목소리가 높아졌다.

— 제발 진정해, 한나. 모리츠도 심각한 걸 생각한 건 아니었대. 걔 어머니랑 의절한 이후로 보험 카드도 빼앗기고 생활비 지원도 못 받고 있잖아. 시험 기간 동안 불안증이 도져서 시가보다 싸게 안정제 구하느라 연락한 거랬어. 근데 그 약값을 다

못 갚아서 지금 학교도 거의 못 나오고 일만 해.

"그럼 모리츠는 갚을 능력도 안 되는데 약을 외상으로 산 거야?"

— 좀 복잡해. 걔네가 자꾸 할인해 준다고 해서 30유로 정도만 빚으로 남기고 샀었대. 거래를 비트코인으로 하자고 해서 모리츠가 수락했는데, 그 코인도 사기여서 처음부터 갚아야 한다더라. 약값은 700유로인데, 이미 비트코인으로 냈던 건 무효가 돼서 총 1400유로를 뜯기게 되는 셈이지.

"라라는 그거 알고 있어? 넌 어떻게 알았어?"

— 아니. 걔네가 여자 문제로도 말이 많아서 모리츠가 라라한테도 피해가 갈까 봐 일부러 사이 멀어진 척 꾸미고 있는 것 같은데. 나도 베타 애들이 알려 줬어. 에이단이 우리 하우스 파티에 와서 고객을 만들어 놨거든. 가입도 안 하고서 하우스에 뻔질나게 들어오는데도 애들 대부분이 걔 고객이라 쫓아내질 못 해.

"경찰에 연락하면 안 돼? 이건 너무 심해. 말도 안 돼. 학생이 약값으로 1400유로를 어떻게 내?"

— 안정제만 산 게 아니니까 그렇지. 그것만 사면 절대 700유로까지 안 나와. 약 사러 에이단 집에 갔다가 그 무리들이 모여서 술 마시고 있길래 모리츠도 얼결에 꼈는데, 레온이 집중력 강화에 좋은 게 있다면서 다른 약을 끼워서 팔았대. 술 마시면서 듣다 보니 모리츠가 그냥 넘어간 거지. 근데 그게 법적으로 크게 문제가 되는 약인가 봐.

심장이 쿵 떨어졌다. 한나는 자신이 잘못 들은 것이길 바라며 되물었다.

"방금 뭐라고 했어? 누가 그걸 끼워 팔았다고?"

— 레온.

핏체는 한나의 마음을 백번 이해한다는 듯 조용히 답했다. 숨을 들이켜고 내쉬는 것 자체가 수동이 된 것처럼 가슴이 답답했다. 그녀는 휴대폰을 꼭 쥔 채 머리를 감싸 쥐었다.

에이단 무리가 성실하지 않은 건 이미 잘 알고 있었지만, 약까지 파는 줄은 꿈에도 몰랐다. 만약 안야와 레온 사이의 일을 몰랐다면, 한나는 아마 지금도 레온이 에이단이나 제바스티안보다 착실하고 성실하니, 그들보단 낫다고 생각했을 것이다. 그러나 그는, 물밑에서 주위 사람들을 야금야금 좀먹고 있었다.

"페터, 넌 그 사실을 알고도 그 약팔이들을 내 집에 데려왔던 거였어?"

— 그건 정말 미안해. 이 얘기도 너한테 사과하고 싶어서 시작한 거야. 그때 레온이랑 에이단이 네 집에서 열리는 파티에 데려가 주면, 모리츠랑 했던 비트코인 거래를 없던 일로 하겠다고 했었어. 그냥 받은 셈 치겠다고. 지금 생각하면 애당초 사기니까 그런 소릴 했던 건데, 그때는 나도 취한 상태여서 그대로 믿어 버렸어. 미안해.

한나는 순간 울컥하는 마음에 소리를 지를 뻔했으나, 라라의 불안이 드디어 이해가 갔기에 입술을 깨물어 참았다.

"네가 왜 그랬는지 알았으니까 됐어. 그럼 모리츠는 어떻게 지내? 돈 마련은 잘되고 있는 거야?"

— 고작 세 학기 정도만 다니고 그만둔 애가 어딜 가서 큰돈을 벌겠어. 그냥 닥치는 대로 일하고 있겠지.

"걔 대학교 아예 그만뒀어?"

— 이번 학기 수업 하나도 안 들었던데. 필수 과목 이번에도 낙제면 그냥 퇴학이야. 공부를 했을 리가 없으니 당연히 떨어지겠지.

갈수록 태산이었다.

처음 만났을 때의 모리츠는 굉장히 성실했다. 충동적인 사람도 아니었고, 차분했으며, 수줍음을 잘 타는 그 또래 남자아이와 별반 다르지 않았다. 그런데 언젠가 파티에서 만난 다른 친구들과 갑작스럽게 관계를 발전시킨 이후부터 이해할 수 없을 정도로 성격이 급격히 변했다.

처음에 한나는 장난을 좋아하는 핏체와는 그저 스터디 그룹 모임에서 만난 지인으로만 지냈지만, 모리츠의 성격이 변한 이후 셋이 함께 보는 횟수가 늘어 핏체와도 친해졌다. 사실 모리츠가 아니었다면 한나는 핏체나 라라처럼 자유분방한 친구들과 이렇게나 오래 함께 지내지 못했을 것이다.

예전의 성실하고 수줍던 모리츠가 그리웠다. 하지만 시간의 흐름에 따라 변한 사람을 멋대로 돌이킬 수는 없는 노릇이었다. 입맛이 썼다.

"……그래서 지금 걔 어디서 일하는데?"

— 그건 나도 몰라. 절대 안 알려 줘.

스스로 나서서 걱정할 필요는 없었지만 친했던 친구가 진흙탕으로 빠졌다는 소식을 듣고 우울하지 않다면 거짓말이었다. 핏체의 농담 덕분에 간신히 나아졌던 근심이 더 깊어졌다. 더이상 대화하면 더 무기력해질 뿐이었다.

"알았어, 끊어."

— 아, 잠깐! 그래서 네 방은? 나 네 방에 들어가도 되는 거야?

"짐 아직 다 안 뺐으니까 한 달만 좀 참아. 나도 짐 빼서 넣을 곳은 찾아야 돼."

— 네 물건 안 건드릴 테니까 잠이라도 거기서 자면 안 될까? 여기 진짜 못 살겠어.

"제발, 핏체, 그만!"

결국 참지 못하고 뱉어 냈지만 후회는 조금도 없었다. 수화기 건너편에서는 쥐 죽은 듯 모든 소리가 사라졌다.

"내가 기다려 달라고 했잖아. 나도 일단 방을 찾아야 너한테 방을 바로 넘길 수 있다고. 그리고 넌 모리츠가 지금 어떤 상황인지 알면서 우리한테 말 한마디 안 해 놓고, 네 집 찾는 게 그렇게나 중요해? 나는 그렇다 쳐도 라라한텐 말했어야지!"

— 그건…….

"넌 걔가 어떤 사정인지 알면서 대체 왜 지금까지 아무것도 안 한 거야?"

— 한나, 그건 걔 일이야. 내가 도와줄 수 있는 건 없어. 네 파티에 에이단을 데려가서 어떻게든 잘 풀어 보려 한 것도 내

가 조금 오버한 거였다고. 걔가 라라한테 말하고 싶지 않다고 하는데, 왜 그걸 내가 나서서 전해야 해?

"뭐?"

핏체는 전혀 농담이 아닌 듯 진지하기만 했다.

— 약을 산 건 걔고, 에이단이랑 레온한테 멍청하게 당한 것도 걔야. 경찰에 신고할 수도 없고, 돈이 걸린 문제를 친구가 어떻게 도와줄 수 있는데?

아주 가끔만 볼 수 있는 핏체의 진지한 면모를 이런 상황에서, 이런 방향으로 보게 되니 충격이 배로 다가왔다.

하지만 그가 특별히 냉정한 게 아니었다. 사실 일리도 있었다. 그러나 그들의 합리성과 다정함은 보이지 않는 선으로 구분되어 있어서, 한나는 매 순간 그 선을 구분하기 위해 신경을 곤두세워야 했다.

문제를 마법처럼 대신 해결해 주기를 바라는 게 아니라, 그저 감정적 지지를 바라는 것이 비합리적인 걸까?

이 질문이 여전히 마음 한구석에 남아 있음에도 불구하고 한나는 조금씩 체념을 배웠다.

"……네 말이 맞아."

— 어쩔 수 없어. 걔 선택인걸. 애당초 감당도 안 되면서 왜 약을 사겠다고 설친 건지 모르겠다.

"어떻게 되든 상관없었던 거겠지."

핏체는 스스로 제 앞길을 망쳐 버린 모리츠가 이해되지 않는 듯 혀를 찼다. 그러나 한나는 왠지 모리츠의 마음을 알 것 같았다. 제 인생이 어디까지 내려가나 관망하며 더더욱 나쁜 선택을 할 때 온몸을 휩쓰는 두려움은 늪과 같다. 하지만 그 끔찍한 끈적거림조차 살아 있는 증거로 느껴질 때가 있었다.

결국 문제를 해결하는 건 스스로의 몫이고, 살아남는 법을 배우지 못한 이는 그저 아래로 스러질 뿐이다.

— 아, 난 진짜 모르겠다. 걔가 알아서 하겠지. 아무튼 너 새 방 찾으면 꼭 연락 주고.

"그래."

전화가 끊어진 후에도 한나는 멍하니 휴대폰을 쥔 채 허공만 바라보았다.

23.

Mittwoch. 19. Februar 2020

16:30

똑똑.

"들어오게."

"교수님."

자전거로 온 모양인지 약간 달아오른 얼굴로 학장실에 들어온 헤리는 숨을 조금 가쁘게 쉬었다. 심리학과의 학장인 슈나이더 교수는 헤리를 보자마자 안경을 내리고 의자를 권했다.

"아, 폰 루튼 군. 빨리 왔군. 앉게."

목도리를 풀며 외투 지퍼를 내리던 그는 교수가 말한 대로 자리에 앉았다. 이렇게 면 대 면으로 볼 일이 드문 교수라 그런지, 아니면 성으로 불리는 상황이 못내 민망해 그런지, 헤리는 조금 어색한 미소를 지었다.

"시간이 늦었으니 곧바로 본론으로 들어가도록 하지. 내일부터 연휴이기도 하고, 자네도 기분이 많이 들떴을 테니 오래 잡아 두진 않을 걸세."

슈나이더 교수가 제 손목시계를 힐끗 보며 빠르게 말했다. 아마 내일부터 있을 연휴 때문에 헤리를 배려한다기보다는, 제 퇴근 시간이 가까워진 터라 마음이 급한 듯했다.

"괜찮습니다."

헤리는 적당히 친절해 보일 만큼만 웃은 뒤 자세를 똑바로 고쳐 앉았다.

"이번 학기만 지나면 졸업 자격이 충족된다고 알고 있는데, 맞나?"

"아, 네. 다가오는 시험만 통과한다면 다음 학기는 졸업 논문에 집중할 수 있을 것 같습니다."

"저번에 벵엘 교수한테 들어 보니 자네가 매 세미나에서 매우 열정적인 학업 의지를 보였다고 하더군."

"아, 그런가요?"

"자네도 알겠지만 내가 내년에 옥스퍼드 대학원 교수들과 연구를 하나 진행할 예정이네. 투자를 꽤 받는 연구인 만큼, 석사 과정생에게도 참여 기회가 생길 것이네. 그래서 작년에 졸업을 앞둔 학부생들의 연구 방향성을 개인적으로 조사했었는데, 기억하나?"

"……네. 기억합니다."

작년 7월쯤 벵엘 교수의 제의로 헤리도 신청서를 제출했었으나, 오랫동안 소식이 없어 잊고 있던 참이었다. 마음이 불안해졌다. 그는 눈을 살짝 가늘게 뜨고서 고개를 흔들었다.

"그런데 전 이미 제가 탈락한 줄 알고 있었는데요."

"아니, 그건 자네가 아직 졸업 직전 학기를 마치지 않아서 요건이 충족될 때까지 확실한 답을 주지 못한 거였네. 그렇다고 완전히 긍정적인 것은 아니고, 자네가 제시한 논문 방향이 반드시 영국으로 가야만 쓸 수 있는 것인지 의심하는 사람들이 있어서 경쟁력이 조금 떨어지네. 알겠지만 학부 졸업생에게 이런 기회가 온다는 거 자체가 아주 드문 일일세. 게다가 옥스퍼드 대학교와 이 계약을 맺은 건 의대기 때문에 타과생에게 배타적일 수밖에 없지. 하지만 자네는 성적이 매우 우수하기도 하고, 일전에 마친 의학 관련 실습 덕분에 가능성이 보이는 편이야."

헤리는 딱히 대답할 말을 찾지 못해 입을 뻐끔거리다가 한일자로 다물었다. 턱을 단단히 다문 탓에 양 뺨에 괄호처럼 짙은 홈이 팼다. 완전히 잊고 있었던, 그래서 아예 준비조차 하지 못한 상황에서 맞닥뜨린 의외의 행운이 기쁨보단 불안이 되어 그의 마음을 파고들었다.

"그렇군요."

"그래서 내가 자네 추천서를 써 주기로 했네. 벵엘 교수가 자네의 능력을 매우 신임하는 것 같더군."

"네?"

헤리는 너무 놀라 공손해야 한다는 것도 잊고 목소리를 높였다. 자신에게 소속된 박사 과정생을 위해서가 아니라, 수업에서 몇 번 마주쳤을 뿐인 학생에게 이 정도 배려를 해 준다니, 믿을 수가 없었다.

슈나이더 교수는 하얗게 센 눈썹을 들어 올리며 미소 지었다.

"하지만 나는 자네를 잘 알지 못하지. 그러니 자네가 자기소개서와 논문 방향성을 수정해서 내게 보내 줬으면 하네. 시험으로 바쁜 건 알지만, 연휴가 끼어 있으니 못 할 것도 없다고 보네만."

의학과 심리학을 공부하면서 이것보다 더한 문제를, 더 열악한 상황에서 처리해야 했던 적이 많았지만 이 정도로 당황했던 적은 없었다. 헤리는 입을 열었다 닫는 것만 두어 번 반복하다 간신히 목소리를 냈다.

"이건 정말……, 제가 예상을 못 했던 행운이라……."

"아직 합격도 아닌걸, 행운은 무슨. 그리고 내가 무조건 긍정적인 추천서를 작성할 거란 확신은 하지 말게. 이건 다 자네가 어떤 결과물을 내게 보여 주느냐에 달렸어. 또 이 난관을 넘으면 어쨌든 그쪽 교수들과도 화상으로 인터뷰를 진행해야 하겠지."

"네, 그렇죠."

"정말이지, 행운이라는 말은 당치도 않아. 기회는 항상 자신이 해 놓은 것을 바탕으로 생기니까. 자네는 꽤나 준비된 축에 속하네."

"감사합니다."

얼떨떨한 기분으로 대답했지만 현실감은 여전히 저 멀리서 헤리를 당황 속에 남겨 둘 뿐이었다.

"그럼 기한은 3월 중순으로 하지. 그 정도면 되겠나?"

이 프로그램의 지원서를 쓸 때만 해도 어떻게 해서든 독일을 벗어나고 싶었는데, 지금은 이곳을 떠나는 건 말도 안 된다는 소리로 마음 깊은 곳이 시끄러웠다. 그는 지금이라도 교수에게 그 몇 달 사이에 바뀌어 버린 속마음을 털어놓아야 한다는 걸 알고 있었다.

하지만 목적을 달성하고픈 욕구가 그의 마음을 무시했다.

"네, 알겠습니다. 그때까지……, 해 보겠습니다."

시험이 11일까지 죽 연달아 있지만 그는 이런 기회 앞에서 정도를 지키며 물러서는 법을 몰랐다. 늘 그렇듯 반자동적으로 기대를 충족시키기 위해 달릴 준비를 할 뿐.

"감사합니다."

그 말을 뱉는 순간 단단한 고동색 눈이 머릿속에 떠올랐다. 그는 뒤틀리는 입매를 치아로 누르며 문을 열었다.

✤

Donnerstag. 20. Februar 2020

14:53

2월 20일 목요일. '카니발'이라고 불리는 사육제가 시작되었다. 이 기간 동안 가면과 코스튬을 입고서 퍼레이드를 하고 축제를 즐기는 독일인들은 평소의 원칙적인 모습과는 많이 달랐다. 기독교의 고기 금식 기간 전 배부르게 먹으며 벌이던 축제가 기원이었지만, 지금은 종교적인 의미보다 하나의 축제로, 도시 분위기를 완전히 바꾸는 명절이 되었다.

"쾰른?"

그중에서도 쾰른은 카니발을 무척이나 크게 축하하는 도시 중 하나로, 특히나 '장미의 월요일Rosenmontag'에는 요란스러운 퍼레이드가 있었다. 아침 11시경부터 저녁까지 온갖 코스튬을 입은 사람들이 거리로 나와 퍼레이드 참가자들이 던지는 초콜릿을 받는데, 밤에는 대부분의 술집이 무료로 문을 열어 두기 때문에 온갖 파티와 사고가 격렬하게 생겨났다.

"데니스랑 이스마일도 친구들이랑 쾰른 갔다고? 근데 넌 왜 안 갔어?"

한나가 눈을 동그랗게 뜨고 묻자 헤리는 시선을 피했다.

"이미 가 본 적 있어서."

헤리는 앞에 놓인 책을 괜히 들추며 하던 필기에 집중하는 척했지만, 한나는 그가 '유전적 결함의 결과das Ergebnis eines Gendefekts'를 세 번이나 반복해 적고 있다는 걸 깨달았다.

"좀 쉬고 하자."

한나가 기지개를 켜자 헤리는 그제야 펜을 내려 두고 그녀를 응시했다.

"피곤해?"

"응. 조금."

부엌 창문 너머에서는 쇼핑 나온 부모님의 손을 잡은 아이들이 벌써부터 코스튬을 입고 나와 들뜬 모습으로 이리저리 돌아다녔다. 시내 중앙에 있어도 한산했던 집 앞 거리가 오늘따라 끊임없이 시끄러웠다.

　월요일에는 더욱 화려하고 떠들썩해지겠지. 한나는 까르르 웃는 아이들을 내려다보며 희미하게 미소 지었다.

　"쾰른 재밌었을 텐데. 같이 안 간 거 아쉽지 않아?"

　"전혀."

　헤리는 고개를 흔들더니 한나를 빤히 쳐다보았다.

　"한나, 너는 카니발 보고 싶지 않았어?"

　"우리 도시에서도 카니발 퍼레이드 하니까 그거 보면 되지."

　"그래도 대도시에서 하는 퍼레이드보단 많이 작잖아."

　"글쎄. 친구들이나 나나 정신이 없어서 생각을 못 했어. 그러고 보니까 미리 생각 좀 할걸 그랬다. 다음 학기가 막학기라 애들이랑 자주 못 마주칠 것 같은데……. 다음 카니발은 혼자 보낼 텐데 이번에 좀 놀걸."

　'모리츠는 어떻게 된 걸까? 벌써 재활원에 들어갔을까?'

　그날 이후 핏체와도 사이가 서먹해졌고, 모리츠는 여전히 아무런 답이 없었다. 라라에게 연락해 볼까 싶었지만, 섣불리 만날 수는 없었다.

　제일 편한 사이인 실비아는 독실한 가톨릭 집안이라 사육제를 가족과 보내기 위해 이미 이탈리아로 떠났다. 어쩌면 그녀가 홀로 남겨질 수도 있는 상황에서 헤리는 또다시 한나와 함께 남았다. 지난 크리스마스처럼.

씁쓸하게 웃는 한나를 보며 헤리는 복잡미묘한 감정에 한쪽 입꼬리를 살짝 올렸다.

"왜 그래?"

"그냥. 저번 크리스마스에 이어서 사육제까지 너랑 있는 게 신기해서. 우리 서너 달 전만 해도 얼굴도 모르는 사이였잖아."

"……."

헤리는 아무 말도 없었다. 어딘지 탁하게 흐려진 눈빛으로 한나를 보다가, 그녀의 머리칼을 귀 뒤로 넘겨 주었을 뿐이다.

"게다가 내가 널 여러 번 짜증 나게도 했었고……. 그런데 지금 이렇게 넌 나한테 방을 빌려주고, 명절까지 같이 보내고 있는 게 믿기지 않아."

"나도 그래."

"하하. 그러시겠지."

한나는 비꼬며 신랄하게 눈을 굴렸다.

"진심이야. 왜? 내가 거짓말하는 것 같아?"

헤리는 희미하게 짓던 웃음을 없앤 채 입을 샐쭉 내밀었다. 그래도 여전히 한나가 설득되지 않는 눈치자, 그는 몸을 의자에 푹 묻으며 고개를 모로 돌려 옆에 앉은 그녀를 비뚜름하게 쳐다보았다.

"거짓말은 아니겠지만, 넌 나만큼 놀라지 않았을 거란 소리야."

"아닐걸."

확신에 찬 목소리였다.

한나는 멍하니 그의 푸른 눈을 보다가 시선을 돌렸다.

"한나, 나 묻고 싶은 게 있는데."

헤리의 낮은 목소리가 귓전을 울리자 한나는 몸을 굳혔다.

혹시 그날 키스한 것 때문에 그러는 걸까. 없던 일로 하고 싶은 걸까? 아니면 이 집에서 언제 나가 줄 수 있냐고? 불안함에 심장이 뛰었다.

"혹시 그림 자주 그려?"

전혀 예상치 못한 질문이었다. 놀란 토끼 눈으로 자신을 쳐다보는 한나를 보며 헤리는 살짝 미소 지었다. 의아한 눈빛을 하던 그녀는 헤리가 어떻게 그 사실을 알았는지 기억해 내곤 표정을 풀었다.

"아니. 요즘은 잘 안 그려."

"왜?"

"그리고 싶은 게 없어."

문득 검은 후드 티를 입고 편하게 앉아 있는 헤리의 몸 윤곽이 눈에 띄었다. 저번처럼 라라의 그림 속 헤리의 몸이 그의 옷 위로 세세하게 내려앉았다. 섬세한 도안이 마치 눈앞에 있는 듯 생생했다. 그의 벗은 몸이 아주 자연스럽게 떠오르자마자 한나는 반사적으로 양말 속 발가락을 쭉 폈다.

"너는 요즘도 모델 일 해?"

헤리의 질문이 더 이어지기 전에 선수 쳐야 한다는 일념으로 뱉은 말이었다. 그녀의 의도를 알아챈 건지 아닌 건지, 헤리는 담담하게 웃으며 부드러운 슬리퍼를 까딱거렸다. 그 바람에 한나의 발목에 슬리퍼 면이 간질간질하게 닿았다.

"요즘엔 안 해. 날씨가 너무 춥더라고."

"그 일 처음 할 때 민망하지 않았어?"

"조금."

"근데 전 여자 친구가 부탁하니까 싫어도 참고 한 거야?"

어쩐지 질투하는 것처럼 들리는 말이었다. 한나는 제가 뱉은 말에 스스로 놀랐지만, 헤리는 골똘히 생각하더니 고개를 저었다.

"그런 건 아냐. 처음에 그런 제의를 받았을 땐 좀 의아하긴 했는데, 그냥 마침 잘됐다고 생각했던 것 같아. 일상이 너무 지루해서 일탈거리가 필요했거든. 그리고 크로키 모델이면 아버지가 절대로 용납하지 않을 일이니까 더 재밌겠다고 생각했어."

경찰서에서 아버지와 거의 싸우다시피 하던 헤리의 격양된 얼굴이 떠올랐다.

"게다가 거기선 그 누구도 내 이름이 뭔지, 뭘 하는 사람인지 궁금해하지 않거든. 웬만하면 말도 안 시켜. 벗고 있으니까 알아서 피해 주는 거지. 일하면서 그 누구와도 깊이 알아 갈 필요가 없다는 게 정말 좋았어."

담담히 한나를 바라보는 헤리의 푸른 눈에 예전에 없었던 나른함이 고였다. 그는 진심으로 편한 화두에 대해 얘기하듯 만족스러운 얼굴이었다.

외로움을 두려워하지 않고 오히려 필요로 하는 사람이라니.

그의 평온이 너무도 부러웠다.

"신기하다. 모델한테 그 시간은 되게 고역일 거라고 생각했는데."

추한 목소리가 나오지 않도록 노력했지만 신통치 않았다. 외모로 보나 행동으로 보나, 그는 미디어가 만들어 놓은 '느긋하고 아름다운 젊음'에 해당되는 완벽한 인물이었다. 그저 살아남는 것에만 급급해 벅차게 헤엄치는 자신과는 달리 유유하게 유영하는 헤리의 모습은 여러모로 복잡한 감정을 불러일으켰다.

"그렇게 느끼는 사람도 있을 거야. 그런데 난 그냥 내가 사람이 아니라 돌로 된 조각상이라고 상상해. 마치 죽은 것처럼."

"메두사 머리를 본 사람처럼?"

"비슷해. 네가 그렇게 표현해 주니까 생각보다 더 시적이네."

"죽은 것처럼……."

그가 그녀의 삶의 의지를 깨우기 위해 노력했던 것과 대조되는 말이었다. 헤리는 한나의 중얼거림을 알아차린 듯 웃었다.

"한 자세당 시간이 정해져 있어서, 시간이 다 됐다고 말해 주면 그때 다시 살아나면 돼."

또다시 그의 늑골 사이에 새겨진 상상 속 가시들이 꿈틀거리며 한나의 시선을 사로잡았다. 헤리는 한나의 시선이 향한 곳을 눈치채곤 보일 듯 말 듯 입술을 깨물었다가 풀었다.

"헤리, 나 부탁이 있어."

"뭔데?"

"너 그려 봐도 돼?"

그의 늑골에 있는 그림이 보고 싶었다. 지지부진하게 이어지는 경계와 탐색의 시간을 줄이고 싶었다.

"날 모델로 쓰고 싶다는 거야?"

"응."

그가 당황하고 어딘지 불편해하는 모습이 보고 싶었다. 항상 이렇게 제 앞에서 침착하고 당당한 헤리에게 작은 균열이라도 생기는 모습이 궁금했다. 긴장한 한나를 보며 침묵하던 헤리는 상체를 숙여 그녀의 어두운 눈을 응시했다.

"그럼 난 그림 그리는 널 볼래."

예상외의 말에 한나는 잠시 놀라 눈썹을 들어 올렸다.

"평소처럼 그냥 죽은 듯 조각상이 되는 게 아니고?"

"응. 네가 그림 그리는 모습을 보고 싶어."

"그래, 좋아."

"도구는 가져왔어?"

그가 자리에서 일어나며 물었다. 한나가 고개를 가로젓자, 헤리는 복도 중앙으로 걸어가 작은 문을 열더니 그곳에 난 작은 계단을 타고 위로 올라갔다. 문은 벽 무늬와 똑같이 파여 있어서, 작게 난 문고리만 아니었어도 문이라는 것을 전혀 알아보지 못했을 것이다.

"와, 집에 비밀의 문이 숨겨져 있는 거야?"

한나가 격양된 목소리로 문을 이리저리 살피는 사이, 헤리는 손에 필통과 수채화 도구, 그리고 스케치북을 한 아름 가지고 내려왔다.

"그냥 다락방이야. 지금은 안 쓰는 물건을 넣어 두는 창고로 써."

대학생들이 방을 구하지 못해 허덕이는 이 작은 도시에서 저 공간을 나누어 월세를 벌어들인다면, 다락방 하나로도 월 3, 400유로는 거뜬히 벌 것이다. 하지만 아무렇지도 않게 창고라고 말하는 그를 보며 한나는 침을 삼켰다.

"창고에 미술 재료를 넣어 둔 거야?"

"어머니가 젊으셨을 적에 취미로 그림을 그리셨거든."

헤리는 설명을 덧붙이진 않았지만, 한나는 왜 본가에서 멀리 떨어진 이곳에 오래전 이혼한 어머니의 물건이 있는지 이해할 수 있었다.

"어디서 그릴래?"

헤리의 질문에 한나는 주위를 찬찬히 살폈다. 거실은 발코니가 붙어 있어 채광은 좋지만 커튼이 얇아 어쩐지 불안하다. 게다가 소파만 있고 책상이 없어 그릴 자리도 마땅치 않았다.

'방으로 가야 하나?'

하지만 왠지 너무 은밀한 느낌이 났다. 그와 한 공간에 있는 것도 겨우 적응한 지금, 단둘이 방에서 정적에 휩싸여 있게 된다면 그 긴장을 이겨 낼 자신이 없었다.

'그만큼 시간이 지났는데도 남자애 다루는 법을 모르고, 불안정하고, 불안해하고, 툭하면 긴장하고. 그러고 보니 헤리는……'

순간 한나는 헤리가 자신보다 한 살 어리다는 것을 떠올리고는 이마를 쓸었다.

"난 네가 자는 방이 좋아. 거기 빛이 잘 들거든."

그녀의 고민을 대신 해결해 주기라도 하듯 명료한 목소리였다. 헤리는 미술 도구를 들고 방으로 향했고, 한나는 약간 뒤늦게 따라 들어갔다.

문턱을 넘자 책상은 이미 침대 앞으로 놓여 있었고, 미술 도구도 그 위에 가지런히 올려져 있었다. 한나가 고맙다고 말하려 고개를 든 순간, 헤리는 후드 티를 벗어 침대 옆에 던졌다. 펑퍼짐한 검은 후드 티 때문에 보이지 않았던 탄탄한 상체가 드러나자 한나는 조용히 침을 삼켰다.

"빛은 이 정도면 되겠지?"

헤리가 반쯤 내려온 롤 블라인드를 가리켰다. 그의 근육이 생생히 움직였다.

"응."

목소리를 가다듬으며 최대한 침착한 모습을 보이려 했지만, 그가 청바지 벨트에 손을 대는 순간 한나의 귀가 터질 것처럼 달아올랐다.

"아냐, 헤리!"

"음?"

벨트의 금속이 달그락거리는 소리가 유난히 크게 울렸다. 한나는 자기도 모르게 뻗은 손을 거둬들이며 책상 의자를 꺼냈다.

"그냥 그대로, 그대로가 좋아."

"바지 입은 채로? 이거 외출복이라 침대에 닿으면 찝찝할 텐데."

"괜찮아. 그 모습이 더 그리기 좋을 것 같아."

"그래, 그럼."

다시 벨트를 채우고서 침대에 앉은 그는 그림 그릴 도구를 준비하는 그녀를 빤히 바라보았다. 창문 새로 들어온 빛이 그의 푸른색 눈에 강렬하게 맺혀 빛났다.

"널 알게 돼서 다행이야, 한나."

"응?"

작은 소리라 듣지 못했는지 한나가 되물었지만, 헤리는 살짝 고개를 저었다.

"아냐."

한나는 김이 새 입을 잠깐 비틀었지만 그녀의 투박한 몸짓과 빨개진 얼굴이 그 신랄함을 완전히 없애 버렸다.

그는 씩 웃더니 침대에 편하게 엎드렸다. 스케치북을 열고 필통에서 쓸 만한 색연필과 짙은 심 연필을 꺼내 깎던 한나는 그의 시선을 느끼고 고개를 들었다. 나른하게 엎드려 있던 헤리가 팔에 뺨을 괴고서 그녀의 짙은 눈을 보며 미소 지었다. 커터 칼을 쥔 오른손이 미세하게 떨렸다.

"천천히 해."

"거의 다 됐어."

대답하는 순간 실수로 칼등이 아닌 칼날에 엄지는 대는 바람에 살에 연한 피가 맺혔다. 한나는 쓰라리게 울리는 손가락을 숨기기 위해 윗옷 밑단에 재빨리 피를 닦았다. 그러고는 최대한 침착한 척, 밑그림을 그리기 위해 짙은 푸른색 색연필을 쥐었다.

"준비 끝."

"어떤 자세를 원하시나요, 예술가님?"

그가 몸을 비틀자 왼쪽 가슴 밑 옆구리에 매우 날카로운 장미 줄기가 드러났다. 꽃은 없고 그저 줄기만 남은 듯한 기하학적인 가시는 한나가 생각했던 것보다 커서, 마치 그의 몸을 파고들고 있는 듯했다.

'사람을 막 홀려.'

라라의 격양된 음성이 머리를 채웠다. 한나는 반사적으로 색연필을 꼭 쥐곤 생각을 쫓듯 머리를 흔들었다.

"엎드린 채로 내 쪽 봐 줘. 팔에 뺨 괸 그 상태로."

짙은 속눈썹 사이로 조금씩 보이는 헤리의 눈이 너무 파랗게 빛나서 한나는 숨이 막혔다. 그저 그렇게 손 놓고 그의 눈을 쳐다보고만 싶다가도, 마음 깊은 곳에서부터 그를 그려야 한다는 충동이 일었다. 희한하고도 강렬한 감정이었다. 간절한 기도 끝에 인간이 된 조각상, 갈라테이아를 보던 피그말리온의 심정이 이랬을까.

전에는 뻔뻔하게 그를 쳐다볼 수 없었는데, 아무런 수치심 없이 오랫동안 관찰할 수 있는 지금 이 상황이 이상하게 뿌듯했다. 동시에 지나치게 긴장하는 스스로가 싫었다.

한나는 그림에만 집중하며, 조심스럽게 긋던 선을 좀 더 강하게 바꾸었다. 사각거리는 소리만이 방을 채웠다.

"……한나."

허스키하게 갈라진 목소리가 제 이름을 부르자 그녀는 고개를 들었다. 그의 크고 푸른 눈이 느리게 감겼다 떠져서 어딘지 나른하고 졸린 듯 보였다.

"좋아해."

낮고 조용한 목소리여서 바깥 소음이 조금이라도 더 컸다면 들리지 않았을 것이다. 한나가 멍하니 손을 멈춘 채 자신을 바라보자, 그는 여전히 팔에 뺨을 괸 채 그녀와 눈을 맞추었다.

"나 너 좋아해."

"……."

"그냥 지금 말해야 할 것 같았어."

그리고 그는 눈을 감았다. 그가 눈을 감자마자 생명력이 닳아 도로 조각상으로 돌아가 버린 인간을 보는 것만 같아 한나는 숨을 멈췄다.

윤곽선을 그리기 위해 들었던 짙은 푸른색 색연필을 보며 한나는 다시 헤리의 눈을 떠올렸다. 그리고 고통의 근원을 깨달았다.

헤리를 향한 제 마음이 그저 고마움에 그치길 바랐던 그녀의 소원은, 방금 그의 말 한마디에 돌이킬 수 없는 강을 건넜다. 머리를 헤집는 단어들을 제대로 정리하지 못한 채 한나는 헤리의 모습을 그려 나갔다. 크로키가 아닌, 아주 섬세한 그림을.

24.

Samstag. 22. Februar 2020

22:15

샤워로 나른하게 긴장이 풀린 한나의 몸이 바로 옆에 있는 사람의 체온으로 더 따뜻하게 달아올랐다. 오랜만에 다시 보고 싶었던 영화를 텔레비전에 틀어 놓고서, 포근하고 푹신한 소파 위에 앉아 부드러운 담요를 헤리와 함께 덮었다. 그의 숨소리가 고르게 퍼졌다.

시선을 앞에 고정해 두면서도 한나는 끊임없이 옆에 앉은 헤리를 의식했다. 그가 왜 몸을 뒤척이는지, 담요 사이로 닿는 무릎이 간지럽지는 않은지, 말리지 않은 채 늘어뜨린 제 머리카락이 거슬리진 않는지 궁금했다.

"이 영화 제목이 〈당신이 사랑하는 동안에Wicker Park〉 맞지?"

헤리의 낮은 목소리가 침묵을 깨자 한나는 몸을 떨었다.

"응."

아름다운 금발 여자가 춤추자, 그녀를 몰래 따라온 키가 크고 잘생긴 남자가 그 모습을 황홀하게 지켜보았다. 한나는 워터 하우스에서 헤리를 처음 마주쳤을 때를 떠올렸다. 그의 웃음을 보고 멍하니 시선을 빼앗겼던 그때. 레온을 머리에서 끊어 낼 수 없었던 그 상황에서조차 그의 반짝임은 너무도 선명했다.

"저 여자 독일인 같은데."

"저 갈색 머리 여자?"

"아니, 방금 지나간 금발."

"아마 맞을걸. 다이앤 크루거일 거야. 워낙 할리우드에서 유명한 배우라 당연히 알려나."

"이름은 들어 봤는데 얼굴은 몰랐어."

"그럼 어떻게 독일인인 걸 알았어? 미국 영화인 데다가 저 사람 악센트도 거의 없잖아."

"악센트는 심하지 않아도, 미묘하게 영어가 모국어가 아닌 게 느껴져. 독일어를 말할 때 주로 사용하는 발성으로 말하고 있거든."

"난 전혀 몰랐는데, 신기하다."

그녀는 조용히 읊조리더니 헤리의 어깨에 머리를 댔다.

"나도 배우지 않았으면 몰랐을걸."

"그런 걸 학교에서 배워? 내가 다니던 곳에선 안 배웠었는데."

"아니. 개인 과외 선생님한테서 배웠어. 열두 살 때까지 집에 주기적으로 오는 선생님이 다섯 명 정도 있었거든."

"열두 살까지 있었던 선생님 다 합해서 다섯 명?"

"아니, 언제나 개인 과외 선생이 네다섯 명씩 있었다는 소리야."

검은 눈동자가 놀라움으로 커지자 헤리는 고개를 살짝 기울이며 눈을 깜빡였다.

"그중에 언어별 발성 차이를 알려 주는 사람도 있었지."

"……안 힘들었어?"

"힘들었어."

그는 한나의 어깨에 머리를 살짝 기댔다.

"그런 수업 받는 사람들이 주위에 없어서 왜 나만 이런 걸 하고 있나 짜증 났지. 과한 교육을 받는 게 사실이니까 친구들한테도 그런 걸 배운다고 말해 본 적 없었어. 솔직히 아직도 이해가 안 가. 사어인 라틴어로 책 읽는 게 뭐가 그렇게 중요했는지, 왜 발성 차이까지 신경 써 가면서 외국어를 배워야 했는지도 모르겠고. 행실 학교 같은 것도 있었어. 지금 생각하면 진짜 웃기는데……. 그땐 나름 심각하게 생각하고 열심히 따랐어."

한나는 보충 수업용 개인 교습이라면 모를까, 이런 고급 교육을 어릴 때부터 받는 독일 어린이는 그리 많지 않으리라 생각했다. 헤리는 또래 아이들과 비슷하면서도 비슷하지 않은 삶을 살아야 했다. 그 미묘한 차이와 이해받을 수 없는 의무, 그 속에서 싹트는 고독을 한나는 이해할 수 있었다.

"외로웠겠다."

헤리는 고개를 들고 바다 같은 눈으로 한나의 짙은 눈동자를 들여다보았다.

"……아마 그랬을 거야."

그리고 그는 한나의 목에 다시 얼굴을 묻었다. 하지만 이번엔 아까와는 달리, 그의 무거운 숨이 잔머리를 흩트려 놓았다. 한나는 영화로 시선을 돌렸다. 분위기가 좀 더 가벼워지길 바랐다.

"난 저 배우 보면 마리가 생각나. 예쁜 것도 그렇고, 분위기도 그렇고."

"마리?"

헤리는 눈살을 찌푸리더니 한참을 조용히 있었다. 그러더니 담요에 싸인 그녀의 다리를 끌어 제 무릎에 두고서 이마를 마주 댔다.

"너 저 배우 좋아해?"

제 심장 소리가 손끝에서 느껴지는 것만 같아 한나는 조심스럽게 몸을 틀었다.

"좋다기보다는, 그냥 보고 있으면 신기해. 둘이 많이 닮았잖아."

"내 눈엔 하나도 안 닮았는데."

이상할 만큼 불만스런 목소리였다. 한나는 그가 당겨 안은 제 무릎에 턱을 괴며 미소 지었다.

"마리가 좀 더 자유로운 분위기라서 언뜻 보면 잘 모를 거야."

"언뜻 보든 자세히 보든 안 닮았어."

"그런가?"

헤리의 반응이 의아했지만, 그의 따뜻한 살갗에서 나는 보디로션 향기에 의문이 머리에서 사라졌다. 그에게 몸을 기대고서 영화를 보니 내용이 눈에 잘 들어오지 않았다. 떨림과 안정감이 공존하는 기묘한 느낌. 아마 행복과 비슷한 감정일 것이다.

기분 좋은 따뜻함에 잠시 눈을 감았다고 생각했는데, 한나는 제 어깨에 담요를 한 번 더 둘러 여며 주는 헤리의 손이 느껴질 때까지 자신이 졸았다는 사실도 눈치채지 못했다.

"한나, 졸려?"

그녀가 눈을 뜨고 감는 속도가 현저히 느려졌다. 하지만 한나는 여전히 느릿하게 감기는 눈을 뜨기 위해 사투를 벌이며 헤리의 목소리에 고개를 흔들었다.

"아니."

"거짓말. 너 이미 한 번 본 영화라고 했지."

"응. 근데 나 영화 여러 번 보는 거 좋아해. 너랑 이거 보고 싶었는데……."

"피곤하면 자. 나 혼자 보고 나중에 같이 얘기하자."

"아냐. 내가 같이 보자고 해 놓고 자는 건 싫어. 나 원래 졸려도 금방 깨."

"너 불면증 있는 거 알아. 그러니까 이렇게 잠 올 때 자 둬야지."

그가 조용히 달래자 한나는 더 버티지 않고 스르르, 소파 등받이에 무너졌다.

"난 이상하게 너랑 있으면 약 안 먹어도 잠을 잘 자."

"그래?"

"응. 거짓말 같지? 진짜야. 나도 우연인 줄 알았는데, 네가 잠깐 떠났을 때 확실히 느꼈어."

"……그럼 나 없는 동안엔 약 먹었겠네."

"맞아."

잠에 취해 소파에 웅크린 한나가 헤리의 무릎에 담요를 뭉쳐 놓더니 머리를 괴었다. 그의 얼굴을 마주 보는 모양새로 무릎을 베고 누운 한나가 반쯤 감긴 눈으로 씩 웃었다. 영화가 계속해서 흘러가는데도 헤리는 그녀의 미소에서 시선을 뗄 수 없었다.

"정말 고마워, 헤리."

"고마워하지 않아도 돼."

그가 무슨 말을 덧붙인 것 같았는데, 한나는 무겁게 내려앉는 눈꺼풀을 도저히 들어 올리지 못하고 잠에 굴복했다.

❦

얕게 든 잠 중간중간에도 한나는 어렴풋이 영화 소리를 들었다. 이야기 속 비밀이 풀리는 순간이었다.

— 첫눈에 반하는 사랑을 믿어? Do you believe in love at first sight?

갈색 머리 여자가 친구인 금발 여자에게 물었다. 매력적인 금발 여자가 들뜬 모습으로 누구 이야기냐고 다그치지만, 갈색 머리 여자는 수줍게 진척이 없다며 답을 꺼렸다.

— 망설이지 마. 괜찮은 사람들은 금방 품절된다고. Don't wait. The good ones go fast.

금발 여자의 조언은 맞아떨어졌다. 갈색 머리 여자가 첫눈에 반한 남자의 존재를 금발 여자에게 제대로 알려 주기도 전에 그 남자는 금발 여자를 사랑하게 된다. 관계는 기이하게 어긋 났고, 자신의 상처를 꽁꽁 숨겨야만 했던 갈색 머리 여자의 속 은 계속해서 곪아 들어갔다. 결국 연기자 지망생이던 갈색 머 리 여자가 거짓 연기를 하며 나머지 둘 사이의 균열을 효과적 으로 넓혀 놓았을 때, 모든 것은 완전히 비틀리고 왜곡되어 끊 어졌다.

자신의 사랑을 이루지 못했다는 이유로 타인의 사랑까지 망 친 여자. 그녀는 과연 얼마나 많은 사람에게 이해받을 수 있을 까? 거짓말로 모든 것을 꾸며 내 결국 하룻밤 동안 남자를 쟁취 한 갈색 머리 여자는 과연 행복했을까?

한나는 잠으로 몽롱한 와중에도 처음 영화를 본 순간 떠올린 질문을 다시금 곱씹어 보았다. 답은, 잠에 취한 지금이라고 나 오지는 않았다.

— 멀리서 누군가를 보면 환상을 가지기 쉽지. 근데 그렇게

환상을 가져 놓고 막상 가까이에서 보면, 십중팔구 보지 않는 편이 나았겠다고 생각하게 돼. Sometimes when you see someone from a far, you develop a fantasy. Then when you see them up close, nine times out of ten, you wish you hadn't.

영화는 막바지로 치닫고 있었다. 남자 주인공이 잇새로 뱉어 내는 대사에서 애써 누른 분노가 들렸다.

한나는 잘 떠지지 않는 눈꺼풀을 들어 헤리의 얼굴을 올려다 보았다. 살짝 벌어진 눈꺼풀 새로 그의 창백한 얼굴이 보였다. 한나는 워터 하우스에서 쓰러졌던 날이 떠올랐다. 그의 하얗게 질린 낯빛과, 핏줄이 선명하게 튀어나온 손에서 느껴지는 차가운 떨림이 머리를 스쳐 일순 두려움이 일었다.

"헤리……?"

조용히 읊조리며 잠결에 그의 손을 붙잡았다. 순간 그는 놀란 듯 한나의 손을 뿌리쳤다.

"괜찮아?"

잠이 달아났다. 한나가 담요를 걷고 부스스 상체를 일으키자 헤리는 벌떡 일어나 화장실로 향했다.

"헤리!"

한나가 그를 쫓아갔을 때 그는 이미 변기를 붙잡고 속을 게워 내는 중이었다.

"왜 그래, 괜찮은 거야?"

한나는 아직 다리에 힘이 완전히 들어가지 않아 비틀거리며 걸어가 그의 등을 두드려 줬지만, 헤리는 그녀를 밀어냈다. 한나는 충격을 받아 멍하니 문가에 서서 꿈틀거리는 그의 등을 바라보았다.

"더러워, 잠깐 나가 있어."

"난 상관없어. 너도 내가 토하고 정신 잃었을 때 옆에서 계속 있었잖아."

한나는 떨리는 목소리로 말했다.

"속 아파? 아까 맥주 마신 것 때문에 그래? 혹시 머리도 아픈 거야?"

"아냐, 그런 거 아니야. 난 괜찮으니까 제발 거실에 있어. 금방 갈게."

제 손이 닿자마자 마치 겁에 질린 것처럼 파리하게 변해 구토를 하는 남자. 그 남자는 이틀 전만 하더라도 제게 좋아한다고 말한 사람이었다. 한나는 이 상황을 어떻게 받아들여야 할지 혼란스러워 그저 작게 고개를 끄덕이고선 다시 소파로 돌아왔다.

'……고작 맥주 몇 잔으로 토할 애는 아닌데. 그럼 갑자기 왜…….'

최대한 긍정적으로 생각해 보려 했지만, 정황상 제 손이 닿았던 것이 가장 그럴듯한 이유 같았다. 다른 사람의 손이 닿았다는 이유만으로 속을 게워 내야 하다니, 무슨 상황인 걸까?

그녀가 혼란에 빠져 담요에 몸을 파묻는 동안, 헤리는 입가에 잔뜩 물을 묻힌 채 돌아왔다. 그새 구강 청결제로 헹군 것인지 그에게서 시원한 박하향이 났다. 하지만 한나에게 그 향은 시원한 것을 넘어 차갑기만 했다.

"이제 괜찮아?"

애써 미소를 띠고 묻자 헤리는 얼굴을 쓸어내리며 한나 옆에 바짝 붙어 앉았다.

"응. 미안해."

영화는 이미 끝나 엔딩 크레딧이 올라가는 중이었다. 어깨를 감싸는 헤리의 체온을 느끼며 한나는 눈을 감았다. 여전히 불안감으로 쿵쿵 울리는 심장 박동이 목으로 올라와 침을 삼켰다.

"왜 그런 거야?"

"나도 잘 모르겠어. 그냥 속이 울렁거려서."

왜 토했느냐는 질문이 아니었다. 헤리도 이 질문의 진정한 뜻을 알았겠지만, 한나는 더 이상 캐묻지 않고 고개를 끄덕였다.

"영화 어땠어?"

"……흥미로웠어."

"갈색 머리 여자, 정말 끔찍하지 않아?"

한나는 대화를 어떻게든 이어 가려 했지만, 그는 생각에 잠겨 침묵할 뿐이었다.

"헤리?"

"끔찍하다고?"

"응."

"왜?"

"이기적인 마음으로 다른 사람의 일상을 망쳤잖아."

"네가 저 영화를 처음 봤을 때, 그 사람이 했던 짓이 끔찍한 거랑 별개로 그 감정 자체는 이해할 수 있었어?"

"……아니. 누군가를 철저히 속여 가면서 가지고 싶었던 건 없었거든."

"정말 네가 상상할 수 없을 만큼 강한 감정이라면, 그게 그 사람 안에 계속해서 자리 잡아서 결국 그 사람을 삼켜 버렸다면. 네가 그 상황이라면……, 이성적일 수 있을 거라고 생각해?"

"정말 그렇게 극단적인 상황이라면 이성적일 수 없겠지. 그런데 그렇게 해서 꿈에 그리던 사람과 아주 잠시 같이 있었다 해도 그건 결국 가짜잖아. 어차피 거짓말이 들통나면 끝날 관계인데, 난 그 끝을 감당하지 못할 것 같아."

"네가 그 정도로 강한 감정을 느끼게 된다 해도 과연 이성을 챙길 수 있을까?"

헤리의 질문 끝에는 그녀의 두려움을 일깨우는 무언가가 도사리는 듯했다. 한나는 그의 푸른 눈을 똑바로 응시했다.

"너는 그 사람이 저지른 일을 이해할 수 있었어?"

그 끝까지 보고 싶진 않았다. 한나는 답을 하는 대신 그에게 도리어 질문을 던졌다.

"……완전히 이해한 건 아니지만, 깊은 감정을 남에게 설명할 수 없단 건 알 것 같아."

"너라면 그게 결국 신기루에 불과하다 해도 그렇게 했을 거야?"

"만약 잃을 게 없다면, 그럴 수도. 어차피 온 사방이 사막이라면 죽기 직전 신기루에 취해서 정신을 잃는 게 나으니까. 상실감을 걱정하느라 끝없이 고통받느니, 조금이라도 행복한 게 낫잖아."

"다른 사람을 상처 주면서까지 그 짧은 행복을 찾겠다고?"

한나의 질문에 헤리의 눈이 슬프게 흐려졌다. 그는 상처받은 눈으로 한나의 짙고 뚜렷한 눈동자를 한참 동안 응시했다. 무언가 말하고 싶은 듯 입술을 달싹이던 그는 마침내 한 문장을 꺼냈다.

"사랑은 미친 짓을 하게 만드니까. Love makes you do crazy things."

영화 속, 갈색 머리 여자의 대사였다. 한나는 부드럽게 흐르는 헤리의 목소리를 들으며 왠지 모를 전율을 느꼈다.

"난 그걸 사랑이라고 생각하지 않아."

"글쎄. 그때는 그게 사랑인지 아닌지는 별로 중요하지 않을걸."

"넌 경험이 있어?"

"응, 아마."

한나는 일순 강력한 질투에 사로잡혔다. 그를 비이성적으로 만들고, 영화 속 기이한 악역조차 이해할 수 있도록 그의 심연을 일깨운 상대방이 궁금했지만 차마 물을 수 없었다.

항상 확신에 차 있던 평소와 달리 지금 헤리는 불확실한 문장들만 내뱉을 뿐이다. 한나는 입술을 깨물며 그의 시선을 받아치기 위해 애썼지만, 그를 들여다볼수록 자신이 그 '깊은 감정'을 모른다는 사실만 느껴졌다.

4부

3월: 난파된 뱃사람의 눈

Shipwrecker's eyes

Ben Christophers — 〈Hooded Kiss〉

25.

Dienstag. 3. März 2020

17:21

2월 말 이후로 둘의 관계는 급변했다. 사귀니 마니 하는 간지러운 말은 아직 그 누구도 꺼내지 않았지만, 한나는 어느 정도 인정하는 단계가 되었다.

다만 일상이 달라진 것은 아니어서, 헤리를 보지 못한 지도 벌써 나흘이 넘어가고 있었다. 그 나흘 전 만남조차 시험 때문에 도서관에서 대화를 나눴던 게 다였기에, 한나는 그가 그리웠다.

'시험 기간이라 바쁜 건 이상하지 않지만……. 열흘 전에 그 영화 볼 때 헤리 표정이 엄청 안 좋았었는데. 혹시 어디 아픈가?'

함께 영화를 봤던 그날 저녁, 헤리의 안색은 어두웠고 막바지에는 숙취에 시달리는 사람처럼 화장실로 달려가 속을 게워내기까지 했다.

게다가 그 이후에 나눴던 대화에서 한나는 자신과 헤리의 간극을 뚜렷하게 느낄 수밖에 없었다.

'내가 고른 영화가 그렇게나 싫었던 걸까. 취향이 너무 안 맞아서 더 이상 날 안 만나고 싶다거나, 뭐 그런 건 아니겠지.'

과민 반응인 건 알지만 그날 기억을 돌이켜 보면 불안해지는 건 어쩔 수 없었다.

"후. 그만 생각해. 정신 차려야지."

첫 시험이 끝난 지 이제 겨우 스무 시간이 지났을 뿐이지만 미뤄 놓은 공부의 산은 여전히 숨 막힐 듯 뒤를 쫓아왔다. 한나는 스케줄러를 펴서 시험 진행 상황을 살폈다.

이번에 처리해야 할 것은 기말고사 대체용 2만 단어짜리 영문학 과제로, 영어나 독어 중 하나로 작성해야 했다. 어떤 언어든 모국어가 아닌 건 똑같으니 남들보다 일주일은 더 넉넉하게 잡고 시작해야 했지만, 한나는 지금 라라를 데리러 가고 있었다.

눈이 오다 말다 하는 바람에 아직 제대로 녹지도 않은 회색 얼음들이 돌바닥 사이사이에 껴서 워커를 신은 발을 자꾸만 밀어냈다.

한나는 딱지가 앉은 왼팔에 새로 두른 붕대를 더럽히지 않기 위해 겉옷 소매를 당기며 걸음을 재촉했지만, 생각보다 속도가 나지 않았다.

하늘은 이미 어둑어둑해져서 가로등 부근만 환할 뿐이었다. 주머니 속 휴대폰이 울렸다. 아마도 라라의 메시지일 것이다.

한나는 휴대폰을 꺼내 화면을 켰다.

　[어디야? 집에 없네.]

　오랜만에 온 헤리의 문자에 한나는 두 손을 꼭 마주 쥐었다.
'오늘은 들어오는구나.'
　들뜬 마음으로 답장을 쓰려는데, 잠시 숨 돌릴 틈도 없이 라라의 메시지가 곧장 떴다.

　[오고 있어? 어디쯤이야?]

　"후."
　잊고 있었던 모리츠와 라라의 일이 머릿속을 잠식했다. 헤리의 메시지에 들떠선 안 됐다. 지금 라라는 모리츠 일로 한계에 부딪혀 있는데, 헤리와 자신 사이의 일까지 알게 된다면 더 힘들어질 것이 뻔했다.
　라라에게 필요한 건 갑작스럽게 연애 사업이 풀려 들뜬 배신자가 아니라, 진심으로 도와줄 수 있는 친구였다.
　한나는 스스로를 달래며 버튼을 눌러 라라에게 보낼 메시지를 녹음했다.
　"나 지금 가고 있어. 방금 전차에서 내렸으니까 너희 집까지 10분 정도 더 걸릴 거야. 너무 걱정하지 말고, 일단은 집에 있어. 곧 갈게. 알겠지?"

전송 버튼을 누르자마자 답장이 왔다.

[제발 빨리 와 줘. 나 혼자는 이거 못 감당하겠어.]

한나는 옷을 여미며 걸음을 서둘렀다. 미끄러워 여러 번 비틀대면서도 10분이 걸리는 거리를 5분 만에 도착했지만, 문을 연 라라는 질책부터 했다.

"넌 왜 지금까지 나한테 아무런 말도 안 했어?"

기가 빨리다 못해 정신이 쏙 빠졌다.

"나도 핏체한테 전해 들었어. 자세한 얘기는 직접 듣는 게 좋을 것 같아서 따로 연락하려다 만 거야."

"모리츠는 내 남자 친구라고! 얘가 사기당해서 일하고 있는 걸 알았으면 너라도 나한테 미리 알려 줬어야 하는 거 아니야? 핏체나 너나 어떻게 나한테 이런 걸 다 숨길 수 있어!"

"숨기려던 게 아니야. 나도 모리츠가 이렇게 곧장 재활원에 갈 거라곤 생각도 못 했어. 그래도 걔가 가기 전에 너한테 얘길 하고 갔잖아, 안 그래?"

"아니. 걘 나한테 단 한 마디도 안 했어. 만나자는 거 내가 좀 바쁘다고 깠더니, 갑자기 헤어지자는 문자만 보내 놓고 사라졌더라. 그래 놓고 지 주변 정리는 할 생각도 못 했는지 에이단이랑 레온이 내 집으로 찾아왔어! 그 새끼 약값 대신 갚으라고 말이야."

속사포처럼 빠르게 말을 내뱉던 라라는 스스로 지쳤는지 무너져 내렸다. 현관문 앞에서 외투도 벗지 못한 채 서 있던 한나는 주저앉아 통곡하는 라라를 안아 주었다.

"라라, 다 괜찮을 거야."

"어떻게 나한테 이럴 수 있지? 그 새끼는 대체 뭔 생각을 하고 간 거야?"

"아마 모리츠도 에이단이 널 찾아올 거라곤 생각 못 했을 거야. 사기당한 거라 갚을 의무도 없었고⋯⋯."

"그걸, 내가, 대체 왜 너한테서 듣고 있어야 하냐고!"

얌전히 안겨 울던 라라가 한나의 가슴팍을 밀쳐 내곤 벌떡 일어났다. 그 때문에 한나는 뒤로 넘어져 멍하니 라라의 얼굴을 올려다보았다.

"걔 여자 친구는 난데, 왜 항상 모리츠 얘길 널 통해 들어야 하는 거야?"

라라의 붉어진 얼굴을 보며 한나는 안타까움을 느꼈다. 모리츠가 왜 라라에게 아무 얘기도 털어놓지 않았는지 정확한 이유를 알 순 없었지만, 그녀의 미성숙한 모습 때문에 그가 그런 결정을 내렸으리라 짐작했다.

"이 상황에 화나는 거 다 이해해. 그렇지만 제발 진정하고 에이단이 찾아와서 뭐라고 했는지 말해 줘. 그래야 걔네 꿍꿍이를 알지."

"너야말로 먼저 말해. 레온이 너한테 뭐 말한 거 없었어? 모리츠가 이렇게 될 거 알고 있었던 거 아니냐고!"

"난 걔가 에이단이랑 다니는 것도 몰랐어."

"웃기지 마. 네가 레온한테 매달리면서 살던 걸 내가 다 아는데, 막판에 레온이 맘 바꿔서 들이대는데도 넌 눈 하나 깜짝 안 했잖아. 걔가 모리츠한테 사기 친 거 알고 그런 거 아냐?"

순간 피가 확 식었다. 라라의 말끝에 달린 가시가 목을 사정없이 쑤시는 듯했다. 한나는 간신히 몸을 일으켜 라라의 창백한 눈을 정면으로 바라보았다.

"라라, 난 널 도와주러 온 거야."

"……."

"나는, 네가 혼자 감당할 수 없을 것 같다고 해서 바로 달려온 거라고. 비난할 사람이 필요하면 모리츠가 입원한 병원 면회 시간 검색해서 거기로 가."

이제 겨우 만 스물하고 세 달을 산 라라는, 성인이 되어 한 자신의 첫 연애가 이렇게 어처구니없이 끝났다는 사실을 좀처럼 받아들이기 힘든 모양이었다. 모리츠와 제대로 헤어지지도 않고서 헤리에게 관심을 보이고, 틴더를 깔아 남자들이 자신에게 몸 달아 하는 모습을 보며 깔깔대던 여자아이는 온데간데없었다.

한나는 그제야 라라의 기행이 어느 정도 이해되기 시작했다. 그렇게 하고도 모리츠의 질투를 끌어낼 수 없었던 실망감을 이런 식으로 표출할 줄은 몰랐지만.

"난 지금 대체 누굴 믿어야 할지 모르겠어. 난 널 친구라고 생각했는데, 레온이랑 그렇게 붙어 다녔던 네가 모리츠가 약을 사고 다닌다는 걸 몰랐다는 게 정말인지 자꾸 의심이 돼. 게다가 나랑 그렇게 오래 사귄 남자는 약 사다가 사기당한 것도 숨기고서 재활원으로 날았어! 그 사기꾼들은 날 찾아와서 돈 내놓으라고 지랄 중이고. 네 잘못 아닌 거 알아. 다 내가 의심이 많은 탓이겠지. 상황이 거지같이 흘러가서 그런 것뿐이겠지!"

라라의 정신 붕괴는 생각했던 것보다 극심했다. 한나는 자신의 품 안에 무너진 라라를 안아 주었다. 라라를 온전히 이해할 순 없었다. 그러나 자신의 경우 피곤과 무기력에 찌들어 서서히 일상을 포기하는 쪽으로 정신이 무너졌었다면, 라라는 튀어오르는 불꽃처럼 사방으로 정신이 흩어지고 있다는 사실을 받아들였다.

"걱정 마, 다 잘될 거야. 핏체 말로는 그 돈 안 갚아도 된대. 걔네가 사기 친 거라고 하더라."

"걔는 또 어떻게 그런 속사정을 안 거야?"

"핏체 친목회에 에이단이랑 거래했던 애들이 몇몇 있대. 그래서 사정을 건너 들었다고 했어."

"개새끼들."

한나는 부득부득 이를 가는 라라를 착잡한 심정으로 토닥여 주었다.

"혹시 마리도 이거 알고 있어?"

번뜩 고개를 쳐든 라라에게서 친언니 이름이 나왔다. 전혀 예상하지 못한 말에 한나는 미간을 구기고서 고개를 흔들었다.

"아니, 마리가 이걸 어떻게 알겠어?"

"아냐. 됐어, 그럼. 그냥 해 본 소리야."

"예전에 마리랑 무슨 일이 있었던 거야?"

한나의 걱정 어린 표정을 보며 라라는 고심했다. 가식으론 보이지 않았지만 그렇다고 자신의 속내를 터놓고 싶진 않았다.

"이미 지난 일이니 길게 말하진 않을게. 내가 지금 말할 수 있는 건 마리는 믿을 만한 사람이 아니라는 거야. 걘, 절대로 믿지 마."

라라는 한숨을 쉬더니 한나를 살짝 밀어내고서 일어났다.

"아무튼 화내서 미안해. 예상했겠지만 내가 지금 멀쩡한 상태가 아니라서……. 네 말대로 넌 날 도와주러 온 건데."

"아냐. 이해해."

"사실 너한테 부탁할 일이 있어, 한나."

라라는 더 이상 멀쩡할 척할 기운도 없는지 어깨를 잔뜩 늘어뜨린 채 훌쩍였다. 한나는 갑자기 실비아가 너무도 보고 싶어져서 속으로 한숨을 삼켰다.

"뭔데?"

"모리츠가 남긴 빚, 에이단이 자꾸 나한테 갚으라고 협박하거든. 레온은 에이단의 친한 친구잖아. 네가 설득해 줄 수 없을까?"

"라라, 난 에이단이랑 얼굴밖에 모르는 사이야."

"레온이 널 좋아하잖아. 레온은 네 말 들을 거야."

거래는 에이단이 했지만, 결국 사기는 레온이 쳤다. 대체 왜 그랬을까.

한나가 스스로의 감정을 감당할 수 있을 거라 자만할 때마다 호기심이 이성을 뚫고 스멀스멀 올라왔다. 하지만 그와 다시는 말을 섞고 싶지 않았다. 혹시라도 그를 이해할 아주 작은 여지도 주고 싶지 않았다.

"걔는 날 좋아하는 게 아니야. 그냥 게임 속 퀘스트처럼 여기고 있는 거지."

"어쨌든 특별한 건 맞잖아. 부탁이야. 걔네가 얼마나 소름 돋게 사람을 몰아붙이는지 알아? 내 말은 듣지도 않는다고. 경찰한테 전화해 볼까도 생각했는데, 그럼 모리츠도 같이 잡혀갈 거 같아서 못 하겠어."

"모리츠는 그냥 구매한 것뿐이잖아. 사기 치고 마약 판 걔네랑 같은 강도로 처벌되진 않을 거야."

한나는 성가신 기색을 최대한 숨기려고 노력했다. 하지만 그녀의 눈에 찌든 피곤함은 완전히 가려지지 않았다.

라라는 그녀를 빤히 쳐다보다가 미간을 구겼다.

"한나, 너 몰랐어?"

"뭐를?"

"모리츠 걔, 약값 못 갚아서 에이단 대신 대마 길렀었어. 어느 날부터 걔 방 창문에 은박지가 잔뜩 붙어 있어서 왜 그러나 했는데, 알고 보니 벽장에 화분을 숨겨 놓고 키웠더라."

"그게 무슨 소리야. 모리츠가 대마를 길렀다니, 확실해?"

"에이단이 나 협박할 때 모리츠가 대마로 가득 찬 방에서 화분에 물을 주고 있는 사진을 보냈어. 강요로 찍은 사진이더라도 증거는 남았으니까……. 그게 경찰 손에 넘어가면, 모리츠는 치료도 못 받고 철창 안으로 가게 될 거야. 보석금을 대 줄 사람도 없어서 나오지도 못할 거라고."

한나의 몸이 딱딱하게 굳었다. 사색이 된 그녀의 낯은 죽은
사람처럼 파리해졌다.

"사진이라고? 너 지금 걔네가 사진을 찍었다고 말했어?"

"……응."

"진심이야?"

"그래. 그 사진 내가 봤다니까."

한나는 이마에 손을 짚고서 잠시 아무 말 없이 생각에 잠겼
다. 레온의 클라우드에서 보았던 추잡하고 더러운 사진들이 눈
앞에 떠올랐다. 그녀는 창백한 안색으로 손을 내밀어 라라를
일으켰다.

"가자."

"뭐?"

"에이단한테 어디냐고 메시지 보내. 답장이 오자마자 거기로
가자."

"도와주는 거야?"

"내가 같이 간다고는 미리 말하지 마. 돕고 말고의 문제가 아
냐. 그 새끼들은 선을 넘었어. 정말 말도 안 돼……. 약을 끼워
파는 것도 모자라서 돈으로 사기 치고, 약까지 키우게 하다니.
게다가 사진을 찍어서 남겼다고?"

횡설수설하며 머리를 싸매는 한나의 눈에 절망이 담겼다.

라라는 갑자기 변한 한나의 눈빛이 어딘가 소름 끼친다는 생
각을 하며 떨리는 손으로 에이단에게 메시지를 보냈다.

그리고 몇 분 지나지 않아, 그에게서 답장이 도착했다.

[베타 하우스로 와.]

"베타 하우스면 핏체네잖아."

라라는 구역질이 나는 듯 표정을 있는 대로 구겼다. 한나가 아무 말 없이 짐을 챙기고 현관문을 열자, 라라도 서둘러서 짐을 챙겼다. 문이 닫히기 직전 한나를 따라나선 라라는 전에 없이 진지했지만, 앞서는 한나의 표정 속 묘한 결단을 읽어 내진 못했다.

⋎✿✾

"빨리 왔네."

친목회 소속도 아니면서 능글거리며 문을 열어 준 에이단은 라라의 뒤로 한나의 얼굴이 보이자 몸을 움찔했다. 하지만 한나가 살짝 열린 문을 발로 차고 들어서자 예의 그 자만에 찬 미소를 지었다.

"워. 진정해, 뮬란."

"원하는 게 뭐야?"

"갑자기 무슨 소리야? 난데없이 찾아온 건 너잖아. 난 라라만 불렀다고."

한나의 단도직입적인 질문에 에이단은 한쪽 눈썹을 들어 올렸다. 어떻게 사람의 미소를 보면서 구역질이 날 수 있는지. 한나는 욕지기를 참으며 미간을 구겼다.

"모리츠한테서 뭘 얻고 싶었는데? 안정제가 필요한 애한테 마약을 판 것도 모자라서 사기를 치고, 나중엔 대마까지 기르게 해?"

"많이도 알고 있네. 다 네가 불었냐, 라우라?"

그는 여전히 여유롭게 웃었다. 그의 뒤로 베타 친목회 소속 남학생들 몇몇이 지나다녔지만 다 제 일에 몰두하는 척, 현관에서 일어나는 소란에 개입하지 않겠다는 암묵적인 의사를 보였다.

"아무튼 우리 여기서 이러지 말고, 안에 들어가서 좀 앉는 게 좋겠어. 소파가 엄청 푹신해."

"우린 안 들어가. 나와서 얘기해."

라라의 앙칼진 답에 에이단은 낄낄대며 어깨를 으쓱였다.

"그러면 말리진 않겠는데, 날 밖으로 데려가서 취조해 봤자 알아낼 수 있는 건 별로 없을걸. 비트코인 거래는 내가 생각해 낸 게 맞지만, 애당초 모리츠랑 거래한 건 내가 아니거든."

더욱 어두워진 한나의 낯빛을 보며 에이단은 손으로 입을 막고 웃음을 터뜨렸다.

"아, 미안. 안 웃으려 했는데 너무 재밌어서. 어쨌든 허튼짓 안 할 테니까……, 우릴 조지든 취조하든 복수하고 싶으면 뭐라도 알아야 하지 않겠어? 안으로 들어오라니까."

"……안에 레온 있어?"

얼굴에 핏기가 가신 채 묻는 한나의 목소리에 힘이 없었다.

"응."

한나는 이 상황을 진심으로 즐기는 것 같은 에이단을 혐오가 담긴 눈으로 살짝 훑고는 안으로 터벅터벅 걸어갔다. 라라는 그녀의 뒷모습을 보며 발을 구르다, 주머니에서 반지 두어 개를 꺼내 손가락에 더 낀 후 결의에 찬 표정으로 따라 들어갔다. 예의 있는 신사인 양 뒤로 물러서 문을 잡아 주던 에이단은 그들이 들어가자마자 웃겨 미치겠다는 표정으로 문을 닫았다.

쿵.

핏체를 따라 한 번 정도 와 보았던 하우스는 예전과 다름없이 오래된 나무 냄새와 덧칠한 페인트 냄새로 가득했다. 남자들만 사는 곳에서 나는 미묘하고 쾨쾨한 체취에 어느 정도 익숙해지자 에이단이 얘기한 소파 방이 나왔다. 그 안에서 남자 서넛이 시샤를 피우고 있었는데, 그중 제바스티안도 있었다. 바스티는 한나를 보자마자 놀란 듯 벌떡 일어섰지만, 다른 사람들은 힐끗거리기만 할 뿐 미동조차 없었다. 소파 오른쪽 중앙엔 편하게 앉아 옆 사람에게 어깨동무를 한 채 문을 쳐다보고 있는 남자가 있었다. 시린 회색 눈으로 아무런 감정 없이 침입자들을 응시하는 그를 보며 한나는 걸음을 멈췄다.

"오랜만이네, 한나."

침묵을 깬 것은 차갑고 무심하기 그지없는 여자의 목소리였다.

"……오랜만이네."

제 어깨에 두른 레온의 손에 깍지를 끼고서 좀 더 가까이 당기는 여자의 얼굴에 샐쭉한 미소가 떠올랐다.

"이자."

26.
Dienstag. 3. März 2020
18:43

"여긴 어쩐 일이야? 핏체 지금 없는데."

"이자벨라, 너야말로 여기서 뭐 해? 이 하우스 소속 사람이랑 아는 사이야?"

라라가 코웃음 치며 반격했다. 자신을 알은척조차 하지 않은 이자에게 단단히 화가 난 모양이었지만, 이자는 간단히 라라의 말을 씹고서 한나에게만 시선을 고정한 채 턱을 들었다.

"약 사러 온 거면 빨리 사고 가는 게 좋을걸. 요즘 여기서 유색 인종 통합 주제로 토론이 격해질 때가 있는데, 그때 네가 들으면 상처가 될 만한 말들이 꽤 많이 오고 가거든. 봐 봐, 벌써 다른 애들이 너 이상하게 쳐다보잖아."

백인 남자들의 무심함을 가장한 관심이 문 사이로 느껴졌다. 그 저의가 뭐가 됐든 기분 좋은 관심은 절대 아니었다.

"넌 변한 게 없구나, 이자."

한나는 이런 사람을 자주 마주치곤 했다. 아직 어렸던 시절엔 그저 언어 때문이려니, 참으며 억양을 고쳤고 밤을 새워 가며 뉴스 속 단어를 외우곤 했다. 하지만 언어 그 너머의 선에 그녀에게 이방인으로서의 스스로를 끊임없이 상기시켜 주는 존재들이 있었는데, 이자는 그중 가장 열정적인 사람이었다. '너는 이곳에 속하지 못한다'는 그녀의 적의가 처음엔 이해되지 않았지만 어느 순간 한나는 너무도 확실히 깨달을 수 있었다.

"애써 고상한 단어만 골라 쓸 필요 없어. 사회적 진화론이다 뭐다 듣기 좋은 이름 붙여 봤자 결국 그 내용물이 인종 우월주의인 것처럼 너도 마찬가지거든. 뭐, 네가 인종 차별자인 걸 오히려 반기는 사람들 사이에서 너 나름대로는 행복해 보여서 다행이긴 하다. 계속 그렇게 살아. 그래 봐야 네가 천 년, 2천 년을 살겠니? 어차피 백 년이면 다 죽을 거."

"너 말을……!"

"됐고. 나 오늘 너랑 말 섞으러 온 거 아니니까 입 다물고 있어. 옛날처럼 네 개소리 들으면서도 멍청하게 웃어 줄 만큼 기분 좋은 상태 아니니까."

이자가 분개해 자리에서 일어나려 하자 레온은 그녀의 어깨를 당겨 제 몸에 붙였다. 그리고 이자의 뺨에 키스하더니 머리칼을 쓸어 넘겨 주었다.

"쟨 왜 들여보낸 거야?"

성가신 듯 에이단을 향해 내뱉는 레온에게 무기력과 짜증이 묻어났다.

"한나 보고 싶다고 술 처먹고서 지랄할 땐 언제고?"

바스티는 상황 파악이 덜 된 눈으로 황당해하며 말했지만, 레온은 싸늘하기만 했다. 에이단은 도저히 참지 못하고 구석에 가서 폭소를 터뜨렸다. 이자는 창백해진 얼굴로 바스티를 쏘아보았지만, 그는 개의치 않고 다시 앉아 시샤를 피웠다.

"용건만 빨리 말해."

레온은 한나에게 눈 한 번 맞추지 않은 채 차갑게 말했다.

"모리츠 내버려 둬. 라라도 그만 괴롭혀. 서로 알은척도 안하고 살 수 있게 협조 좀 해. 이제 얼굴 보면서 웃을 사이 아니잖아."

"그건 내가 어떻게 해 줄 수 있는 게 아닌데. 에이단은 일종의 사업을 하는 거잖아. 돈을 갚지 않고 튀었으면 값을 치러야지."

"넌 사람을 정말 끝까지 구역질 나게 만들어. 네가 모리츠와 친한 친구는 아니었겠지만 적어도 괜찮은 지인 정도는 된다고 생각했는데, 아무래도 내가 널 그 2년 동안 너무 좋게 봤던 것같다. 사실 너한텐 모든 사람이 그냥 도구로 보일 뿐인데. 안그래?"

레온의 눈이 평소보다 더욱 싸늘했다. 언젠가 본 적 있는 눈빛이었다. 예전엔 저 회색 눈이 차갑고 날카롭게 변하면 참을 수 없이 고통스러웠는데, 지금은 희한하게도 아무런 감흥 없이 역겹기만 했다.

"한나, 미안한데 이자벨라 심기 불편해지면 우리만 힘들어지니까 사랑싸움 걸러 온 거면 다른 날로 잡고 일단 오늘은 가. 초록 머리, 넌 우리한테 돈 갚을 거 있으니까 남고."

"내가 산 것도 아니고 보증을 선 것도 아닌데, 왜 나한테 지랄이야, 약팔이 새끼들아!"

라라의 말에 에이단이 과장된 몸짓을 하며 성질을 돋웠다. 한나가 뭐라고 쏘아붙이려던 찰나 라라가 폭발했다.

"그리고 너희 모리츠한테 대마까지 키우게 했잖아. 그거 팔면 700유로 훌쩍 넘겠던데, 양심도 없냐?"

"라라, 갑자기 왜 그래? 무슨 소리야? 한나, 나 지금 이 상황이 잘 이해가 안 되는데, 뭐야? 무슨 일이야?"

제바스티안이 중재를 위해 일어났지만 에이단은 여전히 미소를 띤 채 그의 팔뚝을 잡고 말렸다.

"저 초록색 머리는 모리츠 여자 친구라고 하니까 그렇다 치는데 뮬란, 너는 여기까지 왜 따라왔냐? 혹시 레온 보러 온 거면, 미안한데 날을 잘못 잡았어. 오늘은 네가 아니라 다른 여자가 필요한 것 같거든."

대답할 가치조차 없는 말이었다. 한나는 싸늘한 눈으로 에이단을 응시하며 차갑게 답했다.

"개소리할 거면 지금 시간 줄 테니 빨리 끝내."

"워워, 화났어? 일부러 그러려던 건 아닌데, 미안. 난 그냥 궁금해서. 모리츠 여자 친구는 네 뒤에 있는 저 초록 머리 여자애 같은데, 왜 쟤보다 네가 더 나서서 일을 해결하려 하느냐고. 이상하잖아."

에이단의 턱짓에 라라는 몸을 굳혔다. 한나는 고개만 살짝 뒤로 돌려 라라의 손을 잡아 주었지만, 그녀는 마주 잡아 오지 않았다.

"해결하러 온 게 아니라 더러워서 끊어 내려고 온 거야. 너희들이 약을 팔든 뭘 하든 이제 진짜 지긋지긋해서 더 이상 엮이고 싶지 않아. 그러니까 제발 내 친구들 등쳐 먹을 궁리 하지 말고 꺼져 달라고."

한나는 그 말을 읊조리면서 잠시 레온을 쏘아보았다. 애써 평온한 척 가장하던 그의 표정이 짧은 시간 안에 심각하게 썩어 들어가는 것이 보였다.

신랄한 말에 에이단은 몸을 일으켜 한나에게 두세 걸음 더 가까이 다가왔다. 에이단의 워커에 묻은 진흙이 걸음마다 부서지며 떨어졌다. 그 가루를 보자 한나는 온몸에 소름이 돋았다.

"뮬란, 너랑 모리츠 정말 친구 사이 맞아?"

그가 라라를 보며 대놓고 히죽대자 라라의 주먹 위 핏줄이 점점 진하게 튀어나오기 시작했다.

"모리츠더러 대마까지 키우게 했으면 약값은 이미 갚고도 남을 정도였겠지. 그러니까 앞으로 라라나 다른 애들 앞에서 약이니 뭐니 수작 부리면서 얼쩡대지 마."

한나는 쓸데없는 신경전을 무시하며 무덤덤하게 쏘아붙였다. 하지만 에이단의 능글맞은 웃음은 여전했다.

"너무 차가운데, 한나. 그리고 수작은 내가 아니라 레온이 부렸지. 쟤가 널 보려고 무슨 짓을 했는지 알면 감동받아서라도 이렇게 안 할 텐데."

에이단의 목소리가 뒤돌아 방을 나서려는 한나를 다시금 붙잡았다. 레온은 낄낄대는 에이단을 무서운 눈으로 응시했지만 그는 꿈쩍도 않고 어깨만 으쓱였다.

"닥쳐, 에이단."

짐승이었다면 분명 으르렁거리는 위협이었을 말이었다. 레온의 잇새로 거친 욕이 흘러나왔지만 에이단은 전혀 개의치 않아 하며 웃었다. 제바스티안은 이 상황을 해결할 의지를 상실한 것인지, 시샤를 입에 물고서 휴대폰 자판을 빠르게 치고 있었다.

"아니, 못 닥치겠는데, 레온. 너 때문에 나만 괜히 개새끼 되게 생겼는데 나도 해명은 좀 해야겠어. 생각해 봐, 한나. 쟤가 뭐 하러 모리츠한테 진정제 대신 약을 끼워 팔았겠어?"

이 이상 궁금해해선 안 된다. 이 이상 대화를 이어 가다간 또다시 레온과 엮일 것이다. 그의 저의를 궁금해해서도, 그를 이해할 구실을 만들어서도 안 된다.

"라라, 들을 것도 없어. 나가자."

"……계속 말해."

한나가 뒤돌아 나가려는 순간, 라라의 낮게 깔린 목소리가 방 내부를 채웠다. 한나는 라라 쪽으로 뒤돌았다. 그 어느 때보다 진지하고 창백한 라라의 낯이 보였다. 한나가 그녀에게 다가가 팔을 당겼지만, 라라는 바로 뿌리쳤다.

"난 안 가, 한나. 이거 들어야겠어."

"그래, 라라. 나가지 마. 나도 궁금해졌으니까."

"넌 닥치기나 해, 이자벨라. 네가 뭔데 나한테 명령을 해."

라라의 말에 이자의 손에 잔뜩 힘이 들어갔지만, 그녀는 여전히 레온과 깍지 낀 손을 놓지 않았다.

"우리가 그 푼돈 얼마 더 벌자고 사람 하나를 약쟁이로 만들었을까? 어느 순간부터 모리츠가 안 보이기 시작했을 때, 넌 그게 순전히 우연이라고 생각했어?"

"너희 도대체 무슨 얘기 하는 거야? 그만 좀 하고 와서 시샤나 피워."

제바스티안이 참지 못하고 일어났지만 효과는 미미했다. 웃는 에이단의 얼굴에 서린 것은 이유 모를 통쾌함과 잔인함이었다. 레온은 그저 창백한 얼굴로 한나의 눈을 응시할 뿐 에이단을 저지하려는 시도는 하지 않았다.

"레온, 넌 또 왜 가만히 있어?"

바스티의 목청이 올라갔다. 하지만 그 누구도 동요하지 않았다. 그냥 뒤도 돌아보지 않고 방을 나서면 될 텐데, 한나는 망부석처럼 서서 그들의 대화를 관망할 수밖에 없었다. 자의가 아니었다. 어떤 감정이 느껴지지도, 대처법이 생각나지도 않아 정지된 회로를 붙들고 밭은 숨을 내쉴 수밖에 없었다.

"라우라, 미안하지만 난 네가 모리츠 여자 친구라는 걸 듣고 어이가 없었어. 레온은 모리츠가 한나한테 쓸데없이 껄떡댄다고 생각해서 항상 빡쳐 있었거든. 뭐, 네가 여자 친구니까 제일 잘 알겠지. 말해 봐, 모리츠가 정말 한나한테 찝쩍댔어?"

"……."

"레온은 한나 옆에서 모리츠가 알짱대는 꼴을 못 견디겠다고 했어. 그러면서도 정작 한나랑 제대로 뭘 해 보려는 시도는 아예 하지도 않았지. 웃기긴 했지만 보는 사람 입장에선 꽤 재밌는 구경거리니까 두고 보긴 했는데, 그렇다고 이런 식으로 나한테 모든 책임을 넘기다니 실망이야, 레온."

"너 대체 무슨 소리를……."

한나는 머리를 최대한 꼿꼿이 세웠지만, 놀이 기구를 탈 때 같은 울렁거림을 막을 순 없었다.

"레온은 모리츠가 네 옆에서 꺼지길 바랐어. 어때, 이 정도면 소름 끼칠 정도로 대단한 행각 아니야? 단순히 좋아하는 여자 옆에 누군가 찝쩍댄다는 이유 하나로 그딴 짓을 벌일 수 있다는 게. 미안, 이자, 레온. 너희 기분 나쁘라고 한 소리는 아니었어. 근데 어차피 너희 둘은 이런 얘기 듣고 떨어져도 알아서 또 잘 붙으니까, 심각하게 미안해하지는 않을게."

귀에서 이명이 들렸다. 간신히 라라의 소매를 붙들고 있던 오른손이 갑자기 비었다. 뒤를 돌아보니 라라가 방 밖으로 뛰쳐나가고 있었다. 잡아야 하는데, 몸이 움직이지 않았다.

이자벨라는 레온을 아무 말도 없이 빤히 쳐다보다가, 역겨움을 참듯 숨을 들이켜고선 그의 뺨을 강하게 후려쳤다.

"이렇게 한다고 해서 네가 나랑 끝낼 수 있을 거라고 생각하지 마."

레온의 뺨을 쓰다듬다 밖으로 나가 버린 여자의 목소리엔 설명할 수 없는 애증이 담겨 있었다.

"……."

레온은 붉게 달아오른 제 뺨을 두어 번 만질 뿐 한나에게 고정한 눈을 떼지 않았다.

'간신히 시간이 나서 안야를 만나러 가니까, 이미 꼴이 말이 아니더라.'

헤리의 낮은 목소리가 한나의 머리를 비집고 들어와 뼛속에서 미친 듯이 공명했다.

"너, 설마, 안야한테도……."

살짝 열린 한나의 입술 사이로 해석할 수 없는 말이 새어 나왔다.

"대체 왜?"

이제는 더 이상 의미 없어진 질문을 뱉자마자 토악질이 올라와 입을 막았다. 제바스티안이 누군가와 전화를 했다. 아니, 메시지를 녹음하는 것일 수도 있었다. 간간이 들리는 이름으로 유추해 보니 실비아에게 상황을 전달 중인 것 같았다.

'실비아가 걱정하면 안 되는데.'

하지만 도저히 실감 나지 않았다. 레온이 자리에서 일어나 천천히 다가오는 게 느껴졌다.

"한나."

제 이름을 부르는 남자의 목소리에 한나는 몸서리를 치며 미친 듯이 뛰었다. 드디어 바깥으로 나와 라라를 찾기 위해 주위를 둘러보는데, 입구에 서서 기다리고 있던 이자가 한나를 향해 천천히 다가왔다.

"오늘, 안에서 꽤 재밌었지, 너."

이자벨라의 목소리는 벨벳처럼 부드러워서, 만약 독일어를 알아듣지 못했다면 그녀가 아주 다정한 말을 하고 있다고 착각할 정도였다.

"하지만 변하는 건 없을 거야. 혹시라도 희망 갖고 있는 거라면 그만두는 게 좋을걸."

한나가 무시하고 지나치자, 이자는 억센 힘으로 한나를 붙잡아 세우곤 벽으로 밀쳤다.

"요즘 헤리랑 만난다고 들었는데. 어때, 걔랑은 레온보다 잘 지내고 있어?"

"너 그걸 어떻게……."

순간 헤리와 이자벨라가 같은 과라는 것이 떠올라 질문을 끊어 냈지만, 이자는 한나의 손목이 빨갛게 변할 때까지 놓지 않고서 얼굴을 들이밀었다.

"어떻게 알긴, 내가 헤르만 친구니까 알지. 그것도 아주 친한 친구. 내가 레온과 막 만나기 시작했을 때, 걔가 나한테 너에 대해 물은 적도 있었거든. 그때 잠깐 너한테 관심 갖다가 식은 줄 알았는데, 요즘 또 그러더라. 헤리가 나랑 레온 사이를 도와준 적이 있어서, 그 빚 갚을 겸 참견 좀 했어. 둘이 만나는 것 보니까, 도움이 꽤 된 것 같네."

이자와 레온이 만나기 시작했을 시점이면 벌써 1년 반도 더 된 과거였다.

'그때 헤리가 나에 대해 물었다니?'

머리가 핑핑 돌았다. 어디서부터 질문을 해야 할지 감이 잡히지 않는 가운데 이자는 멈추지 않고 계속해서 몰아붙였다.

"아까 네가 날 인종 차별주의자로 불렀던 거, 솔직히 말하면 기분 더럽지만 굳이 부정할 마음은 없어. 네가 뭘 느끼든 그건 네 해석이니까. 그런데 난 네가 동양인이라서 싫은 게 아니라, 그냥 거슬려서 싫은 거야. 이런 나를 인종 차별주의자라고 부르려면, 네가 좋아했던 레온은 그것보다 더한 차별주의자라는 것쯤은 좀 빨리 알아챘어야지."

손목을 빼려 했지만 이자의 힘은 한나가 어찌할 수 있을 정도가 아니었다. 정강이를 차려고 발을 휘둘렀지만 이자는 한나를 벽으로 도로 밀쳐 버렸다.

"걔가 너한테 그 정도로 집착하면서 왜 진지한 관계를 바란 적 없는지 알아? 네가 남들이랑 다르게 특별하다느니 별 개소리를 늘어놓으면서도 왜 끝까지 날 안 떠났는지 아냐고. 넌 절대 눈치 못 챘겠지만 사실 답은 간단해. 네가 '너무' 다른 인간이기 때문이야. 레온은 저런 친목회나 친척들 생일 파티에 눈총 하나 안 받고, 제 남성성에 흠집 하나 안 잡히면서 널 데려갈 순 없다고 믿고 있으니까."

"……."

"비슷한 수준의, 비슷한 백인 여자를 사귀지 못하고 결국 돌고 돌다 동양인이랑 사귄다는 같잖은 시선이 무서워서, 그게 다라고. 알아들어? 레온은 주위 시선에 미쳐 있는 등신이야. 그럴듯한 거죽만 가진 멍청이. 난 그래서 걜 좋아하는 거지만, 넌 결국 그 본색도 눈치채지 못한 주제에 어디서 인종 차별 운운이야."

한나는 욕지기를 참으려 입을 틀어막고 몸을 꿈틀댔다. 이자는 미간을 구기며 뒤로 물러났지만, 그녀의 얇은 입술은 여전히 쉬지 않고 움직였다.

"뭘 그렇게 역겨워하고 그래? 어차피 넌 네 나라에서 여기로 도망쳐 온 거잖아. 이 정도는 감수할 생각 아니었어? 설마 이런 것도 예상 못 하고 온 건 아니겠지. 나를 인종 차별주의자로 몰아붙여 봤자 너도 마음 깊은 곳에서는 스스로 여기에 속할 수 없다는 걸 알고 있을걸. 네가 네 이름을 한나라고 소개해도 사람들은 항상 너의 '진짜' 이름을 물을 거고, 네가 독일어를 써 봤자 순간순간 튀어나오는 억양에서 넌 이미 외국인일 수밖에 없으니까."

'이방인'으로 살아 보지 않은 이자벨라가 내뱉은 말 한마디 한마디는 놀라울 정도로 예리했다. 인신공격은 아프지만, 둔탁해서 살갗을 찢진 못했다. 하지만 그녀의 분석과 냉소적인 이해가 깔린 악담이 몸을 날카롭게 할퀴고 내장을 뒤집었다.

"······닥쳐."

"그리고 네가 너무 눈치 없고 멍청해서 알려 주는 건데, 헤리라고 다를 거라 생각하지는 마. 걔가 설마 널 좋아한다고는 더더욱 생각하지 말고."

눈물이 차올랐다. 이자벨라의 말이 모두 맞는 것은 절대 아니지만, 그녀가 일부러 상처 주기 위해 내뱉는 독들은 한나 스스로도 종종 느껴 왔던 자기혐오의 양분이었다.

'나고 자란 한국은 싫어, 독일 사회는 또 차별적이라 싫어, 어쩌라고? 그런 피해 의식으로 멀쩡한 인간관계가 가능하니?'

자신에 대해 아무것도 모르는 이자의 말을 모두 납득하고 싶진 않았다. 그러나 그녀의 가시 돋친 태도보다 더 화가 나고 아픈 것은, 이렇게 자신을 홀대하는 그녀에게 제대로 된 반격조차 하지 못하는 제 모습이었다. 절대 이렇게 위축되던 사람이 아니었는데. 독일에 온 이후로 단 한 번도 목청을 높인 적 없었다. 이유 모를 위압감에 조심스러움을 체득한 탓에 언제나 억지스러운 평정 뒤에 숨어 감정을 감추고만 살았다.

"넌 레온 같은 인간을 좋아하는 네 스스로가 불쌍하지도 않아?"

그것이 한나가 할 수 있는 반격의 전부였다. 하지만 의외로 약점을 찌른 듯, 이자는 몇 초간 숨을 참더니 한나의 손목을 뿌리치듯 놓았다.

"그랬으면 여기까지 안 왔겠지. 난 저 개자식이 너무 갖고 싶었고, 그래서 노력했어. 난 너랑은 달리 솔직하게 사는 것뿐이야."

이자가 한나에게 보인 처음이자 마지막 속내였다.

27.

Mittwoch. 11. März 2020

17:13

　마지막 시험이 얼마 남지 않았다. 헤리, 데니스와 함께 분량을 나눠 복습 중이던 마리는 도저히 집중이 되지 않는지 얼굴을 찌푸리고서 연필을 내려놓았다. 졸업을 걱정해야 할 시기가 되어서인지, 친구들의 표정은 그 어느 때보다도 진지했다. 쉬는 시간을 갖자고 할 분위기는 절대 아니었다. 결국 그녀는 주머니에서 필터를 꺼내 입에 물고는 책상에 널브러진 담배 가루와 페이퍼를 주섬주섬 챙겨 발코니로 향했다.

　"어디 가?"

　"집중이 안 돼서."

　"그래도 금방 끝날 텐데, 마무리는 짓고 피우지."

　웬일로 자신을 걱정하는 헤리를 물끄러미 바라보던 마리는 도로 천천히 자리에 앉더니 그에게 바짝 붙어 목소리를 깔며 말을 꺼냈다.

"너 요즘 지나치게 친절하다."

"뭐가."

"……이제야 정신 차린 거야, 아니면 또 무슨 꿍꿍이라도 있어?"

헤리는 어딘지 불안하게 흔들리는 마리의 눈을 보다 피식 웃음을 흘렸다.

"쓸데없는 소리 할 거면 빨리 나가서 피우고 들어와. 네가 정리한 부분에서 이해 안 가는 곳 있어서 물어봐야 하니까."

"요즘 한나랑 라라 둘 다 코빼기도 안 보여. 넌 걔네 소식 들은 거 있어?"

"나야 모르지. 라라는 네 동생이잖아."

"그럼 한나는? 아직도 네……."

헤리가 데니스를 향해 턱짓하며 눈치를 주자, 마리는 목소리를 낮췄다.

"아무튼, 한나한테서라도 건너 건너 들은 말 없나 싶어서."

"네가 직접 물어보지 그래?"

심드렁하게 답하는 헤리에게 데니스가 쉿 소리를 내며 주의를 주었다. 결국 마리는 헤리를 끌고서 그의 방으로 들어갔다.

"라라한테 연락 한 번만 해 줘, 헤리."

"네 여동생 근황을 왜 내가 대신 알아 줘야 해?"

"걔가 내 연락은 잘 받지도 않으니까."

"친언니 연락도 안 받는데 내 질문엔 퍽이나 잘 대답하겠다."

"아마 곧장 답할걸. 너도 알고 있잖아, 걔가……."

헤리는 마리의 입에서 나올 말을 충분히 예상한 듯 미간을 대놓고 찌푸렸다.

"네 예상처럼 걔가 나한테 몇 번 답장을 한다 해도, 너랑 네 여동생 사이가 풀리지 않으면 근본적으로 해결 안 돼. 그렇게 나 아끼면서 실제로는 도대체 왜 그렇게 냉랭한 건데?"

"천천히 노력하는 중이거든. 네가 그렇게 말 안 해도 알아서 하려고 별짓을 다 했어. 근데 아직 사이가 좋아지지 않았고, 난 지금 걔가 걱정돼. 그래서 나보다 더 반길 만한 사람한테 부탁 좀 한 거야. 그게 그렇게 이해 안 될 일이냐?"

"네 마음 이해 안 가는 건 아닌데, 난 너 못 도와줘."

구구절절 사정을 늘어놓았지만 그는 단호했다. 마리는 실망과 흥분으로 얼굴이 다소 달아올랐다.

"왜?"

"한나랑 네 동생이랑 친구잖아. 라라가 나한테 관심이 있는 걸 한나도 나도 웬만큼 눈치챈 상황에, 내가 라라한테 먼저 연락하는 건 별로 안 내켜."

"……갑자기 그런 건 왜 신경 쓰게 됐는데?"

순식간에 굳는 마리의 반응이 당황스러워 헤리는 미간을 구겼다.

"왜냐니."

"한 달 전까지만 해도 네가 뭘 원하는지 모르겠다느니, 한나한테 잘하는 짓인지 모르겠다고 별소릴 다 했잖아. 그 짧은 시간 안에 생각이 그렇게나 드라마틱하게 바뀐 거야?"

"너야말로 왜 이래? 나더러 얼른 정신 차리라고 한 건 너잖아."

"그렇게 쓰레기 같은 마음으로 한나를 이용해 놓고 염치없이 같이 있으려 할 줄은 몰랐거든. 난 네가 정신 차리면 미안하고 쪽팔려서라도 걜 떠날 줄 알았는데."

"……오늘따라 선을 잘 못 지키는 것 같네, 마리."

"이게 뭐 큰 부탁이라고 갑자기 한나까지 들먹이면서 진지하게 굴어? 라라한테 메시지 하나 쓴다고 한나가 널 싫어할까 봐 무서운 거야? 그 정도로 걔가 너한테 소중해졌어? 놀랍다. 아주 짧은 시간에 그 정도로 발전할 줄 몰랐네."

힘껏 비웃는 마리의 표정이 어딘지 이상했다. 헤리는 그녀를 착잡하게 보다가, 한숨을 쉬며 한 손을 내밀었다.

"휴대폰 줘 봐."

"왜?"

"라라 전화번호 찾게."

"메시지로 보내 줄게."

"기록 지우기 귀찮아서 그래."

"삭제는 왜 해. 혹시나 한나가 볼까 봐? 어이가 없네. 그냥 하지 마."

마리가 방을 나서자 헤리도 따라갔다. 하지만 마리는 그새 담배 마는 재료를 후드 티 주머니에 구겨 넣고서 발코니로 피신한 상태였다. 발코니 의자에 앉아 담배를 마는 그녀의 주위에는 '건드리지 말라'는 오라가 진하게 퍼져 있었다. 결국 헤리는 포기하고 거실 책상 앞에 도로 앉았다.

"뭐야? 너희 싸웠어?"

데니스가 연습장을 넘기며 무신경하게 물었다.

"아니, 그런 건 아니고."

데니스가 책을 치우자마자 그 밑에 있던 휴대폰 하나가 헤리의 눈에 띄었다. 마리의 것으로, 아직 화면이 잠기지 않고 켜져 있었다. 그는 마리의 휴대폰을 집어 들고 발코니를 응시했다. 마리는 아예 거실 쪽은 쳐다보지도 않고서 격정적으로 연기를 뿜는 중이었다.

"이번 건 좀 오래가겠네."

그녀의 화를 빨리 풀어 주기 위해서 헤리는 부탁을 들어주기로 마음먹었다. 휴대폰 화면이 잠길까 봐 재빨리 화면을 터치하곤 전화번호부를 클릭했다. 그리고 라라의 번호를 저장하기 위해 주머니에서 제 폰을 꺼냈다.

스크롤을 내리던 그는 H 항목에서 한나의 사진을 발견하고 손을 멈췄다. 다른 번호들과는 달리 한나의 번호에는 사진도 함께 저장되어 있었다. 한나의 소셜 미디어 프로필에 올라온 적 없던 사진이었다. 해상도가 깨진 걸 보니 직접 찍거나 받은 사진이 아니라 한나가 올려 둔 사진을 임의로 캡처해 놓은 듯했다.

헤리는 이상한 불안감에 상체를 책상에 기댔다.

"……."

상단 바에 떠 있는 음악 앱이 시선을 사로잡았다. Girl In

Red의 〈I Wanna Be Your Girlfriend〉.

일시 정지 된 노래의 제목이 어쩐지 그의 마음을 불안하게 흔들었다. 엄지손가락이 한참을 화면 위에서 머무르다 재생 버튼을 눌렀다.

쨍한 전자 기타와 베이스의 전주는 매우 짧았고, 곧장 낮은 목소리의 여자 보컬이 가사를 읊기 시작했다. 영어로 된 가사는 직설적이고 단순했다. 모든 단어를 빠짐없이 알아들은 헤리는 몸을 딱딱하게 굳혔다.

"야, 네가 한나 좋아하는 건 알겠는데, 꼭 그딴 노래까지 찾아 들어야 하냐?"

데니스는 책에서 눈을 떼지 않고서 헤리에게 쏘아붙였다. 하지만 헤리에게선 아무런 답도 돌아오지 않았다. 대신 가장 작은 볼륨으로 튼 음악 소리가 계속 흘러나오고 있었다.

오 한나, 난 네 집까지 따라갈 거야
비록 내 입술이 파랗고 난 추위에 떨지라도
난 너의 친구가 되고 싶지 않아

"하."

충격과 함께 헛웃음이 터져 나왔다. 어처구니가 없는 걸 넘어 정신이 아득해졌다. 헤리는 마리의 휴대폰을 들고서 천천히 발코니로 향했다. 음악이 계속 휴대폰에서 새어 나왔다.

문을 열자마자 느긋하게 담배를 피우며 바깥을 보던 마리의 몸이 움찔 굳었다.

"내가 쓰레기라서 어차피 나랑 한나 사이엔 미래가 없을 거라고?"

헤리의 말에 그녀가 휙 뒤를 돌아보았다.

"한나가 나랑 있는 걸 보기 힘들었던 게 아니라?"

"이리 내놔."

담배를 지져 끈 마리가 섬뜩한 모습으로 다가왔지만 헤리는 전혀 동요하지 않고 휴대폰을 그녀에게 던졌다.

"갑자기 작사라도 시작했나 본데, 미안하지만 구려."

"그 노래 너한테 전해 주려고 다운받은 거야. 한나 이름도 나오고 가사가 좋아서."

애써 둘러대는 마리의 말이 끝나기도 전에 헤리는 으르렁거리며 앞으로 갔다.

"재밌네. 그럼 사진 몰래 캡처해 둔 건? 이것도 나한테 주려고 모았겠네."

좀처럼 흥분하지 않는 헤리의 위협적인 모습에 마리는 최대한 마음을 안정시키기 위해 입술을 깨물며 고개를 치켜들었다.

"……."

"한나가 무심코 네 휴대폰 보고서 마음을 알아차려 주기라도 바랐어?"

"너야말로 남의 휴대폰 뒤지니까 좋아?"

"너, 예전에 내 방 몰래 뒤지다가 내 여동생에 대해 알아낸 건 생각 안 하나 보네."

헤리의 얼굴이 전에 없이 싸늘하게 굳어 버리자 마리는 순간적으로 어깨를 떨었다.

"마리, 한나는 너 안 좋아해. 너한테 관심 없다고."

"……걔가 네 본색을 알아도 여전히 네 옆에 있을 거란 보장은 없지."

헤리는 도저히 참지 못하고 마리를 몰아붙였다.

"걔 지금 우리 집에서 살고 있고, 내가 없으면 불안해할 정도로 날 믿고 있어. 이런 상황에서 달라지는 게 있을 것 같아? 네가 몰래 사진 저장해 놓고 친구랍시고 얼쩡대는 것 말고 뭘 할 수 있을 것 같은데?"

"처음부터 네가 거짓말만 지껄인 걸 알게 되면 걔가 지금처럼 널 믿기나 할까?"

"그렇게 돼도 한나는 어차피 너한테 갈 일 없을걸."

그의 말이 마리의 폐부를 뚫었다. 마리는 입술을 깨물고서 그를 노려보았다. 헤리는 전혀 동요하는 표정이 아니었다.

"네가 더 잘 알잖아. 걔 널 그런 식으로 보지 않아. 영원히."

"그러면 너는? 한나가 널 진심으로 생각하는 것 같아? 걔 그냥 의지할 곳이 필요한 것뿐이야."

"알아."

마리의 얼굴이 순식간에 굳었다. 헤리는 담담한 표정으로 덧붙였다.

"안정이 필요해서, 단순히 내가 옆에 있으니까 그게 편해서 가만히 있는 거 나도 알고 있다고."

마리는 눈살을 찌푸렸으나 헤리는 더 이상 그녀에게 하는 말이 아닌 것처럼 눈을 흐렸다.

"걔는 아마 날 좋아하지 못할 거야. 불안정한 상황에 신물이 났을 테니까."

"그렇게 잘 알면 그만둬야겠단 생각 안 들어?"

"적어도 지금 한나는 날 필요로 하니까. 네가 나더러 꺼지라고 말하지 않아도, 한나는 이 시간이 지나고 마음이 가라앉으면 아마 내 옆에 있지 않을걸?"

마리는 헤리가 뱉는 말의 저의를 알 수 없어 미간을 구겼다. 하지만 헤리는 딱히 마리를 이해시키고 싶은 의도가 아니었는지 덤덤할 뿐이었다.

"……."

"네가 정말로 걜 걱정하는 거라면, 그냥 한나가 날 이용하게 내버려 둬. 이건 요구가 아니라 부탁이야. 대신 나도 네가 그런 식으로 한나 스토킹했던 거 입 다물고 있을 테니까."

"거래하자는 말로 들리네. 미안하지만 헤리, 그래도 난 너보다 떳떳해."

"그걸 따지는 게 무의미한 거 네가 제일 잘 알 텐데. 이게 한나 귀에 들어가면 걔가 너랑 이렇게 평범하게 대화하는 사이로 남을 거 같아? 이미 레온 베데커 때문에 선 넘는 일에 신물이 날 대로 났을 앤데. 너 정말 괜찮겠어?"

깜빡이지도 않고 헤리를 노려보던 그녀의 눈이 점점 붉게 물들었다.

"어차피 너나 나나 그 애의 선 안에 들어갈 수 없는 건 마찬가지야."

복잡한 감정으로 헤리를 응시하던 마리의 한쪽 뺨에 눈물이 떨어졌다. 헤리는 무언가 더 말을 하려다가 결국 포기한 채 등을 돌려 발코니를 나섰다.

지금껏 외국에서 온 한나를 타인이라고 여기며 어쩌면 동정일 수도 있는 감정을 가졌지만, 개인과 개인으로 들어가면 역학 관계는 달라졌다. 그리고 그 간극은 생각보다 더 견디기 힘들어 마리를 숨 막히게 했다.

"너나 나나."

이유 모를 답답함의 원인. 그 원인을 먼저 깨달은 것은 헤리였다. 차가운 바람이 뺨을 후려치는데도 마리는 여전히 그곳에 서서 젖은 눈을 돌려 바깥을 바라보았다.

말로는 대학원을 갈 수 있을지 모르겠다고 하더니, 그동안 꽤 성실했는지 헤리가 이번 학기에 치른 시험은 고작 세 개였다. 의무 학점을 거의 다 채웠으니 아마 다음 학기엔 학위 논문 쓰는 데 시간을 충분히 투자할 수 있을 것 같다며 덧붙이는 그의 얼굴엔 이상하게도 안도가 아닌 긴장이 감돌았다.

'아버지 뵈러 한 번은 다녀와야 할 것 같아.'

이틀 전 목요일, 그가 어렵게 말문을 열었다. 온갖 핑계를 대며 여러 명절을 넘겼지만, 경찰서에서 아버지와 마주한 뒤로 더 이상 피할 수 없었는지 헤리는 매우 피곤해하며 말했다.

'헤리라고 다를 거라고 생각하지는 마.'

한나는 이자의 단 한마디 때문에 생명의 은인을 의심하는 스스로가 낮부끄러워 애써 감정을 눌렀지만 생각처럼 쉽지 않았다. 그렇다고 상황을 바꾸기엔 겁이 났기에, 한나는 괜한 질문을 던져 겨우 얻은 평온을 깨지 않기로 했다. 듣고 싶지 않은 대답이 나올 수도 있는 상황을 직면하는 대신, 그녀는 일상에 집중하며 솟아오르는 불안감을 마음 밖으로 퍼냈다.

그녀가 마지막 에세이를 마무리하는 동안, 헤리도 심각하게 타자를 두드렸다. 한나가 기지개를 켜고 옆을 힐끗거려 보니, 그가 원고를 워드로 미친 듯이 체크해 가며 수정 중이었다.

'뭐 공부하는 거야? 너 시험 다 끝났잖아. 아, 석사 지원서 벌써 쓰는 건가?'

'……응. 사실 좀 늦었어.'

'안 늦었어. 영어 과정만 아니면 7월 중순까지는 시간 있잖아?'

한나가 아무렇지 않게 던진 질문에 헤리는 아차 싶어 입술을 혀로 축였다. 한나는 그가 답이 없는 것을 보고 잠시 멈칫했다.

'아. 다른 나라 석사도 넣는 거구나.'

'응.'

'어디?'

'영국.'

'옥스퍼드?'

장난삼아 던진 말이었는데, 헤리는 덤덤히 고개를 끄덕였다.

'영어 자격증 유효 기간이 아직 남아서.'

'와, 영국도 넣는구나. 난 몰랐네.'

한나는 허가 찔려 헤리의 옆모습을 빤히 올려다보았다.

그러면 우리는 어떻게 되는 거지? 그가 좋아한다고 말한 것과는 별개로 한나는 여전히 자신이 헤리와 무슨 관계인지 확신하지 못했다.

'……어차피 나한텐 별로 가능성 없을 거야. 경쟁률이 엄청나다고 해서 기대는 안 하고 있거든.'

'좋은 기회잖아. 잘될 거야.'

'여기보다는 독일 대학원에 더 신경 쓰고 있어.'

'어디?'

'뮌헨, 하이델베르크, 보훔. 베를린 훔볼트도 고민 중인데 거긴 교수 반응이 좀 어정쩡해서 고민이네.'

'다 붙기를 진심으로 바랄게.'

마치 자신을 달래듯 설명하는 헤리를 보며 한나는 미소 짓고 응원까지 해 주었다. 제 감정을 이유로 그가 불필요하게 에너지를 소모하는 게 껄끄러웠다.

헤리는 한나가 단순히 이번 주말을 함께 보낼 수 없을 거란 사실에 기분이 가라앉았다고 생각한 듯, 냉장고를 요리로 꽉 채워 놓고 메모를 남겼다.

금방 다시 돌아올 수 있을 거야. 슈페츨레*랑 람소스, 후식용 애플파이 냉장고에 넣어 놨어. 맛있게 먹어. — 헤리

'아직도 토요일밖에 안 됐네.'

---

* Spätzle : 밀가루에 달걀과 소금을 넣은 독일 남부 국수.

한나는 그의 쪽지를 다시금 들여다보며 한숨을 내쉬었다. 데니스, 이스마일과 함께 사는 집에 있다가도 주말마다 항상 저를 찾아온 헤리의 빈자리는 생각보다 컸다.

"대체 우리 사이는 뭘까."

아무리 생각해도 알 수 없었다. 그녀는 그에게 해 준 것이 없었다. 생각해 보면 워터 하우스에서 만났던 날부터 그에게는 이상할 만큼 거부감이 들지 않았다. 클럽에 흔한, 술 취하고 멍한 여자를 그렇게나 열심히 챙겼던 헤리도 이상했다. 모든 게 다 이상했다. 아무렇지 않게 레온을 좋아하는지 물었던 것도, 너무도 간단히 집을 내준 것조차 생각해 보면 상식적이지 않았다.

'그래도 헤리가 나중에 레온이랑 무슨 사이인지 말해 줬잖아.'

하지만 그마저도, 거짓말을 했다가는 더 이상 물러설 곳이 없을 때 겨우 알려 준 작은 조각에 불과하다.

"나도 내 얘기 많이 안 했잖아. 사람은 누구나 비밀을 지키고 싶어 해."

부정적인 생각을 뿌리치려는 듯 필사적으로 혼잣말을 되뇌어 봤지만 이미 시작된 생각은 끝을 모르고 늘어졌다. 한나는 한참을 거실 소파에 쭈그리고 앉아 멍하니 허공을 응시했다. 헤리의 흔적이 많지 않고 넓은 집은 싸늘하기만 해서 그녀에게 안정을 주지 못했다.

식욕도 돌지 않는다. 하지만 냉장고 속 음식이 하나도 줄지 않는다면 헤리가 걱정할 것 같아 한나는 애써 몸을 일으켰다. 아까부터 허벅지에서 울리는 휴대폰의 진동이 점점 심해졌다.

결국 냉장고를 열던 손을 멈추고 휴대폰 메시지를 확인했다.

[크리스티안: 람 교수 1차 시험 성적 나왔다.]
[플로: 아, 말도 안 돼. 벌써?]

이어서 절규하는 학과 동기들의 메시지가 몇 개 더 오갔지만 한나는 더 이상 읽지 않고 곧장 첨부 파일로 올라온 성적표를 열었다.

"안 돼, 아냐……."

스크롤을 내릴 때마다 시험을 통과한 사람보다 통과하지 못한 사람이 더 많이 보였다. 절대 평가인 탓에 제일 높은 학점인 1을 받은 사람은 거의 보이지 않았고, 대부분이 간신히 통과 기준을 충족하는 4였다. 낙제인 5와 6도 수두룩했으며 높아 봐야 2, 3 정도인 성적들 사이에서 한나는 점점 숨을 가쁘게 쉬었다.

Hannah Jung, 4

"헉."

아쉬움도 안도도 아닌 단말마의 숨이었다. 겨우 통과는 했지만, 그녀가 지금껏 어떻게든 피하기 위해 애썼던 점수였다. 한나는 천천히 휴대폰을 내리고선 식탁 앞에 앉았다.

이 점수를 안고 갈 수는 없을 텐데, 재시험을 봐야 할까? 또 공부한다고 뭐가 달라지긴 할까.

지금 생각해서 달라질 건 없었다. 하지만 생각을 그만둔다고 입맛이 살아나는 것도 아니었다. 한나는 복잡한 심정을 가라앉히기 위해 소파에 앉아 멍하니 생각에 잠겼다. 아직 과제 제출도 못 했는데, 벌써 재시험을 생각하려니 아득하기만 했다.

'또 시험을 치고 애쓰기엔 너무 지쳤는데…….'

"다음 학기에 채워야 할 과목이 다섯 개……. 거기에 논문도 써야 하고, 일자리도 구해야지."

손으로 학점을 꼽아 보다 헛웃음을 흘렸다. 물이 턱밑까지 찬 상태로 어떻게든 살겠다고 아등바등 지냈는데, 그 노력이 우습게도 마지막까지 여유라곤 조금도 없었다. 평소처럼 애써 긍정적으로 굴며 힘내자고 스스로를 다독이는 실없는 소리조차 나오지 않았다.

'졸업을 미뤄야 하나……. 돈도 거의 다 떨어졌는데 어떡하지.'

한나의 눈에 액자 속 수채화 하나가 들어왔다. 지금껏 그냥 어느 유명한 작가의 것이겠거니 싶었는데, 자세히 보니 어딘가 어설펐다. 안쪽에 '레기나 폰 루튼'이라고 적힌 서명이 눈에 띄었다.

"헤리 어머니인가?"

아마 이혼 전에 그렸던 그림인 듯했다. 풍경 속 작은 사내아이는 분명 헤리일 것이다. 뒤를 돌아 석양을 바라보는 아이의 얼굴은 보이지 않았지만, 한나는 마치 그의 사갓빛 뺨을 두 눈으로 본 것처럼 생생하게 떠올릴 수 있었다.

이렇게 작았을 시절 그는 어땠는지, 어머니와는 어떻게 지냈

느지, 무엇을 좋아했고 싫어했는지 너무도 알고 싶었다.

'안야가 여길 진심으로 오고 싶어 했었거든. 아마 베데커랑 학교를 같이 다닐 생각으로 말했던 거였겠지.'

헤리의 목소리가 귓전을 울렸다. 그는 안야가 이곳에서 레온과의 미래를 꿈꿨다고 생각했지만, 한나의 생각은 조금 달랐다. 혹시, 자신의 오빠에게 옛날 집과 가족을 돌려주고 싶었던 것이 아니었을까. 이곳에서 시작됐을 그의 가족을, 자신이 빼앗은 것만 같은 그의 어머니를 돌려주고 싶었던 것일 수도 있었다.

갑자기 헤리가 보고 싶어져 한나는 자리에서 일어나 스케치북을 가지고 방에서 나왔다. 현실을 잊기 위한 무의식적인 도피 행위였다.

'그래도 답이 없는 고민 속에서 허우적대는 것보단 낫겠지.'

헤리를 그린 그림을 주욱 훑던 한나는 그가 다락방에서 꺼내 주었던 색연필과 짙은 심 연필, 지우개를 만지작거렸다. 새 종이를 펴고서 상상으로 헤리의 어린 시절 모습을 스케치했다. 둥그렇고 젖살이 채 빠지지 않은 얼굴에 부드러운 머리칼과 웃을 때 포동포동한 뺨에 패는 깊은 보조개까지. 지우개도 쓰지 않고 한 번에 그려 나갔다.

'수채화로 그리고 싶은데.'

색연필로 칠하기엔 그림이 너무 컸다.

'혹시 미술 도구 꺼내 줬던 곳에 수채화 물감이 있지 않을까?'

진한 연필 자국을 지우고, 희미하게 남은 윤곽을 색연필로 따라 그리던 한나는 결국 자리에서 일어나 천천히 다락방으로 향했다. 다행히 그가 다락방으로 통하는 문을 잠그고 가지 않았기에, 한나는 조심스럽게 먼지가 쌓인 계단을 올랐다.

끼이이익.

낡은 문을 열고 안으로 들어서자 정리하지 않고 박스째 옮겨 놓은 짐들이 눈에 띄었다. 얼마 전 헤리가 지나갔던 곳에만 먼지가 발자국 모양으로 치워져 있었다. 한나는 그 발자국을 따라 밟으며 오래된 업라이트 피아노와 그 위를 덮은 붉은 벨벳 덮개를 지나쳐 고장 난 나무 이젤과 캔버스가 잔뜩 늘어져 있는 곳으로 향했다.

"아, 있다."

잔뜩 굳은 물감으로 가득한 팔레트와 물감, 끝이 갈라진 붓들 사이에서 그나마 멀쩡한 것을 꺼내어 먼지를 불었다.

"콜록!"

숨을 간신히 몰아쉬며 밖으로 나오려던 그녀의 발에 여성용 재킷으로 덮인 상자가 차였다.

"악!"

넘어질 뻔한 몸을 일으켜 앞을 보니 다른 짐들과는 달리 먼지가 거의 쌓이지 않은 박스가 보였다. 헤리가 입기엔 턱없이 작았고, 그의 어머니가 입었다고 보기에는 지나치게 현대적인 재킷이었다. 한나는 품에 안은 그림 도구를 내려놓고서, 자리에 쭈그리고 앉아 재킷을 들췄다.

날이 채 상하지 않은 여성용 면도기, 최근에 쓴 것처럼 보이는 공책과 이가 빠진 머리빗, 탐폰 몇 개, 그리고 심이 뭉개진 립스틱이 보였다.

"전 여자 친구 물건인가 보네."

누가 봐도 얼마 전까지 쓰이던 물건임에 틀림없었다. 어쩐지 마음 한구석이 찌릿해지며 온몸에서 힘이 빠졌다.

'여기서 같이 살았던 걸까?'

"그러다가 아버지에게 열쇠를 뺏긴 걸까."

추측이 점점 커지는 와중, 한나는 공책이 이상하게 말려 있는 것을 보고 무심코 손을 넣었다가 그 안에 있는 작은 통을 발견했다. 반투명한 주황색 플라스틱 통에 펌프가 달려 있는.

"이거……?"

한나는 몸을 굽혔다. 잘 움직이지 않는 팔로 거의 새것이나 다름없는 통을 꺼내자마자 겉에 표시된 글자가 눈에 들어왔다.

건조하고 끝이 갈라진 금발을 위한 헤어 에센스

'금발 전용이라 넌 아마 써도 안 맞을 거야.'

"마리……."

아름다운 마리의 얼굴과 전혀 스스럼없이 헤리와 웃고 떠들던 그녀의 태도가 머릿속을 채우기 시작했다. 마리가 여기에 있었다고? 아니, 살았다고?

'마리도 걔한테 마음 있는 것 같고.'

언젠가 들었던 라라의 한마디가 가슴을 쳤다. 북받치는 감정을 주체하지 못하고 한나는 그 박스에 담긴 공책을 거친 손길로 꺼냈다. 그 바람에 뭉개진 립스틱 심이 바깥으로 튀어나와 다리에 자국을 남겼지만 그녀는 전혀 눈치채지 못한 채 공책을 넘겨 마리의 흔적을 찾았다.

검은색과 붉은색 펜으로만 정리한 간결한 글자가 복잡하게 얽혀 한나의 얼굴을 미친 듯이 할퀴기 시작했다. 가끔씩 음악 가사를 적은 낙서 말곤 대부분 심리학에 관련된 필기나 강의 중 옆 사람과 필담하며 나눈 흔적들뿐이었다. 마리가 심리학과인 건 맞지만, 아직 완전히 그녀라고 확신할 순 없었다. 그러다 혼잣말을 적은 페이지를 발견한 한나는 손을 멈추고 글자를 읽어 나갔다.

- 시험 사무소 들르기
- 상담 15시. 한 시간 이내로 끝날 예정
- 엄마한테 전화. 라라 연락 안 됨
- 파스타 면, 뮤즐리, 사과 5.2유로
- 이상 심리 과제 오늘 안으로 개요 다 짜 놓기
- 라라가 열흘째 연락을 받지 않음. 내가 모리츠와 잤기 때문에? 혹시 그걸 알고 있는 걸까?

"모리츠?"

내용이 머리에 들어오자마자 한나는 입을 손으로 막았다.

'내가 지금 말할 수 있는 건 마리는 믿을 만한 사람이 아니라

는 거야. 걔, 절대로 믿지 마.'

라라의 말이 귓가를 맴돌았다. 멍하니 주황색 통을 바라보던 한나는 힘이 빠진 몸을 겨우 일으켜, 주머니에 간신히 매달려 있는 휴대폰을 꺼냈다. 그리고 아직 답하지 않고 둔 마리의 메시지를 읽었다.

[한나, 라라가 연락을 안 받아서 그런데, 혹시 너 소식 들은 거 없니?]

지금껏 마리에게서 문자를 받았을 때는 느끼지 못했던 추잡한 감정이 한나를 집어삼켰다. 그녀가 느끼는 이 분노는 마리가 라라에게 저지른 일 때문에 느끼는 것이 아니었다. 분명 이것은 질투였다. 하지만 이 감정은 정당하지 않았다. 마리가 헤리와 무슨 사이였든, 그 일엔 그녀가 관여할 수 없었기 때문이다.

'설마 크로키 모델을 부탁했다는 전 여자 친구가 마리일까?'

머리로는 잘 알고 있지만 가슴에서 격하게 올라오는 불을 완전히 다스리진 못했다. 아니, 아예 다스릴 수 없었다. 눈시울이 긴장으로 파르르 떨렸다.

머뭇거리며 문자를 썼다 지우다 반복하던 한나는 결국 단 한 문장을 전송했다.

[언제 시간 돼? 만나자.]

29.

Sonntag. 15. März 2020

17:14

비바람에 씻긴 영혼이 강이 되어 흐르지만
내게 보이는 건 난파된 뱃사람의 눈이네

Ben Christophers의 〈Hooded Kiss〉를 듣던 한나는 저 멀리서 탁한 금발을 휘날리며 다가오는 여자를 보며 자리에서 일어났다. 귀에 꽂은 이어폰에서 심장 박동이 울리는 듯했다. 여자의 얼굴이 선명해질 즈음, 머리가 찡하니 아파 와 한나는 이어폰을 빼고 애써 미소 지었다.

"안녕, 마리."

"안녕. 오랜만이야, 잘 지냈어?"

활짝 웃으며 다가온 마리를 안아 주며 한나는 쓴맛을 느꼈다. 그들은 일상적인 대화를 나누며 학교 앞 공터에 있는 의자에 가 앉았다. 한나가 가방에 넣어 온 맥주를 꺼내자, 마리는 열쇠고리에 달린 병따개로 맥주 뚜껑을 열었다.

"난 아무것도 못 사 왔는데."

"괜찮아. 나 과자도 있는데, 같이 먹을래?"

한나는 가라앉는 기분을 숨기며 가방을 다시 열었다. 지퍼 틈 사이로 챙겨 온 주황색 플라스틱 통이 보였다. 애써 과자에만 시선을 고정한 채 과자 봉지를 뜯었다. 손이 곱아 봉지가 이상한 방향으로 뜯겨 과자가 후드득 떨어졌다.

"아, 미안."

"미안할 게 뭐 있어. 나야말로 네가 다 챙겨 와 줘서 고맙지."

한나는 입술을 깨물었다. 평소보다 이상하게 움츠러드는 자신이 싫었다. 싫은 소리를 꺼내야 하는 이 상황이 어색했지만, 헤리의 집에 처박혀 다락방에 있는 짐들을 머리에서 떨치지 못한 채 혼자 끙끙대는 것보단 나았다.

"그래서 요즘 너희는 어떻게 지내?"

마리가 라라를 포함한 무리를 일컬으며 물었다. 한나는 침을 삼키고서 어깨를 으쓱였다.

"나도 요즘 라라랑 연락이 안 돼서 잘 몰라."

"……네 연락도 안 받아?"

마리의 표정이 순식간에 어두워졌다. 한나는 맥주를 들이켜며 고개만 끄덕였다.

"모리츠도."

한나는 그 이름을 꺼내며 마리의 안색을 살폈지만 놀랍게도 그녀는 아무런 동요 없이 담담하기만 했다. 그저 한나의 손을 진득하게 바라보고 있을 뿐이었다.

"걔네 둘 사이에 무슨 일 있었어? 헤어지기라도 한 거야?"

"일은 옛날부터 있었지. 헤어졌는지 아닌지는 나도 잘 몰라."

한나의 답은 차가웠다. 마리는 아무런 말 없이 맥주를 들이켰다. 그날 베타 하우스에서 에이단을 만난 이후로 라라는 철저히 두문불출했다. 혹시나 모리츠의 재활원을 방문했을까 싶었지만, 확인할 길이 없었다. 한나는 괜히 그녀를 찾아가 괴롭히고 싶지 않았다. 아무리 서로 헌신적이지 않았던 연인이라 해도, 긴 연애를 더럽게 마무리 지어야 하는 라라의 고통이 이해 가지 않는 것도 아니었기에.

"넌 모리츠한테서 들은 소식 없어, 마리?"

"나? 아니. 걔가 왜 나한테 연락을 하겠어."

"글쎄. 그건 네가 더 잘 알겠지."

한나의 어조에 담긴 냉담함을 읽어 낸 듯 마리의 눈썹이 잔뜩 구겨졌다.

"무슨 뜻이야?"

"……사실 오늘 라라 일로 널 도와줄 수 있어서 만나자고 한 건 아니었어."

여전히 의문을 띤 마리의 시선을 애써 피하며 한나는 가방을 열었다. 그리고 아주 잠시 고민하며 손을 안으로 넣었다가, 결심한 듯 주황색 통을 꺼내 마리에게 건넸다.

"이거."

"내가 쓰는 에센스네. 이거 어디서 났어? 혹시 나 주려고 산 거야?"

마리의 표정이 환하게 밝아졌다. 한나는 그런 그녀를 보며 고개를 저었다.

"사실 나 지금 사정이 있어서 헤리가 마련해 준 곳에서 잠깐 머물고 있거든. 거기 다락에서 어쩌다가 네 물건을 발견했어. 거의 새것인 것 같아서 돌려주고 싶었어. 여기, 네가 두고 간 겉옷도 가져왔어."

"아, 그랬구나. 고마워."

마리는 그제야 상황을 파악한 듯 멋쩍게 웃으며 겉옷을 받아 들었다. 그리고 무언가 말하려는 듯 입술을 달싹이다가, 무표정으로 굳은 한나의 얼굴을 보곤 입을 닫았다.

"그런데 오늘 그냥 물건 돌려주려고 온 것 같진 않네. 뭘 말하고 싶었는데?"

"……묻고 싶은 게 있어서."

"말해 봐."

"얼마 전에 우연히 이자벨라를 마주쳤는데……."

"이자벨라? 이자벨라 센젤린 말하는 거야?"

맥주를 들이켜다 말고 눈을 동그랗게 뜨는 마리의 얼굴에 석양이 닿아 반짝였다. 한나는 잠시 넋을 놓고 있다가 어깨를 으쓱였다. 이런 마리를 두고 제게 관심을 보이는 헤리가 점점 현실에서 동떨어진 것처럼 느껴지기 시작했다.

"걔 성은 몰라. 그 있잖아, 연한 갈색 머리에 코가 살짝 휘었고, 너희 과인데 헤리랑 아는 사이일 수도 있는 여자애."

"응, 걔가 이자벨라 센젤린이야. 흔히 이자라고 불리는 애. 프랑스 출신."

"걔가 프랑스인이라고? 이름이 프랑스어인 이자벨이 아니고 이자벨라잖아."

"이름이야 걔네 부모 마음이겠지."

'이자벨라가 프랑스인인 줄은 몰랐는데.'

이자의 독일어엔 불어 악센트라곤 없었다. 그것보다, 자기도 외국에서 온 주제에 '외국인'이니 뭐니 했던 사실이 우습게 다가왔다.

'지는 백인이니까 어차피 별반 다를 거 없다 이건가.'

한나는 새로 알게 된 사실에 입술을 비틀었지만 어차피 더 놀랄 일도 없었으므로 고개를 끄덕였다.

"그래, 맞아. 아무튼 걔 말론 헤리가 날 예전부터 알고 있었다고 했거든. 그러면서 헤리가 레온 일로 자기를 도왔다고 그러더라고."

"아, 걔가 그래?"

마리는 목이 타는지 다시 맥주를 들이켰다.

"응. 너도 심리학과고 헤리랑 친하니까, 혹시 아는 것 있나 하고 묻고 싶었어."

"글쎄. 난 이자벨라랑 말을 거의 안 섞어 봐서."

회피하는 마리의 태도에 한나는 잠시 침묵하다가 나직하게 말했다.

"나 헤리 좋아해."

담담하게 단도직입적으로 뱉은 한나와는 달리, 마리의 안색은 순식간에 창백하게 변했다. 마리는 한나의 눈을 바라보며 입술을 달싹였다. 불안하게 움직이는 손가락 사이로 땀이 차는지 바지를 쥔 마리의 왼손 위로 핏줄이 도드라졌다.

"……그걸 왜 나한테 말해?"

"네가 아는 게 있다면 조금이라도 말해 줬으면 싶어서. 너도 어느 정도 눈치챘겠지만 난 레온이랑 이자 때문에 힘들었던 적이 있어. 마리, 나는……. 나는, 더 이상 그런 식으로 불안해하면서 누굴 좋아하고 싶지 않아. 불안정한 감정을 또 감당하기엔 너무 지쳤거든."

마리는 말없이 상체를 살짝 앞으로 내민 채 다리에 팔을 기댔다. 먼 정면을 바라보는 그녀의 표정이 보이지 않았다.

"그래서 말인데, 혹시라도 네가 아는 게 있다면 나한테 말해 줬으면 좋겠어."

"미안, 한나. 내가 아는 게 있어도 너한테 말해 줄 순 없어."

너무도 단호한 마리의 태도에 한나는 멍하니 그녀의 옆모습을 쳐다보다가 침을 삼켰다.

"왜?"

마리는 뭐라도 말하려는 듯 입술을 달싹이다 고개를 저으며 다시 맥주를 들이켰다.

"남 일에 끼어들고 싶지 않으니까."

"……혹시 너랑 헤리, 둘 사이에 아직도 뭔가 있는 거야?"

" '아직도'라니? 네가 무슨 말을 하는지 잘 모르겠어. 너 설마 나랑 헤리 사이에 뭐라도 있다고 생각하는 거야?"

마리의 미간에 주름이 잡혔다. 하지만 한나는 평소처럼 담담한 표정으로 마리의 눈을 들여다볼 뿐이었다.

"만약을 가정한 거야. 헤리한테 관심이 있는 거라면 모리츠 때처럼 애써 숨기지 말고 그냥 처음부터 말해 줬으면 해서."

"모리츠? 이건 또 뭐야. 걔가 뭐라고 말했는데? 내가 걜 좋아한대? 그 새끼가 그래?"

"아니, 걘 아무 말도 안 했어."

"그럼 뭐야? 라라가 그래?"

마리의 반응에도 한나는 초지일관 매우 차분했다. 마리의 눈썹이 점점 중앙으로 몰리기 시작하자 한나는 한숨을 쉬며 고개를 돌려 정면을 바라보았다.

"아니. 나 사실 그 박스 안에 담긴 네 공책도 읽어 봤어. 그 에센스가 네 건지 확실하지 않아서……. 기분 나쁠 거 알아. 정말 미안."

"헤리 집에 있는 건 그냥 필기 노트일 텐데."

이미 다 공부한 필기 노트를 굳이 옮기기도 귀찮아서 남겨 두었던 것이 생각났다. 하지만 그 안에 무엇이 적혀 있는지 정확히 기억나지 않아, 마리는 고개를 흔들었다.

"맞아. 필기 노트는 맞는데, 네가 모퉁이에 낙서한 걸 보고서 너와 모리츠 사이의 일을 알게 됐어."

"아."

마리의 목소리가 갈라졌다. 땀 때문인지, 시리도록 차가운 맥주병에 맺힌 물 때문인지 자꾸만 그녀의 손이 미끄러졌다. 마리는 침을 삼키며 맥주병을 옆에 내려 두었다.

　"한나, 그건 정말 오래전 얘기야. 실수였고, 그날은……."

　애써 해명하려는 마리를 견딜 수 없는지 한나는 고개를 빠르게 가로저었다.

　"그것까지 나한테 설명하지 않아도 돼. 난 그냥 너랑 헤리 사이에 끼고 싶지 않아. 그게 다야."

　"난 너한테 설명하고 싶은데. 난 네가 오해하는 거 싫어."

　씁쓸하게 들리는 말에도 한나는 고개를 흔들었다.

　"한나, 내 얘기는 듣지도 않을 거야?"

　"그게 아니라, 길게 대화하다 보면 감정이 격해질 것 같아서 그래. 너도 갑자기 내가 찾아와서 이런 얘기 하는 게 당연히 불쾌할 거고……. 공책 본 것도 그렇잖아. 네가 날 앞으로 꼴 보기 싫어한다 해도 이해해."

　"꼴 보기 싫어해도 이해할 거라니. 넌 나랑 아예 앞으로 안 볼 각오하고 이런 질문을 미리 준비해 온 거야?"

　조금 격해진 마리의 목소리에 한나는 한숨을 쉬었다.

　"그게 아니야. 난 정말 그것만 알면 되니까, 나한테 너랑 모리츠 일을 굳이 설명할 필요 없다는 뜻이었어."

　"네가 알고 싶은 것만 알고 나면 나랑 사이가 어떻게 되든 괜찮다는 것처럼 들리는데."

　"아냐, 그런 뜻이 아니라……."

"아니면 내가 널 바보 취급이라도 할 것 같아서 그래? 내가 헤리를 너 몰래 만나면서 기만이라도 할까 봐, 그게 걱정돼서?"

한나는 자신을 쳐다보지도 않은 채 쓴 물 뱉듯 쏟아 낸 마리의 말에 담겨 있는 원망은 알 수 있었지만, 그 목소리에 담긴 감정까지 알아채기엔 너무 지쳐 있었다.

"내 말이 이상하게 들리겠지. 난 계속 너랑 친구로 남고 싶어. 그렇지만 불안해하긴 싫었어."

"그럼 널 실망시키는 수밖엔 없겠는데? 미안하지만, 네가 헤리랑 있는 한 넌 나랑 예전처럼 지낼 수 없고, 그 불안감도 절대 없어지지 않을 거야."

드디어 한나 쪽을 바라본 마리의 눈에 담긴 것은 분노였다. 갑작스레 적대적으로 변한 어조에 한나는 몸을 움찔 떨었다.

"무슨 뜻이야?"

"들은 그대로야. 네가 헤리와 진지한 관계를 원한다면 항상 불안할 수밖에 없을 거라고. 이런 말 하게 돼서 미안하지만, 걔는 네가 거슬리는 것뿐이라고 했거든."

"마리."

충격을 받은 듯 한나의 눈이 커졌다. 하지만 마리는 그 눈을 보고도 폭주한 것처럼 움직이는 혀를 멈출 수 없었다.

"네가 지금 생각하는 최악의 시나리오는 내가 헤리랑 잤고, 앞으로 잘지도 모르고, 널 만나면서 헤리가 날 만나러 올지도 모른다는 거지? 그리고 그 옆에서 내가 얼쩡거리면 넌 도저히 그 꼴을 보고 싶지 않아서 날 피할 거란 얘기고. 헤리를 피하기엔 이미 네 감정이 커져서 늦었으니, 차라리 날 피하겠다 이거 아냐. 안 그래?"

"마리, 진정해. 난 그냥 이자벨라 말이 맞는지 궁금해서……."

"아, 그래? 정말 네가 사실을 알고 싶다면 말해 줄게. 안됐지만, 이자 말이 맞아. 즉, 네가 피해야 할 사람은 내가 아니라 헤르만이야. 걔가 너한테 뭘 말을 해서 꾀어냈는지는 모르겠지만, 널 레온한테 복수하는 용도로 생각했던 건 몰랐겠지. 아니, 그걸 알았으면 걜 좋아하느니, 불안하고 싶지 않다느니 그런 소리 할 지경이 되기 전에 무시했을 거야. 넌 걔 호의를 철석같이 믿다가 이자벨라가 말을 흘리니까 그제야 의심하기 시작했을 테니까. 벌써 좋아하게 됐는데 그런 말 들으니까 또 속은 건가 싶어서 걱정됐겠지. 미안하지만, 맞아. 너 또 속은 거야."

'내가 레온과 이제 막 만나기 시작했을 때, 걔가 나한테 너에 대해 물은 적도 있었거든.'

마리의 신랄한 충고와 이자벨라의 날카로운 말이 머릿속에서 뒤엉켜 물 위 기름처럼 둥둥 뜨기 시작했다. 그 순간 한나는 영화를 본 후 그가 자신에게 던졌던 질문을 떠올렸다.

'정말 네가 상상할 수 없을 만큼 강한 감정이라면, 그게 그 사람 안에 계속해서 자리 잡아서 결국 그 사람을 삼켜 버렸다면. 네가 그 상황이라면……, 이성적일 수 있을 거라고 생각해?'

몸이 차갑게 식었다. 뿌예지는 초점을 부여잡으며 한나는 침을 삼켰다.

"걔가 날 복수하는 용도로 썼다는 게 무슨 말이야?"

놀랍도록 차분한 어조였다. 한나의 표정은 고요했지만, 그 안에 어린 경멸과 분노가 적나라하게 드러났다. 마리는 그제야 자신이 돌이킬 수 없는 강을 건넜음을 깨달았다. 그 깨달음이 주는 좌절과 슬픔 때문에 마리는 미소를 짓고 있음에도 표정이 매우 어두웠다.

"너도 어느 정도는 예상했을 텐데. 헤르만이 레온만 보면 이성을 잃는데, 그 둘 사이가 그다지 좋지 않다는 건 알고 있었을 거 아냐."

"……그래서 헤리가 레온을 엿 먹이려고 일부러 나한테 접근했다고?"

마리는 말없이 맥주를 들이켰다. 긍정의 침묵이 참을 수 없을 만큼 고요해서 한나는 숨이 막혔다.

"마리, 나랑 헤리는 서로 알게 된 지 얼마 안 됐어. 걔가 정말 날 이용하려 했다면 이미 1년도 더 전에 접근했을 거야."

"한나, 헤르만은 너한테 직접 접근할 필요도 없었어. 넌 수단이었고, 걔가 바란 건 레온이 불행해지는 거였어."

"그러니까 날 이용해서 어떻게 레온을 불행하게 만드냐고! 레온은 그냥……, 그냥."

"레온이 널 좋아했으니까. 걘 레온이 너랑 있을 때마다 행복해하는 걸 보느니 차라리 스스로 쓰레기가 되는 게 나을 거라고 했거든."

한나는 아무 말 없이 고개를 돌리고서 멍하니 허공을 응시했다. 맥주병 안에서 터지는 기포가 손을 타고 느껴질 정도로 온 감각이 예민하게 살아났다.

'어떻게 알긴, 내가 헤르만 친구니까 알지. 그것도 아주 친한 친구.'

'헤리가 나랑 레온 사이를 도와준 적이 있어서 그 빚 갚을 겸 참견 좀 했어.'

이자벨라의 차가운 목소리가 기포 소리와 함께 톡톡 터지며 올라왔다.

"네 말은 다 너무 일방적이야."

애서 부정하는 한나의 목소리엔 힘이 없었다.

"믿기 싫으면 말아. 그런데 헤르만도 인정한 사실이고, 내가 이렇게 말하는 것보다 더 일방적이었어. 걘 복수에 눈이 멀어서 네가 어떤 생각을 가지고 있는지, 어떤 상처를 받을지 조금도 생각 안 했거든."

말을 마치고 마리는 생각에 잠긴 듯 한나 쪽은 보지도 않고서 맥주를 머금은 입을 우물거렸다. 바닥에 병을 내려놓는 소리가 조금 요란하게 울렸을 때, 마리는 제 얼굴을 빤히 응시하고 있는 한나의 눈과 마주쳤다.

"넌 헤리 친구잖아. 왜 나한테 이런 얘길 해 주는 거야?"

"……네가 나한테 맥주를 사 줘서. 취해서 그런가 보지."

눈은 전혀 웃지 않은 채 한쪽 입꼬리만 씩 올린 마리가 내놓은 답은 확신이라기보다 질문에 가까웠다. 한나가 의구심에 눈살을 찌푸리자 마리는 고개를 돌리곤 나지막하게 읊조렸다.

"아니면 불안한 관계는 더 이상 감당이 안 된다는 네가, 하필 헤르만을 좋아한다고 해서였을 수도 있고."

마리는 남은 맥주를 모조리 마시고서 자리에서 일어났다.

"아무래도 네가 원하는 대답은 다 해 준 것 같은데, 난 슬슬 일어날게."

"마리."

"아, 그리고 모리츠 일은 정말 실수였어. 변명이 되진 않겠지만 말이야."

한나는 마리의 표정에 담긴 쓸쓸함과 실망감에 가슴 한쪽이 아파 왔다. 이유를 알 수 없는 통증에 미간을 찌푸리고 고개를 숙이자, 마리는 그 뜻을 오해하고 입술을 깨물었다.

"……나, 고맙다는 말은 도저히 못 하겠어."

울지는 않았지만, 한나의 눈에 담긴 혼란은 너무도 적나라했다. 마리는 분명히 알 수 있었다. 지금 한나의 마음이 서 있는 곳은 벼랑 끝이나 다름없다는 것을. 그리고 그 벼랑 끝까지 그녀를 몰아세운 건 다름 아닌 자신이라는 것을. 지금껏 느끼지도 못했던 맥주의 잔향이 쓰게 퍼졌다.

"이런 일로 고맙다는 말을 바라는 게 더 이상해. 괜한 데에서 죄책감 갖지 마."

마리는 마치 한나가 불필요하게 미안해한다는 듯 건조하게 말했다. 한나가 채 질문을 던지기도 전에 마리는 그 한마디만 남긴 채 터벅터벅 걸어가기 시작했다. 애매한 작별 인사조차 나누지 못한 그녀가 저 멀리 점이 되어 사라졌다.

30.
Freitag. 20. März 2020
18:06

데니스와 이스마일이 아닌 한나가 있어야 할 집 문을 여는 순간, 헤리는 지난겨울 기차 플랫폼에 들어서며 느꼈던 한기를 다시금 느꼈다. 이상하리만큼 차가운 공기를 폐로 삼키며 그는 주머니에 넣어 둔 휴대폰을 꺼냈다. 한나에게선 여전히 아무런 답장이 없었다.

"한나?"

그는 불안감에 사로잡혀 신발을 갈아 신을 생각도 못 한 채 곧장 안으로 들어섰다. 집 안은 이상할 정도로 깨끗하고 고요해서, 운동화가 바닥을 치는 소리가 유난히 크게 울렸다. 곧장 한나가 머무는 방 문을 열어젖혔다. 심장이 발밑으로 떨어진 듯 울렁거려 헤리는 문고리를 잡은 손에 핏줄이 튀어나올 만큼 힘을 주었다.

깨끗하게 정리된 침대 시트, 지우개 가루 하나 없는 말끔한 책상 위로 커튼이 펄럭였다. 방 안에는 한나의 물건이 아무것도 없었다. 한나가 환기를 위해 습관처럼 열어 놓은 창문과 옅은 잔향만이 그녀의 흔적을 말해 주었다.

다급하게 방을 나선 그는 거실로 나와 둘러보았다. 부엌은 설거지까지 말끔히 되어 있었고, 식탁 한구석에 흰 종이가 놓여 있었다. 헤리는 가방을 내팽개치고서 쪽지를 집어 들었다. 종이 밑에는 100유로짜리 지폐 다섯 장이 놓여 있었다.

월세로 부족한 금액인 건 알지만, 이 이상은 도저히 마련이 안 되더라. 잔금은 나중에 이자벨라 통해서 줄게. 그동안 고마웠어.

"이자벨라……?"

부탁을 할 만큼 한나와 이자벨라가 좋은 사이일 리 없을 텐데. 한나가 구태여 이자벨라를 언급한 것이 이상했다. 등을 타고 흐르는 냉기가 목을 감았다. 헤리는 식탁 위에 놓인 돈과 쪽지를 한참이나 쳐다보다가 하얗게 질린 얼굴로 한나에게 전화를 걸었다.

— 연결이 되지 않아…….

두 번, 세 번, 네 번. 초조하게 다시 걸어도 돌아오는 답은 같았다. 헤리는 쌍욕을 뱉으며 전화를 끊고서 마리의 전화번호를 눌렀다. 한참이나 신호가 울린 후에야 마리의 목소리가 수화기를 뚫고 헤리의 귀에 닿았다.

— 여보세요?

"마리, 너 한나랑 연락돼?"

— 아니.

"그럼 혹시 그 주변 애들 연락처 가지고 있는 거 있어? 라라랑은 아직도 연락 안 되는 거야?"

— 헤리, 이제 그냥 그만해.

"뭘?"

싸늘하게 쏘아붙이자마자 휴대폰 건너 마리가 한숨 쉬는 소리가 크게 퍼졌다.

— 걘 널 보고 싶어 하지 않아. 아마 다시 돌아오지 않을걸.

이자벨라라는 이름을 보자마자 저 발밑으로 떨어졌던 심장이 마리의 발에 짓밟히는 것처럼 아파 아득해졌다.

"……무슨 소리야?"

— 네 말 틀렸어. 걘 네가 주는 도움이 필요해서 남아 있던 게 아니었다고.

두서없는 말을 늘어놓으며 중간중간 허무한 웃음을 흘리는 마리의 목소리가 갈라졌다. 헤리는 등골을 타고 흐르는 불길함을 떨치지 못한 채 휴대폰을 꾹 쥐었다.

"헛소리 집어치우고 똑바로 말해. 너 걔 만났어?"

— 그래.

"말했어?"

— 어.

"얼마나."

— 아는 거 다.

어금니를 사리문 헤리의 턱에 단단한 홈이 파였다. 숨이 안 쉬어져 잠깐 침묵한 그가 잇새로 씹어 뱉듯 목소리를 냈다.

"제정신이야?"

— 당연히 제정신이지. 내가 발뺌했어도 어차피 너랑 걔는 얼마 못 갔을걸. 내가 해 준 건 그냥 걔가 가진 의심을 확신으로 만들어 준 것밖에 없어.

당장 미친 듯이 고함을 내질러도 도저히 내장을 할퀴어 대는 분노를 쏟아 낼 수 없을 것 같았다. 헤리는 화로 달아오르는 얼굴을 쓸어내리며 이를 다시 악물었다.

"너 정확히 뭐라고 말한 거야."

— 네가 네 입으로 말한 것들 말고 뭐가 있겠냐. 너야말로 대체 이자벨라랑 뭘 하면서 지냈는지 말해 보지 그래? 한나가 날 찾아온 것도 다 걔가 입 털어서 그런 거니까.

"이자벨라가 한나한테 뭐라고 말했는데."

두서없이 흘러나오는 말을 제 귀로 들으면서도 여전히 머릿속이 복잡하게 엉켜 있었다. 헤리는 답답한 가슴을 쥐어뜯듯 외투 지퍼를 신경질적으로 열었다.

— 그거야 나는 모르지. 어쨌든 내가 진작 그만두라고 할 때 그만뒀으면 이런 일 없잖아.

"무슨 생각으로 얘길 한 거야? 너 한나 좋아하잖아. 걔가 그 얘기 듣고 받을 충격은 안중에도 없었어?"

— 하하, 이제 와서 내가 걜 좋아하는 걸 들먹이는 거 보니까

웃기네.

마리는 명백히 짜증이 난 어조로 말했지만, 어딘지 지나치게 즐거워하는 기색이 섞여 있었다. 헤리가 불안감을 애써 무시하며 입을 열었으나 마리는 기다려 주지 않았다.

— 네가 그랬지. 어차피 한나랑 네 사이가 틀어져도 걔가 나한테 올 일은 없을 거라고. 네 말 다 개소리 같았는데, 딱 그것만 맞았어.

"고작 그거야? 그것 때문에 다 불었다고?"

헤리는 입술을 깨물며 흘러내린 머리칼을 쓸어 올렸다.

— 고작이라니. 너희 둘은 내 기분을 개똥만큼도 생각 안 하는데, 왜 나만 배려하고 참아 줘야 해?

"나한테 열받아서 엿 먹이고 싶은 건 이해하지만 적어도 파장은 생각했어야지. 넌 한나가 날 필요한 만큼 이용하게 내버려 뒀어야 해."

헤리가 간신히 화를 억누르고 씹어 뱉듯 말하자 마리는 코웃음 치며 한참을 웃었다.

"마리, 네가 그딴 식으로 비웃지 않아도 나 이미 기분 더러우니까 묻는 말에 대답이나 해. 네가 입 놀려서 걔가 지금 살 곳이 없어졌다는 건 알아? 원래 집으로 돌아갔다면 언제든 베데커가 또 한나를 스토킹할 수도 있다고."

혹시라도 상태가 나빠진 한나가 갑자기 어디론가 사라져 또다시 '그런' 선택을 하지 않을까 심장이 내려앉았다. 악을 지르고 싶은 마음을 입술을 깨물며 참은 탓에 아랫입술 끝이 터져서 피가 맺혔다.

— 걘 아마 너한테 도움받으면서 몇 번이고 뛰쳐나오고 싶었을걸. 내가 분명히 말했지, 네가 틀렸다고.

"대체 무슨 소리야?"

— 이렇게까지 말해 줬는데 못 알아들으면 어쩔 수 없지. 더 친절히 설명해 주기엔 내가 그렇게 멍청하고 너그럽진 않아서.

"너 정말 나랑 앞으로 안 볼 작정인가 보네."

— 글쎄. 아마도.

냉담한 마리의 답에 헤리는 미간을 구겼다.

"도대체 왜? 넌 한나를 제대로 알게 된 지 얼마 되지도 않았잖아."

— 그 이유는 네가 더 잘 알지 않아? 네가 레온한테 보인 적대감이 단순히 여동생 때문만은 아닐 텐데.

폐부를 찌르는 말이었다. 헤리는 건너편에서 들려오는 마리의 숨소리를 들으며 침묵했다.

— 한나가 그냥 거슬린 것뿐이라고? 등신.

"……."

— 어쨌든 알아서 잘 해결해 봐.

그 말을 마지막으로 전화가 끊어졌다. 헤리는 멍하니 통화 종료 신호를 쳐다보다가 고통이 밀려오는 눈을 한 손으로 문질렀다. 하지만 계속 이렇게 있을 순 없었다.

외투를 챙겨 곧장 밖으로 나가 전차 역으로 향했다. 3월이었지만 아직 풀리지 않은 날씨에 찬 기운과 칼바람이 그의 뺨을 후려쳤다. 초조하게 달리는 그의 얼굴은 추위에 무화과처럼 붉어졌다. 그러나 그의 마음을 무시하듯, 안내 전광판에는 '공사로 인한 길 폐쇄'라는 설명만이 떠서 흘러갔다.

"젠장, 젠장, 젠장!"

헤리는 짓이기듯 욕을 뱉으며 휴대폰으로 택시를 불렀다. 택시를 기다리는 그 5분이 영원인 것처럼 끔찍했다. 택시에 올라타자마자 기사에게 한나의 집 주소를 읊은 뒤 다시 한나에게 전화를 걸었다.

— 연결이 되지 않아 메일 박스로…….

여전히 소름 끼치게 정갈한 안내 메시지만 귀에 꽂혔다. 헤리는 손등을 가로지르는 정맥이 한층 더 도드라져도 손에 힘을 풀지 못했다. 왓츠앱으로 들어가 그녀의 번호를 검색해 미리 보내 놓은 메시지 상태를 봤지만, 전송조차 되지 않았다.

그가 장문의 MMS 두 개와 문자 메시지 세 개를 보냈을 즈음, 택시가 한나의 집 앞에 도착했다. 마침 장바구니를 들고 대문 앞에서 느릿느릿 열쇠를 꺼내는 남자를 보자마자 헤리는 일어날 준비부터 했다.

"거스름돈 그냥 가지세요."

기사에게 50유로를 줘 버리고서 뒤도 돌아보지 않고 건물을 향해 뛰었다. 장을 보고 건물에 들어가던 남자의 뒤를 따라 간신히 대문을 통과하고, 계단을 세 개씩 오르며 맨 위층으로 갔다. 숨을 고르는 시간조차 사치인 것처럼 한나가 살던 곳을 향해 돌진하는 그의 발에 무언가 차였다.

벽에 부딪힌 후 산산조각 나 바닥에 흩어진 것은 한나가 문 옆에 두던 화분이었다. 말라 버린 흙이 이곳저곳에 뿌려졌지만 헤리는 날카로운 조각을 대충 발로 밀어 버린 후 문을 두드렸다.

"한나! 거기 있어? 한나!"

문 너머로 둔탁한 소리가 몇 번 울리더니 문이 신경질적으로 활짝 열렸다. 너무도 쉽게 열린 현관문 안에서 나타난 사람은 핏체였다.

"야, 시끄러워. 잠 다 깼잖아."

반쯤 감긴 눈을 게슴츠레 뜨고서 헤리를 올려다보는 그의 얼굴에 졸음이 덕지덕지 껴 있었다. 오후 6시에도 당당히 수면 시간을 보장해 달라는 핏체의 꼴에 헤리는 잠깐 당황했다가, 그가 트렁크 팬티만 입고 있는 걸 깨닫고 극한으로 치닫는 상상에 미간을 구겼다.

"너 여기서 잤어?"

"어."

헤리는 핏체의 대답을 듣자마자 푸르죽죽하게 질린 얼굴로 그를 밀치고서 안으로 들어갔다.

"한나!"

종이 인형처럼 옆으로 날아갔던 핏체가 간신히 몸을 일으켜 세우더니 문을 닫았다.

"걔 여기 없어!"

"그럼 어디 갔는데."

정색하며 돌아보는 헤리의 목소리에 서슬 퍼렇게 날이 섰다. 핏체는 뒤통수를 박박 긁더니 여전히 한나의 이불이 뭉쳐 있는 매트리스로 몸을 던졌다.

"나도 몰라. 시험 끝났으니까 놀러 갔겠지."

"주인도 없는 집에서 너 뭐 하는 거야?"

"아니, 왜 자꾸 캐묻지? 야, 너야말로 뭔데 갑자기 쳐들어와서 취조질이야?"

이불로 몸을 말던 핏체가 언성을 높이자 헤리는 아무런 답 없이 그를 빤히 응시했다. 그 눈빛에 담긴 의미를 파악했는지, 핏체는 시선을 피하더니 꾸물꾸물 일어나 바닥에 아무렇게나 벗어 놓은 바지를 껴입고 앉았다.

"……아니 뭐, 걔가 자기 집 뺀다고 나더러 살아도 된다고 했어."

"네가 여기서 산다고?"

"응. 계약은 내일모레 해. 근데 대체 한나가 무슨 짓을 하고 다녔기에 너나 레온이 환장을 하고서 찾아오냐?"

늘어지게 하품하며 푸념하듯 털어놓는 핏체의 말에 헤리의 표정이 전에 없이 더 싸늘해졌다.

"무슨 소리야. 그 새끼가 여길 왜 와."

"몰라, 술 취해서 왔던데. 그거 보니까 한나가 부랴부랴 나간 게 이해 가더라. 아무튼 레온이 그러는 건 둘이 사귀었으니까 그럴 수도 있다고 보는데, 너도 이렇게 오는 걸 보면 걔가 돈이라도 빌리고 난 건지 궁금해지네."

'사귀었다고.'

헤리는 화를 누르기 위해 고개를 돌렸다. 그 둘의 과거는 이미 알고 있어 새로울 것도 없었다. 하지만 마음은 도저히 제어가 되지 않았다.

"그래서 한나 지금 어디에 있어?"

"몰라."

"여기 이렇게 짐이 남아 있는데, 한 번도 온 적 없었어?"

"바로 이틀 전에 오긴 했는데, 어디로 갔는지는 나도 모른다고. 걔는 그냥 집에 간다고만 했어. 새로 집을 찾아서 그런 소리를 한 건지 아니면 한국에 다녀오겠다는 건지 잘 몰라."

"한나 지금 내 집에서 지내."

반쯤 충동적으로 뱉은 말이었다. 핏체는 잠결에 헛소리를 들은 양 멍하니 있다가, 로딩이 끝나자마자 눈을 해골처럼 크게 뜨며 입을 벌렸다.

"나 이해가 안 되는데. 너 걔랑 뭐 있냐?"

"짐 남아 있는 건 일단 내가 가져갈 테니까, 한나가 돌아오면 나한테 연락부터 하라고 해 줘."

헤리가 제 질문을 아무렇지 않게 무시하며 상자 쪽으로 향하자, 핏체는 다급하게 그를 막아섰다.

"아니, 잠깐만. 걔한테 허락은 받은 거야? 그것보다, 네 집에서 머문다면서 걔랑 연락도 안 된다는 건 무슨 소리야?"

"다퉜어."

헤리는 대충 얼버무리며 잡동사니가 든 상자를 들어 올렸다.

"근데 그거 가져가 봤자 한나는 찾으러 안 갈걸. 나더러 버려도 된다고 했거든."

상자 속에 든 것은 언뜻 보아도 멀쩡한 생필품과 공책이어서 버릴 이유가 없었다. 헤리는 책상 위에 짐을 올려 두고서 하나씩 꺼내 살폈다. 한나가 입기에는 지나치게 커 보이는 큰 후드 집업을 들어 올리자마자 헤리의 표정이 딱딱하게 굳었다.

"이거 네 옷이야?"

혹시나 하는 마음에 옷을 핏체에게 던지자 그는 옷을 몸에 대보며 고개를 저었다.

"아니. 난 이런 옷 없어. 레온 거 같은데."

가슴 깊숙한 곳에서부터 우러나온 짙은 한숨이 헤리의 잇새로 새어 나왔다. 두꺼운 공책을 이리저리 치우자 안쪽 깊은 곳에서 덜그럭거리며 쇳소리가 났다. 들여다보니 작은 모카포트와 뜯지도 않은 원두 가루, 중고 휴대폰과 종이를 많이 찢어 내서 얇아진 크로키북이 나왔다. 크로키북 아래에서 날이 무뎌진 남성용 면도기를 발견하곤 헤리는 다시 이를 사리물었다.

'나 커피 마시면 잠을 못 자서, 차가 좋아.'

한나의 목소리가 떠올랐다. 모카포트는 분명 한나의 것이 아니었다. 저 면도기도 물론 그녀의 것이 아닐 게 분명했다. 헤리는 가라앉은 눈으로 낡은 휴대폰을 들어 올렸다. 비밀번호가 설정되지 않은 휴대폰은 전원을 켜자마자 곧장 메인 화면을 띄웠다.

"너 지금 폰 뒤지는 거야?"

뭐가 그렇게 재밌는지, 핏체의 얼굴에 호기심과 즐거움이 한가득 들어찼다. 그는 지적하면서도 어찌 됐든 나서서 헤리를 말리지는 않았다.

"너희 둘 무슨 사이인 거야? 언제 그렇게 가까워진 건지 알 수가 없네. 한나가 네 집에 사는 것도 이상한데, 너 지금 손에 핏줄 섰거든? 레온 물건인 것 같아서 질투 나냐?"

헤리는 여전히 아무것도 들리지 않는 것처럼 휴대폰을 뒤졌다. 예상대로 레온의 것이었다. 살펴보니 레온이 내부 저장소만 비우고 클라우드를 로그아웃하지 않았다는 걸 알 수 있었다. 휴대폰에는 많은 흔적이 저장되어 있었다.

"멍청한 새끼."

짓이기듯 욕을 뱉으며 기이한 숫자 조합으로 정리된 폴더에 들어가자, 많은 양의 사진과 메시지 캡처 화면이 쏟아졌다. 긴장해 있던 헤리의 몸이 더욱 딱딱하게 굳었다.

"……."

갑자기 창자가 뒤틀리는 것처럼 메스꺼워져 헤리는 휴대폰에서 눈을 떼고 멍하니 상자 속을 쳐다보았다.

"헤리?"

이상한 기운을 느꼈는지 핏체가 그에게 다가왔다. 핏체가 제 어깨에 손을 올리기 직전, 헤리는 몸을 틀어 그를 정면으로 쳐다보았다.

"이 박스 내가 가져갈게."

"어?"

"혹시라도 한나가 물건 찾으면 내가 가져갔다고 전해 줘."

"그거 아마 레온 물건일 텐데."

"어차피 버리는 거라고 했잖아."

"……그렇긴 한데, 아마 레온이 또 찾아올 거 같아서 그때 돌려주려 했거든."

"여기를 또 온다고?"

헤리의 표정이 순식간에 섬뜩하게 변했다. 핏체는 반사적으로 상체를 뒤로 뺐다.

"확실한 건 아니지만 술 마시고 온 걸 봐서는 취하면 또 올 게 뻔해서."

"또 오면 주거 침입으로 경찰에 신고해."

"주거 침입?"

황당해하는 핏체의 목소리를 뒤로하고 헤리는 상자를 들어 올렸다.

"아, 하긴. 항상 회원도 아니면서 베타 하우스에 뻔질나게 드나드는 거 보면 남의 집에 쳐들어가는 게 습관일 순 있겠는데……. 걔들 요즘 그 하우스에서 거의 살거든. 주거 침입에다가 불법 점거로 신고하는 게 더 낫겠네."

핏체가 분위기를 풀고자 대충 농담을 던졌지만 헤리의 얼굴 근육은 미동도 없었다. 네다섯 걸음도 채 걷지 않았는데 헤리는 이미 현관 문고리를 당기고 있었다. 애써 담담한 척 꾸며 낸 표정과 달리 문고리를 잡은 손마디가 선명하게 튀어나왔다.

"헤리, 너 괜찮아?"

"아니."

핏체가 머뭇대며 물은 질문에 헤리는 뒤도 돌아보지 않고 답하곤 문을 열었다. 핏체는 그가 나가자마자 들이치는 찬 바람을 맞으며 멍하니 서 있다가 고개를 갸웃거리며 침대로 들어갔다. 이불을 몸에 둘둘 말고 다시 잠을 청하려던 핏체는 무언가 생각난 듯 몸을 꼼지락거리며 한나에게 메시지를 적었다.

[네가 박스에 모아 놓은 거, 헤리가 가져갔다.]

그러고는 성가신 일을 해결한 사람처럼 후련한 얼굴로 폰을 던지곤 다시 잠을 청했다.

"너 이제 와이파이 연결해 보는 게 어때?"

실비아가 방으로 냉동 피자 조각을 들고 오며 넌지시 말했다. 침대 한구석에 무릎을 세우고 앉아 공책에 필기하던 한나의 손이 잠시 멈칫했다가 다시 움직였다.

"공부 중이니까, 나중에. 인터넷 켜면 또 5분마다 휴대폰 볼 것 같아."

"아까부터 문자랑 전화 알림 계속 울리던데, 메신저도 난리 났을걸. 잠깐이라도 확인해 봐."

한나는 손을 뻗어 침대 끄트머리에 있는 제 휴대폰의 전원을 껐다.

"이제 안 울릴 거야."

"너 이러는 거 레온 때문이야?"

"아니야."

"그럼 제바스티안이 말한 건 뭐야?"

실비아는 들리지 않는 척 필기하는 한나를 노려보다가 그녀의 공책을 빼앗았다. 평소 같지 않은 악필로 이런저런 단어를 휘갈겨 써 놓긴 했지만, 누가 봐도 제대로 집중하고 있는 꼴은 아니었다. 아니나 다를까 공책에는 똑같은 식 서너 개만 빼곡하게 적혀 있었다.

"너 에세이 써야 한다면서 쌍곡선 미분 공식만 세 번 썼어. 이거 시험 범위도 아니잖아."

"실비, 나중에 다 말할게."

한나는 거의 애원하듯 말하며 세운 무릎에 이마를 파묻었다.

"너 레온 때문에 이러는 거 맞잖아. 바스티 말로는 레온이 너한테 이상할 만큼 차가웠다고 하던데, 둘 사이에 무슨 일 있었어?"

"레온 때문 아니라니까."

"그럼? 가족 일이야?"

실비아의 진한 눈썹 한쪽이 올라가 비대칭을 이루었다. 입 밖으로 꺼내는 순간 감정이 터져 버릴 것 같아 한나는 아무 말 없이 발에만 시선을 고정했다.

근본적으로 파헤쳐 보자면 헤리와의 일 이전에 가족 일도 있었다. 일일 드라마에나 나올 법한 아버지의 연애, 어머니의 냉담한 태도와 친구들과의 단절은 여전히 한나의 온 신경을 곤두서게 만들었다.

"그렇긴 하지. 근데……."

그게 모든 걸 설명해 주진 못했다. 특히나 지금 이렇게 땅굴을 파고 있는 자신을 설명하기 위해서는 헤리를 언급해야만 한다.

'레온 때문에 한참을 찌질댔었는데, 또 남자 때문에 이런다고 말하면…….'

실비아는 한나의 말을 기다리다가, 그녀가 입을 닫아 버리자 속상한 듯 접시를 바닥에 내려놓곤 한숨을 쉬었다.

"크리스마스 때 널 우리 집에 데려갈 걸 그랬어."

그날 있었던 일은 실비아에게 조금도 티 내지 않았는데, 뭐라도 들은 걸까? 놀란 한나가 눈을 느리게 끔뻑거리자, 실비아는 갈색 눈을 반짝이며 어깨를 으쓱였다.

"너 크리스마스에 아버지 보러 브레멘에 안 갔었잖아."

"아."

워터 하우스에서 보낸 문자를 레온이 보고 실비아에게 연락했다는 사실을 잊고 있었다.

"연휴 직전에 무슨 일이 있었던 거야? 왜 갑자기 안 가던 클럽에 갔어? 게다가 워터 하우스는 분위기가 거칠다고 네가 항상 질색했잖아."

"안 가던 곳이니까."

"응?"

"한국에서 하는 말 중에, '안 하던 짓을 하면 죽을 때가 된 거다'라고 하는데……."

소름 끼치는 속뜻과는 별개로 말을 하는 한나의 낯은 너무도 담담했다.

"아마 그래서 그런 걸 거야. 난 별로 살고 싶지 않았거든."

"뭐?"

독실한 가톨릭 신자인 실비아는 진심으로 충격받은 듯 눈을 크게 떴다. 안 그래도 큰 눈이 두 배가 되어 한나의 시선을 집어삼킬 듯 커졌다. 이래서 실비아와 가장 친한 사이임에도 불구하고 마음을 터놓지 못했었다. 그녀는, 햇살처럼 따뜻하고 밝은 실비아는 제 비관적이고 곪아 터진 속을 이해하지 못할 것 같았기에.

"실비아, 내가 저번에 두통약이나 철분약이라고 했던 것 있잖아. 그거 사실 항우울제랑 수면제였어."

실비아의 따뜻함 덕에 둘은 빠르게 가까워질 수 있었지만, 그 점 때문에 가장 깊은 속 이야기를 꺼내지 못했다. 그 모순이 한나를 괴롭히곤 했다. 하지만 제일 친한 친구에게 전전긍긍하며 숨기는 게 대체 무슨 소용인가 싶다.

'방어 기제라고 해 봤자 결국 헤르만도 거르지 못했는데, 뭐 어때.'

갑작스런 고백에 실비아는 입을 다물고서 한나의 옆모습을 빤히 쳐다보았다. 실비아가 실망해 달아난다고 해도 받아들여야 했다. 친한 친구인 실비아를 두고 다른 사람을 먼저 믿었다는 마음의 짐을 갚는다고 여기면 될 것이다. 한나는 아랫입술을 살짝 깨물고서 실비아의 답을 기다렸다.

"……별로 살고 싶지 않았다니 무슨 말이야? 그 높은 데서 떨어지기라도 하려고 했어?"

핵심을 찌르는 실비아의 말이 날카롭게 파고들었다. 한나는 정곡을 찔려 아무 말도 하지 못한 채 따뜻한 밤색 눈을 활활 태우는 실비아를 향해 입만 뻐끔거렸다.

"정말이야? 너 그날 죽으려고 한 거야? 아니지? 너무 무기력하고 인생이 재미없어서 한번 가 본 것뿐이지?"

다급하게 외치는 그녀의 얼굴이 너무나 절실해 보여서 한나는 마음이 아팠다. 제 진짜 모습을 부정하려는 그녀에게 섭섭한 것인지, 아니면 힘들어하는 친한 친구의 모습이 그저 안타까워 마음이 아픈 것인지 혼란스러웠다. 여전히 아무 대답도 하지 않고 침만 삼키는 한나의 모습에 실비아는 갑자기 울음을 터뜨렸다.

"그러려고 했어? 왜? 무슨 일인데. 왜 나한테 한 번도 말 안 했어? 힘들다고 왜 말 안 했냐고!"

눈물이 메마른 것인지 뻑뻑한 눈을 끔뻑이던 한나는 책상으로 가서 휴지를 뽑아 왔다.

"자."

"이걸 네가 왜 뽑아 와. 우리 지금 네 얘기 하는데 넌 왜 이렇게 멀쩡해. 죽으려 했다면서 왜 이렇게 담담해!"

앉은 채로 이불에 얼굴을 묻는 실비아는 진심으로 속상한 듯 아이처럼 엉엉 울었다. 한나는 착잡한 심정으로 친구의 등을 토닥였다.

"너무해. 정말 티 한 번 안 내고 어떻게 그럴 수가 있어."

"미안해."

"미안하다는 소리가 듣고 싶은 게 아니야."

벌떡 몸을 일으킨 실비아가 한나의 무릎을 잡았다.

"자세히 말해 봐. 무슨 생각이었던 거야? 뭣 때문에 그렇게 극단적으로 힘들어진 건데?"

"……나도 잘 모르겠어. 너무 여러 가지가 겹쳐서 그런 것 같아. 10월 초, 그러니까 개강 직전에 아버지를 보러 갔었거든. 근데 제자랑 동거하고 있더라고. 그 제자가 내 나이 또래라 너무너무 충격이었는데 아버지는 당당해 보였어. 아직 한국에 있는 엄마랑 완전히 이혼한 것도 아니었는데……. 엄마가 걱정돼서 오랜만에 연락하니까, 아예 내 번호를 차단했는지 메시지가 보내지지도 않았어. 전화도 안 걸렸고……."

갈라지는 목소리를 애써 가다듬으며 느릿하게 설명하는 한나의 눈 밑이 파르르 떨렸다.

"아무것도 생각하지 않고 약에 의존해 살다가 문득 정신을 차렸더니, 내가 인간이 아니라 뜰채에 건져지길 바라고서 하수구로 뛰어드는 구더기처럼 느껴지더라."

가장 편해야 할 집과 가족이 끔찍한 아픔이 되어 스며들었다. 이 근본적인 이유를 외면하고 상황을 바꾸기 위해 온 독일에는 그녀가 그리워했던 어린 시절 안정이나 행복은 없었다. 모국어가 아닌 언어로 듣는 수업은 절대로 마음 놓을 수 없는 싸움의 현장이었고, 친구를 사귀어도 온전한 교류가 불가능했다.

"꾸역꾸역 버티던 와중에 임의로 약을 줄였다가 작년 겨울에 상태가 정말 안 좋아졌어. 남들은 그냥 술 마시고 털어 낼 문제일 텐데 그때의 나한테는 너무 컸던 것 같아."

"술 마시고 털어 낼 문제는 아니야."

"내 말 무슨 뜻인지 알잖아. 지금도 전쟁터에서 생사를 오고 가거나 가족을 한순간에 잃은 사람들이 있으니 내가 우울증을 앓는 게 그다지……."

한나는 말을 삼켰다. 학교 화장실에서 교복 와이셔츠로 목을 맨 채 세상을 떠난 친구가 눈을 감을 때마다 이리저리 흔들리며 보였다. 그 기억까지는 차마 털어놓지 못하고 한나는 결국 눈을 질끈 감았다. 이를 입 밖으로 내는 순간, 감정이 온몸 밖으로 쏟아져 내릴 것이다.

"한나, 네 스스로가 겪었던 일에 애써 객관적으로 힘든 강도를 매길 필요 없어. 네가 힘들었고 죽고 싶을 만큼 괴로웠다면, 그건 죽고 싶을 만큼 괴로운 일인 거야. 네가 그렇게 느꼈다면, 그건 그만큼 힘든 일인 것뿐이라고."

한나는 감정이 벅차오르는 것을 참으며 고개를 숙였다. 헤리가 울고 있는 자신을 안아 주었을 때 느꼈던 뜨거운 체온이 떠올랐다. 다정했던 그의 모습이 온몸 곳곳에 그리움이 되어 퍼졌다. 눈물이 솟았다. 하지만 눈을 한군데 고정하고서 일부러 생각을 흩뜨려 눈물을 안으로 집어넣었다.

"그런데 그날 레온도 거기에 안 가고, 나도 너 데리러 못 갔었잖아. 어떻게 돌아온 거야?"

"그날……, 우연히 헤리를 만났는데……."

애써 눌러 놓은 이름을 뱉은 순간, 간신히 안으로 밀어 넣은 눈물이 쏟아졌다. 참을 새도 없이 후드득 떨어지는 눈물에 한나는 다시 고개를 푹 숙였다.

"한나? 한나, 왜 그래?"

"내가 너무 멍청해서."

"이제 그런 생각 안 하면 되지. 그런 일로 자책하지 마."

"내가 거기에 가지 않았더라면 이렇게 될 일도 없었을 텐데."

"한나……."

갑작스레 뺨을 적신 한나를 보며 실비아는 어쩔 줄 몰라 허둥댔다. 가족 얘기가 나올 때만 해도 눈물 한 방울 보이지 않던 그녀가 이 정도로 동요하는 모습에 적잖이 당황한 실비아는 책상에서 휴지를 통째로 가져와 친구의 턱에 방울방울 맺힌 눈물을 닦아 주었다.

"난 걔가 날 한심하게 보는 줄 몰랐어. 왜 한 번도 의심해 보지도 않고 다 믿었을까."

"누구 말하는 거야, 설마 헤르만?"

"응."

"갑자기 왜, 걔가 널 왜 싫어해."

"그날 워터 하우스에서 약 때문에 쓰러진 날 발견해서 살린 게 헤리였어. 정말 우연히 만났는데, 난 걔를 몰랐어. 걔도 날 처음 보는 것처럼 굴었고. 그런데 알고 보니까 우리가 거기서 마주치기 전부터 헤리는 날 알고 있었대. 레온 같은 쓰레기를 좋아하는 사람이라서 날 경멸했었나 봐. 그런데 갑자기 죽으려고 했으니 더 한심했겠지."

"널 싫어하는데 왜 널 도와줬겠어? 한나, 그런 게 아닐 거야."

실비아가 달래려 해도 무너진 평정은 돌아오지 않았다. 눈물을 쏟아 내는 한나의 뺨이 빨갛게 달아올랐다.

"나한테 갑자기 왜 이렇게 잘해 주나 싶었어. 항상 그게 이상했어."

"걔가 진짜 널 한심하게 본다고 해도 너무 우울해하지 마. 이 세상에 있는 수많은 사람 중 고작 한 명일 뿐이잖아. 별일 없었으면 된 거야."

"나도 제발 그랬길 바랐는데, 그래서 자꾸 밀어냈는데 그게 잘 안 됐어. 난 정말 헤리가 하는 말을 믿었어. 걔가 날 좋아해서 가까워지고 싶어 하는 줄 알았어. 날 진심으로 걱정하는 줄 알았어. 그냥 단순히 죄책감 때문에 보인 호의였을 텐데. 아니, 그게 호의이긴 했을까? 레온한테 더 제대로 복수하고 싶어서 나한테 접근한 걸 수도 있어. 정말 그랬을까 봐 무서워."

실비아는 한나의 손목을 더욱 꼭 쥐었다. 그러나 그녀의 손은 힘없이 늘어졌다.

"난 정말 걔가 필요해졌는데, 애당초 내가 원했던 감정은 있지도 않았던 거야. 레온과의 사이가 어떤지 알았을 때부터 의심했어야 했는데, 나도 모르게 헤리를 믿고 싶었나 봐."

흐느낌에 섞인 말이 불분명하게 흩어졌다. 실비아는 단 한 번도 한나의 이런 모습을 본 적이 없어 매우 당황했지만 금세 적응한 듯 옆에 바짝 붙어 앉아 그녀의 어깨를 감쌌다.

"다 괜찮아. 괜찮을 거야."

"레온 하나만으로도 내 상황이 충분히 나쁘단 걸 알았으면서 대체 왜 그랬을까. 굳이 나서서 그러지 않아도 난 이미 많이 힘들었는데, 왜 의지하게 만들고서 모든 걸 숨겼는지 모르겠어. 내가 괴롭든 말든 애당초 신경 쓰지도 않았으면서, 왜 나한테 좋아한다는 말을 했는지 정말 모르겠어."

한나는 이미 축축해진 휴지를 손에 틀어쥐고는 숨을 골랐다. 그리고 빛나는 눈으로 자신을 걱정스럽게 다독이는 실비아의 품에 무너지듯 안겼다.

～❀❀

레온의 클라우드 안은 쓰레기통이었다. 어디선가 꾀어낸 여자들의 벗은 사진과 추잡한 대화가 끝없이 이어졌다. 에이단의 여자 친구로 보이는 모니크와의 대화 캡처 화면도 떴다.

[걔네가 우릴 길에서 봤다고 하던데? 나 에이단한테 그날 아프다고 했었단 말이야.]
[내가 데려다줘서 방에 들어갔다고 해.]

증거를 인멸해도 모자랄 대화를 캡처까지 한 이유는 그 사이사이에 모니크가 보낸 누드 사진을 저장하기 위함인 듯했다. 그다지 놀랍진 않았지만, 그렇다고 극도의 혐오감이 사라지는 건 아니었다. 헤리는 미간을 구긴 채 스크롤을 빠르게 내렸다. 그러던 중 익숙한 이름을 발견하고는 손을 멈췄다.

[이자벨라랑 만난다는 거 사실이야?]
[왜 말 안 했어?]
[내가 보고 싶다고 했었잖아.]

간신히 이성을 붙잡고 있던 그는 한나의 메시지 캡처를 보자마자 무너졌다.

"하."

벽에 등을 기대고서 상체를 앞으로 숙였다. 머리가 아팠다. 그는 도저히 참을 수 없어 뒤로 가기 버튼을 눌렀다. 그러자 파일 바깥에 따로 정리된 잠금 파일이 드러났다. 파일의 이름은 'Krebs'였다.

'암? 아니면 게?'

여러 뜻을 가진 단어였다. 악성 종양을 말하는 것인지, 동물 게를 의미하는 것인지 이해가 되지 않아 헤리는 눈살을 찌푸렸다. 잠금 파일 열기를 클릭하니 비밀번호 입력 패드가 곧장 떴다. 잠시 고민하던 그는 순간 한나의 별자리가 게자리라는 사실이 떠올라 턱을 단단히 다물었다. 헤리는 곧장 한나의 생일을 쳐 보려고 하다가, 그녀의 생일을 제대로 알지 못한다는 사실을 깨닫곤 아랫입술을 깨물었다.

"젠장."

혹시라도, 정말 비밀번호가 한나의 생일이라면 정말 참을 수 없을 것만 같다. 레온보다 그녀에 대해 모른다고 생각하니 더욱 절망스러웠다. 그는 목구멍으로 치닫는 패배감을 누르며 한나의 페이스북 계정에서 생일을 확인했다.

'6월 24일.'

240695
062495
061995
199506
950624

다섯 번의 시도 끝에 폴더 잠금이 열리고 로딩이 시작되었다. 로딩 마크가 뜨는 순간 패배감을 느꼈다. 이런 쓰레기조차 한나의 생일을 정말 알고 있었다니. 그러나 그 질척질척한 감정은 파일이 열리자마자 끔찍한 분노와 살인 충동으로 바뀌었다.

한나가 카메라를 향해 입술을 내밀고 있는 사진들은 그나마 양호한 축에 속했다. 우연찮게 그녀의 다리나 몸 곡선이 부각된 사진들, 그리고 비키니 수영복을 입은 한나가 파라솔 아래에 누워 자는 모습을 여러 각도로 찍은 사진들이 주르륵 이어졌다. 언젠가 카니발을 함께 갔었던 듯, 이상한 가발을 쓰고 변장한 채 술에 취해 흐트러져 자고 있는 한나의 사진도 있었다.

"이 개새끼가……."

눈에서 불이 일었다. 미칠 듯이 타오르는 분노로 손이 벌벌 떨렸다. 그러던 중 군데군데 하위 파일이 보였다. 헤리는 판도라의 상자를 여는 심정으로 모든 파일을 클릭했다.

빨간 머리 소녀와 찍은 앳된 레온의 사진 한 장과, 그 사진을 그대로 프로필에 올려 둔 소녀가 보낸 메시지 캡처 세 장이 곧장 화면에 찼다.

[학교에서 인사 좀 그만해.]

[너 오늘 안 와? 그날 우리가 했던 대화는 뭐였어? 연락해.]

[보고 싶어. 많이. 아주 많이. 네가 써 준 편지는 아직도 내 방에 있어.]

그리고 마지막 사진 속 이름이 잘린 대화창에는 덩그러니 사진 하나만 떠 있었다. 지역 신문 귀퉁이의 짤막한 부고 기사였다.

부고

크라우제 家 장녀 안야 마리 크라우제, 2017년 1월 2일 월요일 운명

부모: 데트레프 발터 크라우제, 레기나 힐케 크라우제

이부형제: 헤르만 폰 루튼

장지: XX 가족묘지

절대 소화消火시킬 수 없는 불길에 화형당하는 것처럼, 끔찍

한 감정 속에서 온몸의 피가 고통스럽게 말라 갔다. 헤리는 미간에 깊은 골이 생긴 것도 모른 채 눈을 감고서 상체를 수그렸다. 불길이 분노를 넘어, 이성이 절대 붙잡아 두지 못할 방향으로 거칠게 번져 갔다.

'걔들 요즘 그 하우스에서 거의 살거든. 주거 침입에다가 불법 점거로 신고하는 게 더 낫겠네.'

핏체에게서 들은 말이 귓가를 둥둥 울렸다. 헤리는 초점이 나간 눈으로 공기계를 주머니에 쑤셔 넣고 제 휴대폰으로 베타 하우스의 주소를 찾았다. 결과가 나오자마자 거침없이 걸음을 옮기는 그의 얼굴엔 표정이 없었다.

"뭐야?"

베타 하우스의 문을 열고 나온 덩치 큰 남자가 헤리를 향해 눈썹을 들어 올렸다. 헤리는 혼이 빠져나간 사람처럼 멍하니 그 덩치를 쳐다보았다. 덩치가 컸지만 키는 헤리보다 작은 그 남자가 현관에 올라서자 시선이 수평으로 닿았다.

"레온 베데커, 여기에 있어?"

고저 없이 차분한 어조. 마치 아무런 바람 한 점 들지 않는 호숫가처럼 창백하고도 소름 끼치는 목소리였다.

"물건 사러 왔냐?"

헤리는 그 남자가 뭐라고 묻는지도 제대로 이해하지 못한 채 고개를 끄덕였다. 그의 말이 좀 길어지려 하자, 헤리는 그의 가슴팍을 밀쳐 냈다. 눈이 반쯤 돈 헤리를 보고 남자가 흠칫한 사이, 헤리는 그를 지나쳐 안으로 들어갔다.

"야, 너 뭐야!"

남자가 따라왔지만 헤리는 지갑에서 큰 단위의 돈을 꺼내 바닥에 뿌렸다. 남자가 그 돈을 줍는 사이 헤리는 문을 하나하나 전부 열어 확인하며 안으로 들어갔다. 그러던 중 화장실에서 나오는 익숙한 여자의 뒷모습이 보였다. 헤리는 성큼성큼 걸어가 여자를 붙잡아 돌렸다.

"악!"

"어디에 있어."

"뭐야, 헤리. 네가 왜 여기에 있어?"

이자벨라는 놀란 눈으로 헤리를 올려다보았다. 그의 얼굴에 처음으로 비친 살기와 혐오에 그녀는 본능적인 두려움을 느끼고 몸을 수그렸다. 그럴수록 팔을 잡은 헤리의 손힘이 점점 세질 뿐이었다.

"이거 놔."

"네가 간수 못 한 네 개새끼 어디로 숨었어."

"무슨 말을 하는 거야?"

누굴 의미하는지 알면서도 이자벨라는 아는 척할 수 없었다. 자신이 한나에게 퍼부은 폭언을 돌이켜 봤을 때, 헤리가 찾아온 이유를 어느 정도 알 것 같았다. 예상했음에도 불구하고 이자벨라는 본능적인 공포에 사로잡혔다.

"네가 한나한테 지껄인 말, 지금 네가 말만 잘하면 이대로 묻을 테니까 똑바로 대답해. 어디에 있어."

"헤리, 난 네가 대체…….”

"어디에 있냐고!"

그녀가 겁에 질려 비틀거리던 찰나, 복도 끝 창고 같은 곳에서 소음이 들렸다. 헤리는 이자벨라를 벽으로 밀고서 복도를 걸었다. 이자벨라의 목소리 때문인지 그가 문을 열기도 전에 누군가 안에서 나왔다.

"이자, 무슨 일이야?"

흐트러진 금발과 나른한 얼굴을 한 남자는 헤리와 눈이 마주치자마자 메두사를 본 사람처럼 굳었다. 헤리는 곧장 달려가 레온의 광대뼈 아래를 주먹으로 갈겼다. 비명조차 지르지 못하고 쓰러진 레온은 일어나기 위해 몸을 틀었지만 헤리는 순순히 일어나게 두지 않았다. 발로 배를 차자마자 레온이 꿈틀거리며 기침과 함께 토를 뱉어 냈다.

헤리의 등 뒤로 방문이 스스로 닫히고 모든 소음이 차단되었다. 헤리는 눈앞에 아무것도 보이지 않는지, 제 발이 레온의 얼굴 앞에 있다는 것도 개의치 않고 다시 한 발을 뒤로 크게 빼려고 했다. 그 광경을 보고 경악한 에이단이 의자에서 벌떡 일어나 달려와 그를 밀쳤다.

"뭐 하는 거야!"

"비켜!"

"그거 얼굴이야! 그대로 차면 애 죽는다고!"

이자벨라는 쓰러진 레온을 향해 달려왔다.

입 안에 피가 고이는지 캑캑대는 레온의 입에서 토사물과 함

프렘더 461

께 피가 흘러나왔다.

"야, 경찰 불러!"

에이단이 이자벨라에게 소리쳤다. 그녀는 헤리가 방해라도 할까 두려운지 최대한 몸을 수그려 경찰에 전화했다.

"푸흐."

헤리는 그 모든 광경을 멍하니 보다가, 바람 빠지는 소리를 내더니 고개를 젖히고 낄낄대기 시작했다. 그가 웃는 모습에 약이 오른 듯 에이단은 참지 않고 헤리의 어깨를 강하게 쳤다.

"뭘 처웃어, 쟤 숨 못 쉬는 게 장난처럼 보여? 안 그래도 너 손부터 나가는 거 거슬렸어."

"저 새끼가 네 여자 친구랑 뭔 짓을 했는지 알지도 못하면서 감싸는데, 웃길 수밖에."

"뭔 헛소리야."

"네 여친, 모니크."

"……내 여자 친구 이름을 네가 어떻게 알아."

"어떻게 알았는지는 네가 직접 보면 되지."

에이단이 뜻을 파악하기 위해 미간을 찌푸리자, 헤리는 주머니에서 레온의 공기계를 꺼내 클라우드를 연 채로 그에게 던졌다. 이자벨라는 헤리의 말을 듣자마자 고개를 숙이고서 입술을 깨물었다.

"계속 넘겨."

에이단은 미심쩍은 눈으로 휴대폰 공기계와 헤리를 쳐다보다가 어느 한 순간 손가락을 멈췄다. 바닥에 앉아 캑캑대던 레온이 조치를 취하려 일어났지만 이미 에이단이 모든 것을 본 후였다.

"……."

"에이단, 그건."

레온은 서늘하게 타오르는 에이단의 갈색 눈을 보곤 더 이상 변명을 내놓지 못했다.

"모니크, 이 도시에 딱 사흘 있었어."

"……."

"딱 사흘."

"에이단."

"그 사흘 동안 이런 짓을 해?"

심하게 떨며 동요하는 에이단을 보자 레온의 낯빛이 하얗게 질려 갔다. 이자벨라만이 레온을 신경 쓰며 일으키려 했지만, 그녀도 터지려는 눈물을 애써 참고 있는 상태였다.

"이자벨라, 비켜."

이자벨라를 향해 싸늘하게 뱉어 내는 헤리의 목소리는 얼음보다도 차가웠다.

"못 비켜. 너 애 죽일 작정이잖아."

"너 지금 내가 한 말 못 들었어? 애 너랑 사귀는 동안에 여자들이랑 자고 다녔다고."

이자는 헤리의 말에 참고 있던 눈물을 터뜨렸다.

"알고 있어! 내가 귀머거리인 줄 알아? 다 들었고, 예상했었고, 이 미친놈을 좋아한 순간부터 그 정도는 알고 있었어! 그래도 내가 선택한 거야! 난 얠 원해!"

헤리는 짝짓기 중인 바퀴벌레를 발견한 사람처럼 긴 날숨과 함께 마지막 경고를 뱉어 냈다.

"저리 꺼지라고 했지."

극도의 역겨움을 느낀 그의 목소리는 평소보다 더 거칠었다.

"······이자, 너도 그만하고 저리 가. 우린 이미 끝났어."

"개소리하지 마! 넌 그럴 자격 없어. 끝내더라도 내가 해."

"진짜 이제 역겨울 정도야. 제발 나 좀 내버려 두고 다른 장난감 찾아."

레온은 오히려 이자를 밀쳐 내곤 혼자서 비틀대며 일어났다. 체념을 넘어 단념에 찬 그의 낮은 목소리에 쇳소리가 울렸다.

"때릴 거면 더 때려 봐."

"레온!"

이자벨라가 놀란 듯 그를 막아섰지만, 레온은 그녀를 밀치고서 헤리를 향해 씩 웃었다.

"저 휴대폰, 당연히 한나가 나서서 너한테 주진 않았겠지, 안 그래? 한나는 아직도 날 좋아하니까. 그게 좆같으니까 화 풀러 온 거 아냐."

헤리가 아무런 답 없이 성큼성큼 다가와 다시금 턱을 갈기자, 레온은 최소한의 방어조차 하지 않고 쓰러졌다.

"윽! 내 말이 맞나 보네."

"닥쳐."

"아니면 혹시 잠금 파일까지 열어 본 거야? 너는 절대 보지도 못할 하나 모습 보고 자괴감 좀 들었나 봐?"

헤리가 또다시 레온을 거칠게 때리자, 중심을 잡지 못한 레온은 오래된 장식장과 부딪혔다. 그 안에 보관된 술병이 무너져 내려 처참히 깨졌다. 고통이 밀려오는 와중에도 레온은 무엇이 그렇게 즐거운지 몸을 웅크리고서 낄낄댔다.

"아니면 오랜만에 네 동생도 보고 옛 생각 나서 그래? 트라우마가 터진 건 미안한데, 그러게 왜 남의 휴대폰을 뒤져."

헤리는 자신이 손에 뭘 들고 있는지도 알지 못했다. 분노에 휩싸여 레온을 향해 다가가는 자신을 누군가가 둔탁하게 치자마자 몸이 옆으로 고꾸라졌다. 손에서 피가 뚝뚝 흐른다. 그제야 헤리는 자신이 쥐고 있던 것이 큰 유리 조각이었음을 인지했다. 일어나려는 자신을 막고 있는 남자가 에이단이란 사실을 알기까지는 조금 더 시간이 걸렸다.

"헤르만, 정신 차려!"

헤리는 입술을 깨물며 에이단에게서 벗어나려 힘을 쓰다가, 에이단이 제 왼쪽 뺨을 강하게 때리자 몸부림을 멈췄다.

"너 이러다 진짜 애 죽일 거야. 인생 망치기 싫으면 경찰 오기 전에 빨리 꺼져!"

"왜 말려. 그냥 내버려 둬. 난 쟤 손에 죽고, 쟤는 감방 가고. 사이좋게 인생 조져 버리면 나야 마음 편하고 좋을 것 같은데. 내가 너 대신 안야 만나서 안부 전해 줄게."

레온은 여전히 바닥에 누워 낄낄댔다. 그의 웃음소리에 담긴 기묘한 자학과 우울감이 듣는 사람의 뼈를 시리게 만들었다. 이자벨라는 도저히 그 모습을 보지 못하고 도망치듯 방을 나섰다. 헤리가 다시 레온을 향해 다가가자 에이단은 그를 뒤로 밀쳤다.

"쟨 지금 너한테 일부러 맞으려고 그러는 거잖아. 쟤가 의도하는 대로 움직이고 싶어?"

"악! 젠장, 젠장, 젠장!"

헤리는 분을 다스리지 못하고 머리를 쥐어뜯었다. 손의 피가 뺨과 이마에 기괴하게 묻어 목으로 흘러내렸다.

"……에이단, 내가 왜 네 여자 친구랑 잤었는지 알려 줄까? 사실 생긴 게 구려서 안 먹으려 했는데, 걔가 하도 매달려서 한 번 했었거든. 존나 잘하더라. 진짜 깜짝 놀랐어. 그래서 여러 번 했어. 내 방에서도 하고, 네가 빌려준 차에서도 하고, 화장실에서도 했어."

허무하게 웃는 레온을 내려다보던 에이단은 표정 변화 없이 뚜벅뚜벅 걸어가 그의 멱살을 잡고 앉혔다.

"네가 이런 식으로 죽도록 맞아 봤자 네 죄책감은 절대 안 사라질 테니까 개수작 부리지 마."

"……나 모니크랑 잤다고. 못 알아들었어? 네 원래 성격이면 정신 잃을 때까지 패야 맞잖아!"

악에 받친 듯 소리 지르는 레온의 멱살을 내려놓으며 에이단은 천천히 일어났다.

"나도 제정신 가지고 사는 인간은 아니지만, 너보단 나은 것 같다. 난 네가 참 안타까워. 넌 아마 평생 혼자일 테니까."

겉은 허세로 가득하지만 속은 버림받을까 봐 잔뜩 겁에 질려서 공격부터 해 대는 인간. 레온을 내려다보는 에이단의 갈색 눈 속에 미묘한 혐오와 동정이 담겼다. 경찰차의 사이렌 소리가 건물을 울리고, 머지않아 빨간 경광등 빛이 창문 틈새로 어두운 방을 물들였다.

✿

한나는 저녁 내내 저를 달래느라 일찍 곯아떨어진 실비아에게 이불을 덮어 주곤 방을 빠져나왔다. 작은 전자시계에서 나오는 불빛에 의존해 천천히 의자에 앉아 휴대폰의 비행기 모드를 해제했다. 통신이 연결되자마자 문자와 부재중 전화, 그리고 메신저 알림이 미친 듯이 울렸다. 진동이 끊임없이 이어져 한나는 혹시라도 실비아가 깰세라 화장실로 들어갔다.

[한나, 돈 두고 갈 필요 없다고 내가 말했었잖아.]
[제발 연락 좀 받아.]
[어디에 있어?]
[헤리 님으로부터 부재중 통화 8건]
[헤리 님으로부터 보이스 메시지 3건]
[제발 답을 해 줘.]
[라라: 모리츠랑 연락됐어. 이 메시지 보면 나한테 연락해 줘.]

헤리에게서 온 문자를 보자 마음이 아렸으나 괜한 의미를 두지 않기 위해 애써 다른 창으로 넘겼다. 그러던 한나의 눈에 핏체의 메시지가 들어왔다.

[네가 박스에 모아 놓은 거, 헤리가 가져갔다.]
[핏체 님으로부터 부재중 통화 3건]

"박스……?"

아직 짐을 제대로 정리한 게 아니라서 박스는 없을 텐데. 그렇게 중얼거리던 한나의 뇌리에 레온의 물건이 스쳤다. 아주 옛날, 레온을 그렸던 스케치북과 모카포트, 그리고 끔찍한 공기계까지.

"설마 그걸 가져갔다는 건가?"

대체 그걸 왜 가져갔을까? 내 물건이라고 생각해서 가져간 건가? 혹시 내가 그걸 찾으러 갈 거라고 생각했나? 아니면 애당초 레온의 물건인 걸 알고 이용하기 위해 가져갔을까?

레온을 혐오하는 건 알았지만, 이렇게까지 자신을 남김없이 이용해 대는 헤리의 태도에 한나는 온몸에 소름이 돋았다.

그녀는 한참을 화장실에 서서 휴대폰을 빤히 바라보았다. 답장을 해야 할지 극심하게 고민하며 엄지손가락을 버튼 위에 올렸다가 치웠다가를 반복하던 찰나, 휴대폰이 또다시 진동했다. 문자가 아닌 전화였다. 예상과 달리 화면에 뜬 이름은 헤리가 아닌 핏체였다.

한나는 고민하다가 전화를 받았다.

"여보세요."

— 한나, 너 내 문자 봤어?

급박하게 묻는 핏체의 말소리가 자동차 소리에 묻혀 흐려졌다. 한나는 한쪽 귀를 막고서 휴대폰에 집중했다.

"응, 방금 봤어."

— 왜 그걸 이제야 봤어! 너 지금 어디야?

"무슨 일인데?"

— 그 상자 속 물건 레온 거 맞지? 그 안에 뭐가 있었던 거야? 헤리랑 에이단이 지금 그거 보고 눈 돌아가서 레온을 경찰에 넘겼어. 지금 그 새끼들 때문에 베타 하우스 완전 개판 났다.

아득하게 멀어지는 현실감에 한나는 잠시 현기증이 일어 앞을 보지 못했다.

"……그게 지금 무슨 소리야. 그 휴대폰에 있는 내용으로 경찰에 잡혀가기라도 했어?"

— 아니, 그건 아닌 것 같고 마약 유통으로 넘어갔대.

"그럼 에이단이 자폭을 했다는 소리야?"

— 나도 그런 줄 알았는데 걔는 그냥 풀려났어. 에이단 그 미친놈, 지가 주축이었으면서 지금까지 연락 같은 건 다 다른 애들 시켜서 했더라. 아무튼 모리츠도 대마 길렀던 걸로 엮여서 피해 볼 수도 있어서, 나랑 라라는 지금 모리츠 방 가서 뒷정리 싹 할 생각이야.

"헤리는, 헤리는 괜찮은 거야?"

묻지 않으려 참았던 질문이 반사적으로 터졌다. 핏체는 한숨을 내쉬더니 목소리를 높였다.

— 걔가 경찰에 안 붙잡히고 무사한 거냐고 묻는 거면, 응. 걔가 다친 데 없이 멀쩡한 거냐고 묻는 거면, 아니.

"그게 무슨 뜻이야……."

— 그냥 빨리 가서 봐. 나도 지금 무슨 상황인지 하나도 모르겠어. 어쨌든 네 추종자들이 하도 깽판을 아름답게 쳐 놔서 나이 하우스에서 완전히 제명될 것 같거든? 네 책임도 일부분 있으니까 네 방은 무조건 내가 갖는 거다.

"방 얘긴 그만하고 제발 주소나 불러 줘. 당장 갈게. 얼마나 다친 거야?"

— 죽을 정도로 다친 건 아니니까 걱정 마. 근데 레온이 경찰에 끌려갔다는데 그건 걱정 안 돼?

핏체의 질문에 한나는 당황을 숨기지 못하고 침묵했다. 그러고 보니 헤리를 떠올린 때부터 그녀의 머릿속엔 단 한순간도 레온이 떠오르지 않았다.

— 너랑 헤르만 사이에 뭔 일이 있었는지는 모르겠지만, 너도 참 대단하다. 그 짧은 시간 안에 뭔 진도를……

"그만. 지금 갈 테니까 문자로 주소나 보내."

— 우, 알겠어. 너무 화내지 마.

한나는 전화를 끊자마자 방으로 튀어 들어가 겉옷을 꺼내 입었다. 안에 입은 옷이 잠옷이라는 것도 개의치 않고서 양말을 바꿔 신기 위해 부스럭대자, 실비아가 몸을 꿈틀거렸다.

"뭐 해……?"

"실비, 나 잠깐 나갔다 올게."

잠이 덜 깬 채 고개만 살짝 빼고 있던 실비아의 눈이 커졌다.

"지금 자정이 다 되어 가는데 무슨 소리야?"

"금방 돌아올 거야. 그냥 속이 조금 답답해서 그래."

실비아의 눈을 쳐다보았다간 사실대로 털어놓을 것만 같아서 한나는 애써 등을 돌려 양말을 마저 신었다.

"오늘 금요일 밤이라서 거리 위험할 텐데. 좀 참았다가 아침에 나랑 같이 나가자."

"아냐. 정말 금방 다녀올 테니까 자고 있어."

"……알았어, 그럼. 꼭 금방 들어와야 해."

잠을 이기지 못한 실비아가 다시 꿈틀거리며 이불 안으로 들어갔다. 한나는 거짓말을 하느라 참았던 숨을 그제야 후, 내뱉으며 신발 끈을 고쳐 맸다. 문고리를 여는 순간, 미친 듯이 쿵쿵대는 심장이 목 아래로 치달을 것만 같아 그녀는 침을 삼켰다.

33.

Samstag. 21. März 2020

00:21

　시내로 나온 그녀는 베타 하우스까지 이어진 길을 홀로 걸었다. 주말 밤을 파티로 지새우는 젊은이들을 지나쳐 베타 하우스 앞에 도착했지만, 이미 한바탕 소동이 지나간 거리는 고요하기만 했다. 예상했던 경찰차도, 토요일 새벽을 시끄러운 음악으로 지새워야 할 친목회 멤버들도 없는 조용한 거리엔 깨진 맥주병 파편이 굴러다니는 소리와 깜빡거리는 가로등의 불길한 전기 마찰음만 들렸다. 검은 하늘에 박힌 별들과 달 아래로 한 남자가 인도 턱에 걸터앉아 멍하니 거리를 응시하고 있었다. 한나는 그 남자를 향해 천천히 다가갔다.

　"헤르만."

　한 손에 천 조각을 쥐고 있던 남자가 시선을 돌려 자신을 쳐다보았다. 그가 천천히 일어났다. 그가 한 발짝 걸음을 옮기는 순간, 한나는 쥐어짜듯 말을 뱉었다.

"가까이 오지 말고 거기 가만히 있어."

헤리는 가로등 불빛이 닿는 거리에 멈춰 섰다. 그제야 그의 얼굴과 그가 손에 쥔 천에 말라붙은 갈색 핏자국이 보였다. 지친 기색이 역력한 그의 눈 밑에 짙은 그늘이 졌다. 한나는 날숨을 뱉어 내지 못하고 뻣뻣하게 굳었다.

"어쩌다가."

다친 이유를 묻기 위해 입을 열었지만 마지막 순간에 걱정을 내리눌렀다.

"왜 내 방에서 물건을 마음대로 가져간 거야?"

"미안해."

"사과는 필요 없어. 어차피 그런 거 바라고 온 거 아니니까."

"……"

"결국 레온을 감방으로 보냈구나. 어때, 만족해?"

제가 듣기에도 믿을 수 없을 만큼 차가운 목소리였다. 헤리는 아무런 답 없이 한나를 응시하다가 고개를 살짝 떨궜다.

"아니."

"하긴, 넌 걜 죽이고 싶어 했었지. 네가 영화를 보고서 말했던 강렬한 감정, 난 경험해 보지 않았으니 모를 거라던 그 감정이 이거였나 보네. 네 말이 맞아. 난 널 이해할 수 없어."

"한나, 오늘 일은……."

"오늘 일만 말하는 게 아냐."

단칼에 말이 끊어진 헤리는 마치 제 손의 힘줄이 끊어진 것처럼 멍하니 한나를 쳐다보았다. 헤리의 눈은 깊이를 알 수 없는 심해처럼 어둡고 우울하게 가라앉았다.

"이유가 뭐였든 넌 나를 항상 속였잖아. 게다가 이번엔 내 방에 있는 물건을 마음대로 가져갔지. 레온이 벌받아도 싼 놈이라고 해도 내가 네 이용 대상이 되는 건 별로 유쾌하지 않더라."

"미안해."

"내가 이러는 게 참 웃기긴 해. 넌 나한테 해 줄 만큼 해 줬거든. 심지어 날 구해 주기도 했지. 그런데 고작 네가 언제나 솔직하지 못했다는 것 때문에 이렇게 화가 나다니, 나도 솔직히 놀랐어."

"널 좋아한다는 건 진심이었어."

그는 더 이상의 변명은 포기한 것처럼 낮은 목소리로 조용히 말했다. 여느 때처럼, 그의 목소리가 마치 신경 하나하나를 타고 올라오듯 그녀의 몸을 감쌌다. 한나는 전율을 막아 내기 위해 팔짱을 끼고 웅크렸다. 그의 말을 믿고 싶어 안달하는 자신의 마음이 간사해 참을 수 없었다.

"굳이 그런 거짓말까지 할 필요는 없는데. 돌아갈 다리를 남겨 두란 말은 솔직히 이제 우리 둘 사이엔 별로 의미 없어."

"거짓말 아닌 거 알잖아."

"글쎄. 난 이제 네가 하는 말 중 뭐가 진짜고 가짠지 잘 모르겠어."

"난 네가 필요해, 한나."

"방금 그 말, 레온이 나한테 수시로 떠들던 거랑 똑같아."

그녀의 지적에 헤리의 얼굴이 고통스럽게 일그러졌다. 그는 다친 손에 감은 천이 흘러내리는 것도 의식하지 못한 채 초조하게 뒤를 돌았다. 한동안 말없이 머리를 헝클며 고개를 숙이고 있던 그는 고문당하는 병사처럼 입을 열었다.

"한나, 솔직하게 말할게. 난 널 좋아하게 될 줄 몰랐어. 아니, 더 정확히는, 너한테 자꾸만 가는 시선을 인정하고 싶지 않아서 이상한 핑계를 댔어. 첫 학기에, 우리가 학생 식당에서 마주쳤을 때 난 널 발견했는데 넌 내가 있는 줄도 몰랐지. 그런데 그런 네가 나중에 베데커와 있는 걸 보고 도저히 참을 수 없었어. 널 워터 하우스에서 보기 전까지만 해도 나는 내가 널 싫어한다고 믿었을 정도였어. 그렇게 생각하지 않으면 자기혐오가 더 심해졌으니까."

처음 듣는 그의 속내에 한나는 마음이 흔들렸지만, 더 이상 그를 믿는 게 의미 없다는 사실까지 잊진 않았다.

"넌 날 좋아한 게 아니라 레온이 행복해지는 걸 보기 싫었던 걸 거야. 그런 쓰레기 옆에 붙어 있는 내가 한심하고 경멸스러워서 관심이 갔던 거였겠지."

"아니. 걔가 행복한 걸 보기 싫은 건 당연하고, 그 주된 원인이 네가 되는 건 더 싫었어."

"우린 그때 아는 사이도 아니었어. 내 뭘 보고 그런 감정을 느꼈다는 거야?"

"난 네가 알고 싶었거든. 무슨 공부를 하는지, 그렇게 환하게 웃을 때 대체 어떤 감정을 갖는지, 뭘 좋아하는지, 뭘 싫어

하는지, 가끔 네 옆을 지나가는 날 눈치챈 적은 있는지. 그런데 그런 질문조차 속으로 인정할 수 없어서 어떻게든 이유를 만들었지."

"……."

"내가 끝까지 솔직하지 못했던 건, 네가 내 얘기를 듣고 더 이상 나를 보고 싶지 않다고 할 것 같아서였어. 넌 날 다정하고 강한 사람이라고 생각하는데, 정작 내가 그 정반대인 걸 알게 되면 더 이상 날 궁금해하지 않을 게 뻔했으니까."

그는 상처가 터진 손을 이미 너덜너덜해진 천으로 동여매며 나직하게 말을 이어 갔다.

"네가 워터 하우스에서 나한테 말을 걸었을 때, 미친 듯이 취한 상태였는데도 난 네가 한 말을 다 기억해."

"헤리."

"오늘 왜 네 집에 찾아갔냐고? 네가 보고 싶어서. 네가 쪽지에 이자벨라를 언급한 걸 보고 돌아 버릴 만큼 불안했으니까. 박스를 가져간 건 그 새끼 물건이 네 집에 있는 게 싫어서 그런 거고, 오늘 이런 식으로 깽판을 친 건 그 새끼 클라우드에서 본 게 있었기 때문이야."

"걔가 여자 사진 찍고 다니는 게 너한테 그렇게나 충격이었어?"

"……잠금 폴더 내용 때문에 그랬어. 넌 아마 못 봤겠지."

그는 그 잠금 폴더명이 'Krebs'였고, 비밀번호는 그녀의 생일이었다는 사실을 말해 주지 않을 작정이었다. 괜히 한나를 불안하게 하고 싶지 않았다. 하지만 그녀는 집요했다.

"거기에 뭐가 있었는데?"

"안야 사진이랑……."

그는 한참이나 말을 잇지 못했다. 푸른 눈을 감싼 긴 속눈썹이 혼란스럽게 흔들렸다.

"설마 내 것도 있었어?"

한나의 낯빛이 창백하게 변했다. 헤리는 그녀의 표정을 보자마자 안심시키기 위해 다가갔지만, 미묘하게 뒷걸음질 치는 한나를 보곤 허탈하게 멈춰 섰다.

"내가 다 지웠으니까 걱정 마."

"……고마워."

떨떠름하게 뱉는 인사에 공포와 의구심이 섞여 있었다. 그 사진이 어땠는지 절대 상상하고 싶지는 않지만, 헤리가 봐서 좋을 사진은 아니었을 것이다. 한나는 충격에 눈물이 날 것만 같아 입술을 깨물었다.

"한나, 입술 또 터졌어. 아프잖아, 제발 그만해."

다가오지 못하고 멀리서 조용히 부탁하는 헤리의 목소리가 떨렸다. 한나는 제 입술과는 비교도 되지 않을 만큼 많은 피를 흘린 그의 손을 보며 미간을 구겼다.

"네 손은 어떻게 된 거야?"

"기억 안 나."

"술 마셨어?"

"아니."

"그럼 제정신이었다는 소리야?"

"눈이 뒤집혔었거든."

덤덤히 뱉어 내는 헤리의 목소리엔 고저가 없었다.

"그런데 난 아까보다 지금이 더 힘들어. 네가 나한테 할 말이 뭔지 대충 예상되는 것 같아서."

"……."

"한나, 제발 지금은 하지 마. 나 지금은 못 듣겠어. 조금만 시간을……."

"아무래도 우리 이제 안 만나는 게 좋을 것 같아."

"제발."

한나는 마음이 약해질까 봐 다급히 뱉어 냈다. 그가 애써 쌓아 둔 평정이 산산이 부서지는 소리가 들렸다. 표정이 무너져 내린 헤리를 보며 한나는 마음 깊은 곳에서부터 올라오는 감정을 참기 위해 또다시 입술을 깨물었다.

"네가 뭐라고 말하든 결국 우리 둘 사이에 연결 고리는 레온밖에 없었어. 걔가 사라졌으니, 너도 한결 편하게 날 정리할 수 있을 거야."

"말도 안 되는 소리 마. 내가 지금까지 계속 말했잖아. 난……."

"내가 그만하고 싶어, 헤리."

"한나."

"네 진짜 의도가 뭐였든, 난 우리가 같이 있는 게 좋은 선택일 것 같지 않아."

"내일이면 넌 후회할 거야."

"아니, 난 이게 맞는 선택이라고 생각해."

헤리는 아무런 답이 없었다. 한나는 차마 그를 쳐다보지 못하고 뒷걸음질 쳤다.

"구해 준 건 정말 고마웠어. 그 이후에 도와준 것도 진심으로 고마워."

"그만해."

"잘 지내."

그리고 뒤돌아 한나는 달리기 시작했다. 숨이 턱 끝까지 차고, 폐와 심장이 모두 피로 차서 터져 버릴 것만 같은 끔찍한 답답함에 눈물이 흘렀다. 버스 정류장까지 더 달릴 필요가 없는 걸 알면서도, 한나는 스스로를 멈출 수 없었다.

02:07

실비아의 집에 도착한 한나는 곧장 화장실로 뛰어 들어가 차가운 물에 얼굴을 적셨다. 물이 아래로 철벅철벅 떨어져 양말을 적시고 옷 앞섶을 푹 적시는 것도 알지 못한 채 그저 얼음처럼 차가운 물로 끊임없이 얼굴을 씻어 냈다.

열과 눈물로 붉게 물들었던 낯이 추위로 더욱 빨갛게 달아올랐다. 손이 덜덜 떨리고, 몸이 흠씬 두들겨 맞은 것처럼 아팠다. 한나는 화장실 안 찬장에 넣어 둔 파우치를 다급하게 찾아 그 안에서 안정제를 꺼냈다. 젖은 손에 약을 털어 단숨에 입 안에 털어 넣고는 수돗물을 손에 받아 목으로 넘겼다.

"윽."

알레르기 반응처럼 눈이 짓무르듯 아프고 끊임없이 눈물이 뺨을 타고 흘렀다. 한나는 벽에 걸린 수건을 아무렇게나 당겨 얼굴을 뭉개듯 묻었다. 바닥에 튄 물에 미끄러져 넘어진 그녀는 무릎을 부여잡고 벽에 등을 기댔다.

'내가 끝까지 솔직하지 못했던 건, 네가 내 얘기를 듣고 더 이상 나를 보고 싶지 않다고 할 것 같아서였어. 넌 날 다정하고 강한 사람이라고 생각하는데, 정작 내가 그 정반대인 걸 알게 되면 더 이상 날 궁금해하지 않을 게 뻔했으니까.'

"그게 아니야."

그가 토해 낸 말이 한나의 머리를 끊임없이 비집고 들어왔다. 끝낼 수밖에 없는 순간이 왔을 때 드러난 헤리의 틈이 온 신경을 아프도록 찔렀다. 그녀는 마치 헤리가 눈앞에 있기라도 한 것처럼 무릎에 이마를 대고서 흐느꼈다.

좋아한다는 말보다 그 긴 문장에 더욱 고통스러워지는 것은 결국 한나 스스로 그가 겪어야 했던 딜레마를 마음 깊이 이해할 수 있었기 때문이었다. 잘 꾸며 내 정제된 그는 아름다웠지만, 그녀가 원했던 건 완벽한 왕자도 마법사도 아니었다. 한 사람으로 인해 모든 일이 해결되길 바라지도 않았다. 몰아붙여진 그가 간신히 보여 준 틈이야말로 자신이 기다리던 것이었다.

'내일이면 넌 후회할 거야.'

그는 틀렸다. 내일이 오기도 전에 한나는 이미 깊은 수렁에 빠질 수밖에 없었다. 지금이라도 그에게 모든 게 괜찮다고 말해 버리고 싶었다.

하지만 그 이후엔? 모든 것이 예전으로 돌아갈 수 없는 이 상황에서, 그를 사랑한다는 사실을 받아들인다고 해도 세상이 갑자기 아름다워지고 삶의 욕구가 극적으로 샘솟지는 않을 것이다. 그를 잃게 된다면, 워터 하우스에서 닿았던 곳보다 더 어둡고 깊은 무기력으로 빠지게 될 것이 분명했다. 자신을 삼켜 산산이 부숴 버릴 파도에 몸을 내맡기고 싶지 않았다.

다리 언저리에서 진동이 울렸다. 한나는 떨리는 손으로 휴대폰을 확인했다.

[네가 지금 어떤 기분일지 알아. 제발 지금 괜찮은지 그것만 알려 줘.]

'내가 어떤 기분일지 안다고? 스스로를 혐오하다 못해 온몸이 타는 것만 같은 이 느낌을 안다고?'

누구도 이 비참함을 눈치채지 못하길 바랐지만, 동시에 이것을 공유할 만한 사람이 생기기를 아주 간절히 원했다.

끊임없이 혼자서 늪에 가라앉는 순간이 견딜 수 없이 외로웠다. 누군가 함께 있어 주길 바랐다.

그 사람을 똑같이 파멸시키고 싶진 않았다. 하지만 홀로 있으면 너무도 괴로웠다.

자신의 모순이 만든 작은 균열이 헤리의 존재로 인해 점점 크게 벌어졌다.

'네가 그 정도로 강한 감정을 느끼게 된다 해도 과연 이성을 챙길 수 있을까?'

상상 속의 그 푸른 눈이 자신을 꿰뚫듯 빛났다. 한나는 무릎에 얼굴을 묻고 고개를 저었다. 그의 거짓말을 탓했던 제 모습이 위선적으로 느껴졌다. 그가 처음으로 투명한 물 같은 속을 내보였을 때, 그 결정적인 순간에 물을 거짓으로 검게 흐렸던 건 자신이었기에.

'맨날 이렇게 먹물로 찬 수조 같겠지.'

그 안에서 발버둥 치는 자신을 자조하며 한나는 몸을 더욱더 웅크렸다.

5부

4월: 널 다시 볼 수 있기를

I hope to see you again

Imagine Dragons — 〈Birds〉

34.
Freitag. 3. April 2020
18:21

한 시간째 헤리의 방에서 아무런 소음도 들리지 않았다. 거실 소파에 앉아 사과를 두 개째 해치우고 있는 데니스를 이스마일이 힐끔거렸다.

"데니스."

"야, 목소리 낮춰. 헤리 지금 석사 인터뷰 중이잖아."

"내 말이 그거야. 아까부터 헤리 방에서 아무런 소리도 안 들리거든. 이미 끝난 것 같은데⋯⋯. 원래 스카이프 인터뷰는 저렇게 빨리 끝나?"

"아니. 난 거의 한 시간 동안 했었는데."

데니스는 심지만 남은 사과를 탁자에 올려 두고서 헤리의 방쪽으로 살금살금 걸어갔다. 그리고 문에 귀를 대고 한동안 가만히 소리를 듣더니, 미간을 찌푸렸다.

"정말 아무 소리도 안 들리네. 쟤 한동안 반 정도 죽어 있더니, 진짜 맛이 간⋯⋯."

"뭐 해."

"으악!"

꿈지럭대며 이스마일에게 뭐라 손짓하던 데니스가 펄쩍 뛰어올라 뒤로 넘어졌다. 헤리는 방문 앞에서 뒷걸음질 치는 이스마일과 어정쩡하게 일어나는 데니스를 아무런 표정 없이 훑었다.

"인기척 좀 하고 나와!"

"왜 내 방문 앞에서 그러고 있어, 소름 끼치게."

헤리는 무덤덤한 목소리로 말을 툭 뱉어 놓곤 부엌으로 가 물을 들이켰다. 너무도 일상적인 그의 태도에 데니스는 미간을 구겼다. 태도뿐일까, 옷차림마저 지나치게 일상적이다. 트레이닝복으로 보이는 바지는 어차피 인터뷰 화면에 나오지도 않을 테니 상관없었지만, 보풀이 일어난 스웨터에 정돈되지 않은 머리까지. 헤리는 누가 봐도 자다 일어난 사람처럼 보였다.

"어⋯⋯, 걱정되니까. 잘하고 있나 싶어서. 오늘 어느 학교랑 한 거야?"

"옥스퍼드."

'그 꼴로 옥스퍼드 인터뷰?'라는 말이 목구멍까지 튀어나왔으나 데니스는 속에서 나오는 욕을 참으며 평정을 유지했다.

"⋯⋯생각보다 짧게 했네. 거기선 뭘 물어보냐?"

"기억 안 나."

남은 물을 싱크대에 부어 버리고서 헤리는 또다시 방으로 향했다.

　"그게 뭔 소리야. 방금 인터뷰했잖아. 질문 자체가 기억이 안 난단 거야, 아니면 말하기 싫단 거야?"

　"둘 다."

　헤리는 성가신 파리를 쫓듯 짙은 그늘이 드리운 눈을 찡그렸다. 데니스는 처음 보는 헤리의 무기력한 모습이 하필 이렇게 중요한 순간에 나타났다는 것을 믿을 수 없었다. 그는 성큼성큼 헤리의 방으로 향하더니 문을 벌컥 열어젖혔다.

　"데니스, 뭐 해!"

　짜증 내는 헤리를 뒤로하고 데니스는 멍하니 방 안을 훑었다. 먹다 남은 시리얼이 눌러 붙은 그릇 세 개와 빨래 더미, 그리고 정돈되지 않은 공부 자료로 어지러웠다. 심지어 쓰러진 기타를 세우거나, 겉옷을 걸어 놓는 행어를 커튼으로 가리는 시도조차 하지 않았다.

　"너, 방 이렇게 하고서 인터뷰했어?"

　"신경 꺼."

　헤리가 문을 닫으려 했지만 데니스는 몸에 힘을 주고 버텼다.

　"제정신이야? 그게 어떤 기회인데, 최소한 정리는 하고 진행했어야지! 너 정말 왜 그래?"

　"헤리, 그만하고 거실로 나와서 얘기 좀 하자."

　이스마일이 데니스를 도와 헤리를 밖으로 끌어냈다. 헤리는 그다지 강하게 버틸 마음도 없는지 머리를 헝클며 손을 뿌리치고서 거실 소파에 앉았다.

"어차피 그쪽에 내정자가 있는 눈치였어."

"미친, 내정자고 뭐고 씻지도 않은 새끼가 인터뷰하겠다고 양복 입은 교수 앞에 앉아 있는데 그쪽에서 퍽이나 좋아했겠다. 보자마자 안 끊은 것만 해도 다행이거든."

"내가 나체로 있든 격식을 차리든 떨어지긴 마찬가지였을걸."

"그건 네 생각이고! 교수들이 미쳤다고 시간 쪼개서 인터뷰를 해 주냐? 일단 기회가 왔으면 어떻게든 노력을 해야지. 너 슈나이더 교수가 일부러 추천서도 써 줬다면서!"

데니스는 제 일인 양 아쉬워하며 소리쳤다. 이스마일은 둘 사이에서 번갈아 눈치를 보다가 흥분한 데니스를 자리에 앉혔다.

"일단 지나간 일이니까 진정해. 헤리, 도대체 무슨 일이 있었던 건지 말해 봐."

"다 들었잖아. 오늘 석사 인터뷰가 있었고, 슈나이더 학장이 추천서까지 써 줘 가면서 마련한 자리인데 난 이런 차림으로 스카이프 인터뷰 했어. 방도 저런 꼴이었고, 그 사람들 질문도 반절은 잘 안 들려서 엉뚱하게 답했지. 한마디로 조졌어. 끝났다고. 약속한 대로 네 삼촌네 케밥 가게 아르바이트생 자리 하나만 비워 줘라. 졸업하면 거기 들어갈게."

이스마일은 조금도 웃지 않고 헤리의 푸른 눈을 빤히 들여다보았다. 농담으로 상황을 무마하려는 시도가 실패로 돌아가자 헤리는 한숨을 내쉬며 소파 등받이에 몸을 파묻었다.

"싫으면 말고."

"지금 내가 그걸 묻는 게 아닌 거 너도 알잖아. 너 요즘 이상해. 지금 거의 한 달은 되어 가는 것 같은데, 무슨 일이야?"

"지쳤어."

"그러니까 왜?"

"인생 자체가 쳇바퀴 같아서. 기대했다가 실망하고, 기억이 흐릿해지면 또 다른 기대를 갖고, 실망하거나 운이 좋으면 만족하고. 과정이 고통스러워도 결국 조금이라도 무뎌지면 다시 뭔가를 해내야 해. 결국 사람은 망각 덕에 살아가는 건데, 절대 잊지 못하는 기억이 쌓이고 쌓이면 터져 버릴지도 모른다는 생각이 들어."

"뭐?"

헤리는 멍청하게 제 얼굴을 응시하는 두 친구를 보며 피식 웃더니 힘없이 고개를 흔들었다.

"그냥 헛소리야."

"너 얼마 전에 레온인가 그 금발 새끼 또 만났었다며. 걔 잡혀 들어갔다는데, 그거랑 관련 있는 거야?"

"그게 누구야."

데니스가 미간을 찌푸리자 이스마일은 한숨을 내쉬었다.

"두 달 전쯤에 동양인 여자애 집에서 파티 있었잖아. 우리가 도착하기도 전에 헤리랑 어떤 금발 남자애랑 싸워서 파투 났던 거. 그때 얘랑 경찰서 같이 간 놈 이름이 레온이야."

"별걸 다 기억하네. 아무튼 이스마일 말대로 그거랑 관련 있는 거야? 그러고 보니 그 여자애, 그 이후로 잘 안 보이네."

헤리에게로 다시 고개를 돌리자마자 데니스는 깜짝 놀라 입을 벌렸다. 지금까지 무표정으로 일관하던 헤리가 고개를 숙이고서 머리를 싸매고 있었기 때문이었다.

"얘 왜 이래?"

"우리 뭐 잘못 말했어?"

"……나 좀 자야겠어. 한동안 문 두드리지 마."

헤리는 잠긴 목을 가다듬지도 않고 대충 둘러댄 후 방으로 향했다.

"야! 그래서 대학원 어쩔 건데! 다른 곳은 인터뷰나 시험 언제야?"

"내가 알아서 하니까 그만 좀 물어."

"알아서 못 하니까 하는 소리잖아. 너 지금까지 한 거 아깝지도 않아? 솔직히 슈나이더 교수가 너 추천한 거 보고 내가 얼마나 기뻤는데. 죽어라 공부하고 실습 나가더니 이게 지금 뭐 하는 짓이야?"

"그러게. 차라리 나보다 네가 추천받았으면 나았을걸."

"너 지금 그걸 말이라고 해?"

데니스는 진심으로 화가 난 얼굴로 자리에서 벌떡 일어났다. 헤리는 화난 친구를 가라앉은 눈으로 빤히 응시했다.

"진심이야. 넌 아쉬울지 모르지만, 난 하나도 안 아쉽거든."

"너 설마 그 여자애 때문에 지금 이렇게 삽질하는 건 아니지?"

"야, 데니스. 진정해."

심각해지는 상황을 중재하기 위해 이스마일이 나섰지만, 데니스는 진정되지 않았다. 헤리에게서 아무런 답이 없자, 데니스의 표정이 황당한 웃음으로 가득 찼다.

"정말로? 그 동양인 여자애 하나 때문에 이러는 거야? 뭔데, 걔한테 차이기라도 했어? 지금 너 차인 게 더 힘들다고 석사 인터뷰 조진 게 아무렇지도 않다는 거야?"

"제발 그만 좀 하고, 네 앞길이나 신경 써!"

큰 소리 내는 헤리라니, 처음 보는 모습이었다. 이스마일은 물론이고 기세 좋던 데니스조차 그의 고함에 움찔했다.

"내가 석사 인터뷰를 망치든, 인생 자체를 망치든 내버려 두라고."

데니스의 낯이 창백하게 질렸다. 헤리는 두 손을 들어 대화를 차단하며 방으로 들어갔다. 이스마일이 어벙벙한 얼굴로 데니스의 안색을 살폈지만 그는 충격에서 벗어나지 못한 듯 멍하니 서 있었다.

어떻게든 상황을 풀고자 이스마일이 헤리의 방 쪽으로 갔지만, 노크하기도 전에 재킷을 걸친 헤리가 문을 벌컥 열고 나왔다. 청바지로 갈아입고서 뒷주머니에 지갑을 쑤셔 넣는 헤리의 낯빛은 여전히 어두웠다.

"헤리, 너 지금 이러고 나가면 후회해. 나가더라도 데니스랑 풀고 가."

"한계야."

"뭐가?"

"나 이제 이거 다 못 하겠다고. 멀쩡한 척도, 뭐라도 더 해 보려고 노력하는 것도 지쳤어.”

“너 지금 우리랑 사는 걸 못 하겠다고 말하는 거야?”

“마음대로 생각해.”

그 뜻이 아니었지만, 헤리는 해명할 시도조차 않고서 성큼성큼 복도와 거실을 지나쳐 현관으로 향했다. 이스마일은 머리를 쥐어뜯으며 그를 쫓아가다가, 데니스가 거실 소파에 털썩 앉는 것을 보고 그쪽으로 돌아갔다.

“언제 들어오게?”

“야, 내버려 둬. 저 새끼 말마따나 지 앞길은 지가 챙기라고 해!”

“헤리!”

헤리는 이스마일의 외침을 문 뒤로 흘리며 바깥으로 나갔다. 발걸음이 빨라질수록 아직 완벽히 풀리지 않은 날씨에 뺨을 스치는 바람이 살갗을 거칠게 엤다. 그나마 멀쩡했던 친구들과의 관계조차 엉망이 된 지금, 이상하게도 실없는 웃음이 새어 나와 헤리는 아랫입술을 피가 나도록 깨물었다.

일이 계속해서 꼬이고 망하는 걸 보는 것도 은근 나름의 매력이 있었다.

대체 어디까지 내려갈까. 단숨에 추락해 바닥을 찍는 건 무섭지만, 막힌 하수구 밑으로 서서히 소용돌이를 그리며 내려가는 물처럼 흘러간다면 아마 심한 고통 따위도 느끼지 않고 끝낼 수 있을 것이다.

‘그날 한나가 느꼈던 기분이 이런 건가.’

자문했지만 어차피 답은 알 수 없었다. 그녀의 이야기를 들을 날은 오지 않을 테니.

21:35

4월 중순에 시작하는 여름 학기이자 마지막 학기를 앞두고 한나는 결국 결단을 내렸다. 날이 풀린 만큼 미친 듯이 몸을 죄는 긴장도 풀어지길 바랐지만, 그녀에겐 헛된 꿈이었다.

"너 정말 마음 굳힌 거야?"

실비아의 물음에 한나는 얼굴에 피곤이 덕지덕지 묻은 채로 고개를 끄덕였다. 짐을 싸느라 지친 탓인지, 자리에서 일어나 물을 뜨는 손이 맥을 못 췄다.

"아무리 찾아도 마땅한 방도 없고, 사실 지금 너무 지쳐서 새 학기가 시작돼도 멀쩡히 버틸 자신이 없어."

"차라리 학사 논문 미루고서 수업 들어가는 게 낫지 않겠어? 논문 쓰면서 혼자 시험을 어떻게 준비하려고."

"학기 내내 빠지는 건 아니야. 그냥 한 달만이라도 좀 떠나 있고 싶어. 예전처럼 애써 괜찮은 척 강의실에 앉아서 발버둥 치기엔 너무 지친 것 같아. 스터디 그룹도 갈 때마다 스트레스였고."

"스터디라도 있으니 꾸역꾸역 시험 준비가 되는 거지, 그거라도 없으면 정말 힘들걸?"

"좋은 스터디도 있지만 항상 그런 건 아니잖아. 모리츠는 자퇴하고, 너는 화학과로 가서 매 학기마다 사람 모으는 것도 진짜 스트레스였거든. 바보 취급 당하지 않으려고 매 순간 긴장하다 보면 가끔 숨이 안 쉬어져. 물론 좋은 사람들이랑 모이게 되면 그 학기 내내 편하지만, 항상 운에 맡겨야 해서 불안했어. 불편한 사람들 틈에서 내 쓸모를 증명하려고 애쓰는 것도 그만하고 싶어."

실비아는 지금껏 한나의 불안증이 이렇게 커질 동안 눈치채지 못했다는 것에 큰 미안함을 느꼈다. 팔짱 낀 상체를 동그랗게 말고서 한나를 모로 올려다보는 그녀의 갈색 눈에 걱정이 비쳤다.

"휴가 학기는 생각 안 해 봤어?"

"지금 잔고도 아슬아슬해서 졸업 시점 자체를 미루는 건 불안해서 못 할 것 같아. 네가 무슨 말 하고 싶은 건지 알아. 맞아, 한심해. 학기 초반을 이렇게 날려 놓고 뒤늦게 돌아오면 따라잡는 게 거의 불가능할지도 몰라. 휴가 학기보다 더 나쁠 수도 있겠지. 근데 내 상황에선 이게 최선이야. 재정 문제 때문에 완전히 놓아 버릴 수도 없고, 제대로 모든 걸 감당하기엔 내 상태가 너무 안 좋으니까."

실비아는 한나가 아예 모든 것을 백지로 만들어 버리려 했다는 과거를 떠올리고서 입을 앙다물었다. 여기서 조금만 더 하면 졸업이니 참으라고 하든, 아니면 아예 푹 쉬라고 하든 한나

494

에게는 도움이 되지 않을 것이다.

"아버지는 연락됐어?"

"응. 일단 말은 해 놨는데 별로 달가워하진 않더라. 당연하긴 하지만……."

"한나, 혹시 방이 안 구해져서 네가 이 결정을 서두르는 거라면, 난 정말 너랑 같이 사는 거 아무렇지 않으니까 지금이라도 짐 풀어도 돼. 너 아버지랑 만나고 나면 우울증이 더 심해질 수도 있잖아."

실비아의 말에 한나는 자리에 도로 앉아서 한숨을 쉬었다.

"맞아."

"그냥 쉬고 싶은 거면 굳이 브레멘까지 갈 필요 없잖아. 나랑 있자."

"실비. 정말 고마워. 근데……."

"혹시 여기 더 있다가 헤르만이랑 마주칠까 봐서 그래?"

"……."

한나는 답을 하지 않았다. 그러나 그 침묵은 긍정이나 마찬가지였다.

"……뭐, 일주일만 있으면 부활절인데 부모님이랑 평생 연락하지 않고 지낼 거 아니면 지금 조금씩 노력해 두는 게 좋긴 하겠지."

실비아가 애써 말을 돌리자 한나는 그제야 아주 살짝 미소 지었다.

"내일 몇 시 기차라고 했지?"

"저녁 5시."

"그럼 그 전에 우리 맛있는 거나 해 먹자. 너 요즘 제대로 안 먹고 사는 것 같던데."

"그래, 맛있는 거 해 먹자."

끝말을 내리는 한나의 눈이 흐려졌다. 그녀는 사색에 잠긴 듯 까진 무릎에 자리 잡힌 딱지를 떼기 시작했다. 실비아는 문득 한나가 어디론가 사라져 버릴 것만 같은 두려움에 휩싸였다.

"그런데 한나, 너 지갑 워터 하우스에서 잃어버렸다고 했잖아. 그거 다시 찾으러 가 본 적 있어?"

한나의 정신을 붙잡아 두기 위해 순간적으로 뱉은 말이었다. 실비아는 순간 제 입을 주먹으로 쳐 버리고 싶었지만 이미 엎질러진 물이었다. 한나는 잠시 벙벙한 표정으로 실비아를 쳐다보더니 고개를 저었다.

"아니."

다행히 최악의 반응은 아니었다.

"분실물 센터 같은 건 없으려나?"

"글쎄. 잃어버리고 나서 한 번도 찾으러 갈 생각을 안 했어. 당연히 누가 훔쳐 갔을 거라고 생각했거든."

"잠시만. 내가 한번 인터넷에 검색해 볼게."

실비아는 몇 번 휴대폰을 만지작거리더니 미간을 구기며 고개를 저었다.

"당연한 거지만 웹 사이트엔 분실물을 맡아 놓는다는 건 안 쓰여 있네. 너 그날 이후로 한 번도 그 클럽 안 들렀었지?"

"응."

"그럼 오늘 금요일이라 영업할 테니까 내가 한번 다녀와 볼게."

"아냐, 그럴 필요 없어. 벌써 4개월도 더 전인데, 아마 누가 가져갔거나 버렸을 거야."

"그쪽이 보관하고 있을 수도 있지. 거기에 전화번호 적어 두진 않았을 거 아냐."

"그렇긴 한데."

"브레멘 가서 괜히 찜찜한 기분으로 있지 말고, 할 수 있는 건 다 해 본 다음 개운한 기분으로 푹 쉬어. 지금보다 더 늦으면 아마 아예 시도조차 못 할걸?"

가고 싶지도 않고, 갈 수도 없었다. 한나도 속으론 혹시나 지갑이 발견되진 않았을까 궁금했지만, 워터 하우스는 다신 갈수 없는 곳처럼 느껴져 포기했었다. 그러나 그 속내를 읽기라도 한 것인지 실비아가 나서서 도와주는 지금, 한나는 그녀의 마음 씀씀이에 감정이 북받쳐 숨을 가쁘게 내쉬었다.

"실비아……."

한나는 실비아를 보며 입을 삐죽 내민 상태로 미소 지었다. 실비아는 한나의 뚜렷한 검은 눈과 깔끔한 눈썹 산이 표정에 따라 이리저리 구겨지는 모습을 보자마자 웃음을 터뜨렸다. 한나 딴에는 진심을 담아 웃으려 하다가 튀어나온 울음 때문에 지은 진지한 표정이었겠지만, 실비아에겐 그저 애처롭고 귀여울 뿐이었다.

"이리 와, 한나."

실비아가 한나를 토닥였다. 한나는 눈을 감았다.

"내가 너한테 고맙다고 했었나?"

"응. 이미 여러 번 말했어."

"자꾸 해도 부족하다는 생각이 들어."

"나한테 정말로 고마우면, 다 극복하고 괜찮아져서 빨리 돌아와."

"그럴게."

"난 정말, 진심으로 네가 행복해지길 바라니까."

한나는 실비아의 진심을 들으며 친구의 등을 더욱 꼭 안았다. 그 모든 일에도 다시금 워터 하우스로 달려가지 않을 수 있었던 이유는 단 하나, 실비아 때문이었다.

그녀는 한 가지를 깨달았다. 많은 불행이 이어져도 결국 한 가지 행운만 있다면 삶은 계속될 수 있다는 것.

35.

Samstag. 4. April 2020

00:04

헤리는 벽에 기대어 조명이 여러 색으로 변하는 모습을 뚫어져라 쳐다보았다. 중간중간 맥주를 들이켜면서도 눈은 푸른색, 붉은색, 또다시 노란색으로 변하는 불빛에 고정되어 있었다. 눈이 멀 것처럼 아파 오자 그는 맥주병을 탁자에 두고 다른 술을 시키기 위해 뒷주머니에서 지갑을 꺼냈다.

"마르틴!"

바텐더의 이름을 부르자 그가 다가왔다. 이제 갓 자정이 넘었기에 클럽 안은 미친 듯이 붐비진 않았지만 자꾸 누군가 옆에 부대꼈다. 헤리는 표정을 있는 대로 구기고서 대충 팔을 휘둘러 개인 공간을 만들었다.

"아!"

그때 그 팔에 맞은 한 여자가 새된 소리로 비명을 질러 눈치를 주었다.

"죄송."

대충 사과하고서 다시 바텐더에게로 눈을 돌리는데, 빨간 머리를 틀어 올린 그 여자가 은근슬쩍 그의 팔에 몸을 밀착해 왔다.

"미안하면 샷이라도 하나 사요."

이딴 쓸데없는 소리까지 귀에 꽂힐 정도라니, 오늘 음악이 충분히 시끄럽지 않은 모양이다. 헤리는 눈살을 찌푸리고서 여자의 팔을 옆으로 치웠다. 오랫동안 불빛을 본 탓에 진 잔상 때문에 바텐더의 얼굴이 이리저리 어그러졌다. 헤리는 짙은 속눈썹을 느리게 올리며 눈에 힘을 주었다.

"샷 살 돈도 없는 건 아니죠?"

Eurythmics의 〈Sweet Dreams〉는 클럽 리믹스 버전임에도 불구하고 여자의 말을 완전히 차단하기엔 확실히 약했다. 헤리는 그 여자가 닥쳐 주기만을 바라는 마음으로 바텐더에게 주문했다.

"슈납스 세 잔 줘요."

"헤리, 이거 마시지 말고 좀 쉬는 게 좋을 것 같은데요. 그쪽 눈 지금 용암보다 빨개요."

"여기, 돈."

바텐더는 기어이 제 만류를 무시하는 헤리를 안쓰럽게 쳐다보고서는 슈납스를 내왔다.

"이제 맥주 말고는 안 줄 거예요."

"그럼 난 다른 데 가야지."

헤리는 실없이 웃으며 슈납스 두 잔을 연거푸 마시고서 남은 한 잔을 여자에게 밀었다.

"건배도 안 하고 나 혼자 마시라고요?"

"싫으면 말아요."

그는 싸늘하게 내뱉고서 그녀 쪽으로 밀었던 슈납스를 채어 제 입에 털어 넣었다.

"이름이 헤리라고요?"

"아니요."

"아까 바텐더가 그쪽을 그렇게 부르던데."

"그 사람은 모든 사람을 헤리라고 불러요."

"왜 혼자 와서 이러고 있어요, 일행 없어요?"

'같이 온 친구들은?'

'없어.'

또다시 한나가 떠올랐다. 더 취해야 한다. 헤리는 바텐더를 부르려고 손을 뻗다가 중심을 잃고 비틀거렸다. 제 몸을 받치는 여자의 손을 떼어 내며 그는 몸을 일으켰다. 여자의 눈에 담긴 호기심과 강렬한 욕구가 선명히 보였다. 헤리는 그 투명한 의도와 생각이 역겨워 고개를 돌렸다.

"너무 많이 마신 것 같은데. 바람이라도 쐬러 나갈래요?"

"당신 같은 사람 만나려고 온 건 아니니까 신경 끄고 다른 사람 찾아요."

"꽤 까칠하네. 취해서 별 방어력도 없어 보이더니."

여자의 손이 헤리의 어깨로 올라왔다. 그가 바에 구부정하게 기대긴 했지만, 손이 별 무리 없이 그의 목 밑으로 미끄러지는 것을 보면 여자는 키가 꽤 큰 듯했다. 헤리는 성가신 파리를 쫓듯 여자의 손을 치우고서 뒤를 돌았다.

"……."

불빛 잔상 때문에 얼굴이 잘 보이지 않았지만, 구불구불한 긴 갈색 머리를 뒤로 묶은 사람이 저 멀리서 자신을 뚫어져라 보고 있었다. 그가 미간을 구기고 얼굴을 확인하기 위해 상체를 살짝 앞으로 숙이자, 상대방이 빠른 걸음으로 다가오기 시작했다. 그 여자는 헤리를 냉담하게 쳐다보고는 곧장 바텐더에게로 향했다. 헤리에게 들이대던 빨간 머리 여자는 갈색 머리 여자가 중간에 끼어들어 바텐더를 부르는 바람에 옆으로 밀려났다.

"저기요, 혹시 여기 갈색 지갑 맡아 놓은 것 있어요? 끄트머리에 액세서리가 달려 있고, 잃어버린 지 꽤 된 물건이에요."

드디어 그녀의 얼굴을 알아본 헤리의 몸이 뻣뻣하게 굳었다.

"아뇨."

"분실물 맡아 두는 곳은 있나요?"

"글쎄요. 잘 모르겠네요. 혹시 모르니까 동료한테 물어보고 올게요."

밀려난 빨간 머리 여자가 욕을 내뱉었지만 갈색 머리 여자는 눈 하나 깜빡 않고 거칠게 받아쳤다. 그 둘의 말싸움이 심해지려는 찰나, 헤리는 실례라는 것도 잊고 낯익은 여자의 손을 잡아 옆으로 당겼다.

"실비아, 한나 어디에 있어?"

"꺼져, 헤르만."

사색이 된 헤리를 경멸 어린 눈으로 훑던 실비아가 신랄하게 쏘아붙였다.

"제발 말해 줘. 걔가 여기 온 거면……."

"왜, 한나가 죽으려 할까 봐서?"

심장이 쿵 떨어졌다.

헤리의 손에 힘이 풀리자마자 실비아는 거칠게 제 팔목을 빼냈다.

"착각하지 마. 어쩌다가 걔가 약해진 모습 봤다고 해서 네가 뭐라도 된 게 아니거든. 여기서 여자랑 노닥거리고 신나게 술이나 처마시는 주제에, 마침 나 봤다고 한나가 어쩌고 있는지 궁금해하는 것 자체가 우습다. 아니, 역겨워."

"그런 게 아니야."

"저 여자한테 술 사 주고 시시덕거리는 게 다 보였는데 아니긴 뭐가 아니야. 한나는 목숨을 빚졌다는 생각 때문에 너 같은 쓰레기를 마음대로 욕하지도 못하고 있는데, 넌 정말 팔자 좋아 보인다."

"한나 지금 어디에 있어? 너랑 있는 거 맞지? 안전한 거야? 제발 그것만 알려 줘."

"너랑 레온만 옆에서 사라지면 걘 언제나 안전해."

실비아의 말이 가슴 깊이 박혔다. 충혈된 눈이 점점 아프게 흐려졌다.

헤리는 멍하니 실비아를 응시했다. 실비아는 그의 푸른 눈을 정면으로 쳐다보며 이를 사리물었다.

"네가 조금이라도 한나한테 미안하다면, 걔 찾지 마. 어디 있는지 알려고 하지도 말고."

"그럴 수 없어. 나도 그만 생각하려 했는데, 그게 안 돼."

"네 마음 편해지자고 이제 와서 가증스럽게 굴지 마."

"숨을 못 쉬겠어. 도저히 이렇게는……."

헤리의 말은 끝맺어지지 못했다. 실비아가 뺨을 갈겨 목이 옆으로 돌아간 헤리는 그렇게 한참 동안 멍하니 바닥을 바라보았다. 마침 실비아의 질문에 대해 부정적인 답을 전달받은 바텐더가 돌아오다가 그 장면을 목격했는지 경악한 채 헤리에게로 달려왔다.

"헤리, 무슨 일이에요?"

"네 개인적인 복수 때문에 걔를 도구처럼 이용한 주제에 숨을 못 쉬겠다고? 내가 그 소리 듣고 널 불쌍히 여기기라도 해야 해? 걔는 이 도시에 있다가는 너랑 마주치고 완전히 무너질까 봐 여길 떠났어."

"뭐……?"

헤리는 뺨이 빨갛게 달아오르는 것도 잊고 실비아를 다시금 붙잡았다.

"그게 무슨 말이야. 이 도시를 떠났다고? 아니면 아예 독일을 떠난 거야? 졸업은? 그것까지 포기했어?"

"넌 알 필요 없다고 말했을 텐데. 하던 대로 클럽에서 여자나 꾀고 놀아."

"실비아, 제발. 난 한나가 보고 싶어서 여길 온 거야. 다른 곳을 다 찾아다녀도 보이질 않아서, 결국 여기까지 오게 된 거라고."

"그러니까 걔를 왜 만나려고 하냐고! 경고하겠는데, 네 그 알량한 죄책감 때문에 또 한나를 만나서 걔 상태를 조금이라도 나쁘게 만드는 날엔 내가 네 목을 따 버릴 거야."

으르렁거리며 으름장 놓는 실비아의 갈색 눈에 불꽃이 튀었다.

"레온, 그 쓰레기 때문에 한나가 벼랑 끝으로 가는 동안 난 그것도 모르고 걜 거의 잃을 뻔했어. 내가 그 꼴을 또 가만히 두고 볼 거라고 생각하지 않는 게 좋을 거야."

헤리는 아무런 반박도 하지 못했다. 이를 사리물어 턱에 홈이 파인 채로, 실비아가 바텐더와 짧은 대화를 마치고 미련 없이 클럽을 떠날 때까지 그는 미동도 없이 서 있었다.

✦

헤리는 비틀거리는 몸을 간신히 전차에 태우고 멍하니 바깥을 응시했다. 어린아이였을 때는 울고 싶지 않아도 울음이 온몸 밖으로 새어 나갔는데, 어른이 된 지금은 울지 못하고 그저 고여 있는 채로 썩어 들어갈 뿐이었다.

데니스와 이스마일이 보낸 메시지가 휴대폰을 끊임없이 울렸다. 하지만 그는 휴대폰을 무음으로 만들고서 결국 셰어 하우스가 아닌 대극장이 있는 역에서 내렸다. 한나와 만나지 못하게 된 이후 의식적으로 피해 왔지만 오늘은 도저히 참을 수 없었다.

새벽이 되어 더 차가워진 바람이 재킷 안으로 파고들었다. 헤리는 안주머니에서 열쇠를 꺼내 문을 열고서 커다랗기만 한 집으로 터벅터벅 들어갔다. 분명 한나가 머물렀던 기운은 사라지고도 남을 정도로 시간이 지났는데, 그는 마치 조금만 기다리면 그녀가 방문을 열고서 나올 것만 같아 한참을 서 있었다.

"한나."

술김에 조용히 이름을 읊었다. 그러나 예상했듯, 고요한 집에서는 아무런 답도 들리지 않았다. 헤리는 그녀가 머물던 방으로 들어가 침대에 엎어졌다. 오랜 시간 비운 집에서 나는 먼지 냄새와 싸늘한 냉기가 몸을 파고들었다.

속이 아팠다. 빈속에 들이부은 술 때문인지, 실비아 말마따나 자격 없는 죄책감 탓인지, 혹은 그녀를 보지 못한다는 사실이 텅 빈 마음을 불처럼 할퀴기 때문인지 명확하지 않았다.

"미안해."

바로 이 침대에 누워 한나가 자신을 그리는 모습을 관찰했던 그날이 생생히 떠올랐다. 잠깐씩 석룻빛으로 붉어지던 볼과 검은 머리칼이 흘러내려 얼굴을 간지럽힐 때마다 귀 뒤로 넘기던 손길이 선명했다. 뚜렷한 검은 눈으로 제 몸을, 스스로도 닿지 못했던 제 내면을 꿰뚫어 보듯 응시하던 한나의 촘촘한 시선이 아직도 제 문신 위에 머무르는 것만 같다.

"돌아와."

이불에 파묻은 얼굴을 반쪽만 드러내고서 그가 웅얼거렸다. 어차피 닿지도 못할 말인데, 한나가 원하지 않을 말인데, 입 밖으로 내지 않고는 참을 수 없었다.

"돌아와. 제발 다시 여기로 와 줘."

마치 주문을 외듯 입술을 달싹였다. 말을 뱉을수록 한나와의 관계가 아예 끝났다는 사실이 칼날처럼 박혔다. 퀭한 눈 주위가 점점 아파 왔다. 그는 얼굴을 쓸어내리며 고개를 옆으로 돌렸다.

한나가 짐을 뺐으니 텅 비어 있어야 할 책장에서 무언가 팔랑였다. 처음엔 헛것을 봤나 싶어 미간을 구겼지만, 눈을 흐리지 않고 뜨고 있어도 그 자리에 있는 것으로 보아 잘못 본 것은 절대 아니었다.

헤리는 천천히 몸을 일으켜 비틀거리며 책장으로 향했다. 탁상 스탠드를 켠 후 책장에 놓인 큰 종이 네 장을 집어 들었다. 스케치북에서 거칠게 뜯어낸 듯 끄트머리가 지저분한 종이들은 모두 한나의 것이었다. 더 정확히 말하자면 한나가 버리고 간 미련의 일부일 것이다.

섬세한 근육과 윤곽, 눈빛, 올이 살아 있는 머리칼, 긴장한 듯 돋은 팔뚝의 핏줄까지 모두 그렸다. 하지만 전에 봤던, 레온을 대상으로 한 한나의 그림과는 무언가 달랐다. 그림을 그리며 떨리는 손을 여러 번 다잡은 듯 여백이 군데군데 색연필로 흐려졌고, 눈을 더 제대로 묘사하고 싶었던 듯 그 작은 공간에 적어도 세 가지 색이 섞여 있었다.

떨리는 손으로 여러 장의 크로키를 넘기자, 마지막 장에는 그의 어머니가 그린 그림에서 영감을 받은 듯한 작은 소년이 그려져 있었다. 뒤통수만 보이는 원래 그림과는 달리, 하나의 그림 속 남자아이는 정면을 응시한 채 환히 웃고 있다. 종이 밑부분에 작은 메모가 적혀 있었다.

안야는 이곳에서 레온과의 미래를 꿈꿨던 게 아니라, 내가 그랬던 것처럼 널 더 알고 싶었던 걸지도 몰라.

어쩌면 사랑일 수도 있는 하나의 파편이 헤리를 산산이 부수었다.

이제껏 참아 온 눈물이 막을 틈도 없이 눈에 차올라 뺨 위로 쏟아져 내렸다. 수채화용 색연필로 그린 그림에 그의 눈물이 닿자 색이 번져 형태가 변했다. 헤리는 제 눈물이 그림을 망칠까 식겁하여 종이를 책상에 올려놓았다. 어떻게든 번진 부분을 되돌리기 위해 휴지로 눈물을 닦아 냈지만, 오히려 번짐이 심해지고 종이가 울기 시작했다.

그는 괴로운 표정으로 의자에 얹은 손에 힘을 주고서 고개를 숙였다.

"안 돼."

등 위로 드러난 근육이 이리저리 조였다 풀어지며 고통스럽게 움직였다. 손바닥이 하얗게 되는 것도 모른 채 그는 작게 몸서리쳤다.

'네가 뭐라고 말하든 결국 우리 둘 사이에 연결 고리는 레온밖에 없었어. 걔가 사라졌으니, 너도 한결 편하게 날 정리할 수 있을 거야.'

그녀는 거짓말을 했다. 둘 사이에 있는 연결 고리를 그저 '레온'으로 치부하며 저 멀리 떠났다. 그러나 그녀가 그렇게까지 떠나야 했던 이유는 결국 제 기만 때문이었기에, 헤리는 한나를 탓할 수 없었다.

'어쩌면 모든 게 달라질 수도 있었을 텐데.'

의미 없는 메아리에 불과한 후회가 머리를 잠식했다. 이것은 고문이나 마찬가지였다. 자신의 멍청함이 낳은, 그래서 더욱 고통스러운 고문.

17:04

제시간에 브레멘으로 향하는 기차에 오르자 한나는 긴장이 순식간에 풀렸다. 부활절을 앞두고 연락을 해서 그런지 그녀의 아버지도 평소처럼 불편해하는 기색은 아니었다.

'정말 이해가 안 되는 사람이야.'

이해할 수 없다. 이해할 수 있다. 아니, 이해할 수 없다. 사람을 이해하고, 이해하지 못하고는 어디서 결정되는 걸까.

한나는 창밖으로 지나가는 풍경을 보다 말고 생각에 잠겼다. 영화를 보고 난 후 헤리가 계속해서 자신에게 확인받으려 했던 '수용 여부'에 관한 질문이 머리를 맴돌았다.

'내가 끝까지 솔직하지 못했던 건, 네가 내 얘기를 듣고 더 이상 나를 보고 싶지 않다고 할 것 같아서였어.'

어쩌면 지금까지 그를 있는 그대로 받아 준 사람이 많지 않았을지도 모른다. 헤리는 레온과 다른 방향으로 사람의 시선을 끌었다.

특별하다는 것은 경쟁력의 바탕이 되지만, 동시에 '나'를 이해할 군집이 많지 않다는 것을 뜻했다.

어젯밤, 아니, 오늘 새벽 워터 하우스에서 돌아온 실비아는 잔뜩 화가 난 채 그곳에서 헤리를 마주쳤다고 털어놓았다.

'뻔뻔하게도 네 안부를 묻더라. 게다가 어떤 여자랑 시시덕거리는데, 진짜 너무 화가 나서 걔 뺨을 때려 버렸어.'

아마 일주일 정도 전에 그 이야기를 들었다면 며칠을 반쯤 정신이 나간 상태로 보냈을 것이다. 하지만 희한하게도 그 말을 듣자마자 한나는 안도했다.

그도 나름대로 살아가고 있구나.

그 후 한나는 의식적으로 그와 관련된 생각을 차단했다. 지금껏 잊고 있었던 약의 효능은 정말 대단해서, 그녀의 감정은 언제나 평행한 선을 그렸다. 다만 슬픔과 절망에 무뎌진 만큼 행복 또한 전혀 와닿지 않는다는 점이 문제였다.

[정근우: 주말만 있다가 가는 게 아니라니, 그게 무슨 소리니?]

아버지에게서 문자가 도착했다. 한나는 그 메시지를 빤히 보다가 연락처로 들어가 번호 정보를 아버지로 수정했다. 혹시라도 제 번호가 그냥 이름으로 저장된 걸 알았다가는 그가 가만히 있지 않을 것이 뻔했다.

[못해도 한 달은 있다가 갈 거예요.]

이렇게 대놓고 별로 보고 싶지 않다는 티를 내다니. 한나는 터널로 들어가자마자 순식간에 암흑으로 변한 창밖을 향해 피식 웃었다. 어두운 배경에 비친 유리가 마치 거울처럼 자신의 얼굴을 선명하게 반사시켰다.

'아직 그 여자랑 안 헤어졌나 보네. 제발 지금은 같이 사는 게 아니었으면 좋겠는데.'

그 여자의 집세를 대신 내 주든, 후원자를 자처해서 물주가 됐든 상관없으니 제발 생활 공간만이라도 분리해 놓았길 바랐다. 하지만 아버지의 반응으로 미루어 보아 헛된 소망에 불과할 것 같다.

'헤리로부터 도망치는 걸까, 아니면 현실을 직시하러 가는 걸까.'

머리가 복잡하다. 한나는 등받이에 몸을 완전히 묻고서 외투 주머니를 더듬어 이어폰을 꺼내 귀에 꽂았다. 플레이리스트의 랜덤 재생 버튼을 누르자 그녀의 귀에 익숙하지 않은 노래가 흘러들어 왔다.

계절은 바뀌고, 삶은 너를 성숙하게 할 거야
꿈은 널 울게 만들겠지
모든 건 곧 지나갈 거야
모든 건 흘러갈 거야
사랑은 절대 죽지 않겠지
너도 알잖아, 새는 각자 다른 방향으로 날아간다는 걸
널 다시 볼 수 있기를 바라

헤리와 전차 안에서 들었던 노래였다.
"모든 건 곧 지나갈 거야."
그녀는 반사적으로 가사를 따라 했다.
'정말일까?'
모든 게 지나가고 나면, 다 괜찮아질까?
하지만 그를 잊고 싶진 않았다. 그나마 유지하던 평정이 와르르 무너졌다. 한나는 솟아오르는 눈물을 흘리지 않기 위해 눈에 힘을 주고서 휴대폰과 이어폰을 분리했다. 곧장 음악이 멈추며 주변은 열차가 내는 소음으로 차올랐다.
'고작 몇 달일 뿐인데.'

그를 알게 된 그 몇 달이 이렇게 길 줄 예상하지 못했다. 물리적 거리를 늘리면 모든 게 마법처럼 해결되길 바랐지만, 한 나의 방법은 단 한 번도 효과적인 적이 없었다. 이미 사소한 계기에도 마음이 무너질 준비가 되어 있다면, 어디에 있든 천국은 불가능했다.

부활절 연휴가 완전히 지나고 행정 업무가 다시 제자리를 찾자 밀렸던 편지가 우체통을 가득 채웠다. 이스마일은 쌓인 편지를 이름별로 분류하며 한숨을 쉬었다. 헤르만 폰 루튼이라고 적힌 편지가 계속해서 쌓였지만, 얼마 전 여름 학기가 시작되었음에도 헤리는 돌아오지 않았다. 연락도 모조리 무시해서 대체 어디에 있는 것인지 알 수 없었다.

"여기 또 헤리 편지 왔네. 이거 심지어 하이델베르크 대학교에서 온 편지야. 석사 지원 마감은 7월 중순일 텐데 이게 왜 왔지?"

밖에서 돌아온 데니스가 비옷을 현관 옷걸이에 걸며 투덜댔다.

"몰라, 난 걔가 여기 대학원에 지원한 것도 몰랐어."

"겨울 학기까지 6개월이나 남았는데."

"석사 지원하면서 교수랑 미리 연락했으면 시험 일정 때문에 편지가 올 수도 있긴 해. 그거 이리 줘 봐."

데니스는 이스마일이 건넨 편지를 보자마자 미간을 구겼다. 비닐로 된 부분으로 푸른색 대학교 인장이 찍힌 진홍색 종이가 보였다.

"혹시 합격증인가?"

이스마일이 들뜬 기색으로 일어나자 데니스는 의아한 듯 고개를 갸웃했다.

"그랬으면 이 비닐 쪽에 '합격증'이라는 글씨가 보이게 넣었을걸. 하이델베르크는 내가 지원을 안 해서 모르겠는데, 요즘엔 합격증을 편지 대신 이메일로 보내는 추세긴 하거든."

"그럼 불합격이라고?"

"그 새끼 요즘 하는 꼴 보면 하이델베르크 붙는 게 더 이상해. 근데 불합격 편지치곤 좀 두꺼운 것 같아. 아직 시기도 이르고."

데니스는 괜히 불빛에 편지를 비추어 보며 내용물을 확인하려 했다. 그러나 예상대로 아무것도 보이지 않았다.

"이스마일, 헤리한테 편지 왔다고 문자 한 번만 해 줘."

"네가 해. 지금까지 나한테만 미루고, 넌 뭐 하냐? 그리고 보내 봐야 헤리가 다 무시하잖아. 나 내 전 여친한테도 이렇게 연락 안 했었어."

"……내가 하면 더 안 받을 것 같으니까 그렇지."

헤리를 마지막까지 몰아붙였던 제 모습이 떠올라 데니스는 약간 시무룩해졌다.

"그럴수록 네가 해 봐. 걔가 네 연락이면 바로 받을지 누가 알아."

데니스는 주머니에서 휴대폰을 꺼내 머뭇거리더니, 결심한 듯 전화를 걸었다. 한참 신호가 가다가 메일 박스로 넘어간다는 안내음이 흘러나왔다. 두어 번 더 시도했지만 결과는 같았다.

"그럼 이거 어떡해?"

데니스가 난감한 표정으로 편지 봉투를 흔들었다.

"일단 중요한 걸 수도 있으니까 뜯어서 내용을 메시지로 보내 놓는 게 어때? 왓츠앱 메시지는 확인 안 한다 해도, 첨부 사진은 갤러리에 자동으로 저장되니까 걔가 보고 심각한 거면 알아서 처리하겠지."

"그래도 개인 편지인데."

데니스가 머뭇대자 이스마일은 눈을 굴리며 편지를 뺏었다.

"그놈의 독일식 원리 원칙. 저리 비켜, 내가 할 테니까. 걔가 지랄하면 내가 했다고 일러."

"너도 독일인이잖아."

"난 엄마, 아빠가 터키 출신이니까 여기선 논외야."

"언제는 널 독일인으로 안 봐서 화난다며. 이중 잣대 대박이네."

둘은 농담을 던지며 낄낄댔다. 간만에 풀어진 분위기에 기분 좋게 웃던 둘은 편지를 뜯어 내용물을 펼치자마자 싸늘하게 굳었다.

"……뭐야, 이거. 진짜 불합격증인가 본데."

"그럴 리 없어. 아직 정식 지원 기간 시작도 안 했을 텐데?"

데니스가 이스마일에게서 편지를 빼앗아 하나씩 살폈다.

"아, 헤리, 이 등신새끼."

"왜?"

"여기, 필요한 자료를 다 안 보내서 불합격 상태라고 하잖아. 누락된 서류를 5월 1일까지 보내래. 그럼 며칠 남은 거야? 미친, 열흘도 안 남았네."

"그 자료 내면 합격으로 바뀌는 건가?"

"아니. 그냥 기회를 주겠다는 거겠지. 근데 누가 이렇게 열정 하나 안 보이는 놈을 뽑으려 하겠냐. 심리학과 학생들 중에 석사 하고 싶어도 자리 못 얻는 애들이 넘쳐 나는데."

데니스의 말에 이스마일의 표정이 심각하게 굳었다.

"네 말대로 진짜 상태가 심각하네. 이러다가 정말 우리 케밥 가게에서 일하게 될 수도 있겠어."

데니스는 이스마일을 흘기고서 어디론가 전화 걸었다. 이번 엔 신호가 세 번도 안 가서 상대방이 전화를 받아 들었다.

"마리, 지금 통화돼?"

— 데니스? 오랜만이네. 응.

"너 혹시 헤리랑 연락되냐."

— 아니.

단호한 마리의 답에 데니스는 피곤한 기색으로 이마를 문질렀다.

"걔가 요즘 집을 나가서 안 들어오고 있거든. 근데 도저히 어디에 있는지 모르겠어서. 너 아는 거 없어?"

— 너희가 모르는데 내가 어떻게 알아.

"헤리가 너랑 대화를 꽤 많이 했었으니까. 안 그런 척해도 너희 둘이 꽤 통하는 게 많았단 거 알아. 뭔 일로 싸웠는지는 모르겠지만, 이번엔 좀 도와주라."

— 걔 아직도 우울해해?

"우울해하는 걸 넘어서 아예 인생을 조지는 것 말곤 하는 게 없으니 문제야. 논문 지도 교수도 안 만났다고 하고, 개강 후로 학교에선 보이지도 않는 데다가 오늘 대학원 지원 서류가 미비하다고 편지까지 도착했어. 이거 5월 1일까지 처리 안 하면 불합격되거든. 근데 연락도 안 받고, 어디에 있는지 짐작도 안 가."

— 메시지 보내 봐.

"그래 봐야 안 본다니까. 전화도 안 받아."

— ……후. 알았어. 내가 걔 찾으러 가 볼 테니까 일단 보내 놔. 찾은 다음에 일 처리하게 설득해 볼게.

마리의 말에 데니스의 눈이 두 배 이상 커졌다. 옆에서 스피커폰으로 듣고 있던 이스마일도 놀란 듯 입을 벌렸다.

"정말? 너 걔가 어디에 있는지 알아?"

— 정확히는 아니라도 짐작 가는 곳이 없는 건 아니라서. 장담은 못 해 주겠지만 찾아볼게.

"야, 진짜 고마워!"

— ……고마워할 필요 없어. 어차피 내가 처리하는 게 맞는

것 같으니까.

"그게 무슨 소리야?"

— 그냥 그렇다고. 아무튼, 걔 찾으면 문자할게.

마지막 인사를 나누기도 전에 전화가 끊겼다. 둘은 멍한 눈으로 서로를 응시하다가, 조력자가 생겼다는 실감이 드는지 안도의 한숨을 내쉬었다.

19:52

오랜만에 온 대극장 옆의 집은 여전히 그 고급스러운 외관과 서늘한 기운 때문에 사람을 밀어내는 것처럼 보였다. 마리는 깨문 입술 사이로 한숨을 쉬더니 성큼성큼 안으로 들어갔다.

쾅쾅!

"헤리."

건너편은 고요했다. 마리는 입술을 더욱 깨물다가 목소리를 높였다.

"거기 있는 거 다 아니까 빨리 문 열어, 헤리."

건물 문은 예전에 살았던 기억을 더듬어 어떻게 통과했지만, 현관문으로는 결국 헤리의 허락이 떨어져야 들어갈 수 있었다. 마리는 한숨을 고르며 또다시 초인종을 누르고, 문을 두드렸다.

"너 지금 그렇게 있어 봤자 결국 문 열어야 하는 거 알지?"

쾅!

신경질이 나 발로 문을 한 번 더 차자, 높은 천장 탓에 소리가 크게 울렸다. 마리는 괜히 민망해져서 문을 손으로 짚었다.

"나 한나랑 연락됐어. 걔가 너한테 전해 달라는 말이 있었는데……."

그 말이 떨어지기 무섭게 발소리가 울리더니 문이 벌컥 열렸다.

"닥쳐, 마리."

며칠간 밤을 새운 것인지 퀭한 눈과 이리저리 뻗친 머리를 한 헤리가 싸늘하다 못해 무서운 눈으로 그녀를 내려다보았다. 그동안 잘 먹지도 않은 듯 해쓱해진 안색 탓에 서늘한 그의 시선이 더욱 소름 돋게 보였다.

'후, 이제야 여네. 한나가 네 마법의 주문인 건 진작 알고 있었지. 열려라, 참깨."

실없는 농담으로 분위기를 풀려는 금발 미녀를 보며 헤리는 혐오감으로 표정을 구겼다.

"꺼져."

마리는 다시 닫히려는 문을 발로 막았다. 하지만 헤리는 그녀의 발이 문틈에 끼어 있는 것도 아랑곳 않고 팔에 힘을 주었다.

"야, 나 발 부러질 것 같아!"

"그러니까 꺼지라고."

"한나가 전해 달라던 말, 듣고 싶지 않아?"

마리의 도발에 헤리는 문을 도로 열고 나와 으르렁거렸다.

"네 입에서 다시 한번 한나라는 말이 나오면 그땐 진짜 가만 안 둘 줄 알아."

"미친놈. 네가 이렇게 폭력적인 걸 알면 한나가 잘도 돌아오겠다. 너 내가 걔한테 무슨 말 할 줄 알고 이러는 거야?"

마리의 당당한 태도에 헤리는 싸늘하지만 어쩐지 누그러진 눈으로 그녀를 쳐다보았다. 한참을 침묵 속에 대치하던 그들의 냉랭한 분위기는 결국 헤리가 한 발 물러나고 나서야 완화되었다. 마리는 그를 곁눈으로 흘기며 집 안으로 들어섰다.

"이게 뭐야."

멀쩡할 거라고 생각하진 않았지만, 집 안 꼴은 마리의 예상을 아득히 뛰어넘었다.

미니 바 찬장에 장식용으로 놓여 있던 독한 술병이 바닥에 이리저리 쓰러져 있었고, 거실 벽에 달린 커튼은 한쪽이 찢어져 밑으로 축 처져 있었다. 치우지 않은 병들끼리 부딪혔는지 깨진 조각들이 사방에 늘어져 그 사이로 새어 나오는 술 냄새와 무언가를 태운 냄새가 집 안 곳곳에 스며들었다.

"너, 집 꼴이 이게 뭐냐고!"

마리가 경악하며 소리쳤지만 헤리는 눈 하나 깜짝하지 않았다.

"이 술, 세상에, 한 병에 1000유로짜리잖아. 이거 네 아버지 수집품 아니야? 이걸 너 혼자 다 마신 건 아니지?"

"용건만 말해."

"오늘 데니스랑 이스마일한테서 연락 왔었어. 하이델베르크 대학교에서 편지가 왔는데, 네 석사 지원 서류에 빠진 게 있어서 불합격 처리로 됐대. 5월 1일까지 안 보내면 인터뷰나 시험은 아예 못 친다더라."

"그딴 소리나 하려고 한나 이름 판 거야?"

"이거 네 미래가 달린 일이잖아!"

"어차피 뮌헨 쪽 교수 반응이 좋아서 거기 안 붙어도 상관없으니까 할 말 끝났으면 가라."

"이 새끼 자신감 좀 봐. 교수 반응이 좋으면 그게 합격이냐? 서류도 제대로 못 보내서 누락됐다고 연락까지 오는 마당에 무슨 배짱이야. 너 얼마 전에 옥스퍼드 날린 거 다 알고 있어. 이거 네가 신입생 때부터 관심 있다고 했던 하이델베르크 대학교야. 부족한 서류 준비까지 열흘밖에 안 남았는데, 그딴 소리?"

"후."

괜히 들였다는 기색이 역력한 한숨이었다. 마리는 그의 태도에 분노를 참지 못하고 소리 질렀다.

"지금 한숨 쉴 게 누군데, 너 진짜 정신 났어?"

그녀는 신경질적으로 머리를 넘기며 복도를 지나 방으로 향했다. 문을 열자마자 잉크와 종이 냄새가 코를 찔렀다.

"하."

잉크가 터진 펜과 찢기거나 구겨진 종이들이 바닥에 가득했다. 마리는 찢어진 종잇조각 하나를 들어 올렸다.

"나보고는 작사라도 시작했냐고 있는 힘껏 비꼬더니, 넌 개한테 차였다고 대문호라도 될 작정인가 보네."

"나가."

혜리는 피곤함과 짜증 그 사이 어딘가에 머무른 얼굴로 마리를 끌어냈다. 마리는 그의 손을 뿌리치지 못하고 질질 끌려 나가면서도 입을 멈추지 않았다.

"그렇게 사과하고 싶으면 방구석에 처박혀서 술이나 마시고 되도 않는 편지 쓸 생각 하지 말고 직접 한나를 찾아. 어차피 보내지도 못할 종이로 뭘 어쩌게. 진짜 한심하긴. 네가 오네긴*이야?"

"날 걔한테서 떨어뜨려 놓은 건 너잖아. 이제 와서 그딴 소리로 짜증 나게 하지 마."

"애당초 잘못은 네가 했어. 걔가 그걸 모르고 너랑 사귀었으면, 넌 그 관계가 잘 흘러갔을 거라고 생각해?"

마리의 싸늘한 물음에 혜리는 아무런 답 없이 고개를 돌렸다.

"걔, 이 도시에 없어."

"지금 학기 시작했는데 어딜 가."

"몰라. 그걸 알면 내가 이러고 있지 않았겠지."

설마 한국으로 갔을까. 그 생각만 하면 머리가 찔해졌다. 혜리는 피곤에 찌든 눈을 꾹 감았다 뜨며 얼굴을 쓸어내렸다.

"한나 친구들한테 물어봤어?"

친구들. 혜리는 순간 실비아에게 뺨을 맞았던 일이 떠올라

---

* Onegin : 러시아의 작가 푸시킨이 지은 장편 소설 《예브게니 오네긴》의 주인공. 사랑하는 이에게 후회와 용서를 담은 편지를 쓰지만 사랑을 이루지 못한다.

허파에서 바람 빠지는 웃음소리를 흘렸다.

"네가 한나 친구라면 걔가 어디에 있는지 나한테 알려 줄 것 같아?"

"……아니, 절대."

"거봐."

헤리는 어깨를 으쓱이며 그녀를 현관 앞에 데려다 놓았다. 마리는 힘이 풀린 듯 문 앞에 서서 멀뚱히 생각에 잠겼다.

"라라한테는 연락해 봤어?"

"……아니."

"걔라면 아마 말해 줄 거야."

"네 여동생도 한나 친구잖아."

"네가 이번에 레온 베데커를 약팔이로 완전히 보내 버렸다면서. 걔 남자 친구가 그 일에 엮여서 곤란해질 뻔했는데, 레온이 잡혀가는 바람에 잘 해결된 모양이야. 라라라면 널 도와줄걸?"

"약팔이로 걔를 찌른 건 내가 아니라 에이단이었어."

"순서가 어떻든 문제가 해결된 건 맞잖아."

"……걔한테 남자 친구가 있는 줄은 몰랐는데."

"남자 친구도 있으면서 너한테 관심 보였던 게 이상해? 너도 의외로 순진한 구석이 있네."

헤리가 미간을 찡그리자 마리는 피식 웃었다.

"네 번호로 라라 연락처 보낼 테니까, 알아서 해 봐."

"왜 날 도와주는 거야?"

마리는 헤리를 빤히 쳐다보다가 혼자만의 농담이 생각난 듯 한쪽 입꼬리를 올렸다.

"네가 어느 정도 정신 차린 것 같아서."

그 말만 남기고 도로 문으로 걸어가던 마리는 중간에 발을 멈칫하더니 한마디 덧붙였다.

"그리고 난 승산 없는 게임에 더 힘 빼기 싫거든. 어차피 걔가 원하는 건 너니까."

그를 원하지 않아 한나가 도망가 버린 상황을 다 알면서도 마리는 왜 이런 말을 하는 걸까. 헤리는 표정을 풀지 않은 채 그녀가 나가는 모습을 응시했다.

'한나가 원하는 게 나라고?'

그는 한참을 서서 그 말을 곱씹어야 했다.

37.

Montag. 27. April 2020

16:10

헤리는 실망한 기색이 역력한 슈나이더 교수의 시선을 담담히 받아 냈다. 안경 너머로 보이는 교수의 탁한 눈이 그의 푸른 눈을 꿰뚫을 듯했다. 노년의 교수는 안경을 벗으며 책상을 검지로 두드렸다.

"결과는 이미 예상하고 있겠지."

"네."

"솔직히 많이 놀라진 않았네. 자네가 요즘 상당히……, 다른 곳에 정신이 팔려 있다는 게 보였거든."

"좋은 기회를 주셨는데, 죄송합니다."

교수는 손을 휘휘 저으며 미간을 구겼다.

"그런 상투적인 사과를 받으려고 굳이 자네를 부른 건 아닐세."

분야 내에서 상당히 저명하고, 항상 연구에 여념이 없어 상담 시간도 잘 열지 않는 교수였다. 그런 그가 일부러 시간을 내어 자신에게 보내는 실망의 눈길은 생각보다 쓰렸다. 헤리는 습관처럼 오른손으로 왼쪽 옆구리를 쓸어내렸다.

"내가 알고 싶은 건, '왜'거든."

예상외의 말에 헤리는 잠시 입을 벌리고 노교수를 쳐다보았다. 관록 있는 심리학자이자 교수인 그가 대놓고 자신을 분석하겠다고 하다니. 고작 학부생에 불과한 제게 이 정도로 관심을 가질 줄은 예상하지 못했다. 헤리는 바짝 마른 입술을 혀로 축였다.

"……제가 떨어진 이유를 말하시는 거라면, 아마 능력 부족 때문 아닌가 싶습니다. 제가 준비가 덜 된 게 그 교수님들께도 잘 보였던 게 아닐까요."

슈나이더의 눈썹 한쪽이 쭉 올라갔다. 이십 대 초반, 햇병아리 학생이 세운 허술한 심리적 벽을 꿰뚫어 보기라도 하듯 예리한 눈초리였다.

"내가 저번에 기회를 준다고 했을 때 폰 루튼 군은 그다지 내켜 하지 않았지. 사실 자네는 능력보다는 동기가 많이 부족했던 것 같네. 그렇다면 애당초 왜 지원했나?"

슈나이더 교수는 헤리가 대충 둘러댄 말에 휘둘리지 않았다. 헤리는 반쯤 항복하며 어금니를 단단히 다물었다가 조심스럽게 입술을 달싹였다.

"……지원할 당시엔 제가 원하는 길을 가고 있다고 생각했습니다."

"1년도 지나지 않은 지금, 그때와는 생각이 많이 달라졌다는 뜻으로 들리는군."

"네."

"당시에 옥스퍼드에서 진행될 연구에 관한 개괄을 어느 정도 공지했던 것으로 기억하네. 그곳에서 어떤 연구가 진행될지, 그리고 스스로 그 길을 가고 싶은 건지 어느 정도 인지하고 있었을 텐데."

"네, 그랬습니다."

"이 기회를 잡기 위해 아주 많은 학생들이 열정적으로 지원했다는 사실은 이미 잘 알 것이고. 난 그런 경쟁자들을 제쳐 두고 자네에게 기회를 주었는데, 자네는 그 기회를 아주 똥처럼 여기고 날려 버렸지."

신랄하기 짝이 없는 말에 비해 교수의 표정은 평온함을 넘어 매우 즐거워 보일 정도였다. 헤리는 그 부조화를 이해할 수 없어 몸을 긴장시켰다.

"죄송합니다."

"그런 상투적인 사과는 저리 치우래도. 지금 자넬 탓하는 게 아니네. 물론 자네 때문에 떨어진 사람들은, 아직 졸업도 안 한 학부생 때문에 자리가 날아갔다면서 분노할지도 모르지만 말이야. 어쨌든, 그렇게 간절한 사람들이 많았을 정도로 매우 흔치 않은 기회였네. 게다가 브렉시트 때문에 근미래에 이와 같은 큰 프로젝트는 성사시키기 더욱 어려워질 거야. 자꾸 강조

528

해서 미안하지만, 이건 정말 흔치 않은 기회였어."

"······네, 알고 있습니다."

"자네에게도 이 기회는 황금으로 보였겠지. 그런데 거의 목표에 도달했을 때, 그 황금이 갑자기 똥으로 보였나 보더군. 그쪽 교수들이 황당해하며 내 추천서의 저의를 물을 정도였으니 말이야. 아니, 애당초 이게 황금으로 보이지 않았을 수도 있지. 남들이 모두 탐하니 괜히 좋아 보여 달려들었지만, 그 누구보다 가까이에서 볼 기회가 생기니 열정이 식은 건가?"

"아뇨, 거창한 성공이나 더 나은 이름값을 갖기 위해 괜히 좇았던 건 아니었습니다."

"남 시선에 휘둘린 것도, 스스로 그 기회를 황금으로 보지도 않았다면, 내가 생각할 수 있는 가능성은 하나밖에 없어 보이는군."

스스로도 파악하기 힘들었던 모순을 교수는 벌써 깨우쳤다는 걸까? 헤리는 노교수의 눈빛을 의심으로 받아쳤다.

"이곳에서 도망치기 위해 선택한 구실. 허울 좋은 명분에, 남들이 보기에도 충분히 납득할 만한 가치를 지녔으니 떠나는 이유를 설명하기도 용이했을 거고. 자네 지원서를 읽으면, 자네가 이곳에서 필사적으로 버텨 왔고 언제든 떠날 생각을 한다는 게 너무 잘 드러나 있어. 마치 범죄 현장을 떠나고 싶어서 안달하는, 실패한 형사처럼 말이야. 그래도 그 때문에 한 번쯤 도와주고 싶을 정도였으니 글솜씨 하나는 탁월한 것 같군."

"······."

필사적으로 버텨 왔고, 언제든 떠날 생각을 했다. 그 말이 모든 퍼즐의 중심에 있는 듯 그의 마음에 비수처럼 박혔다.

"사실 난 자네의 학업 능력보다는 그 점을 흥미롭게 봤었네. 아, 오해는 말게나. 자네의 지적 능력이 평균을 상회한다는 건 물론 사실이네. 하지만 이 프로그램에 지원하는 대부분의 학생들도 뛰어난 인재들이었거든. 그러니까 학업 성취도는 비슷비슷해서 그다지 매력적인 척도는 아니었어."

헤리는 아무런 말도 할 수 없었다. 슈나이더는 침묵하는 그를 놓아주지 않고 눈을 반짝이며 끝까지 몰아붙였다.

"그런데 그렇게까지 떠나고 싶어서 준비를 철저히 마친 사람치고, 저번에 자네는 혼란스러워 보였네. 마치 도망이 더 이상 중요해지지 않은 사람처럼. 지금도 자네가 이 프로그램에서 완전히 제외됐다는 사실이 조금도 슬퍼 보이지 않거든. 안색이 매우 좋지 않긴 하지만 정신이 다른 곳에 빠진 것뿐, 탈락이 아쉬운 게 아니지 않은가?"

"……저에 대해 정말 많은 것을 생각하셨군요."

헤리가 나직하게 뱉은 말이 슈나이더 교수의 압박을 잘랐다. 그는 잠시 놀란 듯 헤리를 응시하다가, 껄껄 웃으며 의자에 몸을 기댔다.

"내가 말했지 않나, 자네 지원서는 꽤 흥미로웠다고. 제법 오랜만에 생각할 거리가 생겼었지."

"이곳을 떠나고 싶지만, 동시에 떠나지 못할 이유도 있었습니다."

슈나이더 교수의 눈썹이 또다시 올라갔다. 헤리는 담담하게
어깨를 으쓱였다.

"저도 몰랐던 제 멍청함을 받아들이는 중이기도 했고요. 어
디론가 도망가는 게 해결책이 아니란 걸 깨달았을 때 제게 이
기회를 주셔서 많이 혼란스러웠습니다."

"멍청함이라면?"

"통찰력이라고 생각했던 게 제 아집일 수도 있다는 사실요."

"흠."

슈나이더 교수가 또다시 등받이에 몸을 묻고서 검지로 연한
주름이 잡힌 턱을 두드렸다.

"그 아집 때문에 무언가 간절한 걸 놓쳐 본 것처럼 들리는군."

"……."

"그 사실이 자네를 이곳에 계속 묶어 놓는다면, 앞으로 나아
가기 위해 해야 할 일은 너무 명확해 보이네. 다시 가서 찾아오
는 수밖에."

"하지만 이미 놓쳐 버린 것 같습니다."

"그냥 흘려보내는 것과 한 번 더 무리한 시도를 하는 것. 미
래에 어느 쪽을 더 후회할 것 같은가?"

아침부터 두껍게 껴 있던 구름이 이제야 잠시 해 옆길로 비
껴 난 듯, 슈나이더 교수 뒤 블라인드 사이로 주홍색 햇빛이 들
이쳤다. 헤리는 노교수의 얼굴이 역광에 어둡게 흐려지는 것을
지켜보며 눈을 느릿하게 감았다가 떴다.

"노력한다고 해서 다 얻을 순 없지만, 노력 없이 얻어 낼 수

있는 건 거의 존재하지 않네. 이유 없이 내게 사랑을 느끼는 사람만이 그 유일한 예외가 되지."

"……."

"그 예외는 마치 기적과도 같아. 하지만 사람들은 그 사실을 자주 잊고, 홀대하는 경향이 있어."

슈나이더는 어린 제자를 향해 엷은 미소를 지었다. 햇빛이 다시 구름 뒤로 숨자 교수의 뚜렷한 이목구비가 선명히 드러났다.

"나라면, 기적을 놓쳤다고 노력까지 포기하진 않을 것 같네만. 자네는 어떤지 궁금하군."

21:02

헤리는 중앙역 의자에 앉아 외투 주머니에 넣어 둔 휴대폰을 꺼냈다.

[한나는 아마 브레멘에 있을 거야. 부활절 연휴 즈음에 거기로 간다는 소리를 들었어. 이번 학기는 논문 쓰고, 시험만 치고서 수업은 안 올 거라고 하더라.]

라라에게서 어제 도착한 문자였지만 고민에 빠져 있느라 답장은 생각도 못 하고 있었다. 하지만 이제는 해야 했다.

[고마워.]

헤리는 철도 앱으로 들어가 브레멘행 열차표를 확인했다. 날짜와 시간 모두 맞는 것을 다시 보고 나서야 마음이 놓여 한숨과 함께 철제 의자에 등을 푹 기댔다.

'기차를 타고 브레멘에 도착하면 자정이 넘을 테니까 타자마자 자야겠지.'

간단히 챙긴 배낭이 뒤에서 이리저리 뭉개졌지만 그는 등이 아프지도 않은지 멍하니 검은 하늘만 응시했다.

슈나이더 교수와의 대화가 끝나자마자 집으로 온 헤리는 그 길로 열차와 숙소를 예매한 후 가방을 싸서 밖으로 나왔다. 노교수가 제게서 무엇을 보고 눈치챈 것인지는 모르지만, 그가 했던 말은 헤리가 원했던 바로 그 조언이었다.

'기적을 놓쳤다고 해서 노력까지 포기하진 않는다.'

그 말을 곱씹으며 헤리는 다시 휴대폰 메신저 앱을 켜고서 한나를 찾았다. 그러나 무슨 말을 적어야 할지 막막했다. 브레멘으로 간다고 한다면, 이렇게까지 따라오는 자신에게 완전히 질리거나, 최악의 상황으론 소름 끼쳐 하며 더 멀리 도망칠 수도 있다.

그는 머리카락을 헝클며 관자놀이에 손을 받치고서 생각에 잠겼다. 이미 그녀를 잃었지만, 이것보다 더 희망 없는 상태로 전락했다가는 고통을 이겨 낼 수 없을 것만 같았다.

얼마나 지났을까. 자판에서 한참을 서성대던 헤리의 손가락이 빠르게 문장을 써 내려갔다.

[오늘 밤엔 하늘이 맑을 거라더라. 나는 별이 잘 보이는 곳에 있을 거야. 거기서 널 볼 수 있었으면 좋겠다.]

아마 한나는 이 메시지를 보지 않을 것이다. 설령 본다 해도 그가 브레멘까지 왔다는 사실을 모를 것이 뻔했다. 별이 잘 보이는 곳에 있겠다는 수수께끼 같은 말도 문제였다.

'한나가 그 말을 기억하고 있을까.'

마리가 이걸 본다면 '무슨 개소리를 적었냐'며 괜히 문학적으로 얼버무리지 말라고 화냈을 것이다. 그러나 헤리는 한나를 존중하고 싶었다. 이렇게 찾아가는 것 자체가 그녀를 힘들게 할 수도 있는 걸 알면서도 도저히 참지 못해 가는 만큼, 이기적으로 몰아붙이고 싶진 않았다. 아니, 어쩌면 완전히 거절당하고 싶지 않은 마음 때문일 수도 있었다. 뭐가 되었든 이미 제 멍청함 때문에 망가진 관계이기에 헤리는 스스로 허용할 수 있는 곳까지만 다가가기로 마음먹었다.

'완전히 무너지는 건 그 이후에 혼자 해도 되니까.'

씁쓸하게 입술을 깨무는 그의 뺨에 짙은 홈이 파였다.

38.
Montag. 27. April 2020
23:21

"아……."

딱 봐도 이십 대 후반을 넘지 않는 외모를 가진 여자가 현관으로 들어오다 말고 한나를 발견한 듯 몸을 굳혔다.

"어……. 안녕하세요."

'지금까지는 그래도 저 사람이 이 집까지 드나들진 않았는데, 오늘은 밤에 들어오기까지 하고.'

점점 시간대가 대담해졌다.

'지금껏 눈치 보다가, 한 달이 다 되어 가니 평소대로 슬슬 생활을 되돌려 놓으려는 거겠지.'

속이 쓰렸지만 억지로 미소 지었다. 하지만 그 여자 뒤로 제 아버지의 굳은 표정과 커다란 캐리어가 보이자 한나 또한 노력을 그만두고 냉담한 눈길로 그를 응시했다.

"한나야, 너 잠깐 이리로 오렴."

"여기서 말하세요."

식탁 위에 찻잔을 두고서 한나는 한 치의 타협도 없이 서 있었다. 그녀의 아버지인 근우는 딸을 거의 죽일 듯 쳐다보다가 한숨을 쉬며 식탁 쪽으로 걸어갔다.

"너 여기서 뭐 하는 거니?"

"차 마시잖아요."

"내가 분명 어제까지 방 비워 달라고 했을 텐데."

"전 그 말에 동의한 적 없는데요."

"여긴 내 집이야."

"그리고 전 아버지 딸이죠."

근우는 붉으락푸르락 달아오른 얼굴로 두 손을 쥐었다 폈다 가만히 두지 못했다.

"넌 성인이고, 그 말을 빌미로 여기 살 자격 없다."

"제가 성인이 되기 전에도 아버지는 절 키운 적 없잖아요? 난 한국에서도 독일에서도 대학 다니면서 돈 타 쓴 적 없어요. 책임을 제대로 지셨어야 저한테 성인 운운하는 게 그나마 말이 되죠, 앞뒤가 안 맞는 것 같은데. 그나저나 저 여자 몇 살이에요? 내 또래로 보이는데, 혹시 저 사람 후원자 자처하면서 돈 다 대 주는 건 아니죠?"

"너 지금 그게 무슨 말버릇……."

"나한테 지금 공손함을 바라면 안 될 텐데요. 저 여자 여기서 살게 하려고 나더러 나가라는 거잖아요. 캐리어까지 들고 온 거 보니까 아주 작정을 했네. 엄마랑 이혼도 안 하고 여기로 혼자 도망 와 놓고, 딸이 찾아와도 상간녀 재우겠다고 쫓아내는 스스로가 쪽팔리지도 않아요?"

말이 끝나기 무섭게 한나의 얼굴이 거칠게 돌아갔다. 뺨이 부풀어 올랐다. 따가움과 화끈거림, 그리고 실망이 심장 박동처럼 쿵쿵 볼을 때렸다.

"당장 나가."

"……내가 내 발로 찾아와서 기회를 줄 때 잡았어야죠."

"뭐?"

"내가 당신을 용서하려고 기회를 줬을 때, 당신은 나한테 미안하다고 했어야 한다고."

한나는 눈물 한 방울도 나지 않는 메마른 눈으로 아버지를 빤히 응시했다.

"이게 내가 당신한테 주는 마지막 기회였는데."

"근우 씨……."

여자가 분노에 부들부들 떠는 중년 남자를 부축했다. 한나는 그 꼴이 마치 저보다 더 부녀지간 같아 미친 듯이 웃음을 흘렸다. 근우 씨라니. 제 또래 여자 입에서 나온 지나치게 친근한 호칭이 우습기만 했다.

"푸흐흐. 당신도 정신 좀 차려요. 뭐 하는 짓이야, 이게? 아무리 유학이 힘들다고는 하지만 이렇게까지 살고 싶어요?"

"저기요, 나가라고 하시잖아요. 여기서 행패 그만 부리고 나가 주세요."

한나는 여자의 말을 간단히 무시하며 아버지를 향해 싸늘한 시선을 던졌다.

"정근우 씨. 내가 독일에 오려고 했을 때 당신한테 들러붙을까 봐 잔뜩 겁먹고서 어떻게든 나 피했던 거 똑똑히 기억하고 있어요. 근데 착각하지 마요. 내가 잘만 살다가 갑자기 브레멘까지 온 건 당신에게 뭐라도 받아먹으려 했던 게 아니라, 나와 엄마는 지옥에 남겨 두고 혼자 행복한 당신을 내가 과연 용서할 수 있을까 보러 온 거니까."

한나는 한 걸음 한 걸음 거리를 좁히며 이를 사리물었다.

"엄마는 당신 같은 쓰레기를 선택한 스스로를 용서하지 못해서 하루 종일 괴로워했고, 난 그 틈에서 멀쩡할 날 없이 지내야 했지. 내가 엄마한테 있느니 마느니 한 남편 몫을 대신하면서 하루하루 피 마르게 사는 동안, 당신은 여기서 낭만이나 즐기느라 바빴죠. 가장 사랑했던 친구가 목매달아 죽었을 때, 너무 힘들어서 꼴에 아빠랍시고 당신에게 전화한 나한테 당신이 뭐라고 내뱉었는지 기억은 하나?"

근우는 이제 아무런 응답도 없이 제 딸을 서늘하게 내려다볼 뿐이었다.

"네 엄마도 그렇게 될 것 같으니 네가 잘 돌봐라."

한나는 감정이 북받치는지 떨리는 목소리를 숨기기 위해 침을 삼켰다.

"당신의 그 빌어먹을 학위 때문에 엄마는 아무런 기반도 없고 언어도 할 줄 모르는 독일에 와서 뒷바라지를 했는데, 그 고립된 생활 때문에 엄마가 우울증에 걸리니까 당신은 어쨌어? 어떻게든 대학을 옮겨서 우리를 차단하더니, 나중엔 고작 나보다 몇 살 많은 제자랑 바람이 나서는 고장 난 장난감 버리듯이 가족을 버렸잖아."

잇새로 짓이기듯 말을 내뱉은 한나는 하얗게 질린 여자에게로 고개를 돌리곤 엷게 미소 지었다.

"참고로 말해 주자면, 당신 남자 친구가 우리 엄마를 처음엔 많이 사랑했었거든요. 근데 그 꼴이 났죠. 저 남자 옆에 있는 사람들은 하나같이 다 자살 충동에 시달리게 되더라고요. 이젠 그 옆에 당신밖에 안 남은 것 같은데, 정신 건강 잘 챙기시고 끝까지 살아남길 바랄게요."

그리고 한나는 방으로 들어가 제 짐을 모조리 챙겼다. 어차피 많이 챙겨 오지도 않았기에 단출하게 배낭 하나에 다 들어갔다. 짐을 싸면서도 한나는 눈물 한 방울 흘리지 않는 자신이 의아했다. 정말 아무것도 남지 않았기 때문일까? 아니면 아직 완전히 실감 나지 않아서일까?

짐을 싸서 나오는 그녀의 어깨를 누군가 붙잡았지만, 한나는 뒤도 돌아보지 않고 손을 쳐 낸 후 밖으로 나왔다. 아직 완전히 따뜻해지지 않은 찬 밤공기가 빨갛게 부푼 얼굴을 식혀 주었다.

'정말 끝이야.'

용서할 필요가 없는 사람을 용서하려 노력하지 않아도 된다. 단순히 아버지와 자식이라는 틀에 갇혀 스스로를 상처 냈던 과거의 시간이 너무 크게 느껴졌다.

"이렇게 금방 되는 걸, 왜 그렇게 오랫동안 끌었을까."

미련과 증오 그 어딘가에서 줄타기하던 마음이 아래로 뚝 떨어져 보이지 않는 구멍으로 사라졌다. 그 구멍이 후련함일지 결핍일지는 아직 확실치 않았지만, 당장 그녀의 몸을 감싸는 해방감은 자유로웠다.

〜❀〜

Dienstag. 28. April 2020
00:35

무작정 브레멘 시내로 나온 한나는 이제까지 의식적으로 확인하지 않았던 왓츠앱을 열었다. 예상대로 이백 개가 넘는 메시지가 쌓여 무엇부터 확인해야 할지 감조차 잡히지 않았다.

그러나 맨 위에 헤리에게서 온 메시지를 보자마자 고민은 사라졌다. 차마 차단하지 못하고 알림만 꺼 둔 탓에 그가 보낸 서른 개가 넘는 메시지가 그대로 휴대폰에 저장되어 있었다.

떨리는 손으로 그에게서 온 메시지를 눌러 읽어 내려갔다. 그가 보냈을 거라고 상상되지 않는 문장들이 빼곡했다. 최대한 감정을 누르며 평정을 유지하던 그녀의 눈에 마지막 메시지가 닿았다.

[오늘 밤엔 하늘이 맑을 거라더라. 나는 별이 잘 보이는 곳에 있을

거야. 거기서 널 볼 수 있었으면 좋겠다.]

"별이 잘 보이는 곳?"

그 문장을 보자마자 한나의 머릿속에 그의 목소리가 스며들었다.

'나는 도시에서 자라서 별에 관심이 없었는데, 어느 날 안야가 말해 주더라고. 어딜 가든, 조용한 묘지에서 보는 별은 항상 그 어느 때보다 빛난다고.'

하지만 그렇다고 해서 헤리가 브레멘에 있지는 않을 것이다.

'기다리겠다니. 뭘 위해서.'

한나는 허무한 미소를 짓곤 손을 내렸다. 그는 지금 그녀가 어디에 있는지 모를 게 뻔했다.

가장 먼저 잊어야 할 상대를 언제나 가장 먼저 생각하게 되는 현실이 싫었다. 헤리를 잃고 싶지 않았다. 그래서 가질 수도 없었다.

그러나 너무나 보고 싶었다. 그를 도피처로 여기고 싶지 않지만, 살아 있기 위해서 그를 의식적으로 생각해야만 했다. 이 모순이 하루에도 수십 번씩 그녀를 자괴감의 늪으로 빠뜨렸다.

하늘에 박힌 별들이 희미하게 빛났다. 그녀는 흐릿한 안개가 낀 듯 모호한 빛이 좀 더 뚜렷해지길 바랐다.

'별이 잘 보이는 곳.'

헤리를 만날 순 없겠지만, 어차피 갈 곳도 없는 마당에 잃을 건 없었다.

한나는 그길로 바로 강 건너에 있는 공동묘지로 향했다.

⚘

음대 근처의 가장 큰 공동묘지는 이미 문을 닫아 입장이 불가했다. 헤리는 정처 없이 걷고 또 걷다가 집들 사이로 보이는 잔디밭과 비석을 발견하고 그쪽으로 천천히 발을 옮겼다. 봄인데도 아직 날씨가 풀리지 않아 싸늘한 기운이 몸을 감쌌다.

'만날 수 있을까.'

스스로조차 그 기대가 우스웠다.

'도시에 뿔뿔이 흩어진 묘지만 해도 몇 갠데.'

순간 지나치게 감상적이었던 제 생각에 비웃음이 나왔다. 한나가 정확히 어느 곳에 사는지, 브레멘에서 아직 머무는지도 모르는 상황에서, 옛날에 자신이 지나가듯 던진 말을 그녀가 기억해 주길 바라며 떠도는 제 꼴이 한심했다. 설령 그녀가 그 메시지를 보고 수수께끼 같은 비유를 이해했다 하더라도, 도시 안 묘지 개수를 헤아려 보면 말도 안 되는 기대였다.

회색빛 비석과 흘러내린 촛농이 채 마르지 않은 붉은 양초, 그리고 시든 꽃이 건초와 잔디 새싹 사이로 주욱 이어져 있다. 저 멀리 보이는 커다란 건물—아마도 기도를 위한 추모당 Trauerhalle—을 향해 걷던 그는 주머니에서 담배 가루와 페이퍼를 꺼내 담배를 말았다. 그 자리에 멈춰 바람을 한 손으로 막고서 라이터로 불을 붙여 허공으로 연기를 길게 뱉어 내자 마치

한겨울의 날숨처럼 꼬리가 긴 구름이 하늘 위로 흩어졌다.

"오늘은 별이 잘 보이네."

안개가 꼈던 아침에 비해 밤의 날씨는 눈부시도록 맑았다. 그는 라이터를 집어넣다 말고 바로 옆에 있는 큰 비석으로 시선을 돌렸다. 사람의 손길이 닿은 지 오래된 듯, 마른 꽃다발 밑에 빗물과 흙이 말라붙은 오래된 초가 아무렇게나 놓여 있었다. 그는 그 비석을 천천히 읽었다.

'고난을 이겨 낸 용감한 영혼, 로마Roma로서의 긍지를 지키며 자상하고 다정했던 아버지로 이곳에 잠들다.'

사망 날짜가 제2차 대전 중이다. 그러나 망자의 이름은 독일인도 유태인도 아니었다. 헤리는 곧장 죽은 이가 나치 시대에 살해된 유랑민이었음을 깨달았다.

"로마 운트 진티*."

혼란의 시대에 태어나 이리저리 떠돌다가 결국 존재 자체를 부정당하고 죽음에 이른 남자의 비석. 망자가 평생 느꼈던 불안정함이 깊게 다가와 헤리는 그 비석 앞에 천천히 앉았다.

'난 당신이 경험한 것의 반도 모르겠지만.'

그는 손에 쥐고 있던 라이터로 낡은 초에 불을 붙였다. 화르륵 타오르는 불꽃이 어두운 비석에 희미한 빛을 비췄다. 헤리는 자리에 앉아 하늘로 고개를 치켜들었다. 목을 훑고 나오는

---

* Roma und Sinti : 나치의 탄압 이후 '집시Zigeuner'라는 단어가 멸칭이 되자, 대신 민족 이름을 따 유랑민들을 '로마 그리고 진티'로 부르기 시작했다.

매캐한 연기를 입으로 내뱉자 별이 그 사이에 가려졌다. 헤리는 몸에 힘을 풀고 땅에 누웠다.

"후."

연기가 시야에서 걷히자 저 멀리 희미하게 처녀자리와 게자리가 드러난다.

'너 의대 다녔다면서 별자리 성격처럼 비과학적인 얘기 해도 괜찮아? 두드러기 같은 거 안 생겨?'

기억 속 그녀가 깔깔 웃자 매트리스에 펼쳐진 검은 머리가 이리저리 흩어진다. 시원한 향기가 코를 찌르는 듯해 눈을 감았다. 한나를 더욱 자세히 느끼고 싶다. 헤리는 화를 내고 실망한 눈빛이던 그녀의 마지막 모습을 지우고 저를 향해 따뜻하게 웃던 검은 눈을 생각했다.

그러나 꿈처럼 느껴지던 한나의 향기는 금세 현실 속의 매캐하고 텁텁한 담배 냄새에 묻혀 사라진다.

한나.

한나.

한나, 한나.

"여기로 와 줘, 한나."

한나.

한나.

주문을 외듯 이리저리 달싹이는 입술 사이로 연기가 새어 나왔다.

"널 다시 볼 수 있을까."

말의 울림이 후회를 증폭시켰다. 헤리는 천천히 눈을 깜빡이며 고여 있는 눈물을 옆으로 흘려보냈다. 그리고 천천히 자리에서 일어나 얼마 피우지 않아 끝만 약간 재가 된 담배를 지져 껐다.

한숨과 함께 마지막 연기를 뱉어 내고 뒤돌자, 한 여자가 자신을 향한 채 멍하니 서 있는 것이 보였다. 그들은 침묵한 채 한참을 그렇게 서서 서로를 응시했다.

마치, 간신히 발견한 오아시스가 신기루일까 불안해하며 사라지기를 기다리는 사막의 여행자처럼.

39.

Dienstag. 28. April 2020

01:32

"……봄이 돼서 이제 게자리와 처녀자리가 보여."

침묵을 깬 것은 헤리였다.

"우리가 네 방에 있던 그날처럼."

헤리는 하늘을 가리켰다. 하지만 한나는 그가 가리키는 방향으로 고개를 돌리기는커녕 돌이 된 것처럼 헤리를 볼 뿐이다. 큰 배낭을 어깨에 멘 채 그곳에 붙박인 듯 서 있는 그녀의 머리칼이 바람에 이리저리 흩트러졌다.

"한나, 겁먹지 말아 줘."

혹시라도 여기까지 찾아온 자신을 더욱 혐오하며 달아나진 않을까. 두려움에서 나온 침묵일까. 심장이 발밑으로 떨어지는 것만 같다. 헤리는 간신히 침을 삼키고서 떨리는 목소리를 가다듬었다.

"날 본 건 그냥 꿈이라고 생각해."

"……."

"네가 날 더 이상 보고 싶어 하지 않는다는 거 나도 잘 알아. 그렇지만 마지막으로 너에게 사과하고 싶었어. 내 멍청함 때문에 네가 상처받았던 것, 복수에 정신이 팔려서 네 의사를 존중하지 않았던 것, 솔직하지 못했던 것, 그래 놓고 널 좋아하게 된 것, 모두 다."

"헤리."

그녀가 간신히 답을 했지만 헤리는 들을 준비가 되지 않아 제 머리칼을 그러쥐며 고개를 숙였다.

"널 좋아하지 않으려고 발악을 하다 결국 이런 식으로 상처 주고 힘들게 한 거 정말 미안해. 진심이야. 난 내 자신에게도 솔직하지 못해서, 그게 기만이라는 걸 너무 늦게 깨달았어."

"……헤리."

그녀의 입에서 완전한 단절의 말이라도 나올까 헤리는 다급하게 말을 이어 나갔다.

"이렇게 질척거리면서 너한테 변명하고 사과하는 것도 부담이라는 거 알아. 그런데 도저히 가만히 있을 수 없었어. 내 멍청함 때문에 정말 죽어 버리고 싶을 정도로……."

"나도 너에게 거짓말했어."

한나의 목소리 속 떨림이 바람에 실렸다. 헤리는 그제야 용기 내어 고개를 들었다. 눈물로 젖은 한나의 뺨이 희미한 달빛에 반사되었다.

"한나. 울지 마, 제발."

차갑게 식은 뺨 위로 눈물이 계속해서 흘러 살갗이 얼기 시작한다. 그러나 한나는 눈물을 훔칠 생각도 하지 못한 채 그를 직시하는 데에 온 힘을 쏟았다. 그의 말대로 이게 꿈이라면, 정말 이게 마지막이라면, 진심을 풀어낼 유일한 기회가 될 테니.

"널 보고 싶지 않다는 건 진심이 아니었어. 그런데 난 이걸 감당할 수 없어."

"너 혼자 감당하지 않아도 돼."

그의 다급한 말에 한나는 고개를 저었다.

"나는 네 상상 이상으로 불안정한 사람이야. 날 옆에서 보다 보면, 넌 날 알게 된 걸 후회할 거야. 나조차 내게 지치는데, 남이라고 그렇지 않을 리 없잖아. 그래서 난 사람들이 날 떠나도 상처받지 않게 연습하면서 지냈어. 그런데 네가 떠나는 것만큼은 이겨 낼 수 없을 것만 같아."

"난 널 떠나지 않을 거야."

헤리는 단호했지만 한나는 동요라곤 없는 표정으로 말을 이어 나갔다.

"피붙이인 가족도 떠나면 그만이야, 헤리. 너도 알고 있잖아."

"……."

"내가 워터 하우스에 갔던 건 레온이 날 또 배신해서가 아니라, 내 아버지가 가족을 완전히 버렸다는 것 때문이었어. 가족이라는 울타리에 기대했던 정도가 너무 커서 상실감을 이겨 낼 수가 없을 것만 같았거든. 다시는 그 정도로 소중한 건 가지고 싶지 않았어. 그런데 너에게서 느낀 감정은 정말 다른 것과 비교도 할 수 없을 만큼 커서 무서웠어. 그 감정에 끌려다니는 게 싫었어. 그런 널 내 일상 깊숙이 받아들였다가, 내 비정상적인 모습 때문에 잃게 된다면 난 도저히 버틸 수 없을 것 같아서 점점 더 불안해졌어."

"한나……."

"헤리, 우린 달라도 너무 달라."

"다르지만, 같아."

"내가 느꼈던 모든 걸 넌 아마 이해하지 못할 거야."

그녀가 그은 선은 분명했다.

"네가 언젠가 나한테 어떻게 그렇게 강하고 안정적일 수 있냐고 물었지."

헤리는 그 자리에 서서 천천히 말했다.

"난 전혀 안정적인 사람이 아니야. 오히려 그 반대지. 상처를 그대로 감당할 수 없어서 항상 스스로를 속이고, 남에게 그럴듯한 모습을 보여 주려 애쓰면서 속이 곪아 터지는 건 전혀 몰랐거든. 넌 남이 네 모습에 지쳐 떠나갈까 두려워하지만, 그건 나도 똑같아."

"……."

"모든 걸 이해할 수 있는 사이는 없어. 그렇지만 우린 가장 큰 부분을 이해할 수 있어. 나한텐 그게 제일 중요해."

그의 지적에 한나는 입술을 깨물었다.

"내가 널 워터 하우스에서 발견했을 때 난 널 보면서 단 한

순간도 이상하다거나 피해야겠단 생각 안 했어. 오히려 네가 나와 비슷한 사람이라는 걸 알고 충격받았지. 길에서 쓰러진 널 봤을 땐 너무나 불안해지고 널 절대 잃고 싶지 않다는 생각이 들어서 스스로도 당황스러웠어. 넌 날 모르는데, 난 널 가진 적도 없는데 왜 그런 마음이 드는지 이해할 수 없었으니까. 나는 아마 그때부터 널 좋아했을 거야. 인정하는 게 무서워서 계속 부정했지만……."

짓누르는 배낭의 무게가 점점 느껴지지 않는다. 한나는 헤리가 털어놓는 마음이 진심이기를 간절히 바라면서 이것이 꿈이 아니기를 기도했다. 헤리가 이어 말했다.

"모든 사람은 완벽하지 않아. 다들 불안정하고, 그래서 이해를 바라지. 결국 그 불안정함 사이에서 우리는 안정을 찾아야 해. 그리고 난 네가 그걸 내게서 찾길 바랐어. 네가 날 용서해준다면 계속 그러길 바랄 거야."

"나도 그러고 싶어. 그런데 난 네가 나 때문에 지칠까 봐……."

"내가 지쳐서 떠나는 게 걱정되는 거라면 제발 그만해. 너도 알잖아, 난 네가 날 알기 전부터 널 눈으로 좇았어. 추잡하게 베데커 핑계를 대면서 언제나 너한테 묶여 있었다고. 나 네가 남겨 두고 간 그림 봤어. 너 나 사랑하잖아. 나를 지금 끊어 내고서 후회하지 않을 자신 있어?"

그가 절박하게 외치자 한나는 결국 무너져 내렸다.

"아니. 아니, 아마 아닐 거야. 그래서 겁이 나."

헤리는 온몸을 긴장시키는 감정을 누른 채 다가가 그녀의 차가운 몸을 꽉 안아 주었다.

"제발 그런 거 묻지 마. 간신히 버티고 있는데 너한테 의지하게 만들지 마. 넌 아마 날 못 견딜 거야. 정말이야."

눈물범벅인 얼굴로 속사포처럼 쏟아 내는 한나의 몸이 떨려온다. 헤리는 그녀의 몸을 더욱 강하게 안았다.

"내가 떠날 거라고 너무 확신하지 마. 넌 날 다 아는 게 아니잖아."

그 말이 밀착한 몸을 타고 한나의 뼈를 울렸다. 상대방을 모른다는 사실이 이렇게나 안심되는 일이었다니. 한나는 눈을 질끈 감고서 그의 등을 꼭 붙잡아 안았다.

"나야말로 네가 필요해."

헤리는 눈물로 얼룩진 한나의 뺨을 닦아 주었다. 볼에 붙은 긴 머리칼을 귀 뒤로 넘겨 주며 귀걸이 때문에 상처가 난 그녀의 귓불에 입을 맞췄다.

"고마워."

그녀는 흐느낌 사이로 간신히 말하곤 그의 목에 얼굴을 묻은 채 서늘한 향기를 들이마셨다. 익숙하고도 낯선 헤리의 향기가 폐부를 훑고 다시 날숨으로 터져 나왔다. 그녀는 그의 목에 입을 맞추고서 고개를 들었다. 바다처럼 파란 눈이 눈물에 더욱 투명하게 빛나고 있었다. 그 안에 담긴 자신의 검은 눈을 보며, 한나는 확신을 느꼈다.

침묵 속에 그의 얼굴이 자석처럼 다가온다. 끝이 터져 피딱지가 생긴 그의 입술이 제 입술에 닿았다. 언제나 입술의 상처를 걱정하던 건 그였는데. 한나는 작게 미소 지었다.

　머뭇거리고 확신이 없어 서글펐던 그때와는 다르다. 방 천장에 붙여 놓은 스티커가 아닌 밤하늘에 수놓인 별빛 아래에서 그들은 서로의 숨을 깊게 탐했다.

　상대의 불안정한 모습을 알게 된 지금, 그들은 그 어느 때보다도 확실하고 단단했다.

Montag. 1. Juni 2020
15:44

― 출국 준비는 잘되고 있는 거야?

한나는 휴대폰을 어깨와 귀 사이에 끼우고 배낭에서 지갑을 꺼냈다.

"응. 넌 이탈리아로 돌아갈 준비 잘되어 가?"

― 아니, 이번엔 가기 싫었는데 억지로 가는 거라 아직도 가방 다 안 쌌어.

실비아의 푸념을 들으며 한나는 살짝 웃었다.

"내 트렁크에 들어가 있어. 같이 한국 가자."

― 진짜 그게 낫겠네.

실비아가 낄낄 웃는다. 친구의 기분이 좀 풀어진 것 같아 한나는 남몰래 안도의 한숨을 내쉬었다.

지난 두 달간, 실비아는 헤리와 함께 있는 한나에게 틈만 나면 화를 냈다. 하지만 어느 정도 시간이 지나고 헤리의 헌신이 눈에 보이자, 실비아는 조금씩 누그러졌다.

한나는 그녀에게 항상 부채감과 미안함을 느꼈다. 자신이 솔직해지기로 한 타이밍이 친구를 힘들게 한 것 같아 걱정됐기 때문이다. 그러나 실비아는 여느 때처럼 유쾌한 모습으로 돌아와 그녀를 안심시켰다. 완벽히 되돌아가기 위해서는 여전히 시간이 필요하겠지만, 둘은 적응해 가는 중이었다.

"아무튼 나 지금 급하게 어디 가는 중이라서, 내일 출국 전에 또 한 번 전화할게."

— 아, 그래.

"조금 이따 봐."

— 저기, 한나.

실비아의 목소리가 순식간에 진지하게 변했다. 한나는 친구의 이런 낮은 목소리가 언제 나오는지 잘 알고 있었다. 긴장으로 목 뒤가 뻣뻣하게 굳었다.

"응."

— 너 진짜 걔 용서했어?

애당초 용서할 게 있었을까. 그는 그저 자신처럼 약했을 뿐이었다. 지금도 그를 완전히 이해할 순 없지만, 한나는 이제 타인과의 거리를 좁히는 데에 집착하지 않기로 했다. 중요한 것은 상대방을 속속들이 파악하는 게 아니라, 마음을 믿는 것에 달려 있다는 걸 어렴풋이 느끼고 있었기에.

"실비, 나 괜찮아."

― 한나.

"우린 괜찮아."

― 알겠어.

"걱정 마."

― ……난 그냥 네가 상처받는 게 싫어서 그래. 기분 상했다면 미안해.

"아니야. 전혀. 오히려 고마워."

― 그래, 그럼 이 대화는 여기서 끝내자. 아무튼 전화 말인데, 내일 하지 말고 조금 이따가 헤리 떼어 놓고 꼭 해야 돼!

"알겠어, 나 이제 진짜 끊어야겠다."

― 흥, 그래.

한나가 헤리와 있느라 전화를 끊으려는 줄 아는 듯 실비아의 목소리가 뾰루퉁했다. 한나는 왠지 그런 그녀가 귀여워 쿡쿡거리곤 전화를 끊었다.

곧장 휴대폰을 주머니에 넣고서 가방을 고쳐 메며 인쇄소로 걸음을 재촉했다. 제본을 맡긴 책이 4시에 완성된다고 했기에 마음이 급했다. 사실 조금 늦어도 별 탈은 없겠지만, 결과물이 너무도 궁금해 꾸물거릴 수 없었다. 급하게 문을 열고 들어서자 바로 계산대 앞에 있던 점원이 한나를 알아보고는 미소 지었다.

"제시간에 오셨네요."

"완성됐나요?"

잔뜩 들뜬 기색인 한나를 보며 그가 웃는다.

"네. 잠시만요."

그리고 뒤에서 정갈하게 제본된 책 하나를 꺼내 왔다.

"확인해 보세요."

"감사합니다."

한나는 그 책을 받아 들고 한 장 한 장 살폈다.

"미대 준비생인가요?"

점원이 차마 숨기지 못한 호기심을 은근히 드러내며 물었다. 한나는 그와 눈을 마주하고선 고개를 저었다.

"아뇨."

"마페*를 제본하는 건가 싶어서 좀 걱정했는데, 다행이네요. 작품 모음이 필요했나 봐요?"

"그런 건 아니에요, 그냥 선물용으로 만들었어요."

"그 그림을 전부 선물하려고 제본한 거라고요? 복사본도 아니고 원본이던데."

"네."

"아주 귀한 걸 주네요."

"이걸 주고 싶을 만큼 정말 소중한 사람이거든요."

한나가 씩 웃으며 지갑을 꺼냈다.

"누락된 건 없죠?"

"네, 없어요. 감사합니다."

"이런 도움은 언제든 환영이죠."

한나는 예의 있게 웃으며 은근히 치근대는 점원의 눈을 피했

---

* Mappe : 포트폴리오.

다. 마지막 장에는 그녀의 인턴 합격 메일이 있다. 한나는 고작 메일을 출력한 것에 불과한 그 종이를 보며 그 어느 때보다도 흐뭇하게 미소 지었다.

결국 뮌헨으로 가기로 한 헤리는 졸업이 가까워질수록 장거리 연애에 대한 걱정을 숨기지 못했다. 한나 또한 티 내진 않아도 불안하지 않은 건 아니었다. 그러나 이 메일은, 그들이 더 이상 장거리를 걱정할 필요가 없다는 사실을 알려 주었다.

"얼마예요?"

"25유로예요."

"좋은 하루 보내세요."

현금을 꺼내 올려 두며 한나는 마지막으로 점원에게 인사를 남기곤 서둘러 가게를 빠져나왔다.

오순절Pfingst을 맞아 앞으로 일주일의 휴가가 생겼다. 그동안 한나는 한국으로 잠시 돌아가기로 했다. 어머니를 보지 못한 지 벌써 몇 년인가. 그 세월 동안 쌓인 오해를 풀기에 일주일은 부족하겠지만 한나는 노력해 보고 싶었다.

시내 대극장 쪽으로 향하는 전차에 올라타자 휴대폰이 진동했다. 한나는 배낭에 책을 집어넣어 놓고 곧장 메시지를 확인했다.

[오늘 늦게 들어갈 것 같아. 너 비행기 시간이 언제라고 했었지?]

그는 한나의 출국 시간을 누구보다 잘 알고 있다. 그러나 끊임없이 이 질문을 던지는 이유를 한나는 너무도 잘 알 것 같았다.

그녀는 미소를 숨기지 못하고서 빠르게 타자를 쳤다.

[내일 5시. 오늘 밤에 프랑크푸르트로 출발해서 거기서 하루 묵고 출국할 거야.]
[왜 하루나 일찍 떠나는 거야? 거기 볼 것도 없잖아.]

그가 우는 이모티콘을 보낸다. 언제나 그렇듯 그녀를 말리기 위한 기초 공사일 뿐이었다.

[기차 시간 걱정해 가며 거기 도착하자마자 수속으로 2시간 보내고 비행기 안에서 10시간이나 보내고 싶지 않아서 그래. 편하게 늦잠 자다가 가고 싶어.]

헤리에게서 한참이나 답이 없었다. 그녀가 대극장역에 내려서 천천히 집을 향해 갈 즈음, 그에게서 보이스 메시지가 하나 도착했다. 재생 버튼을 누르자 계속 들을 수 있을 것만 같은 나직한 목소리로 단 한 문장이 흘러나왔다.

— 나도 같이 갈까?

[너 숙소 없잖아.]

[있어.]

한나는 멍하니 그의 답장을 보다가 무언가 머리를 스친 듯 입을 떡 벌렸다.

[프랑크푸르트에도 네 가문 명의 집이 있어?]
[아니, 그건 아니고 친한 친구가 거기 살아.]
[됐어, 괜찮아. 너 이번 휴가 동안 프로젝트할 거라면서. 거기에 집 중해.]

그 문자를 보내자마자 그에게서 전화가 걸려 왔다.
"여보세요."
— 우리 두 달 후면 졸업이야, 한나.
그의 목소리로 발음되는 제 이름은 언제 들어도 매혹적이다. 그녀는 괜히 새어 나오는 웃음을 누르며 답했다.
"알아."
— 난 하루가 아쉬운데. 네가 일주일이나 한국에 가는 것도 난 못 참을 것 같아. 이 상황에 하루나 더 일찍 갈 필요 있어?
"난 안 아쉬워."
— 뭐?
그는 충격을 받은 듯했다. 한나는 쿡쿡 웃으며 헤리를 달랬다.
"네가 생각하는 그런 뜻 아니야. 아무튼 아쉬워하지 마. 우리가 완전히 헤어지는 것도 아니잖아."

— 난 널 내가 원하는 만큼 보지 못하는 게 싫은 것뿐이야.

어쩐지 심통 난 목소리다.

한나는 그가 이런 말을 할 때 짓는 삐죽한 표정을 알고 있었다.

"아무튼 금방 갈 테니까 저녁에 잠깐이라도 봐요, 백작님."

— 아, 그렇게 부르지 말랬잖아.

그가 짜증 섞인 신경질을 냈지만, 한나는 웃음을 터뜨렸다. 그녀의 웃음에 그가 따라 웃는다.

"알겠어, 안 할게."

— 나 정말 그런 거 못 참겠어.

"이해해. 알겠어. 그럼 잠시 뒤에 봐요, 공작님. 백작보다 공작이 높은 거 맞지?"

— 한나!

헤리가 소리치자마자 한나는 전화를 끊었다. 방금 했던 대화를 생각하며 혼자 입을 막고 낄낄대는데, 바로 앞에 앉은 노파가 그녀를 이상하게 쳐다보다가 눈이 마주치자 황급히 고개를 돌렸다.

한나는 웃음을 가다듬으며 평범한 척 팔짱 끼며 벽에 기댔다. 하지만 그가 이 책을 읽고 지을 표정을 생각하니 다시 미소가 번졌다.

남들이 어떻게 보든, 그녀는 그냥 웃기로 했다.

어쩌겠는가, 누군가 말했듯 재채기 말고도 참을 수 없는 것이 또 있다는 걸 마음으로 느낀 후인데.

✌✿

Dienstag. 2. Juni 2020
07:14

한나가 없는 침대에서 잠을 설친 헤리는 결국 더 자긴 글렀다는 것을 깨닫고 피곤한 몸을 일으켰다. 창문으로 들이치는 아침 햇살이 따갑다. 헝클어진 머리를 쓸어 올리며 자리에서 일어나자 제 머리카락에 붙어 있던 종이가 바닥으로 팔랑팔랑 떨어졌다.

그가 천천히 몸을 숙여 떨어진 포스트잇을 주웠다.

나의 H에게

잘 잤어? 나 금방 돌아올 거야. 식탁에 너 먹을 프렌치토스트랑 선물 올려 뒀어. 이번엔 나 없는 동안 집 엉망으로 만들지 말고 잘 있어야 해.

너의 H

자신을 어르는 한나의 표정을 뚜렷하게 상상할 수 있어 헤리는 씩 웃었다. 그녀가 떠났던 그때, 완전히 일상이 붕괴되었던 그를 한나가 어렴풋이 알고 있는 모양이었다.

'마리가 알려 줬겠지.'

마리가 한나에게 필요 이상의 관심을 보이진 않는지 경계하느라 피곤하긴 했지만, 한나가 그녀를 친구로 여기니 어쩔 수 없다. 그는 천천히 방 바깥으로 나가 한나가 만들었을 프렌치토스트 쪽으로 홀리듯 향했다. 문을 열자마자 느껴지는 고소한 버터와 시나몬 향기가 코를 찌른다. 어젯밤 집에 도착하자마자 한나에게 저녁을 차려 주고 피곤함에 뻗었는데, 그녀가 밤새 모든 걸 준비한 듯했다.

접시를 옆에 올려놓는 순간 책이 보였다. 예술적인 표지에 깔끔한 제본까지, 마치 시판되는 아트북 같다. 그러나 헤리는 곧장 그 책이 한나가 만든 것임을 알아보았다. 표지 그림이 자신의 옆모습이었기 때문이다.

그는 천천히 책을 열었다. 매 장마다 그녀가 그린 그림으로 가득했는데, 헤리를 모델로 한 그림의 지분율이 가장 컸다. 한 페이지에는 그림이, 그리고 바로 옆 페이지에는 작은 메모와 편지가 쓰여 있었다. 5월부터 매일 한 장씩 그린 듯 기록된 날짜가 매우 촘촘했다. 한나를 안아 주고 싶지만, 그녀는 없다. 헤리는 벌써부터 그리움에 시달리는 것만 같아 입술을 깨물었다.

자리에 앉아 모든 그림을 음미하듯 감상했다. 그녀가 그려 낸 자신의 모습은 아름답고 생기가 넘쳤다. 매 획마다 사랑이 묻어나는 느낌에 숨을 가쁘게 내쉬었다.

"왜 이걸 떠나기 직전에 준 거야."

당장 프랑크푸르트로 뛰어가 그녀를 막아 세우고 싶을 정도

다. 일주일도 참을 수 없었다. 그러나 그녀는 어머니를 만나야만 했다. 그건 헤리가 더 잘 알고 있었다.

엉킨 실타래를 풀기 위해 노력하는 서로를 언제나 응원하지만, 이렇게 그녀의 부재를 감내해야 할 때면 그는 참을 수 없는 상실감에 시달렸다. 비록 그것이 일시적이라 해도.

'졸업 후에 장거리가 되어 버리면 내가 그걸 참을 수 있을까.'

아마 한 학기도 버티지 못하고 그녀가 있는 곳으로 날아가 버릴 수도 있다. 헤리는 불확실한 제 미래가 항상 한나에게 달려 있다는 사실이 실감 나 헛웃음을 지었다.

그때 책 중간 부분에서 쪽지 하나가 떨어져 그의 발등을 때렸다. 혹시 한나가 편지를 하나 더 남겼나 기대하며 들어 올린 종이에는 엉성한 남자의 필체로 번호가 적혀 있었다.

그쪽이랑 커피라도 한번 같이 마시고 싶어요. 연락 주세요.

그의 표정이 삽시간에 똥 밟은 사람처럼 굳었다. 분명 한나에게 보낸 쪽지일 것이다.

언제 이런 쓰레기를 넣은 거지. 그는 표정을 심각하게 일그러뜨리고서 작은 쪽지를 혐오스러운 눈으로 훑었다.

"제본하다 말고 넣은 건가."

뭐가 됐든, 어림도 없다.

그는 그 쪽지를 찢는 것도 모자라 재떨이에 넣고서 라이터로 태워 버렸다. 그렇게 하고도 짜증이 풀리지 않는지 자리에 도로 앉는 표정이 싸늘했다.

그러나 맨 마지막 장을 펼치자 드러난 한나의 인턴 합격 메일을 보자마자, 헤리의 표정은 다시 놀라움으로 변했다.

귀하의 지원에 다시 한번 감사드리며, 인턴십 채용 합격을 알려 드립니다.

— BMW 뮌헨 —

메일 날짜를 보니 이미 2주 전부터 그녀가 이 사실을 알고 있었을 거라 예측할 수 있었다. 헤리는 기쁨과 동시에 장난스러운 배신감을 느끼며 웃음을 터뜨렸다.

"도대체 언제 이걸 다 준비한 거지?"

한나에게 전화하기 위해 휴대폰을 찾으며 책을 덮으려는데, 그가 봤던 마지막 장 너머에 작은 종이가 하나 더 제본되어 있는 것을 발견했다. 여자의 손과 남자의 손이 빈틈없이 맞붙어 손깍지를 끼고 있는 그림이었다. 밑에는 아주 작은 글씨로 그녀의 메모가 적혀 있다.

너와 나.

단순한 그 세 음절이 이토록 깊게 느껴질 수 있다니. 인생에서 처음 느끼는 애정, 타인을 향한 완벽한 사랑이었다. 헤리는 한동안 그 그림을 보다가, 휴대폰으로 오랫동안 연락하지 않았던 타투이스트의 전화번호를 찾았다.

"가장 빠른 시일 내에 예약하고 싶어요. 작은 그림과 레터링을 새기고 싶거든요."

처음으로 새기는 긍정적인 타투일 것이다. 그는 부디 한나가 돌아오는 날까지 자신이 멀쩡하길 바라며 그녀에게 장문의 메시지를 남겼다. 그리고 마지막에는 보이스 메시지로 지금까지 직접 한 적 없는 말을 녹음했다. 언제나 목 아래까지 치닫는 그 한 문장이 혹여나 그녀에게 가볍게 닿을까 봐 조금 더 기다린 후 꺼내려고 참았던 말이었다.

그러나 이 순간, 그는 기다리지 않기로 했다.

"한나, 너를 사랑해."

〈프렘더〉 끝

작가 후기

안녕하세요, 자인입니다. 드디어 제 첫 책의 마침표를 찍게 되었습니다. 한나와 헤리를 떠나보낼 준비가 되었다고 생각했는데, 마음 한편이 싸느랗게 아픈 걸 보니 시간이 좀 더 필요한 듯합니다.

타향에서 고군분투하는 이의 삶을 담담히 그려 보고 싶었습니다. 그리고 추운 겨울이 돌아올 때 꺼내 볼 만한 이야기가 되길 바랐습니다. 책의 본질은 항상 독자분들을 통해 실현된다고 믿습니다. 그 꿈을 이루게 해 주신 독자분들께 진심으로 감사드립니다.

자신이 쓴 책이 읽힐 가치가 있다고 말해 주는 사람이 있다는 건 엄청난 일이지요. 그 엄청난 경험을 할 수 있게 도와주신 편집부의 모든 분들께도 정말 감사드립니다.

또한 제 생각대로 움직여 주지 않고 열심히 살길을 찾아가던 책 속 인물들에게도 고마움을 표하고 싶습니다. 그 때문에 이야기를 쓰는 저조차도 긴장될 때가 있었거든요.

후기를 쓰니, 정말 긴 길을 완주했다는 실감이 납니다.

아주 가끔, 겨울바람이 얼굴을 스치거나 초봄의 향기가 느껴질 즈음, 한나와 헤리를 기억해 주시길 바라요.

읽어 주신 모든 분들께 감사 인사 드립니다.

위로와 즐거움이 있는 책으로 또 찾아뵐 수 있도록 노력하겠습니다.

2019년의 끝자락에서
자인 올림